外国文学研究丛书

帕特·巴克尔小说创伤记忆主题研究

A Study of the Theme of Traumatic Memory in Pat Barker's Novels

朱 彦 著

本书为以下科研项目研究成果：
1. 江苏高校哲学社会科学研究基金项目"英国当代历史小说研究"（2018SJA1323）
2. 2017—2018 名城名校融合发展战略项目

苏州大学出版社

图书在版编目(CIP)数据

帕特·巴克尔小说创伤记忆主题研究 = A Study of the Theme of Traumatic Memory in Pat Barker's Novels / 朱彦著. — 苏州：苏州大学出版社, 2018.11
（外国文学研究丛书）
ISBN 978-7-5672-2647-0

Ⅰ.①帕… Ⅱ.①朱… Ⅲ.①帕特·巴克尔-小说研究 Ⅳ.①I561.074

中国版本图书馆 CIP 数据核字(2018)第 240101 号

书　　名：	帕特·巴克尔小说创伤记忆主题研究
著　　者：	朱　彦
责任编辑：	汤定军
策划编辑：	汤定军
装帧设计：	刘　俊
出版发行：	苏州大学出版社（Soochow University Press）
社　　址：	苏州市十梓街1号　邮编：215006
印　　装：	镇江文苑制版印刷有限责任公司
网　　址：	www.sudapress.com
E - mail：	tangdingjun@suda.edu.cn
邮购热线：	0512-67480030
销售热线：	0512-67481020
开　　本：	700mm×1000mm　1/16　印张：15.5　字数：279千
版　　次：	2018年11月第1版
印　　次：	2018年11月第1次印刷
书　　号：	ISBN 978-7-5672-2647-0
定　　价：	58.00元

凡购本社图书发现印装错误，请与本社联系调换。服务热线：0512-67481020

序　言

苏州大学外国语学院朱彦博士的学术专著《帕特·巴克尔小说创伤记忆主题研究》即将付梓，我非常高兴为她这部专著做序。作为导师，我见证了朱彦这些年在学术之路上跋涉的艰辛，也为她在这条道路上的坚韧和执着感到莫大的欣慰，如今我更为她能够摘取研究的硕果感到喜悦。

朱彦的勤奋刻苦给我留下深刻的印象。她对文学研究充满了热爱和激情，并且将其化为动力，每日坚持不懈地研读和写作。在读书和做研究的同时，朱彦还需要和其他教师一样完成繁重的教学工作，但是她做到了两者兼顾，没有因为学术研究影响教学，反之亦然。除了学术上发表论文和出版专著外，在教学上她近些年来也表现不俗，先后获得省级和学校的多个奖项和表彰。这一点对于青年教师来说尤其难能可贵。

朱彦的这本专著选取了英国当代重要女作家帕特·巴克尔作品中的创伤记忆主题作为研究对象，通过创伤研究的视角，较为全面地揭示了作家的整体创作风格和主要思想。帕特·巴克尔是1995年的布克奖获奖作家，其作品别具一格，见解独到深刻，在英国当代文坛地位举足轻重。但是当下大多数中国读者对她远不如对女作家A. S. 拜厄特和玛格丽特·德拉布尔那样熟悉，中国学界对其小说创作的了解和研究也非常不够，而这恰恰反映了本书选题的重要意义，也体现了朱彦对当下热点的把握能力和较好的学术敏感性。运用当代文学批评中新近出现的创伤理论，从创伤研究的视角切入，这也使本书具有了一定的创新性，有助于较好地揭示作家的创作特色。

朱彦一直对英国当代作家和作品兴趣浓厚。攻读博士学位前曾在

《当代外国文学》等期刊发表过研究英国当代女作家多丽丝·莱辛作品的论文。读博后,在广泛阅读大量的英国当代文学著作的基础上,她最终决定选择帕特·巴克尔作为博士论文的研究对象。在确定选题之后,她得到江苏省政府留学奖学金的资助,赴英国剑桥大学搜集资料,这给她的研究提供了重要的前提和保证。回国后,朱彦几乎每天都花大量的时间泡在图书馆和通宵自习教室里,顾不上家里年幼的孩子,全身心地投入资料研读和论文写作之中。通过坚持不懈的勤奋写作,朱彦最终完成了博士论文,又经过近一年的反复修改和完善,以论文等级优秀和答辩等级优秀的成绩顺利通过答辩。在进一步润色和提高之后,这篇博士论文现在以专著的形式出版,成为目前国内第一部研究帕特·巴克尔作品的专著。专著创新性强,文本分析扎实,文献征引丰富,表现出作者较强的英语文学和相关文艺理论功底以及出色的科研能力。

对于青年学者来说,博士阶段的历练是未来进一步钻研的良好开端。在前期的学术积累之上,继续将研究拓展开去,一定会有更大的收获。我衷心祝福朱彦未来能够在学术的道路上不懈探索,取得更多、更好的成果。

本书出版之际,谨以此序为贺。

朱新福

苏州大学崇远楼

2018 年 9 月 12 日

前　言

　　帕特·巴克尔(Pat Barker,1943—)是英国当代著名女作家。从1982年小说《联合街》获得成功并跻身英国"最优秀的年轻小说家"行列开始,巴克尔已经在三十多年的创作生涯中发表了13部小说,其中最著名的作品"再生三部曲"的第三部《鬼魂之路》还获得了1995年的布克奖。作为布克奖获奖作家,巴克尔在英国当代文坛地位举足轻重,这些年来国外关于其小说研究的论著也不在少数。然而,比较起巴克尔的成就和国外的相关研究成果,中国对这位作家的介绍、翻译与研究却寥寥无几。因此,对巴克尔进一步深入研究很有意义,它将丰富我们对当代英国文学的全面了解。

　　在巴克尔的作品中,对创伤记忆的关照尤为突出,它构成了巴克尔写作的一大特色。巴克尔对创伤记忆的探讨呈现出多维度的特征——创伤记忆与历史、创伤记忆的延迟与代际传递、创伤记忆与创伤疗愈、创伤记忆与艺术再现等主题巴克尔在其作品中都有深入的探讨,而且巴克尔在对这些主题的阐释中还渗透了自己独特的历史观和艺术观,表现出对历史和社会现实的独到见解。这使得从创伤记忆的主题入手对巴克尔的作品进行整体研究变得十分必要,它将有助于我们更全面地把握巴克尔的整体创作风格和创作特点,更好地理解作家对英国社会的深刻剖析和犀利批判。本书将以帕特·巴克尔20世纪90年代和21世纪初的六部作品作为主要研究对象,运用创伤理论,系统探讨巴克尔这些作品中的创伤记忆主题,并指出其创伤书写的当代意义。

　　本书一共分为六个部分。

　　绪论部分通过介绍巴克尔的国内外研究现状,指出将巴克尔主要作品的创伤记忆主题作为研究对象的原因。围绕一个统一的主题对巴克尔作品进行梳理和分析是巴克尔研究的一种新的尝试，籍此也可以揭示巴克尔创作过程中所具有的内在连续性和对同一主题的不同方面侧重点的变化，进而进一步展现巴克尔基本的创作理念和创作特色。此外，绪论部分还简要介绍了本书的主要理论支撑，即创伤记忆理论，并提出本书写作的目的、意义和方法。

第一章以"再生三部曲"作为研究对象，分析其中创伤记忆被压抑的主题。与以往大多数的一战作品不同，"再生三部曲"选取了医院、监狱、英属殖民地等远离战争的场域，并采用以非士兵身份的精神病学家、人类学家和民族学家里弗斯作为主要聚焦人物的叙事手法重建一战叙事。在此过程中，三部曲得以重新审视一战创伤并挑战英国业已形成的一战集体记忆，实现了当代对于一战文化创伤的一次重构，将一战文化创伤阐释为一战前后广大社会群体创伤记忆被压抑的过程。三部曲将创伤受害者界定为广大的被边缘化的群体，包括战场归来的士兵和军官、国内的和平主义者和反战人士、同性恋者，甚至还包括了远离英国本土的英属殖民地人民；将一战前后的帝国体制和帝国意识认定为创伤的责任归属；将创伤的性质建构为帝国体制和帝国意识之下的广大群体话语权的被剥夺和创伤记忆的被压抑。一战文化创伤的重构体现了巴克尔的历史责任感和正义感，发出了英国必须正视曾经的历史问题并承担道德责任的诉求。

第二章研究小说《另一个世界》，揭示其中有关创伤记忆重返的主题。《另一个世界》围绕历史的"凝结"之处展开，小说中个体的人生和家族的生活都因为"凝结"之处的存在而为创伤所主宰，而无论是个人创伤还是家族创伤在巴克尔的笔下其实都是历史的表征：如果说小说主人公乔迪创伤记忆的重返表现了创伤的历史性，乔迪作为受创伤的主体携带着难以解决的历史，那么突现的壁画和纠缠的鬼魂则象征了历史的创伤性，是充满了暴力循环的历史的体现，它们共同构成了巴克尔阐释创伤历史的策略。与此同时，通过展现创伤历史的多重策略，巴克尔也建构了独特的历史观，并且表达了对于人类未来的忧虑。同时，小说还表明，创伤记忆的重返和延续不仅可能表现为潜伏期之后的重返，它还会以代际传递即"后记忆"的形式表现出来。因此，不仅是灾难的亲历者本人,他们的后代也会受到其创伤记忆的影响。即使经历过历史大灾难的一代渐渐逝去,"活着的连接感"逐渐消失,创伤幸存者的后代和那些与创伤幸存者有着紧密联系的人们仍然会以"家庭型后记忆"和"联系型后记忆"的形式承载来自前代的创伤记忆。创伤记忆的重返和延续都会将人们该如何对待创伤记忆并面对未来的问题推向争论的焦点。在小说的最后,巴克尔也给我们暗示了解决这个问题的途径和智慧。

第三章聚焦于小说《越界》,并从心理和社会两个维度剖析小说主人公创伤记忆言说背后所隐藏的深层次内容。从心理的维度而言,小说通过主人公的创伤记忆言说带领读者直抵其内心深处,洞察身兼创伤患者和犯罪者双重身份的人群的复杂心理和畸形道德观。在此过程中,小说还同时启发读者不断探索主人公通过言说创伤记忆获得创伤复原的可能。对于既是创伤患者又是犯罪实施者的人群来说,他们的特殊经历注定了其走向康复之路的复杂性,为了真正实现创伤疗愈并获得精神的救赎,他们既要认清造成自己创伤的真相,也需要认清犯罪的真相。小说中的主人公正是因为无法做到这一点而导致创伤疗愈的失败。《越界》不仅对人物心理刻画入木三分,还展现出广博的社会维度。通过小说主人公言说创伤记忆的过程,小说还揭示了英国当代社会存在的诸多问题,譬如挽救失足青少年的社会体系对青少年心理健康的忽视、心理救助者自身的情感越界和道德相对性、社会底层民众贫困的加剧带来的子女教育缺失、英国政府频繁卷入当代战争和无视底层民众的贫苦等。这些社会问题的存在既是造成以小说主人公为代表的人群创伤和悲剧的原因,也是导致其创伤疗愈无法实现的诸多原因之一。

第四章具体研究巴克尔的小说《双重视角》。在《双重视角》中,暴力和其导致的他者的创伤记忆在艺术作品中如何进行艺术再现和表征的问题成为讨论的焦点。小说通过艺术家对艺术表征的思考和艺术创作过程的描写,间接地表达了巴克尔对艺术表征的伦理思想和暴力美学。在巴克尔看来,艺术具有表征人类暴行和他者苦难的绝对责任,也具有为广大的受众揭示真相使其面对他者遭遇的责任。艺术必须忠实记录人类的创伤记忆,只有通过再现暴行的残酷和暴行下他者的受苦,艺术才能唤醒大众的良心,迫使人类正视自己丑陋的一面。与之相应,艺术作品的广大受众也不能无视他者的苦难,他们也应当承担起对他者的责任。除了提出艺术再现和表征他者创伤的责任外,《双重视角》还暗示艺术也肩负着引领人们哀悼创伤并且走出创伤的责任。展现暴力与创伤之艺术的目的当然不是带给人们绝望和悲观,而是唤起人们对和平的渴望,指引人类走向希望和未来。巴克尔在小说最后还同时暗示了人类走出创伤的最终途径,那就是对他人的关怀和爱。

　　本书在结论部分指出,巴克尔在作品中书写创伤记忆,揭露暴力的残酷和野蛮,关注他者的创伤和苦难,勇敢地为他者言说,体现了高度的社会责任感和一个知识分子的良心。在表现他者的创伤与苦难的过程中,巴克尔采用了和戈雅相似的高度写实和不加美化的艺术表现手法,即坚持去直面人类经历中的极端情况,对人类阴暗的一面进行毫不留情的真实再现。通过这样的艺术表现手法,巴克尔的作品产生了强大的感染力,它使读者能够对他者的苦难身临其境,从而激起他们对他者的移情和向善的欲望。聚焦于他者的创伤与苦难也凸显了巴克尔的道德观,巴克尔将降低暴力和减少痛苦视为一种道德追求,在作品中发出了"排斥暴力"和"减少痛苦"的呼唤。因此,无论是在创作风格、创作理念还是道德追求上,巴克尔都可以被当之无愧地称为英国当代文学界的"戈雅"。

帕特·巴克尔作品名称缩写

R　　　*Regeneration*（1991）
ED　　*The Eye in the Door*（1993）
GR　　*The Ghost Road*（1995）
AW　　*Another World*（1998）
BC　　*Border Crossing*（2002）
DV　　*Double Vision*（2003）

★ 凡出自帕特·巴克尔以上作品的引文，本书中只用作品名称缩写与页码表示（如：*ED*，82），除特别说明之外，不再另注。

★ 本书中所有引自这六部小说的内容全部为本书作者自译，书中不再一一另注。

目 录

- 绪　论 / 001
  - 第一节　帕特·巴克尔国内外研究综述 / 008
  - 第二节　创伤记忆研究综述 / 015
    - 一、集体记忆与文化创伤重构 / 021
    - 二、创伤记忆的延迟与代际传递 / 023
    - 三、创伤记忆与创伤疗愈 / 026
  - 第三节　本书的研究意义、目的和方法 / 028
- 第一章　"再生三部曲"：创伤记忆的压抑 / 032
  - 第一节　历史的"再生"：《再生》中被压制的创伤记忆与文化创伤重建 / 036
    - 一、创伤记忆的幽闭：不能发出的声音 / 037
    - 二、创伤记忆的"医治"：发声与缄默 / 041
    - 三、父权文化：创伤记忆溯源 / 045
  - 第二节　偷窥的"眼睛"：《门上的眼睛》中规训下的创伤记忆与文化创伤重构 / 050
    - 一、监狱与门上的"眼睛"：被规训者的创伤与压抑 / 052
    - 二、监视的"眼睛"与分裂的自我：普莱尔的创伤与压抑 / 058
    - 三、来自军事医疗的"眼睛"：规训执行者的内心分裂 / 061
  - 第三节　永不终止的"鬼魂之路"：《鬼魂之路》中被缄默的创伤记忆与文化创伤重构 / 067

一、爱迪斯通的亡魂祭仪：里弗斯的跨文化认同与帝国反思 / 069

二、对土著的划界与审视：里弗斯的帝国哲学 / 073

三、帝国记忆的他者：缄默的美拉尼西亚 / 078

本章小结 / 085

● 第二章 《另一个世界》：创伤记忆的重返 / 087

第一节 历史的"凝结"之处："另一个世界"的纠缠 / 089

一、"唐克雷蒂"的悲剧：创伤记忆的重现 / 090

二、突现的壁画：创伤历史的重返 / 094

三、劳勃山庄的鬼魂：家族暴行的重演 / 097

第二节 "后记忆"的一代："另一个世界"的承载与未来 / 101

一、镜子的映射：尼克的后记忆想象 / 102

二、口头历史档案：海伦的记忆研究 / 108

三、"后记忆"之后：记忆与未来 / 114

本章小结 / 120

● 第三章 《越界》：创伤记忆的言说 / 122

第一节 心理之维：回返"黑暗中心"的创伤记忆言说 / 126

一、坚持"自己的故事"：规避真相 / 128

二、建构脱罪叙事：抵抗真相 / 131

三、言说"黑暗的中心"：无法实现的创伤安度和救赎 / 135

第二节 社会之维：指向"救赎者"的创伤记忆言说 / 141

一、救赎体系对丹尼创伤记忆的忽视：冷漠之罪 / 142

二、汤姆对丹尼创伤治疗的"越界":共谋之罪
　　　　　／148
三、当代战争与丹尼创伤的渊源:"合法的社会暴
　　力"之罪／156
本章小结／166

● 第四章　《双重视角》:创伤记忆的再现／168
　第一节　再现他者:暴力与创伤的艺术表征和他者
　　　　　伦理／171
　一、"这不能看":艺术表征的困境与他者的召唤
　　　　　／173
　二、"我看见了":艺术表征对他者的应答／178
　三、"这就是真相":艺术表征对受众的责任／184
　第二节　走出创伤:暴力与创伤的艺术表征和创伤
　　　　　疗愈／192
　一、退隐田园:逃离暴力／193
　二、艺术再现:创伤的回顾与哀悼／196
　三、与他人的联结:重生与超越／202
本章小结／209

● 结论　当代"戈雅":为他者的痛苦勇敢言说／211
● 参考文献／216
● 后　记／228

绪　论

　　帕特·巴克尔是英国当代著名小说家。1982年,巴克尔初试牛刀的小说《联合街》(*Union Street*, 1982)就使她进入了格兰塔的20位"最优秀的英国年轻小说家"的行列,得以和萨尔曼·拉什迪、石黑一雄、伊恩·麦克尤恩、格雷厄姆·斯威夫特、马丁·艾米斯、朱利安·巴恩斯等作家共享这个荣誉。① 随后,这本小说还获得了1983年的福西特奖(Fawcett Prize)。1995年巴克尔的小说《鬼魂之路》获得了布克奖,进一步奠定了巴克尔在英国当代文学中的经典作家地位。如今,当我们随意翻开一本英国当代文学史,就可以看到这位作家的名字,不少文学史还辟有专章介绍和探讨她的作品。这位与A. S. 拜厄特(A. S. Byatt, 1936 －)和玛格丽特·德拉布尔(Margaret Drabble, 1939 －)齐名的英国当代女作家"一直是她那一代作家中地位最稳固和最为笔耕不辍的作家之一"(Brannigan, 2005a: 368),数十年来她活跃于英国当代文坛,不仅不断有作品问世,还经常现身于英国各地的笔会和读者见面会,为广大英国读者所熟知。

　　就创作而言,巴克尔可以说是一个独树一帜的作家。她作品的主要风格与大多数英国当代女作家明显不同——或许是因为特殊的家庭背景和国际历史专业的教育背景的影响,巴克尔特别热衷于表现暴力和战争主题,这形成了巴克尔作品的鲜明特色。从第一部小说《联合街》出版至今巴克尔在长达近40年的创作生涯中已经出版了13部小

---

　　① 参见 http://en.wikipedia.org/wiki/Granta#Granta_Best_of_Young_British_Novelists。格兰塔(Granta)是英国的一本文学杂志和出版社的名字,1983年评选出了20位"最优秀的英国年轻小说家"(Best of Young British Novelists),在那之后,每隔10年(即1993年、2003年和2013年)各评选一次,1996年和2007年还增加了两次"最优秀的美国年轻小说家"的评选,2010年更是选出了"最优秀的西班牙语年轻小说家"。至今至少有12位上榜的小说家后来赢得或是入选曼布克奖和惠特布莱德奖。

说,这些作品往往会涉及暴力与战争,只不过它们各自展现暴力和战争的角度不同罢了。巴克尔的作品中最有名的"再生三部曲"(the Regeneration trilogy)①就是三部以一战为背景的小说。

巴克尔的身世相比于普通孩子有些特殊。帕特·巴克尔原名帕特丽夏·玛格丽特·德雷克(Patricia Margaret Drake),1943 年 5 月 8 日出生于英国蒂斯河畔的小镇索纳比(Thornaby-on-Tees)。在索纳比的养鸡场上,巴克尔在外祖母身边度过了她的童年和少女时期。因为私生女的身份,巴克尔对自己的父亲知之甚少②,她只知道自己当年是因为外祖母的极力劝阻才摆脱了被送养的命运,更多的细节则无从得知。更加令人心酸的是,为了避免未婚生子带来的耻辱,巴克尔的母亲莫伊拉多年中一直对外宣称巴克尔是她的妹妹。③ 巴克尔 7 岁时莫伊拉结婚,巴克尔选择了留在农场和外祖母及继外祖父生活在一起。因为养鸡场经营困难,巴克尔的外祖父母后来又开过炸鱼薯条店。

很多评论家在提起巴克尔童年的经历时都强调它对于巴克尔后来的创作具有非同寻常的意义。巴克尔的继外祖父、继父都曾经参加过一战,舅舅则参加过二战,而巴克尔也曾经一度相信母亲的话,认为自己的生父是在二战中丧生的飞行员——这些家庭成员和战争纠缠不清的联系深深地影响了巴克尔(巧合的是,巴克尔后来的丈夫大卫·巴克尔的父亲也是一战老兵)。巴克尔坦言,自己偏爱暴力主题和家庭背景直接相关:"我觉得偏爱写作暴力主题这件事主要是源于我自己的观念而不是因为其他作家或者观念的影响……家里的情景和战争的背景,还有女人们的解释,在很早的时候就和我产生了联系。"(Stevenson, 179)其中,继外祖父的一战经历对巴克尔的影响可以说尤为深远,

---

① 1991 年三部曲的第一部《再生》的出版引起轰动;1993 年《门上的眼睛》出版不久就获得了当年的卫报小说奖;1995 年出版的《鬼魂之路》获得了布克奖。三本小说的成功促成了它们在 1996 年被集成了一本合集《再生三部曲》(The Regeneration Trilogy)出版,这便是今天大家所熟知的"再生三部曲"(the Regeneration trilogy)这个说法的由来。根据国外研究界的习惯,如果不是特指那本三部曲的合集,而只是指三本小说的话,则不需要全部大写,只大写 Regeneration。

② 巴克尔小时候母亲曾经告诉她,她的父亲是二战中战死的皇家空军飞行员,但很久以后巴克尔才明白这其实不过是母亲的臆造,事实上母亲自己都不知道她的生父是谁。参见:Brannigan, John. *Pat Barker*. Manchester and New York: Manchester University Press, 2005:6.

③ 在接受唐娜·佩里采访时,巴克尔忧伤地提道:"我的母亲从来没有弄清楚我是谁。她觉得我是她的妹妹……她跟别人反复解释我是她的妹妹或者是侄女,到了后来她自己都忘了我到底是谁了。"参见:Perry, Donna. "Going Home Again: An Interview with Pat Barker". *Literary Review*, 34.2 (1991): 238.

"巴克尔写一战的一个重要原因就是源于她从小和一战中受了刺刀伤的外祖父一起生活的经历"(Troy,58),巴克尔曾经多次谈起继外祖父身上的刺刀伤:"我的继外祖父身上有一处刺刀伤,我小的时候就特别注意到了它,但是外祖父并没有谈到战争,所以在某种意义上那处刺刀伤在为他言说。沉默和伤痕就以那种特殊的方式产生了联结……因此,关于战争的想法、伤口、受到阻碍的交流,当然还有沉默——关于战争的沉默,因为战争不是一个被展示的主题——在我的脑海中都和男性纠缠在一起。"(Stevenson,175)这个一战留在继外祖父身上的伤口仿佛宿命般将巴克尔和一战紧紧地联系在了一起,它激起了巴克尔对一战最早的兴趣,并促使她后来在多部作品中探讨一战及其后果。

和外祖父母一起经营餐馆的经历对巴克尔来说也同样重要,这段经历帮助巴克尔积累了大量的写作素材,在接受唐娜·佩里(Donna Perry)的采访时巴克尔就说起《联合街》和《丽莎的英格兰》(*Liza's Engand*,1986)中的很多场景"都曾经发生在我的生活中"(Perry,1991:237)。很多评论家也指出这段生活和巴克尔很多小说联系紧密,比如布莱克·莫里森(Blake Morrison)猜测巴克尔在小餐馆里"听到了她后来在早期小说中使用的闲聊和下层社会的方言俚语"(Morrison,79),约翰·布莱尼根(John Brannigan)也指出"这段经历或许是她的作品中对话占有非常重要地位的一个原因。值得重视的是,巴克尔小说中的角色都是通过他们的言语,通过他们所说的和他们如何说的来展现"(Brannigan,2005b:6),而凯伦·韦斯特曼(Karin Westman)则相信巴克尔童年所接触的那些"一直聚在一起争论儿时维多利亚时代所发生的事情"的祖母辈的女人们说起的那些"争议的故事和多元的声音给巴克尔提供了早期的历史观"(Westman,8)。

尽管经济拮据,外祖母仍是倾其所有将巴克尔送入了文法学校。[①] 幼年的巴克尔勤奋好学,11岁时"就已经决定做一个作家,甚至是写出了自己的第一部小说"(Westman,9),后来还因为在学校的优异表现得到了就读伦敦政治经济学院的奖学金。在大学里巴克尔选择了国际

---

① 布莱尼根指出文法学校的教育对巴克尔来说意义重大,"在英国战后时期的教育体系中,文法学校是一条脱离工人阶级生活进入中产阶级职业的途径……她的教育有效地保证了她脱离了工人阶级的文化"。参见:Brannigan, John. *Pat Barker*. Manchester and New York: Manchester University Press, 2005:6.

历史专业,研究方向是外交史。1965年,巴克尔大学毕业后在达勒姆的一所大学教授历史、政治和英文,后来在米德尔斯伯勒教书期间遇见了达勒姆大学的动物学教授大卫·巴克尔并与其结婚。大卫成为巴克尔走上写作道路的重要人物,他坚定的支持和帮助在巴克尔的成功中起到了极大的作用。①

巴克尔的创作生涯以1991年《再生》(Regeneration,1991)的出版为分界线,可以大致分为两个阶段。《再生》之前的四部小说都是在"地方的"标签之下被众人所接受的,并被进一步定义在"女性小说"和"工人阶级小说"的范畴内(Westman,14),"对于早期的评论者和大部分的批评家来说,巴克尔似乎是地方的、社会现实主义的作家,致力于英格兰东北部日益削弱的工业化、工人阶级文化的写作"(Brannigan,2005b:2)。而《再生》之后,巴克尔的小说创作日益多元化,视野也更加开阔,突破了"地方的""女性小说""工人阶级小说"的写作套路的限制,并且在国际上也得到了更为广泛的认可。

影响巴克尔第一个阶段写作风格的是女作家安吉拉·卡特(Angela Carter,1940-1992)。1979年对巴克尔来说是至关重要的一年,她参加了约克郡的一个写作课程,而教授这门课程的正是女作家安吉拉·卡特。卡特对巴克尔的写作生涯影响重大,根据巴克尔的话说,正是卡特"批准了"她去写作"她最为熟知的人和事物——工业和后工业时代的英格兰东北部的工人阶级"(Westman,10)。卡特不仅鼓励巴克尔写她所熟知的生活,"使她转向了鲜活的北方现实"(Moseley,1996:440),而且还将她的小说《联合街》的手本寄给了维拉戈出版社②的卡门·卡利尔(Carmen Callil),这使巴克尔在英国文坛一炮打响,还因此有了第一个经纪人克提斯·布朗(Curtis Brown)。1990年,《联合街》还被改编成了好莱坞电影《史丹利与爱莉丝》(Stanley and Iris)。

巴克尔接下来的第二本小说《毁了你的房子》(Blow Your House

---

① 大卫一直是巴克尔作品的第一位读者,正是大卫将巴克尔第一部小说的手稿从垃圾箱里解救出来。再比如在《再生》的写作中大卫对里弗斯的多重身份进行了补充,还陪巴克尔一起研究档案和对战场现场进行调研。参见:Westman, Karin. *Pat Barker's Regeneration: A Reader's Guide*. New York: Continuum, 2001:10, 17.

② 维拉戈出版社(Virago Press)创建于1973年,是英国首家专门针对女性读者的出版社,现在它也是全球最大的女性读物出版商之一。

Down, 1984)、第三本小说《丽莎的英格兰》和第四本小说《不在那里的男人》(*The Man Who Wasn't There*, 1989)也全部由维拉戈出版社出版。它们与第一本小说一样聚焦于英格兰北部或东北部工人阶级的生活,并且"增加了描述英国社会的现实主义的广度和深度"(Westman, 13);《毁了你的房子》描写英格兰北部城市中的妓女的生活;《丽莎的英格兰》原名《世纪之女》(*The Century's Daughter*),以主人公丽莎·杰瑞特的一百年人生打开了一扇窥探英格兰东北部工人阶级女性的窗口;《不在那里的男人》是巴克尔首部以男性为主人公的小说,描写了从小不知道父亲是谁的主人公科林对身份的迷惘。

《不在那里的男人》的出版使巴克尔深陷批评的旋涡。在此之前,巴克尔曾经受到评论界的诟病,因为她所热衷的工人阶级女性题材虽然在六七十年代很流行,但在80年代被认为过时了。巴克尔自己也意识到了这一点:"我想对于大量据守伦敦的出版社和批评家来说这是一个非常陌生的世界——它是地方的、工人阶级的、女性的,看在上帝的分上,这三样都不是他们特别喜欢的。"(Smith, 98)[①]然而,颇具讽刺意味的是,当巴克尔开始以男性作为小说的主人公之后,许多对她的写作方向颇有微词的评论者反过来又批评她"放弃了女权主义的事业"(Westman, 14)。

如果说在《不在那里的男人》中巴克尔的写作风格已经有了部分改变,1991年《再生》的出版则成为一个明显的分水岭,宣告了她写作风格的更大转变——这部小说几乎是一个男性的世界。对此,巴克尔在接受的几个采访中都有提及,从巴克尔的言谈中我们可以看出她转向描写男性角色部分上是源于她先前的小说所受到的评论。"我厌恶透了他们那副神气十足的态度",她在1993年接受采访时对坎迪斯·罗德说:"一些愚蠢的评论家又会说,但是,呃,她会写男人吗?——仿佛那是珠穆朗玛峰一样。我有意识地改变了我写作的内容。"(Rod, 28)在接受卡罗琳·加兰采访时巴克尔也表达了同样的想法:"有三年我完全为维拉戈出版社写作女性的经历,我总是在台上遇到这样的问

[①] 需要补充的是,虽说巴克尔对地方性、阶级和性别方面的多重兴趣在英国并不是特别受评论家欢迎,但是她的早期作品在美国持续地受到好评,这个事实让巴克尔在女权出版社的编辑卡门·卡利尔都非常吃惊,巴克尔自己也感到"真的很有趣,一个地方作家却在国外被更好地理解"。参见:Smith, Amanda. "Interview with Pat Barker". *Publishers Weekly*, 21 September, 1984: 98–99.

题——'你为何从来不写男性呢?'我开始越来越难以忍受这一点,因为我强烈地怀疑我是可以的,尽管那时候还不确定。我只能说在我的维拉戈生涯结束的时候,关于男性我已经积聚了大量想说的话。"(Garland, 185 – 186)巴克尔总是感到她"两者都可以写",她不赞成一些像费·威尔登(Fay Weldon)那样的女作家"认为男人是不同的物种"的观点(Perry, 1993: 51)。

的确,《再生》对于巴克尔来说是一个关键性的转折点①。因为这部作品无论是在探讨的对象、主题的广度和深度还是在国际上的影响力方面都是前期的作品无力企及的——"因为她早期的小说主要有意识地关注特定的乡村地区的工人阶级女性,对于大城市批评家们来说很容易忽略她的作品或者将它归入'地方'小说……然而所有这一切随着1991年《再生》的出版改变了。"②(Rennison, 26)此外,"《再生》也标志着向更加广阔的人物类型的转变,因为从'再生三部曲'之后她的小说包含了更多中产阶级的角色,特别是作家、艺术家和社会工作者……虽说巴克尔在创作的第一个阶段也从未被文学评论忽视过,但是严肃的作品评论随着'再生三部曲'的出版特别是《鬼魂之路》1995年获得布克奖而飞速增加了"(Moseley, 2014: 1)。《再生》在大西洋两岸大获成功,实现了极好的销售量,被《纽约书评》提名为1991年最好的四部小说之一,并且在1997年被改编成了电影。这部英国和加拿大联合制作的电影由导演基利士·麦根诺(Gillies Mackinnon)指导,自1997年8月在意大利威尼斯电影节和同年9月在加拿大多伦多电影节上映之后,又先后在英国、加拿大、西班牙、美国等11个国家上映,影片在英国获得1997年英国电影学院奖最佳英国电影提名,在加拿大则获得了加拿大金尼奖的包括最佳影片奖、最佳导演奖、最佳编剧奖、最佳

---

① 在承认《再生》是先前作品的一个转变的同时,巴克尔也对评论家强调它和她早期小说的联系,尽管描写的对象有所不同,但是从主题上来说它们还是具有连续性:"我的确好像是发生了90°的转向,其实不是那样。《再生》的主题也是《联合街》等书的主题——它们都关于创伤。"参见:Becker, Alida. "Old War Wounds: An Interview". *New York Times Book Review*, 16 May, 1999: 23. 此外,写作手法上的连续性也是不可否认的,后期作品中的许多主要人物在前期的作品中已经是呼之欲出了,比如《不在那里的男人》中的男主人公科林就被认为是"像极了即将到来的《再生》里的比利·普莱尔",而《不在那里的男人》中困扰当代人的鬼魂在后来的《另一个世界》里也得到了更加充分的展演。参见:Westman, Karin. *Pat Barker's Regeneration: A Reader's Guide*. New York: Continuum, 2001:10,13.

② 另一个明显的证明就是从《再生》开始,巴克尔之后所有小说的出版社都由从前的维拉戈出版社变为了企鹅出版集团。

配乐奖等多项提名。

继《再生》的轰动之后,《门上的眼睛》(The Eye in the Door, 1993)和《鬼魂之路》(The Ghost Road, 1995)也相继出版,"再生三部曲"得以完成。其中《门上的眼睛》获得了1993年的卫报小说奖(Guardian Fiction Prize),《鬼魂之路》更是在出版的同年就获得了享有崇高声望的布克奖。① 巴克尔的成功促成了这三部小说在1996年被集成了一卷本的《再生三部曲》发表。三部曲奠定了巴克尔当代英国经典作家的地位,也使得很多喜爱巴克尔的评论家和读者欣喜若狂,比如热爱巴克尔的评论家艾琳·贝特斯比(Eileen Battersby)"坚持三部曲的每一部都应该得布克奖,当三部曲的最后一部《鬼魂之路》最终获此殊荣时倍特斯比终于心满意足"(Battersby, 1995: 15)。巴克尔飓风般的成功使得同年巴克尔的文学经纪人就换成了萨尔曼·拉什迪、费·韦尔登和马丁·艾米斯的经纪人艾特肯斯通公司(Aitken & Stone)②。此后更多的荣誉纷至沓来。1998年,巴克尔被达拉谟大学赠予名誉文学博士头衔。

在"再生三部曲"之后,巴克尔于1998年又出版了小说《另一个世界》(Another World, 1998),2001年出版了小说《越界》(Border Crossing, 2001),紧跟着2003年又出版了小说《双重视角》(Double Vision, 2003)。这三本小说都将视野投向了当代,在"再生三部曲"批判历史上的战争和暴力带来的后果之后,这几部作品开始聚焦于当代社会的种种暴力事件,反思它们给当代人类社会带来的影响:《另一个世界》是巴克尔从历史转向当代的过渡作品,它除了表现当代家庭中存在的暴力,还探讨了一战在当代的持续影响,"虽然背景设在当代却因为一个垂死的一战老兵的存在而被历史萦绕,对这个老兵而言,战争的创伤仍然鲜明地存在于当下"(Trumpener, 1100);《越界》以发生在英国90年代的一个真实的谋杀案作为原型,讲述了十岁时就犯下杀人罪行的丹尼的故事,"将犯罪、残忍和受苦置于小说的核心"(Moseley, 2014: 105),探讨了人性恶所能达到的极限和罪恶产生的原因;

---

① 当年同《鬼魂之路》一起入围的有萨尔曼·拉什迪的《摩尔的最后叹息》(The Moor's Last Sigh)、巴里·昂斯沃斯的《道德游戏》(Morality Play)、贾斯汀·卡特赖特的《我见过的每一张脸上》(In Every Face I Meet)、蒂姆·温特的《骑士》(The Riders)。

② 1998年,这家公司更名为Gillon Aitken Associates Ltd。

《双重视角》将小说置于"9·11"、卢旺达大屠杀、波黑战争等当代暴力事件的大背景之下,"跟先前的作品相比甚至让主要人物更多地为暴力和丑恶所包围"(Moseley,2014:109)。这些作品都表现了巴克尔对当代社会的关注和心系人世疾苦的普世情怀,自出版以来受到了广泛关注和好评。

在这两部小说之后,巴克尔陆续出版的三本小说《生活课》(Life Class,2009)、《托比的房间》(Toby's Room,2012)和《正午》(Noonday,2015)又回到了历史题材,讲述一群从事艺术工作的人在一战和二战时期所经受的困惑和痛苦。这三本最新的小说因为其共同的主人公埃莉诺·布鲁克(Elinor Brooke)、保罗·塔兰特(Paul Tarrant)和基特·内维尔(Kit Neville)而被视为继"再生三部曲"之后的又一个战争三部曲。

正如布莱尼根所说,巴克尔不仅"居于20世纪最重要和最受欢迎的小说家行列",也"继续跨入21世纪"(Brannigan,2005:2)。进入21世纪,巴克尔作为英国当代经典作家的地位进一步得到巩固。2000年,巴克尔被授予大英帝国勋章。① 2009年,在苏格兰召开了第一届世界巴克尔研究大会,这标志着巴克尔的英国经典作家地位的巩固和国际影响力的进一步扩大。

第一节 帕特·巴克尔国内外研究综述

当我们审视国外帕特·巴克尔的研究状况的时候,我们会发现它可以从另一个侧面证明巴克尔在当今文坛的地位和受关注的程度。如前所述,在当代英国文学史类和其他文学综述类的著作中,帕特·巴克尔是一个不可或缺的名字,几乎此类著作都对她的作品进行探讨或者介绍。据笔者的不完全统计,包含巴克尔作品介绍的文学史和文学综述类相关专著至少超过三十本②,这些著作主要包括两类:一类是通常意义上的英国文学史,比如多米尼克·海德(Dominic Head)的《剑桥当

---

① Commander of the Order of the British Empire,简称CBE。
② 此数据以及其后的其他国内外研究数据的采集工作皆完成于2018年1月31日之前,恐有疏漏。

代英国小说导论》(*The Cambridge Introduction to Modern British Fiction, 1950 - 2000*, 2002) 和大卫·约翰 (David Johnson) 的《通俗与经典: 1940—2000 年二十世纪文学争鸣》(*The Popular and the Canonical: Debating Twentieth-Century Literature 1940 - 2000*, 2005) 等；另一类是针对某个主题对英国当代文学进行专门梳理和探讨的著作，比如黛安·华莱士 (Diane Wallace) 的《女性历史小说：英国女作家 1900—2000》(*The Woman's Historical Novel: British Women's Writers, 1900 - 2000*, 2005)、基思·布克 (Keith Booker) 的《当代英国左翼小说》(*The Modern British Novel of the Left*, 1998) 和大卫·威廉斯 (David Williams) 的《媒体、记忆与一战小说》(*Media, Memory, and the First World War*, 2009) 等。而除了文学领域外，心理学、社会学、政治学、犯罪学、军事学、女性研究、医学等诸多领域的论著和论文中也常常可以发现帕特·巴克尔的名字，评论家们从各自不同的领域挖掘到了巴克尔作品对于他们各自学科研究的意义。比如，克莱尔·格兰特 (Claire Grant) 讨论如何对暴力犯罪实施惩罚和制定法律的专著《当代文化中的犯罪与惩罚》(*Crime and Punishment in Contemporary Culture*, 2007) 中就引用了巴克尔的小说《另一个世界》和《越界》中的内容。克莱尔通过这些引用强调了当代英国社会所面临的安全危机，并进一步指出当代英国法律界应对日益严重的暴力犯罪问题的紧迫性。特别值得一提的是，克莱尔这本书正文的第一页就是从引用巴克尔《另一个世界》中的一个段落开始的，这段引文表现了主人公尼克对暴力频发的当代生活环境所感到的极度恐惧 (Grant, 1)，由此巴克尔作品在当代英国的影响力可见一斑。再如，玛格丽特·谢尔德克 (Margrit Shildrick) 和詹妮特·普莱斯 (Janet Price) 编著的《生命体征：生物/逻辑身体的女权主义重构》(*Vital Signs: Feminist Reconfigurations of the Bio/Logical Body*, 1998) 一书也同样引用了巴克尔的小说。玛格丽特和詹妮特的这本著作是一本讨论生物、性别和文化之间复杂关系的著作，作者在谈论第八章"歇斯底里的男性：弹震症与男子气概的动摇"时反复引用了巴克尔的"再生三部曲"中的内容来阐释英国男性气质的危机 (Shildrick, 152 - 158, 160 - 161, 166n, 167n, 168n)。概括起来说，从巴克尔的第一本小说问世至今人们对她的关注就没有停止过，近年来更是日益增加，而因为每年新的专著和评论文章、专题访谈等都会源源不断地涌现出来，进行帕特·巴克尔研究综述会有无法穷尽的困扰。通过以上分析还可以看出,巴克尔已经成功抵制了批评界曾经对她进行的标签化的阐释和定位,批评界对巴克尔的关注和研究已经日趋多元化。

  现在巴克尔研究专著也已经有一定的数量。迄今已经出版的直接以帕特·巴克尔作品作为研究对象的专著就有12部①,其中以巴克尔的单部作品或者三部曲作为评论对象的有4部:卡琳·韦斯特曼(Karin E. Westman)的《帕特·巴克尔的〈再生〉》(*Pat Barker's Regeneration*, 2001)是连续国际出版集团(The Continuum International Publishing Group)出版的当代文学系列评论专著之一。这个系列包括32本评论专著,分别对A. S. 拜厄特、扎迪·史密斯、托尼·莫里森、玛格丽特·阿特伍德、石黑一雄、格林汉姆·斯威夫特等32位当代文坛著名作家最具代表性的作品进行分析评论,《帕特·巴克尔的〈再生〉》是这个系列第一批出版的10本书中的1本。而来自挪威厄斯特福尔大学的凯伦·克努森(Karen Patrick Knutsen)出版的专著《彼此的纠缠:帕特·巴克尔的"再生三部曲"》(*Reciprocal Haunting: Pat Barker's Regeneration Trilogy*, 2010)通过巴赫金的对话理论阐释了巴克尔"再生三部曲"中历史与当代的对话关系。莫娜·拉德温(Mona Radwan)的专著《帕特·巴克尔的"再生三部曲"中的战争神经官能症:一战与神经症》(*Aspects of War Neuroses in Pat Barker's Regeneration Trilogy*, 2012)分析了一战对巴克尔的"再生三部曲"中的主要人物所产生的创伤后果并分析一战中出现的神经官能症对于当代战争神经症即"创伤后应激障碍"(PTSD, post-traumatic stress disorder)的研究意义。克里斯蒂安·威肯曼(Christian Weckenmann)的《帕特·巴克尔的〈再生〉——一部历史编纂元小说?》(*Pat Barker's Regeneration—A Piece of Historiographic Metafiction?*, 2013)结合琳达·哈琴提出的历史编纂元小说的定义和具体阐释深入探讨了帕特·巴克尔的《再生》能否被归为历史编纂元小说这个类别的问题。②

---

  ① 其中包括一本用法文出版的专著:Waterman, David. *Le miroir de la société*, *La violence institutionnelle chez Anthony Burgess*, *Doris Lessing et Pat Barker*. Ravenna: Longo Angelo, 2003. 12本专著在文末的参考文献中有详细信息,在此不再一一附注。此外,除了针对巴克尔的研究专著以外,目前还有面向文学专业学生的巴克尔作品的导读教材,比如戴维·詹姆斯(David James)编写的《鬼魂之路:学生文本入门(英语文学高级课程)》(*As/A-Level English Literature: The Ghost Road Student Text Guide*, 2009)等。

  ② 对于这个问题学术界一直存在争议,尽管威肯曼得出不能将《再生》归入历史编纂元小说的结论,有些当代英国文学史却明确将其视为历史编纂元小说。

除了这 4 部以《再生》或"再生三部曲"为研究对象的专著外,对巴克尔作品进行整体研究的专著也有 4 部。莎朗·蒙蒂思(Sharon Monteith)的《帕特·巴克尔》(*Pat Barker*,2002)评论了包括从巴克尔的第一部小说《联合街》到 2001 年出版的《越界》在内的 9 部小说。约翰·布莱尼根(John Brannigan)与之同名的批评论著《帕特·巴克尔》(*Pat Barker*,2005)评论了巴克尔截至当年出版的全部 10 本小说,比莎朗·蒙蒂思的研究范围多了 2003 年出版的《双重视角》。戴维·沃特曼(David Waterman)的(*Pat Barker and the Mediation of Social Reality*,2009)又将研究的巴克尔小说扩大到了同年出版的《生活课》,囊括了巴克尔当时已出版的全部 11 本小说。和戴维·沃特曼一样,马克·罗林森(Mark Rawlinson)的《帕特·巴克尔》(*Pat Barker*,2010)的研究范围也包括了巴克尔当时已出版的全部 11 本小说。这本专著属于菲利普·图和罗德·蒙汉姆编辑的《新英国小说》丛书系列,这一系列丛书对英国当代的简妮特·温特森、萨尔曼·拉什迪、伊恩·麦克尤恩、扎迪·史密斯等 13 位作家及其作品分别进行了介绍和评论。这 4 部巴克尔的研究专著都具有高度的时效性,及时追踪巴克尔的写作和出版动向,体现了对小说家的高度关注和对其作品的高度肯定。

梅利特·莫斯利(Merritt Moseley)的《帕特·巴克尔小说》(*The Fiction of Pat Barker*,2014)是目前最新的一部帕特·巴克尔研究专著。与以往的任何巴克尔研究不同,这部专著是一部批评综述性作品,它对从报刊评论、期刊文章、作家采访到专著在内的巴克尔作品的主要批评文献进行了梳理和总结,同时还概括了巴克尔评论中的主要观点。这部著作对于所有对巴克尔研究感兴趣的人来说都是不可或缺的重要资料。

此外,还有两部专著是以研究巴克尔的论文集的形式出现的。莎朗·蒙蒂思、马格里塔·乔丽(Margaretta Jolly)等四人合编的《帕特·巴克尔批评》(*Critical Perspectives on Pat Barker*,2005)收录了 18 位批评家的文章。帕特·惠勒(Pat Wheeler)编辑的《重读帕特·巴克尔》(*Re-reading Pat Barker*,2011)收录了 9 位评论家的评论文章,前言为莎朗·蒙蒂思所写。

除了专著之外,国外研究巴克尔的相关博硕士论文共有 14 篇,其中博士论文8篇、硕士论文6篇。① 而在这些博硕士论文中,我们发现一个有趣的现象,那就是这些博硕士论文中的绝大多数都将巴克尔与其他作家进行归类研究,在8篇博士论文中这种归类研究的论文达到了7篇之多,在6篇硕士论文中也有4篇属于此类型的研究。这些论文中许多会将巴克尔的作品归入后帝国和后战争研究,讨论巴克尔和其他相关作家对战争和帝国的思考,比如,伊丽莎白·安德森(Elizabeth Andersen)的博士论文《发掘帝国的遗存:20世纪小说中的战争和后帝国创伤》(*Excavating the Remains of Empire: War and Postimperial Trauma in the Twentieth-Century Novel*, 2002)就将巴克尔与弗吉尼亚·伍尔夫(Virginia Woolf)、玛格丽特·德拉布尔和阿米塔夫·戈什(Amitav Ghosh)的小说进行归类研究,发掘这些作家的作品中共同表现出的后帝国意识;爱德华·伊森(Edward Eason)的博士论文《一战瞬间:20世纪美国和英国文学中的战争时刻》(*Temporalizing the Great War: Wartime in Twentieth-Century American and British Literature*, 2015)则将写一战的众多英美作家纳入讨论的范围,比如20世纪早期的作家欧内斯特·海明威(Ernest Hemingway)和鲁伯特·布鲁克(Rupert Brooke)以及当代的阿兰·霍灵赫斯特(Alan Hollinghurst)、迈克尔·康宁汉(Michael Cunningham)等。通过梳理我们还发现,国外博硕士论文中尚未出现对巴克尔的系列作品进行整体研究的论文类型。②

与国外巴克尔研究蓬勃发展的现状比较起来,巴克尔研究目前在国内仍旧是处于起步阶段。国内巴克尔的译介和研究成果非常贫乏,这一点首先就可以从翻译层面看出来。迄今为止,中国大陆地区尚无一本巴克尔作品的中文译作出版,而在台湾巴克尔的作品已有了两本中译本:台湾时报文化出版社于2014年6月出版了"再生三部曲"的第一部《再生》(*Regeneration*)的中译本,由宋瑛堂翻译,书名为《重生》;台湾天培出版社于2002年4月出版了《越界》(*Border Crossing*)的中译本,由张琰翻译,书名为《穿越看不见的界限》。巴克尔中文译作的匮乏与A.S.拜厄特等当代英国女作家多部作品中文译本的大规模出版形成了鲜明的对比。而这种巴克尔中文译作极度欠缺的现状直接导致

---

① 相关博硕士论文来源于PQDT学位论文全文数据库。
② 其他3篇没有对巴克尔作品进行归类研究的博硕士论文都是单独研究她的某一部作品。

了巴克尔研究在中国的相对匮乏。

从研究巴克尔的期刊论文来说,根据中国知网数据库的资料,国内研究巴克尔的期刊论文迄今加起来不过数十篇。巴克尔最早出现在中国的期刊上是1994年4月,《出版参考》杂志刊登了一则两百余字的快讯《英国1993年度〈星期日快报〉图书奖〈卫报〉小说奖揭晓》,公布了巴克尔的小说《门上的眼睛》获得"《卫报》小说奖"的消息。在此之前,巴克尔虽然已经出版了6部小说,在中国却一直没有引起人们的注意,研究她作品的期刊论文一直为零。遗憾的是,即使是在1994年的这则快讯之后,甚至是在巴克尔1995年获得布克奖之后,国内依然没有人关注这位作家。这种沉寂一直持续到了十几年之后的2008年,广东外语外贸大学的刘胡敏和天津师范大学外国语学院的刘建梅开始关注巴克尔的作品,她们近些年来持续关注巴克尔的作品,发表了数篇相关的论文。据不完全统计,包括刘胡敏和刘建梅的相关论文在内,2008年以来和巴克尔有关的期刊论文至今已有30余篇。

2008年之后巴克尔研究论文的明显增加说明国内已经开始逐渐关注这位作家,但是因为国内的巴克尔研究毕竟刚刚起步,关于这位作家的核心论文还是相对偏少。在2008年后逐渐出现的30余篇期刊论文中,核心期刊文章仅有11篇。而在这11篇核心期刊文章之中,发表在《外国文学动态》的介绍性文章就有5篇。真正学术研究型的期刊论文仅有6篇[①],分别为:刘胡敏发表于《华南师范大学学报》2008年第2期的《试论巴克〈再生〉三部曲对"创伤压力综合征"[②]的描写》、发表于《湖南师范大学社会科学学报》2009年第5期的《创伤和"边缘性人格障碍"的艺术表现——帕特·巴克后期小说文本解读》和发表于《华南师范大学学报》2017年第3期的《论〈另一个世界〉里战争创伤的代际

[①] 6篇论文具体参见:刘胡敏.试论巴克〈再生〉三部曲对"创伤压力综合征"的描写.华南师范大学学报,2008年第2期,第70—75页;刘胡敏.创伤和"边缘性人格障碍"的艺术表现——帕特·巴克后期小说文本解读.湖南师范大学社会科学学报,2009年第5期,第110—113页;陈茂林.《联合街》:英国工人阶级女性生活的一面镜子.外国语文,2014年第6期,第7—13页;姚振军,王卉.《重生三部曲》中"承认"的伦理.外国文学,2016年第4期,第135—142页;朱彦.历史的"凝结"之处——解读帕特·巴克尔的小说《另一个世界》.国外文学,2016年第4期,第108—116页;刘胡敏.论《另一个世界》里战争创伤的代际传递.华南师范大学学报,2017年第3期,第156—160页。

[②] 刘胡敏文中的"创伤压力综合征"和本书中的"创伤后应激障碍"概念相同,区别只在于汉语翻译的不同。

传递》;陈茂林发表于《外国语文》2014 年第 6 期的论文《〈联合街〉:英国工人阶级女性生活的一面镜子》;姚振军和王卉发表于《外国文学》2016 年第 4 期的论文《〈重生三部曲〉中"承认"的伦理》;还有笔者发表于《国外文学》2016 年第 4 期的论文《历史的"凝结"之处——解读帕特·巴克尔的小说〈另一个世界〉》。

  国内研究巴克尔的博硕士论文也是屈指可数,在中国知网数据库中至今仅有 1 篇博士论文和 3 篇硕士论文。2013 年,笔者博士论文开题的时候,中国国内关于巴克尔研究的博士论文还是空白。可喜的是,在笔者写作的过程中,南开大学刘建梅的博士论文《帕特·巴克战争小说研究》于 2014 年出现在中国知网上,成为国内第一篇巴克尔研究博士论文。刘建梅的论文将巴克尔界定为"战争题材小说家",集中讨论了巴克尔的一战题材小说,包括"再生三部曲"和《生命课》《托比的房间》,"借助于对英国文化以及作家本人的生命体验的研究,探讨英国战争文化传统的特性",并"把重点放在讨论巴克书写战争的方式以及如此书写的目的和意义上"。① 除了刘建梅的博士论文外,国内还有 3 篇研究巴克尔的硕士论文,它们是岳静雅的硕士论文《帕特·巴克〈重生三部曲〉中的创伤与疗治》(2017)、苏琴的硕士论文《小说叙事风格的传译——〈重生〉(节选)翻译报告》(2014)和王剑华的硕士论文《对〈鬼途〉中二元对立现象的反思》(2010)。需要指出的是,这 4 篇博硕士论文中苏琴的论文谈论的是巴克尔小说的翻译问题,并非文学研究论文。从余下的 3 篇文学研究论文可以看出,国内的博硕士论文所关注的巴克尔的小说范围比较狭窄,大部分集中在"再生三部曲"。

  除此之外,中国近些年来编纂的当代英国文学史类的著作有些已经将帕特·巴克尔包括在其中,比如王丽丽于 2006 年出版的《二十世纪英国文学史》、瞿世镜和任一鸣于 2008 年出版的《当代英国小说史》和刘文荣于 2010 年出版的《当代英国小说史》等。王丽丽在《二十世纪英国文学史》中对巴克尔和其作品进行了介绍和评论,美中不足的是作品介绍只截至《鬼魂之路》②;瞿世镜和任一鸣的《当代英国小说史》将巴克尔归入"中年作家"一章,用了整整十页的篇幅来介绍她的作

---

① 参见:刘建梅.帕特·巴克战争小说研究.南开大学博士学位论文,2014 年,第 18 页。
② 参见:王丽丽.二十世纪英国文学史.济南:山东大学出版社,2006 年,第 321—324 页。

品,并将其称为"当代英国杰出女作家之一"①;刘文荣在《当代英国小说史》中也对巴克尔进行了比较详细的介绍,其中主要介绍了"再生三部曲"、《越界》和《双重视野》五部小说。②

通过以上分析可以看出,近年来巴克尔在中国得到了一定的关注。然而即便如此,相对于其他英国当代的知名女作家比如 A. S. 拜厄特、玛格丽特·德拉布尔、简妮特·温特森(Jeanette Winterson)等人,中国学界对巴克尔的研究还是非常不足的。2014 年,刘建梅在自己博士论文的摘要中概括中国巴克尔研究状态时曾说:"对巴克的研究在我国学界基本处于空白状态"③,几年之后的今天,虽然这种状况已经略有好转,但是依然可以说中国学界对巴克尔的介绍和研究是相对不足的。国内巴克尔研究不仅存在着数量相对较少的特点(比如期刊论文少、博硕士论文屈指可数),而且属于核心类的相关期刊论文也明显不足。并且,目前国内英国文学选读类的教科书中也尚无一本选入巴克尔的作品。介绍和研究的匮乏直接导致了国内读者对巴克尔了解不足。

综上所述,国外的巴克尔研究已经具有了相当的规模,而国内的巴克尔研究才刚刚起步,亟待继续丰富。正如刘建梅所说,"巴克研究在我们国内还是一个相对全新的空间"④,对巴克尔这样一个非常有特色的作家进行研究对于我们全面了解英国当代文学是非常必要和有意义的。

第二节　创伤记忆研究综述

纵观巴克尔的作品,我们发现,巴克尔从创作伊始到现在作品中往往会涉及创伤记忆的主题,可以说巴克尔在英国小说家中是不多见的将创伤记忆主题贯穿创作始终的作家。更令人惊讶的是,巴克尔的创作过程和近三四十年来当代创伤记忆研究的热潮产生了惊人的契合——巴克尔开始创作的 80 年代恰好正是当代创伤记忆研究热潮兴

---

① 参见:瞿世镜,任一鸣. 当代英国小说史. 上海:上海译文出版社,2008 年,第 300—309 页。
② 参见:刘文荣. 当代英国小说史. 上海:文汇出版社,2010 年,第 461—464 页。
③ 参见:刘建梅. 帕特·巴克战争小说研究. 南开大学博士学位论文,2014 年,第 17 页。
④ 参见:刘建梅. 帕特·巴克战争小说研究. 南开大学博士学位论文,2014 年,第 17 页。

起的时期,而巴克尔随后的文学创作也和创伤记忆理论研究的逐步深入相映生辉。这种看似令人惊讶的巧合其实或许从一个侧面表明了当代对创伤问题关注的背后存在着某种必然性,创伤记忆现在已经成为多个领域的关注热点,"创伤理论已经激起了一种跨学科的回应,打破了类属的和学科的界限……过去的十年创伤理论的跨学科增长异常惊人,打开了一系列包括心理分析的、历史的、临床的、人类学的和文学的研究方法上的回应"(Robson,115-116),文学领域其实仅仅是创伤理论跨学科影响中的一个部分。

  那么,为什么创伤记忆的研究会成为当代的显学?为什么在当代创伤会成为一个跨学科的研究热点,聚焦了诸多学科专家的目光?为了说明这个问题,同时又因为创伤记忆研究的相关理论也是本书的理论基础,我们有必要先来梳理一下创伤记忆研究的大致发展过程。①

  "创伤"一词源自希腊语,其原意是"伤口",指外力给身体造成的物理性损伤。但是,进入现代之后"创伤"一词显然逐渐脱离了身体损伤的所指而被赋予了精神伤害的核心内涵,"创伤是一个现代性的话题"(王欣,59),在现代社会人们精神上的创伤日益引起了学界的关注和重视。这一切其实和现代性的暴力直接相关,"创伤源于现代性暴力,渗透了资产阶级家庭、工厂、战场、性/性别、种族/民族等个体和集体生活的多层面,是现代文明暴力本质的征兆"(陶家俊,117)。精神创伤研究的开端就体现了这一点。精神创伤的研究最早开始于19世纪后半叶,从某种程度上可以说正是现代工业社会发展的产物。19世纪60年代,英国医生约翰·埃里克森(John Erichsen)在铁路事故的受害者中发现了创伤症状。后来柏林神经学家保罗·奥本海姆(Paul Oppenheim)将这种症状命名为创伤神经症(traumatic neurosis)并且将此症状的原因归因于人脑中的器官病变。

  到了19世纪末、20世纪初,创伤开始日益被放置于心理学的范畴进行研究和分析,"19世纪90年代中期,在法国的让内(Pierre Janet)和在维也纳的弗洛伊德及其合作者约瑟夫·布洛伊尔(Joseph Breuer)

---

  ① 这里有必要大致说明一下创伤和记忆研究的关系。"创伤理论是对记忆研究的进一步细化"(王欣,59),创伤记忆的研究原本是记忆研究的重要组成部分,它从属于记忆研究,但是在当代的记忆研究中,有关创伤记忆的研究占据较大的比重,并且和本书的关系也最为紧密,因此这里的梳理就以创伤记忆的研究为主线。

都各自得出极为相似的结论:歇斯底里症是由心理创伤造成的"(赫尔曼,7)。这些研究者还发现,当患者的创伤记忆伴随着强烈的感受被找回并述说出来时,歇斯底里的症状有可能会减轻。布洛伊尔的患者安娜·欧(Anna O)①给了这种治疗方法一个现在为大家所熟知的名称——谈话治疗(talking cure)。当时与此治疗方法同时被普遍采用的是催眠术,患者在被催眠之后在医生引导下重温被遗忘和被压抑的事件从而实现治疗的目的。就当时被治疗的对象而言,女性占据了绝大多数,她们"集中体现了创伤对心理的破坏性后果"(Leys,2000:4)。在这些研究者中间,弗洛伊德的研究显然引起了更多的关注。在19世纪90年代,弗洛伊德提出歇斯底里症状的主要成因是性创伤特别是诱奸和性侵害引起的精神压抑,"在所有的歇斯底里症状背后都有一次或者数次非成人期的性经历事件"(Freud,1962:203)。但是在1897年,弗洛伊德放弃了诱奸理论,转而研究被压抑的性幻想和性欲,因而否认了具体的创伤对个人心理的重要影响。同样,布洛伊尔等人也相继放弃了谈话治疗的方法和对女性心理创伤的研究。

  1914年,第一次世界大战的爆发成为创伤研究的一个重要转折点。在这次工业化带来的第一次全民性灾难之中大量参战士兵出现了弹震症的症状,并且他们的症状"与那些歇斯底里的女性身上观察到的症状没有任何不同"(Leys,2000:4),这使人们突然意识到原先认为女性是患有创伤神经症的主要人群的观点是错误的。也正是这场战争使弗洛伊德受到极大的震撼,他在目击了一战的残酷之后开始从原先对个体创伤的研究转向了对文明发展过程中的暴力和创伤性的研究,就此"超越了此前对个体无意识、性和欲望的分析研究,转向关注现代人和现代文明的创伤"(陶家俊,119)。《超越快乐原则》(*Beyond the Pleasure Principle*,1920)、《文明及其不满》(*Civilization and Its Discontents*,1930)、《摩西与一神教》(*Moses and Monotheism*,1938)等著作就是这一阶段弗洛伊德思想的代表作品,从中我们可以看出弗洛伊德研究方向的明显改变。继在《超越快乐原则》中提出人具有超越快乐原则的死亡本能之后,弗洛伊德在《文明及其不满》中进一步将其扩展到对现代文明的研究,他提出现代文明同样既充满了爱欲又充满了死亡本能,现代人所拥有的毁灭人类的技术和武器就是死亡本能所

---

① 这个名字是布洛伊尔给她取的假名字。

致,因而人类总是生存在文明与暴力的对立冲突之中。而在《摩西与一神教》中弗洛伊德又研究了犹太教的历史,揭示了犹太教在发展过程中所展现出的创伤性。

　　从弗洛伊德的研究转向中其实我们已经可以隐约看到从个体心理创伤向集体创伤和文化创伤研究转向的迹象了。而正如第一次世界大战激发了弗洛伊德创伤研究的历史和文化转向,第二次世界大战、越战等人类历史上更加惨痛的战争成为创伤研究进一步发展的催化剂。1980 年就是当代创伤研究的关键性的一年——"作为心理学家、社会工作者、活动家和其他人士为越战老兵在战后所受之苦所进行的政治斗争的结果"(Leys,2000：5),1980 年美国心理协会(American Psychiatric Association)在《精神紊乱的诊断和数据分析便览》(*Diagnostic and Statistical Manual of Mental Disorders*)第三版中第一次官方承认了创伤后应激障碍的存在:"创伤后应激障碍从根本说来是一种记忆紊乱,即因为某些事件引起的恐惧感和震惊内心产生了分裂或者是解离;因为正常的意识和承认机制遭到破坏,受害者无法在心理上接受伤害。结果是,受害者无法在正常的意识范围内回忆和整合创伤经历;相反地,她不断被侵入的创伤记忆所萦绕或占有。创伤的经历在时间上被固定或凝固,拒绝被表征为过去,并且持续地以一种痛苦的、解离的、创伤的现在的形式被重新经历。"(Leys,2000：2)创伤后应激障碍的提出和认定标志着当代创伤研究热潮的开始,"此后对心理、文化、历史、种族等创伤的文化书写、社会关注和学术研究蔚然成风,创伤一跃成为左右西方公共政治话语、人文批判关怀乃至历史文化认知的流行范式"(陶家俊,117)。

　　当代创伤研究热潮的兴起除了和 1980 年美国心理协会对创伤后应激障碍的认定有着密切的关系之外,1981 年美国耶鲁大学杜里·劳伯(Dori Laub)和杰弗里·哈特曼(Geoffrey Hartman)教授主持的纳粹大屠杀研究即大屠杀幸存者视频档案工程(Video Archive for Holocaust Testimony)也是美国当代创伤研究兴起的催化剂。工程启动后,"数十年内,该工程与北美、南美、欧洲和以色列的三十七家机构合作,记录、收集、保存了 4400 份纳粹大屠杀证据"(陶家俊,123)。此后,耶鲁大学的众多大屠杀档案库的参与者们陆续发表了一系列的创伤研究的重要成果,从而使耶鲁大学成为美国创伤研究的重镇。这些著作中包括肖莎娜·费尔曼(Shoshana Felman)和杜里·劳伯的著作《证词:文学、心理分析和历史中的见证危机》(*Testimony: Crises of Witnessing in Literature, Psychoanalysis and History*, 1992)、杰弗里·哈特曼编著的《大屠杀悼念：记忆的形状》(*Holocaust Remembrance: The Shape of Memory*, 1994)、凯西·卡鲁斯(Cathy Caruth)的《创伤：探索记忆》(*Trauma: Explorations in Memory*, 1995)和《无法言说的经历：创伤、叙事和历史》(*Unclaimed Experience: Trauma, Narrative and History*, 1996)以及多米尼克·拉卡普拉(Dominick LaCapra)的《再现大屠杀：历史、理论与创伤》(*Representing the Holocaust: History, Theory, Trauma*, 1996)、《写历史，写创伤》(*Writing History, Writing Trauma*, 2001)等。这些著作已经成为当代创伤研究的经典之作。

美国就此成为当代创伤研究最活跃的中心之一。而除了美国之外，欧洲也渐渐成为创伤研究的另一个中心。2002年，瑞典的卡尔斯塔德大学(University of Karlstad)成立了记忆文化研究小组(Memory Culture Research Group)。这个小组将人文学科的文化、历史、公共关系、文学、哲学、心理学甚至是电影、媒体、音乐、摄影等都与记忆研究结合起来，进行了广泛的跨学科研究，在最大的程度上拓展记忆研究的范围，因此他们研究的领域极为广泛。其中创伤记忆的研究也是他们研究的重点之一，这个小组进行了对欧洲国家在两次世界大战、大屠杀等重大历史创伤事件之后的集体记忆的重构问题的研究和讨论，《记忆的运作：记忆的理论与实践》(*Memory Work: The Theory and Practice of Memory*, 2005)和《集体创伤：20世纪欧洲的战争和冲突的记忆》(*Collective Traumas: Memories of War and Conflict in 20th-Century Europe*, 2007)等著作就是其研究的主要成果。①

从以上介绍可以看出，当代创伤记忆研究热潮的兴起离不开对战争和重大灾难事件的反思。杰伊·温特(Jay Winter)在《战争纪念：20世纪记忆与历史之间的一战》(*Remembering War: The Great War between Memory and History in the Twentieth Century*, 2006)中指出，20世纪的"记忆热潮"大多就是通过"对战争和其受害者的大规模的集体思考"展现的，尽管创伤的来源迥然不同，但是创伤的话题"很多还是一次又

---

① See: Mithander, Conny, John Sundholm and Maria Holmgren Troy, eds. *Collective Traumas: Memories of War and Conflict in 20th-Century Europe*. Bruxelles: Peter Lang International Academic Publishers, 2007:9.

一次地回到战争及其后果的主题上去"(Winter,2006:1)。鲁斯·莱斯(Ruth Leys)在《创伤:系谱学》(*Trauma: A Genealogy*, 2000)一书中也强调,当代对创伤概念的理解经常是"绝对不可避免地和20世纪的一些重大经历联系在一起"(Leys,2000:2),当代的创伤研究和一战、二战特别是大屠杀等重大历史经历有着紧密的联系,而对幸存者特别是大屠杀幸存者的创伤记忆的研究显然更是当代诸多创伤研究者的重要领域。当然,随着创伤研究的日益开展,创伤的概念如今被应用得越来越普遍,当代的创伤研究也越来越呈现出跨学科研究的特点,体现出了从精神病学的个体研究向文化、历史、心理、种族等更为广泛的领域的跨学科转向。这种跨学科的创伤研究将创伤和社会、历史、文化甚至文学紧密地结合在一起,体现出对公平公正和民主正义的追求,特别是体现了对处于弱势的人群、种族和民族的同情,表达了为其伸张正义的人道诉求。创伤研究在这个意义上与解构思潮和后现代主义也产生了交集①,"拉康的理论和德里达的解构理论使得这些创伤的人文研究充满活力"(Alexander,2004:6)。

除了跨学科的特点,当代的创伤研究大都还有一个共同之处,那就是对弗洛伊德的创伤研究成果的借鉴、运用和发展。弗洛伊德"在创伤研究历史中是一个无法逃避的角色"(Leys,2000:11),很多当代学者创伤理论的提出都是基于弗洛伊德思想之上:"弗洛伊德思想是创伤理论的原创点和源头活水。20世纪的创伤理论基本上与向弗洛伊德思想的回归和新阐释保持同步发生的态势……弗洛伊德思想是我们完整理解、阐释并运用创伤理论的前提和基础。"(陶家俊,118)

但是,尽管有着诸多共同之处,当代的创伤记忆研究更多的还是分歧,"在使用'记忆'这个名词的时候找不出两个以同样的方式使用它的人"(Winter,2006:20)。当代的创伤研究呈现出了百花齐放的研究态势。创伤研究学者们各自有着不同的侧重点,他们大多自成一体,因此当代的创伤研究并没有形成系统和统一的理论,各个学者的观点之间有时候差异还是比较大的,这里也无法对其一一进行详细论述。而

---

① 比如,解构主义影响下的后殖民研究其实就包括对原帝国统治下的殖民地所遭受的种族创伤的研究,这和创伤研究产生了交集。陶家俊在论文《创伤》中将法农(Frantz Fanon)、赛昂哥(Ngugiwa Thiong)、吉尔罗伊(Paul Gilroy)等人的后殖民理论中的一部分归纳为后殖民种族创伤理论,并将其作为创伤理论发展的主要阶段之一。参见:陶家俊.创伤.外国文学,2011年第4期,第120—123页。

对创伤研究进行分类也是一件非常复杂的事情,比如,从研究对象而言可以分为个体创伤和集体创伤(其中集体创伤又包括民族创伤、种族创伤等);从创伤的性质来说可以分为心理创伤与文化创伤;从创伤的来源可以分为事故创伤、战争创伤、性暴力创伤等,这些又进一步可以分成直接创伤和间接创伤;从受创主体而言可以分为受害者创伤和施暴者创伤等。就像《记忆的运作:记忆的理论与实践》一书中所说,"这些区别是非常困难的,事实上也是不可能坚持的,因为这些概念不是截然不同而是相互交织的,是在彼此相连时才变得有意义和有用",其实所有的这些分类和概念都不过是"启发式的工具"罢了(Kitzmann,15)。

基于这样的事实,如果我们以巴克尔的作品中所关注的创伤记忆的不同侧面出发,大致梳理本书中所涉及的主要创伤理论也许会更加有帮助。本书所选择的巴克尔的6本小说主要涉及了集体记忆与文化创伤的重构、创伤记忆的延迟与代际传递、创伤记忆与创伤疗愈等几个方面的问题。

一、集体记忆与文化创伤重构

从上述对当代记忆研究的大致介绍可以看出,当代对集体创伤记忆的关注大大超过对个人创伤记忆的关注。集体记忆(collective memory)的概念最早是20世纪20年代由法国哲学家和社会学家莫里斯·哈布瓦赫(Maurice Halbwachs)提出的。哈布瓦赫打破了将历史视为集体领域而将记忆视为个人领域的图圄。他认为记忆是社会的,是我们和某些群体和团体比如家庭、社会阶层、宗教团体、国家等所共同拥有的。

在当代的记忆研究中,集体记忆重新得到重视,"从20世纪70年代开始集体记忆就引起了人们越来越多的关注"(Mithander,11)。但是当代集体记忆的概念与20世纪20年代哈布瓦赫所提出的集体记忆的概念显然有着巨大的差别,"在弗洛伊德意义上被遗忘和压抑的过去引起了越来越多的关注",并且"集体记忆不再是一个固定的范畴……过去的形象不再是统一不变的,而是通过协商和争论,它们被视作开始,并接受未来的修正"(Mithander,12)。

杰弗里·亚历山大的文化创伤理论就是这样一个当代集体记忆研究氛围下的重大成果,它"关注的是集体意义上的创伤"(Alexander,2012:2)。杰弗里·亚历山大(Jeffrey C. Alexander,1947—)是美国社会学家,也是当代文化社会学派的核心人物。2001年亚历山大转入美国创伤研究的重镇耶鲁大学任教,并在2008年成为耶鲁大学社会学教授和文化社会学中心主任。自此之后,在亚历山大的文化社会学研究中,文化创伤的研究成为他主要的研究领域之一。亚历山大从社会学视角出发研究创伤,在他看来创伤不仅是个人心理上的遭遇,更是族群和集体的经历;并且,亚历山大还和常民创伤理论(lay trauma theory)①划清了界限并提出了文化创伤理论(a theory of cultural trauma)。与常民创伤理论不同,文化创伤理论认为并非所有的具有伤害性的事件都会自然地在一定的群体中产生文化创伤:"我们认为,事件本身,无论它们自身或者来自它们自身,都不会产生集体创伤。事件并非具有与生俱来的创伤性。创伤是一种社会为媒介的产物。"(Alexander, 2004: 8)。亚历山大强调,创伤经历必须通过有目的的建构才能转化为集体创伤和文化创伤:"个体的受害者对创伤性伤害的反应是压抑和否认,当这些心理防御被战胜的时候症状则得以减轻,同时痛苦进入意识,受害者可以进行哀悼。对于集体来说,情况就不同了。不是否认、压抑和安度,而是象征性建构和塑造,是创作故事和角色,并且在此之上继续前行。一个'我们'必须被通过叙事和编码建构起来……还有,共同的文化创伤的建构也不是自动完成的。失去的生命和经历的痛苦是个人身上存在的事实;但是共同的创伤依赖于集体的文化阐释过程。"(Alexander, 2012: 3)对集体创伤和文化创伤建构性的强调是亚历山大文化创伤理论的核心和精髓。

在亚历山大较为早期的著作《社会生活的意义:文化社会学》(*The Meanings of Social Life: A Cultural Sociology*, 2003)一书中,有两篇文章已经表达出了他后来提出的文化创伤的理念。在其中一篇文章中,亚历山大指出,大屠杀并非是在发生之后立刻就被视为西方社会的罪恶,而是通过漫长的叙事和意义建构最终被建立起来的。② 而在另一篇文

---

① 根据亚历山大的解释,常民创伤理论倾向于认为"创伤源于事件本身",即灾难性事件具有与生俱来的创伤性,这些事件发生的同时创伤也就随之产生,"当创伤性事件作用于人时,创伤经历即产生"(Alexander, 2004: 2 - 3)。这种认为创伤随灾难性事件自然产生的理论与亚历山大强调建构性的文化创伤理论显然存在巨大的差异。

② See: Alexander, Jeffrey C. "On the Social Construction of Moral Universals: The 'Holocaust' from War Crime to Trauma Drama". *The Meanings of Social Life: A Cultural Sociology*. New York: Oxford University Press, 2003: 27 - 84.

章中,亚历山大认为,水门事件在被视为丑闻之前也在很长一段时间内没有被视为一件大事。① 这两篇文章已经表达出了亚历山大对社会创伤的基本理念,即当下社会中被认为具有创伤性的事件并非在发生之时就带有与生俱来的创伤性,而是通过社会文化进程中的建构实现的。

在《文化创伤与集体身份》(*Cultural Trauma and Collective Identity*, 2004)这本书中,亚历山大正式提出了文化创伤的概念和理论。亚历山大首先将文化创伤理论和常民创伤理论做了清楚的区分,并随后对自己提出的文化创伤理论进行了细致的阐述。② 而在近年出版的《创伤:社会理论》(*Trauma: A Social Theory*, 2012)一书中,亚历山大又通过丰富的实证研究继续探索了文化创伤的起源和后果,"研究广大范围内的社会苦难,涉及剥削与暴力、战争与种族灭绝、无辜者的被屠杀,异常激烈并且常常是令人发指的宗教、经济和种族冲突"(Alexander:2012,2)。在这本书中亚历山大主要探讨了犹太大屠杀、印巴分制、以色列问题、中国的南京大屠杀等重大历史事件。③

亚历山大的文化创伤理论对于研究涉及重大历史事件特别是创伤性历史事件的文学作品具有启发意义。这个理论更大的意义还在于它对道德责任的强调——"这个提出的理论不仅仅是技术和科学的……它特别阐明了道德实践的过程。无论创伤建构的过程有多么曲折,它都使集体得以定义新形式的道德责任。"(Alexander, 2004:27)正因为这样,文化创伤理论常常倾向于重构"在弗洛伊德意义上被遗忘和压抑的过去"(Mithander, 12)。文化创伤理论的所有这些特质使它非常契合巴克尔历史小说"再生三部曲"的分析和研究——"再生三部曲"关注的第一次世界大战正是一个持续影响了英国长达一个世纪的重大的创伤性历史事件。

二、创伤记忆的延迟与代际传递

关于创伤记忆延迟性的特征,弗洛伊德早在《超越快乐原则》中就通过16世纪意大利诗人陶奎多·塔索(Torquato Tasso)的著名浪漫史

---

① See: Alexander, Jeffrey C. "Watergate as Democratic Ritual". *The Meanings of Social Life: A Cultural Sociology*. New York: Oxford University Press, 2003:155 – 178.

② See: Alexander, Jeffrey C. et al. eds. *Cultural Trauma and Collective Identity*. Berkeley, Los Angeles and London: University of California Press, 2004:1 – 11.

③ See: Alexander, Jeffrey C. *Trauma: A Social Theory*. Malden: Polity Press, 2012.

诗《被解放的耶路撒冷》中唐克雷蒂和克罗琳达的故事进行了阐释——唐克雷蒂第一次给克罗琳达造成的伤害过快而且过于出乎意料,因此在事件刚刚发生时并没有被充分认知,直到其第二次重复出现时才为唐克雷蒂所知(Freud,1984:293)。后来在《摩西与一神教》中弗洛伊德进一步将这种创伤发生和重返幸存者之间的时间间隔阐释为"潜伏期"——"在事件发生和症状的第一次出现之间经过的时间被叫作'潜伏阶段',这是一个明显的传染病的病理特征的隐喻……这个特征我们可以称之为潜伏期(latency)"(Freud,1939:84)。弗洛伊德还据此总结出了"早期创伤—防御机制—潜伏期—神经症发作—被压抑内容的部分再现"的神经症发展模式(Freud,1939:117)。后来弗洛伊德又继续将这种神经症发展模式应用于社会学和人类学研究,他分析了历史创伤在压抑之后反复再现的症状,指出暴力所导致的历史的创伤和个人的创伤神经症有着相似的过程,同样会有经历压抑和"潜伏期"之后再现的过程(Freud,1939:84)。

当代著名创伤研究学者凯西·卡鲁斯进一步肯定了弗洛伊德关于创伤的延迟性的观点。在卡鲁斯看来,延迟性本身就是创伤与生俱来的特质,她指出,"创伤描述了一种突然的灾难性的无法承受的经历,对事件的反应经常表现为以幻觉和其他侵入性的现象出现的延迟、无法自控的和重复的出现"(Caruth,1996:11)。卡鲁斯同时也肯定并进一步发展了弗洛伊德关于历史创伤反复再现的观点,她指出,"创伤后应激障碍不是某种意义的错误或者错置的病理学,它是历史的病理学。如果创伤后应激障碍必须被理解为一种病理学,那么它不是无意识的症状,而是历史的症状。我们可以说,受创伤的主体携带了不可解决的历史,或者他们自己就变成了他们无法完全控制的历史的症状。"(Caruth,1995:5)据此,卡鲁斯进一步提出正是"历史的暴力施加在人类心理上的破坏性力量"导致了"历史的形成是无穷尽的先前暴力的重复"(Caruth,1996:63)。

在创伤记忆延迟的过程中,与之相伴相生的另一种现象就是创伤的代际传递。而在当代的创伤研究中,创伤的代际传递过程早已成为一个重要的分析媒介和研究对象。凯西·卡鲁斯关于创伤历史再现的阐释中就已经暗示了创伤的代际传递性:"创伤在犹太一神教中被延迟的经历表明历史不仅是危机的传递,而且也是幸存的传递,这种幸存只有在一个比任何个人或者一代人更大的历史中才能被拥有。"(Caruth,

1996：71）其他许多创伤研究专家也都探讨过创伤的代际传递问题，比如杜里·劳伯在《证词：文学、心理分析和历史中的见证危机》中探讨了大屠杀幸存者后代受到的创伤影响："第二次创伤通过其奇怪的再次发生成为一段重复的历史见证。大屠杀后出现的第二次创伤不仅见证了一段历史的未完成，更是见证了这个事件历史性发展的未完结。"（Laub，67）

玛丽安·赫什（Marianne Hirsch）提出的后记忆理论也是关于创伤代际传递的非常富有见解的理论。在1997年出版的专著《家庭相框：家庭、摄影和后记忆》（*Family Frames: Photography, Narrative, and Postmemory*, 1997）中，赫什探讨了家庭照片对于大屠杀幸存者家庭和创伤研究的意义，并首次提到了"后记忆"的概念："在我的阅读中，后记忆因为代际的距离而区别于记忆，因为深刻的个人联系而区别于历史。后记忆是一种强大的非常特殊的记忆形式主要是因为它和客体或源头不是通过回忆而是通过想象的投入和创造相联系的。这并非是说这种记忆本身不经过媒介，而是它更直接地和过去联系。后记忆表现了那些由他们出生以前的叙事支配长大的人们的特征，他们的延迟的故事来自先前一代人的故事，这些故事具有创伤事件的特征，他们既不能理解，也无法再次创作。"（Hirsch，1997：22）赫什同时强调，这个概念的意义肯定会超出有关大屠杀的创伤记忆的研究领域，"我发展的这个概念是有关大屠杀幸存者的孩子们的，但是我相信它也可以很有效地描述其他的文化创伤或者集体创伤事件的第二代人的记忆"（Hirsch，1997：22）。

在2012年出版的专著《后记忆的一代》（*The Generation of Postmemory*, 2012）中，赫什将自己提出的后记忆的概念发展成了相对完整的后记忆理论。赫什在书中反复强调后记忆是关于创伤代际传递的结构的理论，比如"后记忆不是一种运动、方法或者观念，我宁可把它视作一种代际的或是跨代的创伤知识和象征性经验的结构，它是一种创伤性回忆代际运动的后果"（Hirsch，2012：6）。她还说："我在整本书中都试图说明后记忆不是一种身份而是一种代际的传递的结构。"（Hirsch，2012：35）赫什后记忆理论的提出和20世纪末、21世纪初的特殊历史时期有着重大的联系。在这样一个"对幸存者的一代的死亡和他们给自己的后代传递怎样的责任感到焦虑并且这种焦虑达到顶峰"的特殊时刻（Hirsch，2012：18），经历过历史大灾难的幸存者渐渐逝去，"活着的连接感"即将消失，当代对过去的拥有感和保护感处在危急关头，而承载了前代创伤记忆的"后记忆一代"将如何面对历史与未来也成为一个异常紧迫的话题。而在这样的一个时代，正如赫什所说，不仅是对大屠杀幸存者的后代，对其他文化创伤或者集体创伤事件幸存者的后代展开"后记忆"的伦理思考和研究都是极其有意义的。

巴克尔的《另一个世界》正是这样一部在世纪之交的特殊历史时刻探讨一战的创伤记忆如何产生跨代传递和"后记忆"的小说。彼时，英国最后一批亲历一战的老兵相继离世①，他们的离开是否代表了一个特殊时代的终结？他们所代表的历史记忆会随之烟消云散吗？《另一个世界》正是那个时代对这些问题展开严肃思考的体现，而凯西·卡鲁斯、玛丽安·赫什等人关于创伤记忆延迟和代际传递的理论显然对我们解读这部小说会大有裨益。

三、创伤记忆与创伤疗愈

提起创伤疗愈的研究，朱迪思·赫尔曼（Judith Herman, 1942 — ）在这个领域可以说是首屈一指。② 赫尔曼是世界著名的心理创伤研究专家，现任美国哈佛大学医学院（Harvard University Medical School）临床精神病学教授，也是马萨诸塞州剑桥健康联盟（Cambridge Health Alliance）精神医学部暴力受害者项目（Victims of Violence Program）的培训主管。她多年来一直以创伤后应激障碍的研究而闻名，她的学术研究和医学实践为暴力受害者的心理创伤康复工作做出了杰出的贡献。

赫尔曼关于创伤疗愈的经典之作是出版于1992年的《创伤与复原》（*Trauma and Recovery: The Aftermath of Violence—from Domestic Abuse to Political Terror*）。这本著作早已成为当代心理咨询和心理创伤疗愈方面最具有影响力的作品之一，被《纽约时报》称为"自弗洛伊德以来最重要的精神医学著作之一"③。赫尔曼强调这本书谈论的是创伤疗

---

① 英国的最后一位一战老兵哈里·帕奇（Harry Patch）于2009年7月25日去世，享年111岁。参见BBC的报道 http://news.bbc.co.uk/2/hi/uk_news/8168691.stm。
② 赫尔曼1996年获得创伤应激研究国际协会（International Society for Traumatic Stress Studies）颁发的终生成就奖；2000年获得美国医学妇女协会（American Medical Women's Association）颁发的女性科学奖；2003年又被美国心理学会（American Psychiatric Association）评为杰出学者。参见维基百科赫尔曼获奖的介绍 https://en.wikipedia.org/wiki/Judith_Lewis_Herman。
③ 参见《创伤与复原》中文版封面。(美)朱迪思·赫尔曼. 创伤与复原. 施宏达、陈文琪译. 北京：机械工业出版社，2015.

愈的"共通经验","无论是在强暴罪行的幸存者和参战退伍军人之间,在受虐妇女和政治犯之间,还是由独裁暴君所建立的大型集中营的幸存者和由家庭暴君所建立的小型隐匿集中营的幸存者之间",他们的创伤都在赫尔曼所关照的范围之内(赫尔曼,Ⅺ)。赫尔曼提出的创伤疗愈方法因此具有广泛的应用性。

《创伤与复原》主要分为两个部分。第一部分"创伤性障碍"中,赫尔曼主要介绍了创伤研究的历史、创伤症状的成因和具体表现以及创伤症状的诊断分析。在这个部分中,赫尔曼对创伤后应激障碍研究的一个贡献在于她提出了命名"新概念的需要"。赫尔曼指出,"长期重复性精神创伤随后出现的症候群需要一个自己的名称,我提议称它为'复合性创伤后应激障碍'(complex post-traumatic stress disorder)"(赫尔曼,113)。这个概念提出的目的是使严重的重复性的心理创伤得以区别于单纯创伤后应激障碍,藉此呼唤心理学界更加重视这部分症候群体。赫尔曼对有过童年受虐经历的"复合性创伤后应激障碍"患者给予了特别关注,她在这个部分之中专门列出了"受虐儿童"一章来阐释童年期创伤经历在成年创伤患者身上的具体表现和原因。

在第二部分"复原的阶段"中,赫尔曼提出了她著名的创伤复原三阶段的观点——"建立安全感,还原创伤事件真相,修复幸存者与其社群之间的关联性"(赫尔曼,Ⅺ),并且在此基础之上对受创者的心理治疗过程进行了整体性的论述。赫尔曼还对心理治疗师和病患之间的关系进行了详细阐释,她指出在心理治疗过程中"创伤性移情作用"和"创伤性反向移情作用"常有发生,并提醒心理治疗师"避免发生过度和失控的移情及反向移情反应的最佳保障,就是谨守治疗关系的界限"(赫尔曼,139)。而除了《创伤与复原》这本专著之外,赫尔曼还有许多关于创伤治疗的论文,比如《从心理创伤中康复》等。[①]

赫尔曼关于创伤治疗的理论对本书具有非常重要的意义,因为在巴克尔的小说《越界》和《双重视角》中都涉及创伤的疗愈问题。其中,《越界》本身就是围绕心理治疗师和创伤患者之间的谈话展开的,而《双重视角》中的主人公也大都经历了一个创伤复原的过程。因此,赫尔曼关于儿童期心理创伤、心理治疗师和病患之间的移情反应、创伤疗

[①] Herman, Judith. "Recovery from Psychological Trauma". *Psychiatry and Clinical Neuroscience*, 52 (1998): S145-S150.

愈过程等的阐释对这两部小说的解读都是至关重要的。

除了赫尔曼的理论外,因为《双重视角》涉及艺术与创伤疗愈之间的关系,所以肖恩·麦克尼佛①(Shaun McNiff)等人关于艺术对创伤疗愈效果的阐释也对《双重视角》的解读具有重要意义。

最后需要说明的是,创伤理论是贯穿本书的主要理论支撑,但是在具体的文本分析中,本书也涉及并运用其他理论作为有益的补充,比如伊曼努尔·列维纳斯(Emmanuel Levinas, 1906 – 1995)关于他者的伦理以及边沁(Jeremy Bentham, 1748 – 1832)和福柯(Michel Foucault, 1926 – 1984)关于全景敞视的观念等。

第三节　本书的研究意义、目的和方法

安妮·怀特海德(Anne Whitehead)曾在自己的专著《创伤小说》(Trauma Fiction)中分析了巴克尔的小说《另一个世界》②,其实不只是《另一个世界》这一部作品,巴克尔从最初到最新出版的作品都表现出浓重的创伤意识。而且随着巴克尔创作的拓展,创伤在巴克尔的笔下日益呈现出多维度的特征——创伤记忆与历史、创伤的延迟与代际传递、创伤记忆与创伤疗愈、创伤记忆与艺术再现等主题在巴克尔的小说中都有深入的探讨,巴克尔在对这些主题的阐释中还渗透了自己的历史观和艺术观,表现出对历史和社会现实的独到见解,这使得从创伤记忆的主题入手对巴克尔的作品进行整体研究变得十分必要。并且,巴克尔的作品虽然大多基于英国的现实而写,但是她所关注的创伤主题具有普适性,它们对中国的读者和研究者来说也有警示和启发之处。不仅如此,国内外迄今为止已经出版的12本专著中还没有从创伤记忆的视角切入对巴克尔的作品进行整体解读。因此,从这个视角切入显然具有一定的价值和意义。

在国内外的巴克尔研究中还存在一个普遍的现象。对于巴克尔小

---

① 肖恩·麦克尼佛现任美国马萨诸塞州莱斯利大学(Lesley University)教授,是国际公认的艺术与创伤治疗理论的奠基者和领导人物,曾任美国艺术治疗协会(American Art Therapy Association)主席。他的学术领域为艺术、创造性治疗、艺术心理、艺术疗法等。

② 参见:安妮·怀特海德.创伤小说.李敏译.开封:河南大学出版社,2011。

说的创伤记忆主题虽然有零星的评论,但是研究者们都没有重视巴克尔创作中这一主题的连贯性,也没有分析在这一主题下巴克尔每一部作品所侧重的同一主题的不同方面。本书的目的就在于通过厘清巴克尔创作中创伤记忆主题的各个不同方面,力求从这个视角出发更全面地把握巴克尔的整体创作风格和创作特点,进一步丰富巴克尔研究。

从具体的研究思路和方法来说,本书将聚焦于巴克尔20世纪90年代和21世纪初的6部作品,并以这6部作品的创伤记忆主题为主要研究对象,研究这些作品所具有的共同主题及其连续性。这种研究有别于国外巴克尔研究专著的概述性的研究方式,试图围绕一个统一的主题、通过精细的文本分析揭示出巴克尔创作过程中所具有的内在连续性。而之所以选择这6部作品,原因有二:一是这6部作品都是巴克尔创作成熟期的作品(从"再生三部曲"开始,巴克尔奠定了经典作家的地位),在国际上也是获得赞誉较多的作品;二是从创伤记忆的主题来说,这6部作品也具有较好的代表性,通过研究它们去关照巴克尔之前和之后的作品都具有参照意义。

本书的主体部分一共分为4章。

第一章以"再生三部曲"作为研究对象,分析其中创伤记忆被压抑的主题。与以往大多数的一战作品不同,"再生三部曲"选取了医院、监狱、英属殖民地等远离战争的场域,并采用以非士兵身份的精神病学家、人类学家和民族学家里弗斯作为主要聚焦人物的叙事手法重建一战叙事。在此过程中,三部曲得以重新审视一战创伤并挑战英国业已形成的一战集体记忆,实现了当代对于一战文化创伤的一次重构,将一战文化创伤阐释为一战前后广大社会群体创伤记忆被压抑的过程。具体说来,三部曲将创伤受害者界定为广大的被边缘化的群体,包括战场归来的士兵和军官、国内的和平主义者和反战人士、同性恋者,甚至还包括了远离英国本土的英属殖民地人民;将一战前后的帝国体制和帝国意识认定为创伤的责任归属;将创伤的性质建构为帝国体制和帝国意识之下的广大群体话语权的被剥夺和创伤记忆的被压抑。一战文化创伤的重构体现了巴克尔的历史责任感和正义感,发出了英国必须正视曾经的历史问题并承担道德责任的诉求。

第二章研究小说《另一个世界》,揭示其中有关创伤记忆重返的主题。《另一个世界》围绕历史的"凝结"之处展开,小说中个体的人生和家族的生活都因为"凝结"之处的存在而为创伤所主宰,而无论是个人创伤还是家族创伤在巴克尔的笔下其实都是历史的表征：如果说乔迪创伤记忆的重返表现了创伤的历史性，乔迪作为受创伤的主体携带着难以解决的历史，那么突现的壁画和纠缠的鬼魂则象征了历史的创伤性，是充满了暴力循环的历史的体现，它们共同构成了巴克尔阐释创伤历史的策略。与此同时，通过展现创伤历史的多重策略巴克尔也建构了独特的历史观，并且表达了对于人类未来的忧虑。同时，小说还表明，创伤记忆的延续不仅可能表现为潜伏期之后的重返，它还会以代际传递即"后记忆"的形式表现出来。因此，不仅是灾难的亲历者本人，他们的后代也会受到其创伤记忆的影响。即使经历过历史大灾难的一代渐渐逝去，"活着的连接感"逐渐消失，生活在创伤幸存者家庭中的幸存者后代和那些与创伤幸存者有着紧密联系的人们仍然会以"家庭型后记忆"和"联系型后记忆"的形式承载来自前代的创伤记忆。创伤记忆的重返和延续都将人们该如何对待创伤记忆并面对未来的问题推向争论的焦点。在小说的最后，巴克尔也给我们暗示了解决这个问题的途径和智慧。

第三章聚焦于小说《越界》，并从心理和社会两个维度剖析小说主人公创伤记忆言说背后所隐藏的深层次内容。从心理的维度而言，小说通过主人公的创伤记忆言说带领读者直抵其内心深处，洞察身兼创伤患者和犯罪者双重身份的人群的复杂心理和畸形道德观。同时，在此过程中，小说也启发读者不断探索主人公通过言说创伤记忆获得创伤复原的可能。对于既是创伤患者又是犯罪实施者的人群来说，他们的特殊经历注定了其走向康复之路的复杂性，为了真正实现创伤疗愈并获得精神的救赎，他们既要认清造成自己创伤的真相，也需要认清犯罪的真相。正是因为小说中的主人公无法做到这一点，所以其创伤疗愈最终失败。《越界》不仅对人物心理刻画入木三分，还展现出广博的社会维度。通过小说主人公言说创伤记忆的过程，小说还揭示了英国当代社会存在的诸多问题，譬如挽救失足青少年的社会体系对青少年心理健康的忽视、心理救助者自身的情感越界和道德相对性、社会底层民众贫困的加剧带来的子女教育缺失、英国政府频繁卷入当代战争和无视底层民众的贫苦等。这些社会问题的存在既是造成小说主人公为代表的人群创伤和悲剧的原因，也是导致其创伤疗愈无法实现的诸多原因之一。

第四章具体研究巴克尔的小说《双重视角》。在《双重视角》中，暴力和其导致的他者的创伤记忆在艺术作品中如何进行艺术再现和表征的问题成为讨论的焦点。小说通过艺术家对艺术表征的思考和艺术创作过程的描写,间接地表达了巴克尔关于艺术表征的伦理思想和暴力美学。在巴克尔看来,艺术具有表征人类暴行和他者苦难的绝对责任,也具有为广大的受众揭示真相使其面对他者遭遇的责任。艺术必须忠实记录人类的创伤记忆,只有通过再现暴行的残酷和暴行下他者的受苦,艺术才能唤醒大众的良心,迫使人类正视自己丑陋的一面。与之相应,艺术作品的广大受众也不能无视他者的苦难,他们也应当承担起对他者的责任。除了提出艺术再现和表征他者创伤的责任外,《双重视角》还暗示艺术也肩负着引领人们哀悼创伤并且走出创伤的责任。展现暴力与创伤之艺术的目的当然不是带给人们绝望和悲观,而是唤起人们对和平的渴望,指引人类走向希望和未来。巴克尔在小说最后还同时暗示了人类走出创伤的最终途径,那就是对他人的关怀和爱。

  本书在结论部分指出,巴克尔在作品中书写创伤记忆,揭露暴力的残酷和野蛮,关注他者的创伤和苦难,勇敢地为他者言说,体现了高度的社会责任感和一个知识分子的良心。在表现他者的创伤与苦难的过程中,巴克尔采用了和戈雅相似的高度写实和不加美化的艺术表现手法,即坚持去直面人类经历中的极端情况,对人类阴暗的一面进行毫不留情地真实再现。通过这样的艺术表现手法,巴克尔的作品产生了强大的感染力,它们使读者能够对他者的苦难身临其境,从而唤醒他们的良知,激起他们对他者的移情和向善的欲望。聚焦于他者的创伤与苦难也凸显了巴克尔的道德观,巴克尔将降低暴力和减少痛苦视为一种道德追求,在作品中发出了"排斥暴力"和"减少痛苦"的呼唤。无论在创作风格、创作理念还是道德追求上,巴克尔都可以被当之无愧地称为英国当代文学界的"戈雅"。

第一章 "再生三部曲":创伤记忆的压抑

"再生三部曲"是公认的巴克尔之代表作。尽管巴克尔的文学生涯早在20世纪80年代初就开始起步,在"再生三部曲"之前也已经出版了4部小说,获得了一定的关注度,但无可否认的是,"再生三部曲"的出版才最终奠定了巴克尔在英国文坛乃至世界文坛的地位。正是凭借着一战题材的三部曲巴克尔"确立了英国当代主要作家的地位"(Knutsen, 42),并最终成功跻身英国当代经典作家行列,"《再生》出版之前巴克尔的早期小说已经受到了批评家和读者的注意,但是那些作品绝对无法和她的一战三部曲的接受和受到的持续关注相媲美,这种关注至今似乎依然使她之前和之后的小说相形见绌"(Troy, 58)。这一点在评论界几乎取得了共识,许多评论家都承认"'再生三部曲'比任何巴克尔先前的作品所获得的批评界的注意和称赞都要多,《再生》(1991)、《门上的眼睛》(1993)和《鬼魂之路》(1995)不论是作为单本的小说还是作为三部曲都受到广泛赞誉"(Brannigan, 2005b: 93)。时至今日,当人们提起巴克尔的时候,首先想到的还是"再生三部曲"①。英国当代另一位著名女作家A.S.拜厄特也十分欣赏三部曲,将其称为"英国不断涌现的一战小说中最优秀的、最有趣的作品"(Byatt, 30)。《英国女性历史小说》(*The Woman's Historical Novel: British Women's Writers, 1900-2000*)的作者戴安娜·华莱士(Diane Wallace)也评论道:"20世纪末的女作家一直迷恋一战题材……巴克尔的三部曲或许是关于战争和其后果的最有名的女性历史小说。"(Wallace, 219)安妮·怀特海德在《创伤小说》中也高度肯定巴克尔的三部曲,称

---

① 值得一提的是,"再生三部曲"不仅在文学界享有盛誉,在英国的普通百姓中几乎也是家喻户晓。

"派特·巴克①获得布克文学奖的作品《再生》三部曲(1991—1995)代表了一次最有影响的当代文学对第一次世界大战的再现"(怀特海德,16)。

"再生三部曲"所关注的一战对于英国人来说可谓影响巨大,它已经被建构为英国的文化创伤。就像文化创伤理论的提出者杰弗里·亚历山大描述文化创伤时所说,一战给英国人的"群体意识留下了难以磨灭的印记,永远影响他们的记忆,并且以根本的和不可改变的方式改变了他们的未来身份"(Alexander,2004:1)。一战中英国的士兵伤亡超过90万人,年轻生命前所未有的巨大伤亡给无数家庭带来了巨大的心理创伤,而一战中的财力损失所带来的经济衰退也造成了大英帝国此后的衰落。"在英法的记忆里,一战至今依然是'大战',它在记忆中比二战更可怕,创伤影响更大。"(Troy,48)一战结束距今虽已近百年,但是每年的11月11日一战停战纪念日前后英国依然举行各种盛大的纪念活动,各个纪念场馆和纪念碑②前都摆满了血红的罂粟花。亚历山大在阐释文化创伤理论时强调,"创伤并不是什么自然存在的东西,它是被社会建构的事物"(Alexander,2004:1),文化创伤依赖于创伤的建构过程,"对于出现在集体层面的创伤,社会危机必然转化为文化危机。事件是一方面,对这些事件的表征完全是另一回事……事件与表征之间的过程则被称为'创伤建构过程'"(Alexander,2004:10-11)。在近一百年的时间里,一战已经逐渐被建构为英国的文化创伤,"一战实际上经常被视为民族或者文化创伤……战前和战后的不连续性的建构构建了被称为英国文化创伤的东西"(Troy,48)。

在一战被建构为英国文化创伤的过程中,文学起到了非常重要的作用,"写战争经历的诗人、小说家、士兵和平民对于英国社会与战争相关的集体记忆的形成起了重要作用。这些作者的创作见证了个人创伤如何转变为文化创伤……他们的个人叙事的出版和被接受的累积产生了集体叙事,这种集体叙事又成为英国社会文化创伤的基础。"(Knutsen,55)在巴克尔发表"再生三部曲"之前,一战在英国文学作品中早已是屡见不鲜的话题,在超过半个世纪的时间里,英国涌现过大量

---

① 李敏在中文翻译本中将 Pat Barker 译为"派特·巴克。"
② 据报道,英国全国的一战纪念碑高达4.3万座。参见 http://mini.eastday.com/a/161211220219390.html。

的一战题材作品。一战结束后在1927年到1933年间英国就出现了一个一战题材作品的爆发期,其间出现了大量的一战经典著作。① 因为与战争的零距离接触,这些第一代一战作家的作品无一例外地都带有强烈的自传成分,它们将战争的丑恶和残酷书写得淋漓尽致,"这些书大部分都被解读为本质上是和平主义的,因为它们强调了战争的无可争议的丑陋……当这些书刚刚出版的时候它们遭到了大规模的抗议;读者发现它们所描述的细节和负面情绪令人震惊"(Knutsen, 34-35)。这些作品打破了一战后对于战争的残酷一度所保持的沉默②,建构了英国人对于一战的最初的集体记忆——"英国有关一战历史的集体记忆在很大程度上正是受到了这些战争文学经典的影响"(Knutsen, 35)。

发表于20世纪90年代初的"再生三部曲"则从当代的视角再次审视一战。文化创伤理论认为文化创伤建构不受时间的约束:"创伤是一种以社会为媒介的产物,它可能随着事件的展开而同时产生,也有可能在一个事件发生之前作为暗示产生,或者在这个事件已经结束之后,作为事后的重构。"(Alexander, 2004:8) 巴克尔的三部曲就表现出了从当代的新的视角进行一战叙事并重构文化创伤的意图。一战历史研究专家杰伊·温特曾将战后百年间欧洲进行一战历史编纂的轨迹概括为三个阶段:"起初,重点放在军事和外交历史上,然后重心转向了社会历

---

① 其中包括西格弗里德·萨颂(Siegfried Sassoon)的《猎狐男人回忆录》(*Memoirs of a Foxhunting Man*, 1928)、罗伯特·格拉夫(Robert Graves)的《跟一切说再见》(*Goodbye to All That*, 1929)、弗雷德里克·曼宁(Frederic Manning)的《财富的中间部分》(*The Middle Parts of Fortune*, 1929)、薇拉·布里顿(Vera Brittain)的《青春作证》(*Testament of Youth*, 1933)、威尔弗雷德·欧文(Wilfred Owen)的《诗歌》(*Poems*, 1930)等。这些作家都曾经亲历过一战,他们将战争中的经历和感受写进了自己的作品,成为英国写一战的第一代作家。

② 一战刚结束时曾经出现了对战争的缄默状态,"长达十年的时间里英国在很大程度上压抑了战争的恐怖,将几乎所有的精力放在将生活回归正常状态之上。直到20年代末、30年代初讨论战争恐怖和死亡的缄默状态才开始消融。"(Knutsen, 33)

史,再后来是文化历史。"①(Winter,2005:31)战后欧洲对待一战历史的态度总的来说是呈现出了自上而下、从宏观到微观、从官方主导到关注个体的转变,在这个过程中与战争相联系的经济、社会和文化的层面越来越受到关注。历史学界研究范式的转变也是整个欧洲社会看待一战的视角转变的风向标,三部曲正是这种变化在文学界的体现。第一代一战作家的作品尽管具有一定的影响力,但是正如温特所言,"战后出现了两次出版物的大爆发②……然而公众对他们写的感兴趣,历史学家却不是这样",这些"从下面看"的作品很长时间中并不为历史学家和官方话语所接受(Winter:2005,13)。"再生三部曲"却不同。在当代历史研究"社会"和"文化"转向的大背景之下,"再生三部曲"自然会受到其从新的视角重新看待历史事件的影响,并且因此表现出视角的新颖性:第一,三部曲重点描述了一战时期英国的大后方和英属殖民地等远离战场的场域,并且着重叙述了曾经被忽视和边缘化的事件,比如患有精神障碍的军官和士兵在医院接受精神治疗的过程、一战时期国内风起云涌的反战运动和和平运动、军工厂的工人罢工斗争等;第二,在三部曲中,我们发现前面提到的第一代一战作家西格弗里德·萨颂、威尔弗雷德·欧文和罗伯特·格拉夫都成了巴克尔笔下的小说人物,其中萨颂和欧文还是三部曲中的重要角色,这使三部曲和从前的一战作品无形之中形成了互文性,暗示了一种对话的意图;第三,三部曲还选取了里弗斯这样一个身兼精神病学家、人类学家、民族学家等多重身份的人物作为主要聚焦人物,让里弗斯作为目击者来观察、记录并反思一战给英国带来的后果。巴克尔曾在采访中表示:"我非常想要写一本主要观点是由一个非士兵的角色来表达的书,里弗斯就是这样一个

---

① 温特对这三个阶段的具体阐述为:战后到60年代之前,"战争中的主要人物、目击者和历史学家进行了第一次历史编纂"(Winter,2005:7)。这次历史建构以军事和外交层面的分析为主,而其最大的特征是"战斗和战士的缺席"——"在这个作品中,我们看到政治和外交人士,我们遇到将军们,但是没有当兵的人。我们从上面观看战争,却不从下面看。"(Winter,2005:13)60年代到80年代末的第二阶段的历史编纂中,"马克思主义和对战争的社会研究"成为主流,战争的历史"已经更多地变成了关于战争中的经济、社会和国家的历史"(Winter,2005:23)。90年代初之后第三阶段的历史编纂中,文化研究逐渐"占据了中心位置","除了迟来的对物品的发现,历史的探寻还将注意力转向了新的领域:艺术、科学、医药、文学以及这些领域受到战争影响的方式",于是"记忆与身份""微历史""人类学视角"等都成了热门的话题(Winter,2005:27),"表征、感情和男男女女的情感都变成了历史学家的感兴趣的重心"(Winter,2005:29)。

② 根据温特的解释,第一次爆发是战争开始之后,第二次是1928年到1934年间。

人。"(Nixon,8)通过里弗斯这样一个在以往的一战文本中一直处于边缘的角色审视一战显然也使三部曲具有了独特的视角。

正是通过上述这些特殊的策略,巴克尔的"再生三部曲"得以重建一战叙事并实现了当代对一战文化创伤的又一次建构。与以往的文学作品倾向于用来自战场的伤害来阐释一战文化创伤不同,巴克尔关注一战在非战场的领域对广大民众的精神状态和记忆所产生的影响,并且深入探讨其产生的根源,她将一战文化创伤阐释为一战时期广大社会群体创伤记忆产生和被压抑的过程:《再生》中的军官和士兵在战场受到精神伤害之后又再一次遭受了来自军事医疗的伤害,他们的创伤记忆非但没有得到安度反而遭受了残酷的压制;《门上的眼睛》中以反战人士为代表的平民受到了来自严苛的规训机制的打击,他们被迫缄默,其创伤记忆也随之受到压抑;《鬼魂之路》中殖民地的文化也在无形之中成为附庸于西方记忆的被缄默的他者。在巴克尔的笔下,一战之所以成为文化创伤,并不仅仅在于这次战争造成的伤亡人数,更在于这个历史时期之中广大社会群体所遭受的精神压抑和被迫缄默的痛苦。而如果究其根源的话,这种种创伤和创伤压抑产生的根源其实具有一致性,那就是英国一战历史时期的父权文化、极权体制和帝国沙文主义。

第一节 历史的"再生":《再生》中被压制的创伤记忆与文化创伤重建

"再生三部曲"奠定了巴克尔在英国文坛乃至世界文坛的地位,而三部曲的第一部《再生》对于巴克尔来说更是意义重大,它是巴克尔写作生涯的一个关键性的转折点。无论是在探讨的对象、主题的广度和深度,还是出版后给巴克尔带来的国际影响力方面,这部小说都是前期的作品无力企及的,"巴克尔早期的小说专注于特定区域的工人阶级女性故事……这一切随着1991年《再生》的出版彻底改变"(Rennison,27)。小说一出版即在大西洋两岸大获成功,实现了极好的销售量,"即使是在第一次世界大战对公众心理并没有产生深刻影响的美国,《再生》也倾倒了无数读者"(Westman,65)。《纽约时报》更是将其选为1992年最好的四本小说之一。这本小说"给巴克尔赢得了英国女作家写作史上的非同寻常的地位"(Westman,69)。

《再生》的主题和内涵极为丰富,就像韦斯特曼所说:"这本小说的主题囊括了社会的很多领域,强调了由战争带到表面上来的文化的紧张:责任、权威、心理、性别、同性恋、阶级、爱情、记忆、个人生活的价值以及想象的价值。这一系列的主题反过来标志了这本小说在关于一战的文学经典中的非同寻常的地位以及对当代历史小说的贡献。"(Westman,25)《再生》出版后评论家们从性别、阶级关系、互文性等各方面都进行过解读。不过,在这些评论中很少有人将《再生》与90年代后出现的记忆热潮和历史小说的繁荣联系起来,考察《再生》的创伤记忆主题与英国当代历史反思的关系。实际上,就像许多英国当代历史小说所表现出的倾向一样,"历史不仅受到了质疑而且也被赋予了质问的内涵"(杨金才,65),《再生》通过探讨创伤记忆主题反思了一战历史,并从当代的视角重构一战文化创伤。小说描述了一战期间英国大后方的军事医疗机构对军官和士兵进行精神治疗的过程,以此揭露了军事医疗对军官和士兵们的创伤记忆实施的压制行为:反对战争的士兵和军官被以医治"弹震症"①的名义送入精神病院,他们反对战争的声音被强制缄默,他们的伤痛也被刻意地遮蔽和隐藏;即使是真正患有弹震症的士兵,他们接受精神治疗的过程实质上也是逐渐被他者化和失去自己声音的过程。这个创伤记忆遭遇压抑的过程构成了巴克尔所建构的一战文化创伤的一部分。

一、创伤记忆的幽闭:不能发出的声音

《再生》首先表现了后方军事医疗机构对战争创伤的幽闭和掩藏。在后方医院中,士兵和军官们从战场带回的创伤记忆非但没有得到安度,反而是被刻意地隐藏,他们反对战争的声音也被转移到这里并由此与世隔绝。根据杰弗里·亚历山大的文化创伤理论,文化创伤的建构包括痛苦的性质、受害者的性质、创伤受害者与广大受众的关系以及责任归属四个重要方面(Alexander,2004:12-15)。英国历史上的集体

---

① 弹震症是一个在一战中被首次使用的名词。1915年2月,英国剑桥大学实验心理学家查尔斯·S.迈尔斯(Charles S. Myers)首次发表文章,叙述了一战中在士兵中发现的精神崩溃症状及其对这些男子功能性神经紊乱进行治疗的情况。因为迈尔斯猜想这一症状是因为炸弹在附近爆炸产生的物理力量或者化学效应引起的,所以将其命名为"弹震症"。弹震症的常见症状表现为歇斯底里、幻觉、噩梦、结巴、失语等。

叙事已经将一战建构为"英国历史上的'基本'创伤之一"（Knutsen，53），与曾经的一战作品相比，《再生》不是着重于表现士兵和军官们来自战场的痛苦，而是揭露了他们在国内所受到的伤害。因而首先从受害者的性质和痛苦的性质来说，《再生》就与历史上的集体建构明显不同。

小说开篇即不同于以往的一战主题作品。巴克尔没有将目光投向惨烈的战场，而是转向了1917年7月到11月期间英国国内①的克莱洛克哈特医院。这家设在英国爱丁堡的战时医院在一战时"主治患弹震症的军官"（肖瓦尔特，164）。当时"一些最为著名的弹震症病例——比如威尔弗雷德·欧文、西格弗里德·萨颂……"都曾在这家医院接受治疗（肖瓦尔特，155—156），主治他们的医生是著名的精神病专家W. H. R. 里弗斯（W. H. R. Rivers）。巴克尔正是选取了里弗斯和他的著名病人萨颂、欧文等真实的历史人物作为主要角色②，"成功模仿了这些已经作古的男人们的声音"（徐蕾，71），同时又在小说中增加了同在克莱洛克哈特医院接受治疗的普莱尔（Prior）、彭斯（Burns）等虚构人物进行历史编纂，"在真实与想象之间安排了某种张力"（Groot，104）。通过展现这些人物在克莱洛克哈特医院中接受精神治疗的经历，巴克尔质疑了以这家医院为代表的军事医疗医治战争创伤的功能。

在巴克尔笔下，克莱洛克哈特医院非但没有治疗人们从战场带回的创伤，还成为其创伤记忆被隐藏和幽闭的所在，战争的痛苦在这里被

---

① "再生三部曲"以一战为背景，但是并非跨越了整个一战的4年时间。三部曲选择的仅仅是战争最后的一年多的时间段，"巴克尔的三部曲的跨度只有17个月，从1917年7月萨颂的'士兵宣言'到1918年11月欧文死亡"（Wallace，221）。在这17个月的安排上，三本小说又具有时间上的延续性。其中第一部小说《再生》的时间跨度为1917年7月到11月，第三部小说《鬼魂之路》发生的时间段是1918年11月之前的几个月，而第二部小说《门上的眼睛》的时间跨度则正好居于《再生》和《鬼魂之路》之间。

② 萨颂和欧文就是本章开头提到过的著名一战作家。萨颂（Siegfried Sassoon，1886 - 1967）是英国近代著名的反战诗人和小说家，一战爆发前自愿参军，并在战场上屡建战功，但是战场的残酷使萨颂逐渐转向了反战的立场，并且创作了大量的反战作品，表现战争的恐怖和残忍。欧文（Wilfred Owen，1893 - 1918）也是一战时期著名的反战诗人，在克莱洛克哈特医院治疗弹震症时遇到萨颂，诗歌的主题和风格都受到萨颂的巨大影响，1918年11月4日，就在停战协定签署的一周前，欧文在法国战场遭到机关枪扫射身亡。萨颂和欧文在一战期间都曾经在克莱洛克哈特接受弹震症治疗，主治他们的医生是里弗斯。里弗斯（W. H. R. Rivers，1864 - 1922）是英国著名的人类学家、神经学家、民族学家和精神病学家，曾经在剑桥大学圣约翰学院做过研究员，因在一战中治疗患弹震症的军官而最负盛名。他最有名的病人莫过于萨颂，直到去世前里弗斯一直和萨颂保持着亲密的朋友关系。

刻意地隐藏,战争的真相也因此不为世人所知。普莱尔的女友萨拉(Sarah)在医院里陪朋友探望病人时迷了路,她无意之中就撞见了医院深处这样"一群身体出现残缺的人",他们被隐藏在医院的最深处:

> 他们不在医院前面,那样他们的残损会被路人看见。他们盯着她……这是一种完全空洞的凝视。如果包括什么内容的话,是恐惧。害怕她盯着空空的裤管。又害怕她不看他们。她仅仅是在那里,成为一个不相干的、模糊却又强大的角色:一个漂亮的女孩,她使得一切都变糟了。(R,160)

这个场面很容易使人联想起欧文的诗歌《残疾者》①中的那个士兵形象,那个身体残缺的形象曾经打动过无数英国人:"他坐在轮椅上,等待黑暗/死灰色的衣服里发抖的他/没有腿,肘部也截短……现在他再也感受不到女孩的腰身/是多么苗条,或是她们的手儿多么温暖。"(Lewis,67)欧文的诗歌引起过无数读者的动容,激起了人们对战争的控诉和对战争中受伤害的士兵的同情。然而,比起一战诗人欧文所创造的伤兵形象,巴克尔笔下的这群伤兵更具有悲剧性,他们的悲剧不仅在于战争所造成的残损,更在于因为残损的丑陋而被自己为之献身的国家隐藏,他们的国家"处心积虑地将遭受战争创伤的退役士兵边缘化,而非勇敢地承担起应有的责任"(姚振军,141)。萨拉因此倍感愤怒:"尽管被迫扮演美杜莎的角色,其实她并不想伤害他们,她的无助感和某种愤怒融合在一起,她愤怒他们被像那样藏起来。如果国家需要那种代价,那就应该充分准备好正视这种结果。"(R,160)

《再生》正是要让读者"看见"这些被遮蔽和隐藏的创伤:在小说中我们看到,一战的创伤,无论是有形的身体创伤还是无形的精神创伤,都失去了真正为人所知的可能。克莱洛克哈特医院成为创伤记忆幽闭的场所,那里的人们无法发出自己的声音,无法安度记忆深处创伤带来的痛苦,那些从战场带回来的记忆像幽灵一样,缠绕在军官和士兵们的周围,成为其挥之不去的噩梦。

在克莱洛克哈特医院,不仅战争的创伤被刻意地隐藏,对战争的质

---

① 欧文的这首诗歌的英文名为 *Disabled*。参见:Lewis, C. Day, ed. *The Collected Poems of Wilfred Owen*. London: Chatto & Windus Ltd, 1963.

疑之声也同样变得无声。萨颂的遭遇就是这种经历的典型例证。萨颂不仅是里弗斯最有名的病人,也是英国历史上著名的一战诗人,小说的第一章就是以萨颂发表《士兵宣言》开始的:

> "我做出的这个声明是特意表示对军事权威的反抗,因为我认为这场战争正被那些本来有力量结束它的人故意延长……我相信这场我为了保护和解放的目的而参加的战争已经变成了一场侵略和征服的战争……我亲眼看见并承受了部队的痛苦,再也不想延长这种受苦,我认为它的结果将是邪恶和不公正的……我并不是反抗战争行为本身,而是反对人们所为之战斗和牺牲的政治上的错误和不真诚……我代表那些正在受苦的人,抗议正被施加于他们身上的欺骗。"(R,3)

萨颂言辞激烈地表达了对战争的抗议,然而萨颂抗议的结果是被以医治"弹震症"的名义送入了精神病院。萨颂在声明中义正词严的反战态度使得他险些被送进军事法庭接受审判,幸亏萨颂的好友罗伯特·格拉夫①"用尽办法说服上面萨颂是得了弹震症"(R,22),最终萨颂因"弹震症"而被送进了克莱洛克哈特医院。但显然,萨颂是否真正患有弹震症始终是令人怀疑的,小说中有许多细节都暗示萨颂似乎并没有得弹震症,比如萨颂的主治医生里弗斯对萨颂说:"我确定你没有疯。事实上,我甚至认为你连战争神经症都没有得……你似乎是有非常强烈的反战神经症。"(R,15)

萨颂"弹震症"的认定成为质疑克莱洛克哈特医院医疗性质的有力依据。弹震症作为起源于战争的精神疾病,它的痛苦的源头向来被指向战争,而《再生》中对萨颂患弹震症的质疑将萨颂痛苦的源头指向了英国国内。弹震症之于萨颂只是一个暂时缓解矛盾的方式。更进一步来说,萨颂弹震症的认定实际上展现的正是萨颂的声音被迫缄默的过程。在治疗弹震症的名义之下萨颂危险的声音被转移到精神病院,得以暂时免于被更多的人听见,而其抗议的声音也因此变成了疯话——"争议只有在病人被证明是精神病的时候才会终止。那就是这个事件

---

① 罗伯特·格拉夫(Robert Graves)也是前面所提到的著名一战作家、《跟一切说再见》的作者。

的最重要部分。像萨颂这样的人总是个麻烦,但是如果他有病的话麻烦就少多了。"(R,9)对萨颂患精神病的认定使读者对克莱洛克哈特医院的性质产生了质疑,克莱洛克哈特医院在此过程中由精神病医院转变为萨颂反战的声音被转移和幽闭的场所,它的疯人院的性质就此被打上了巨大的问号。

通过萨颂等人在克莱洛克哈特医院的遭遇,《再生》展现出了巴克尔力图明确创伤受害者的性质和痛苦的性质的努力。文化创伤理论指出,创伤建构首先要回答的问题就是痛苦的性质和受害者的性质(Alexander, 2004:12 – 13)。巴克尔将萨颂的声明放在小说的开始,在声明中萨颂反复提到"受苦"(短短一段中就提到三次),并提到要"代表那些正在受苦的人"进行抗议,他不仅将自己界定为受害者,而且还力图代表受害者发出声音,但最终萨颂抗议的结果是被送入了精神病医院。因此,在创伤受害者的性质和其痛苦的性质上,《再生》与以往的一战主题作品相比有很大的不同:从受害者的性质来说,《再生》中遭受创伤的是从战场回到国内的士兵和军官群体;而从痛苦的性质来说,士兵和军官们遭受的创伤是来自于在国内受到的二次伤害,他们从战场带来的创伤记忆受到压抑,创伤无法言说,反战的声音也受到压制,其痛苦的实质是精神上的压抑和话语权的被剥夺。

二、 创伤记忆的"医治":发声与缄默

在《再生》中,那些在一战战场上受到身体和精神双重伤害的士兵和军官回国之后创伤经历却被隐藏和遮蔽,他们中发出反战声音的人甚至是在医治"弹震症"的名义之下被送入精神病院,这种精神上的压抑和话语权的剥夺使他们遭遇了更大的创伤。战时的精神病医院等军事医疗机构就是执行这种隐藏和遮蔽功能的场所。不仅如此,这些机构更是"医治"这些战场归来的带有创伤记忆的人们的场所。无论是真正患有弹震症的病人,还是像萨颂那样以弹震症的名义被送入医院的人,他们在医院中都接受了系统的"治疗",小说中对这些治疗过程的描写进一步揭示了战时帝国医疗的本质——压制一切有形的和无形的反抗。这个本质的揭示也再次明确了受害者的性质和其痛苦的性质。

小说中医治过程主要通过医生里弗斯的视角加以展现。里弗斯不仅医治弹震症患者,同时也在自己以及其他医生医治病人的过程中对

弹震症治疗进行不断的思考和反思。其中让里弗斯产生顿悟的一次经历发生在伦敦国家医院，在这家医院目击到的场景引发了里弗斯对帝国医疗实质的质疑。

里弗斯在伦敦国家医院旁观了医生耶兰（Lewis Yealland）采用电击疗法治疗弹震症的全过程。在此之前，里弗斯在观看耶兰巡视病房时就惊讶于耶兰绝对的"权威"地位——"虽然耶兰以前就给人权威的印象，但那也无法和现在比，他现在的腔调简直就是上帝一般"（R, 226）。之后旁观充满暴力的电击过程更让同样身为医生的里弗斯惊诧不已，甚至心生恐惧，不忍直视——"关窗帘，关灯，锁门"（R, 229），所有的一切都是在完全密闭和黑暗的环境中进行的，病人凯伦（Callan）被捆绑在椅子上接受电击治疗，每次20分钟，电击的主要部位是喉咙和口腔，滚烫的金属片被反复送入喉咙深处（除了电击外，点燃的香烟也被用来烫病人的舌头）。电击的目的是为了让病人开口说话，恢复语言能力。耶兰反复跟凯伦强调"你离开我之前必须开口说话"（R, 229），"记得你必须表现得像个英雄"（R, 230）。而经过持续数小时的电击之后（期间凯伦有好几次因无法忍受冲到门口想逃出去），凯伦最终发出简单的单词，并且按照要求对耶兰说了"谢谢"。

在耶兰的治疗之下，曾因弹震症丧失语言能力的凯伦开始发声，这本应是值得称赞的医疗成果，然而就像里弗斯目睹这个治疗场面之后突然意识到的那样，这其中却存在着一个悖论——凯伦发声的背后却是事实上的失声，"当凯伦跟着耶兰来回走动并且开始慢慢地重复字母表时，在光圈内外，里弗斯已经感到他在目睹一个人的被缄默"（R, 238）。对于弹震症，美国女权主义批评的创始人伊莱恩·肖瓦尔特曾评论道："弹震症就是男性抱怨的身体语言，一种隐藏的男性反抗，不只是反抗战争也反抗'男性'本身的定义。"（肖瓦尔特，172）弹震症在历史上首次被发现就是在一战时期，患有弹震症的男性士兵所表现出的歇斯底里、失语等症状与惯常对男性的定义即英雄和勇士的形象截然相反，它们被视为胆小和懦弱的表现，但在肖瓦尔特看来，它们其实就是对战争和男性定义的一种无意识的反抗。里弗斯的顿悟和肖瓦尔特的现代评论如出一辙。如果说凯伦之前的沉默和失语可以理解为某种形式的反抗，保存着抵抗的可能，那么在耶兰的电击疗法之后最终发声并对耶兰说"谢谢"的凯伦却完全丧失了所有可能的反抗能力。曾经失语的凯伦用他的沉默实现着对战争和男性定义的反抗，而现在开口说话的凯伦在治疗之后是真正地被"缄默"了。对此巴克尔也曾经强调:"这不是一个简单的事情,沉默即意味着不好,言说就意味着好。根本不是。当加兰开口说话的时候,他事实上是被缄默了,因为他只被允许说耶兰让他说的话。"(Stevenson,178)"你必须说话,但是我不会听任何你说出来的话。"(R,231)——耶兰对凯伦所说的这句话进一步证明了凯伦发声背后的被缄默的本质。

旁观耶兰的治疗过程还使里弗斯对自己医治病人的实质也产生了顿悟。里弗斯在不久后的噩梦中又一次经历了电击的场面,然而在噩梦中拼命把电极往病人嘴巴里塞的人换成了他自己,电极后来忽然又变成了马嚼子和毒舌钩:

> 马嚼子。毒舌钩在中世纪时候也被用来**让不服从的妇女闭嘴**①。更近代的,是对付美国奴隶。然而在病房里,听着凯伦参加过的战役,他感觉凯伦无论说什么都比不上他的沉默更有力量……
>
> **使之缄默**。自己就处在耶兰的位置,在执行着**使某人缄默的任务**,椅子中是一个无法辨别身份的病人……正如耶兰通过消除瘫痪、耳聋、失明还有缄默等症状来压制病人无意识的反抗,他以一种更温和的方式,**缄默着他的病人**,因为军官们的结巴、噩梦、颤抖和记忆缺失只是和表现更明显的男性疯狂一样的无意识的反抗。(R,238)

这个噩梦使里弗斯意识到自己和耶兰其实并没有本质的不同,他们的目的同样是使病人缄默。里弗斯感到梦里在国家医院走廊深处碰见的脊柱严重挛缩的畸形人虽然外貌上绝对不可能是萨颂,却"好像代表了萨颂",嘴巴里重复着萨颂抗议中的字句。而梦里那个被他塞入电极的病人"他确信不是凯伦",而是自己正在治疗的普莱尔,又或者"只是一个以梦里所暗示的方式被缄默的人"(R,239)。虽然表面上看来

---

① 引文中黑体部分为笔者标注,其对应的小说中的原文分别为:silence recalcitrant women, silencing, the task of silencing somebody, he silenced his patients。在这两段引文中 silence 这个词被反复地使用和强调。

里弗斯和耶兰的治疗方法相去甚远,而且也人道得多①,然而里弗斯承认:"表面上他似乎是在祝贺自己用比耶兰更人道的方式对待病人,但是为什么还会有自我谴责的感觉呢?在梦里他站在了耶兰的立场上。梦似乎是在以梦的语言在说:别夸自己了。没有区别。"(R,238)里弗斯梦里深入病人喉咙深处的带上电极的金属显然象征着里弗斯医治病人的实质,即和耶兰一样执行压制反抗的任务。

然而,与耶兰有所不同的是,里弗斯在履行压制病人反抗职责的同时还对自己的病人充满同情,他的梦境就反映出了这种服务于帝国的地位和对病人的同情之间的"冲突"。历史上的里弗斯曾经在其专著《冲突与梦》(*Conflict and Dream*)中提出梦是当前矛盾的无意识表达,"在梦境中尝试通过有用的方式解决冲突"(Shaddock,662)。里弗斯的梦境正是其内心深处冲突的体现,它暴露出了里弗斯的矛盾立场——"一方面他对病人充满了同情,他怀疑他们正在接受的治疗的本质,而另一方面他身上的社会的和职业的要求又是那样合乎情理"(R,236)。

小说中里弗斯的反思揭露了一战期间英国后方军事医疗的实质。军事医疗对弹震症的干预并非是纯粹医学上的医治,它更是一种控制的手段。在被"治疗"的过程中,士兵和军官们从战场带回的创伤记忆非但没有得到安度,相反地,一次次被控制与压抑的被"缄默"的过程造成了病人们更惨痛的创伤记忆。从这个意义上来说,里弗斯梦境中反复看见的畸形人的形象也可以被视为病人们在治疗的过程中更惨痛的创伤记忆的象征。如果说萨拉在医院里无意中撞见的残疾者是因为战争而畸形,又因为形体的丑陋被隐藏,那么里弗斯梦中的那个几乎失去了人类特征的接近怪物的畸形人则是因被迫缄默的经历而产生的创伤个体的象征,是帝国军事医疗下诞生的他者。"再生"(regeneration)一词原本有医生对病人的身体创伤和精神创伤进行医治使其再生和复原的意味,然而在《再生》中巴克尔怀疑了创伤恢复和精神"再生"的本质和过程,赋予了"再生"以反讽的意味。

《再生》通过萨颂的遭遇揭示了其痛苦的实质——话语权的被剥

---

① 里弗斯运用弗洛伊德的学说,鼓励病人通过回忆的方法从创伤中康复。他与病人们保持着良好关系,病人们依赖并且信任他,甚至有的病人将他称为"爸爸",还有的将他称为"男性的母亲"(R,107),他对待病人的态度也是友善和同情的。

夺。在萨颂之后,巴克尔又选取了里弗斯作为聚焦人物,透过其视角继续展现克莱洛克哈特医院和伦敦国家医院中病人们被"治疗"的过程,由此一战受害者的性质和痛苦的性质也进一步被明确:从战场归来的士兵和军官们在后方医院接受"治疗"的过程实际上是其遭受又一次精神压抑和创伤的过程,也是其话语权进一步被剥夺的过程。在曾经的创伤记忆受到再次压抑之后,士兵和军官们最终失去了自己的声音,而一战给他们带来的巨大创伤也随之被掩盖,这场战争得以继续被美化为一场"结束所有战争的战争"。同时,无数的受害者在被"治愈"了战争创伤之后继续奔赴前线,成为战争的又一次牺牲品。

三、 父权文化:创伤记忆溯源

《再生》淋漓尽致地展现了一战时期军事医疗机构对战场归来的人们所进行的精神压制。医院缄默了他们质疑战争的声音,同时也隐藏了他们的伤痛,这种压抑带来了更大的精神创伤。但是军事医疗机构实施这种精神压制行为的原因是什么?是什么决定了军事医疗机构的这种行为?根据亚历山大的文化创伤理论,创伤建构除了必须回答痛苦的性质和受害者的性质之外,还要回答责任归属的问题,也就是明确谁导致了创伤(Alexander, 2004: 13 – 15)。实际上,在阐明了痛苦的性质和受害者的性质之后,责任归属似乎也就相应清晰起来。无论是克莱洛克哈特医院的"病人们"还是医生里弗斯都同时将一战受苦的来源指向了"军事权威",也即萨颂的《士兵宣言》中所说的那些"本来有力量结束它"却"故意延长"它的人(R, 3)。然而,巴克尔所揭示的创伤的责任归属显然并非仅限于此,她在文本中暗示了"军事权威"背后更加强大的意识形态力量——父权文化,正是父权文化的潜在力量导致了军事医疗机构压制战争产生的创伤记忆的行为。

小说中,里弗斯在教堂时曾注意到教堂的彩绘玻璃上的圣经故事,这两个圣经故事引起了里弗斯对当前战争的沉思:

> 他抬眼向上,看了看被垂下的旗帜半掩的祭坛,然后转向东边的窗户。那是耶稣受难的画面。圣母玛利亚和圣约翰分站两边,圣灵降临了,圣父也满面慈祥地降临了。在它下面更小的那个画面表现的是亚伯拉罕用儿子献祭。在亚伯拉罕后面是一头公羊,它的角被灌木丛缠住了,正在拼命试图挣脱。你可以看见那种恐

惧。而亚伯拉罕，即使是后悔献祭儿子的话，也显然是隐藏得很好。伊萨克呢，被捆在一个临时祭坛上，傻笑着。

这东边的窗户表现着明显的选择：两个文明所声称的基于之上的血腥的契约。正是这个契约，里弗斯一边看着亚伯拉罕和伊萨克一边想着，**这就是所有的父权社会所基于的契约**①。如果你，年轻又强壮的人，服从我这个衰弱老迈者，甚至达到随时准备牺牲生命的程度，那么，总有一天，你会得以从我这里平静地继承，并且也能够从你的儿子那里得到同样的服从。可是我们在打破这个契约，里弗斯心想。整个法国北部，在这一刻，在战壕、防空洞和泥泞的弹坑里，继承者们正在死去，而不同年龄的老年的男人们和女人们却聚集在一起唱着赞美诗。（R, 149）

这里提到的"两个文明所声称的基于之上的血腥的契约"所指的正是圣经中的两个"父与子"的故事②，其一是上帝为了救赎人类的罪恶让自己的独子耶稣受难于十字架之上，另一个是亚伯拉罕服从上帝的命令拿自己的儿子伊萨克献祭——上帝为了考验亚伯拉罕让其用自己的独子献祭，而最终因为亚伯拉罕的虔诚，上帝赦免了伊萨克，在最后的一刻派天使阻拦了亚伯拉罕的屠杀，让他用一只公羊作为替代品。

这两个父与子的圣经故事代表了西方父权社会的基本准则，而巴克尔揭示了这种文明契约即父子关系背后的欺骗本质。这种要求"儿子"对"父亲"必须表现出绝对的忠诚和随时为之献身的契约是以"也能够从你的儿子那里得到同样的服从"为许诺的，而实际上里弗斯看到的却是继承者相继死去，而"老年的男人们和女人们"聚集在一起唱着赞美诗的场面。"上帝献出自己的独子。但是他复活了……那些在战场的烂泥之下的死尸没有被替代或是复活。一代人像动物一样地牺牲，却没有得到任何继承之物。基督教的牺牲传统似乎崩溃了"（Brannigan, 2005b: 106 - 107）。里弗斯对"两个契约"的思考提示我们"军事权威"背后的英国父权社会的准则才是巴克尔所批判的最终对象，也是巴克尔认定的责任的最终归属——"父子之间的关系永远都不简单，永远都不会结束。死亡也不会终结它。"（R, 156）在这种父权

---

① 此处黑体为笔者自己标注。
② 圣经中的这两个父子故事英文表达分别为 crucifixion 和 aqah。

的体系之下，萨颂等人作为"儿子"变成了献祭的伊萨克，但是他们没有伊萨克被赦免的幸运，等待他们的只有必死的命运。

我们发现，在《再生》的文本中存在着诸多的父子关系，小说中这些刻意安排的父子关系暗示了男权权威下"儿子"备受压抑的命运，加强了父权文化批判的力量。小说中对于萨颂、彭斯、普莱尔等人和父亲之间的关系都有描述，而这些父子关系都具有惊人的共性，即"父亲"对"儿子"的压抑和"儿子"的受苦。比如，萨颂小时候，"一面黑色的椭圆形的镜子映出一个孩子小小的、苍白的脸。他自己。五岁吧，或许。为什么他现在会记起那个？一天的喊叫，砰砰作响的门，还有眼泪，他不被允许进去。那天他的父亲离开了家。或者那天他死了？不。那天他离开了……"（R，145）不仅是病人，医生里弗斯的童年同样充满了对父亲的恐惧和愤恨，"作为一个言语治疗家和一个牧师，里弗斯的父亲象征了家庭、教育和教堂的男权权威的结合"（Westman，34）。当里弗斯站在父亲的窗外，"他盯着父亲的脖子后面，这个人，他已经用某种方式杀死了。他根本不感到悲伤或者负罪。他感到快活。"（R，155）在将自己的父亲认定为三种类型的男权权威的综合体——家庭、教育和宗教之后——里弗斯进一步将父亲认定为老一代的众多父亲的一个，他们不仅造成了现在的战争的恐怖，更造成了"儿子"在创伤记忆产生之后的被压抑。

同样，里弗斯和他的病人之间也有类似父子关系的成分，许多病人对里弗斯都有着儿子对父亲般的依赖。可是在小说的结尾，里弗斯这个一直处于痛苦挣扎中的"父亲"却将萨颂重新送回了战场——"里弗斯发现自己已经拿来了萨颂的档案……他没什么可以多说的了。他把最后一页打开，写道：1917 年 11 月 26 日，结束治疗，回归职责。"（R，249）"军事医学是一种有趣的矛盾体，因为这种医疗的目标是使男人们康复之后回去经受更大的伤害"（Herndl，45），对于身兼"儿子"与"父亲"双重身份的里弗斯来说，给萨颂签字的那一刻他变成了那个自己曾经痛恨的"父亲"——"笔变成了献祭的刀子，但是没有天使停留在他的手上"（Lanone，264）。里弗斯在这里完全扮演了亚伯拉罕的角色，"亚伯拉罕在上帝面前的无声，他充满恐惧的服从，回应了对他是否忠诚的质询。恐惧是他作为服从主题的表征，也是上帝为了确定给予亚伯拉罕继承的表征"（Brannigan，2005b：108），尽管经历了自我谴责的痛苦挣扎，里弗斯最终依旧还是选择了成为父权体制的共谋。

对父权文化的揭示也可以帮助我们更深入地理解前面提到的军事权威对于"弹震症"的恐慌、隐藏和压制。弹震症患者歇斯底里的表现完全颠覆了一战前人们对于男性的看法。在西方文化中,"疯狂具有双重意象,它是妇女的一种缺陷,又是妇女的一种本质,妇女与疯狂之间存在着一种无法切断的关系。妇女与疯狂的文化关联性无处不在。而在现实生活中,妇女也一直是精神病院内、院外的主要病人,以至于使人们把疯狂、歇斯底里、神经衰弱看作妇女病"(肖瓦尔特,1—2)。一直到一战前,歇斯底里都被打上妇女病的标签,一战中出现的男性歇斯底里的表现挑战了男性至上的文化,威胁了战争时代英雄崇拜的情结,"它们不符合男性理想,和这个处于威胁之下的社会的伟大的勇士角色不相符"(Waterman, 2009: 59),因而必然引起当局的恐慌。无论是医生里弗斯还是耶兰,他们对"弹震症"的治疗本质上无非都是对于父权文化的维护罢了。而如果说耶兰对弹震症的医治体现了对这种文化的坚定维护,里弗斯充满质疑之后的共谋则体现着妥协。对此,沃特曼的分析非常深刻:"巴克尔理解社会关系的复杂性,揭露了父权体系(a patriarchal system of power)与生俱来的矛盾,它建立在一定的被接受的男性气质(masculinity)的代码之上,在这个体系之中主体发现自己几乎没有真正的选择;他们必须接受自己的位置和他们既定的角色,他们必须玩这个游戏。这些文化代码似乎是自然而普遍的存在,如果我们想要打破这些最终导致战争的男性代码的复制,那么社会就必须用批判的眼光去审视自己。尽管战争和帝国主义是这种体系的极端情况,巴克尔显然明确地支持弗吉尼亚·伍尔夫和其他一些人的观点:为战争正名的社会规范在每日的生活中也无处不在,它们正是由政府和教堂、医院和监狱、学校和家庭那样的意识形态和压制机器来维持。"(Waterman, 2009: 89)军事医疗对弹震症的"治疗"和对战争创伤的掩盖正体现了父权文化在医疗领域的力量和影响。

在强大的父权文化主宰之下,军事医疗机构对战争产生的创伤记忆的压制不可避免,这也注定了囿于这个文化之中的士兵们无法逃脱的命运。《再生》里有一个非常耐人寻味的场面:里弗斯医治的病人彭斯①逃离了医院,在大雨中爬到山顶,他看见树上捆着鼹鼠和狐狸的尸

---

① 彭斯弹震症的症状源于他被炸弹炸飞后头朝下掉进一具德国死尸里,结果嘴里塞满了腐烂的人肉。从那之后,无论彭斯何时吃饭,那种味道和气味都重新出现。

体,于是他"把所有的尸体解下来,把它们围着大树排成一圈,他坐在里面,后背靠在树干上"(R,39)。当离开大树之后,彭斯"回到了树林里,现在到了圈子外面,但是看见自己还在里面"(R,40)。这个仪式性的场面象征性地展现了无法逃离悲剧命运的悲哀,包围在动物死尸中的彭斯和动物们一样成为死神的祭品,无论彭斯和其他父权文化之中的"儿子们"怎样挣扎,"治愈"创伤记忆并重返战场终究是他们必然的命运。

《再生》不同于以往的一战主题作品,它将视野投向了英国国内,将后方医院建构为一战中创伤记忆的来源之所。从战场归来的士兵和军官们在后方医院遭遇了比战场更为惨痛的精神创伤,他们在医院中被"医治"的过程成为其创伤记忆被进一步压抑的过程,也成为其逐渐被他者化和失去自己声音的过程。小说还阐明,无论是弹震症患者的治疗还是以弹震症的名义将反战者送入医院的行为都服从并服务于英国父权文化下男性意识形态建构的需要和要求,这种意识形态要求排除和压抑一切与之相背离的非勇士道德的表现,而这种父权文化的存在本身正是巴克尔所建构的英国文化创伤的最终源头。"'文化创伤'具有新的解释的潜力,将给予我们所熟知的事件和社会进程以新的标记"(Alexander,2004:Ⅷ),通过《再生》巴克尔实现了英国文化创伤的重新建构,揭示了战争创伤表象背后的存在于英国社会内部的更深刻的创伤并探索了其产生的更深刻原因。同时,这种建构也成为英国90年代后大量激增的历史小说反思英国历史的异质化声音的一部分。"《再生》是对战争和记忆重新关注的第一次浪潮的一部分,这个文化的潮流贯穿了整个90年代。像《再生》这样的历史小说的流行加入了'记忆'爆炸的潮流。"(Westman,66)

巴克尔在小说中将萨颂、欧文等历史上著名的一战诗人作为主要人物也显然有着深刻的用意。除了创伤建构的主要问题,亚历山大还提出创伤建构必须具备三个要素——言说者、听众和情境,其中言说者也被称为载体群体,是进行创伤建构的主体,"群体并不会做决定,而是代理人这样做……这些群体的代表可以被看作是对于社会现实的具体情况、发生的原因和这些原因所暗示的采取行动的责任做出'宣称'。创伤的文化建构正开始于这种宣称。它是某种基本伤害的声称,某种神圣价值观念的让人惊恐的亵渎的谴责,一种可怕的毁灭性的社会进程的叙事,以及对于情感上和制度上象征性的补救和重组的要求。"

(Alexander, 2004: 11)文学家正是进行创伤建构的主要言说者之一,《再生》中有相当的篇幅描写萨颂和欧文在医院治疗期间探讨诗歌写作的情景①,他们的诗作反映了一战诗人创伤建构的意图:"一战诗人们寻找新的声音和意象表达荒谬的屠杀带来的无穷尽的痛苦。"(Lanone, 260)通过在小说中插入一战时期知识分子进行创伤建构的过程,巴克尔的作品本身与其形成了对话的关系,表现了新时代的作家在新时代的语境下对一战重新言说的愿望——"载体群体也可以是代际传递的,代表了年轻一代在视角和兴趣上对老一代的否定"(Alexander, 2004: 11)——通过事实与想象的高超融合,《再生》实现了对历史的重新书写,这种历史的"再生"体现了当代知识分子在新时代的历史语境下对英国社会和历史的反思。

第二节 偷窥的"眼睛":《门上的眼睛》中规训下的创伤记忆与文化创伤重构

《再生》揭示了一战时期英国父权文化和军事权威之下参战士兵和军官创伤记忆被压抑的过程,但巴克尔对一战文化创伤的探讨并没有就此终止。《再生》出版两年之后,"再生三部曲"的第二部《门上的眼睛》于1993年出版。关于这本新小说,其实早在《门上的眼睛》出版的前一年,即1992年,巴克尔采访中就表示了将《再生》续写下去的愿望——"我想要续写《再生》",巴克尔表示这一方面是因为"有一个缄默的领域继续存在,那使我感兴趣",而"另一个让我感兴趣的地方是从战争第二年开始日益增加的对和平主义者的迫害,还有对同性恋的迫害。有两个非常非常肮脏的活动在进行。还有大量的非常龌龊的国家进行的间谍活动。"(Nixon, 19)而后来巴克尔在接受史蒂文森的采访时又一次表达了这种愿望:"我没有办法在写《再生》最后一章的时候将它作为一个真正的'结尾'……我把《再生》的最后一章写了又写,试图给它完成的感觉,可事实上我根本无法使它结束。"(Stevenson, 175)

在这种"无法使它结束"的强烈感受的驱使之下,巴克尔很快便完

---

① 比如,欧文将自己写作的《残疾者》《安泰俄斯和赫拉克勒斯》《必死的年轻人》等诗歌拿给萨颂请他评论和指导。

成并出版了《门上的眼睛》。这本新小说在《再生》之后继续讲述里弗斯、萨颂、普莱尔等人在一战中的故事,其中普莱尔成了最主要的人物之一。普莱尔因为严重的哮喘无法继续在前线服役,他回国后供职于军需部(Ministry of Munitions)①的情报局(Intelligence),实际上是成了刺探和监视国内反战运动和工人罢工的暗探。普莱尔在履行职责的过程中不择手段,甚至出卖了他曾经的恩人贝蒂·罗佩尔(Beattie Roper)一家。但后来普莱尔产生了精神分裂,不得不回到里弗斯那里进行精神治疗。《门上的眼睛》以普莱尔的工作为主线,展现了一战后期英国国内异常紧张的氛围:反战运动日益高涨,工人运动如火如荼,与此同时,政府对这些与战争对立的趋势的压制也日趋严厉。

因为之前《再生》所带来的轰动,加上1993年《门上的眼睛》获得了卫报小说奖,《门上的眼睛》出版之后也受到了大量的关注。莫斯利在总结评论家们对《门上的眼睛》的评论之后概括说:"大部分的关于《门上的眼睛》的评论都是肯定的,有些将其称作巴克尔最好的书。"(Moseley,2014:85)小说获得了不少评论家的肯定,比如艾琳·贝特斯比在一篇关于布克奖短名单的文章中抱怨《门上的眼睛》没有被短名单提名,她认为这是非常不公平的(Battersby,1993:10)②。而小说家菲利普·汉休(Philip Hensher)也将小说称为巴克尔到彼时为止最有趣的一本小说。他还引用了许多其他评论家的评论,认为这本小说比《再生》更好(Hensher,4)。

《门上的眼睛》延续了《再生》的创伤主题,但是和《再生》相比,《门上的眼睛》展现的历史画卷更加广阔,对一战时期的文化与社会的批评也更加严厉。继《再生》之后,小说继续揭示了一战时期在父权文化和男性意识形态主宰之下整个英国社会所呈现出的极端规训特征。父权文化和男性意识形态的控制决定了统治阶层对一切与之背离的思想和倾向实施打压的行动,表现在《门上的眼睛》中就是其对持有反战

---

① 军需部是一战时期英国一个极为重要的部门。针对一战开始不久出现的炮弹和其他军需品极度匮乏的情况,1915年7月2日英国议会通过了《1915年军需品法案》(Munitions of War Act 1915),紧接着军需部应运而生,军需部将私人企业联结起来,展开大规模的军需品生产,并且对一切对军需品生产造成威胁的事件(比如工人罢工、反战运动等)展开调查、采取行动,"那些一心反对战争的人经常被关进监狱,有些人甚至被杀死"(Monteith, *Pat Barker* 61)。

② 贝特斯比甚至"坚持三本小说中的每一部都应该获得布克奖,当这个奖最终因为三部曲的最后一部而被授予巴克尔的时候,她的预言得到了证实"。参见:Moseley, Merritt. *The Fiction of Pat Barker*. Basingstoke: Palgrave Macmillan, 2014:86.

态度的平民、反对生产军工产品的工人、甚至是同性恋者所进行的打击。这些人群对父权文化所倡导的男性气质和勇士道德显然构成了威胁,"和平主义者被视为缺乏道德勇气……和平主义既被视为犯罪,也被视为病症,在两种情况下都是一个威胁"(Waterman,2009:79)。从亚历山大提出的文化创伤建构的角度来说,《门上的眼睛》继续了一战文化创伤的建构,并且从创伤受害者的范围来说这部小说有所扩大。小说揭示了大后方的民众创伤经历的普遍性,在触角延伸到每一个社会角落的严苛的规训体制之下,不仅参战的士兵和军官回国后遭受精神压抑和精神创伤,广大的平民包括反战人士和工人在国内也遭受精神的压迫并由此带来创伤记忆的压抑,甚至执行规训职能的规训者也无法逃脱精神压抑导致的创伤。

在创伤主题继续展开和创伤建构继续进行的过程中,《门上的眼睛》凸显了"监狱"的意象——"监狱"意象暗示了士兵与平民在这个社会中的地位和处境,也成为他们创伤经历的象征。除此之外,我们发现"眼睛"的意象也被巴克尔融入"监狱"的意象之中。布莱尼根曾说:"如果说《再生》是一本关于暴力和反抗的小说,以言语和沉默为比喻,那么《门上的眼睛》,正如题目所表明的,是一本关于视觉作为认知模式的小说。"(Brannigan,2003:109)那么,"眼睛"和"监狱"的意象在小说中究竟存在着怎样的关联,它们又究竟怎样共同表现了创伤的主题呢?

一、监狱与门上的"眼睛":被规训者的创伤与压抑

在《门上的眼睛》中,监狱的场景反复出现,小说中的人物也或多或少地与监狱有所关联:贝蒂·罗佩尔一家都曾经或者正在监狱服刑,除了因密谋暗杀首相劳埃德·乔治(Lloyd George,1863-1945)[①]的罪名被关押在伦敦阿尔立斯伯里监狱(Aylesbury Prison)的贝蒂之外,贝蒂的大女儿温妮(Winnie)、二女儿海蒂(Hettie)、儿子威廉(William)和温妮的男友麦克(Mac)[②]也都因为和反战运动或工人运动的牵连经历牢

[①] 劳埃德·乔治是一战时期的英国首相。乔治也是一战时期英国军需部的首任部长,他升任英国首相和其他军需部长时的突出表现直接相关。

[②] 麦克也是普莱尔童年时代的好友。麦克不仅是反战者,还是工人领袖,曾经领导军工场工人为争取自身权益的斗争,"试图停止军工厂"(*ED*, 266)。

狱之灾；普莱尔多次探访监狱中的贝蒂，但他出卖了贝蒂的信任，成为将麦克送入监狱的幕后之手。在表现监狱场景的时候，巴克尔有意识地模仿了英国功利主义伦理学家边沁提出的全景敞视监狱（panopticon）的意象，使其成为"小说的主要意象"（Brannigan, 2003: 109）。居于小说核心的全景敞视监狱意象成为巴克尔建构创伤叙事的有效手段，对于凸显受害者的性质和其痛苦的性质起到了重要的作用。并且，不仅是监狱意象，小说中监狱门上"眼睛"的意象也成为被监禁者创伤记忆的象征，它们共同表现了一战时期英国平民的创伤。

关于全景敞视监狱的概念，边沁在18世纪末提出这个设想时曾对其进行过细致地描述。在边沁对于这种新型监狱的设想中，它呈现出这样的建筑学形象：

> 四周是一个环形建筑，中心是一座瞭望塔。瞭望塔有一圈大窗户，对着环形建筑。环形建筑被分成许多小囚室，每个囚室都贯穿建筑物的横切面。各囚室都有两个窗户，一个对着里面，与塔的窗户相对，另一个对着外面，能使光亮从囚室的一端照到另一端。然后，所需要做的就是在中心瞭望塔安排一名监督者，在每个囚室里关进一个疯人或一个病人、一个罪犯、一个工人、一个学生。通过逆光效果，人们可以从瞭望塔的与光源相反的角度观察四周囚室里被囚禁者的小人影。（福柯, 224）

我们发现《门上的眼睛》中主要的监狱意象阿尔立斯伯里监狱（Aylesbury Prison）从建筑特征来说几乎就是全景敞视监狱的再现。普莱尔到阿尔立斯伯里监狱探访贝蒂时看到了这样的一幕：

> 他们又通过了一系列的门，而后进入一个大厅。普莱尔觉得要是有人提醒一下自己就好了。他本来以为会走进另一个走廊或是另一个房间的，可结果他发现自己好像站在了一个矿井的底下。那些高高的墙的外面环绕着三层铁的楼梯平台，高墙上面密布着星星点点的铁门，通过铁的楼梯相连。在这个"矿井"的中心坐着一个女看守，她只需抬头看一下，就可以观察到每一扇门。（*ED*, 29）

阿尔立斯伯里监狱和边沁的全景敞视监狱有着惊人的相似性。和全景敞视监狱一样,阿尔立斯伯里监狱也具有环形的结构,同样相似的还有这种建筑结构所产生的监视的便利性。环形的建筑结构使维持全景敞视监狱的运行变得非常方便,"所需要做的就是在中心瞭望塔安排一名监督者"(福柯,224)。阿尔立斯伯里监狱同样如此,"在这个'矿井'的中心坐着一个女看守,她只需抬头看一下,就可以观察到每一扇门"(*ED*, 29)。除了建筑形式的相似性之外,阿尔立斯伯里监狱和全景敞视监狱更大的相同之处在于其规训和监督职能的体现。福柯曾经指出,全景敞视监狱实际体现的是权力与规训的关系:"全景敞视主义是一种新的'政治解剖学'的基本原则。其对象和目标不是君权的各种关系,而是规训(纪律)的各种关系。"(福柯,234)全景敞视监狱运行经济有效的背后其实就是权力的高效性:"这里有一种确保不对称、不平衡和差异的机制。因此,由谁来行使权力就无所谓了。随便挑选出的任何人几乎都能操作这个机器……全景敞视建筑是一个神奇的机器,无论人们出于何种目的来使用它,都会产生同样的权力效应。"(福柯,226—227)监狱从出现伊始就"被设想为或被要求成为一种改造人的机构"(福柯,261),全景敞视监狱的设想更是体现了对被监禁者肉体和精神进行共同管理的有效统一,边沁自己也将其得意地称之为"改造型管理的唯一有效的手段"(Bentham, 66)。阿尔立斯伯里监狱正是如此,"这种监狱结构可谓建筑学与心理学的有效结合"(李锋,67),"矿井"中心的女看守一刻不停的监视给了被监禁者最大的心理压力,加速了对其进行精神驯服的步伐。

阿尔立斯伯里监狱在执行监视和规训的内在职能时比边沁的全景敞视监狱甚至有过之而无不及。监狱之中遍布每一间牢房的"门上的眼睛"就是阿尔立斯伯里监狱更加强化的监视手段的体现。小说这样描述牢房门上的这只被"精心绘制的眼睛":"窥视孔形成了瞳孔,而且在瞳孔的周围有人花了大量时间不厌其烦地画出了纹理复杂的虹膜、眼白、睫毛和眼皮。"(*ED*, 36)高度逼真的"眼睛"使被窥视者根本无从得知外面是否真的有人在观看,就此对被监禁者的心理造成始终不停歇地被监视的感受。普莱尔在短暂的停留之后就发现监狱里最让人感到恐惧的就是这只"眼睛":

> 普莱尔背对着墙坐着。他发现门上的眼睛很难应付。面对着它难以忍受,因为根本无法确信是否在那只被绘制的眼睛中间就

有一只真的人的眼睛。背对着那只眼睛更糟糕，因为没有什么比被别人从背后盯着更让人恐惧了。而当他侧过身子坐着的时候，他又有种有人试图不停地引起他注意的懊恼的感觉。这使他感到疲惫不堪。如果在不到一个小时的时间里面它就已经使他都感到筋疲力尽，那么对于已经忍受了它一年的贝蒂来说又会有什么样的影响呢？(*ED*, 40)

正如普莱尔所感叹的那样，这只"眼睛"给被监禁者刻意造成的时刻受监视的感觉使被监禁者"筋疲力尽"。阿尔立斯伯里监狱中甚至有人因无法忍受这种折磨"在尿桶里自缢"(*ED*, 40)。被关押在监狱中已经长达一年的贝蒂在这种环境的长期摧残之后也早已虚弱不堪，精神的摧残加上长期的绝食抗议使贝蒂濒临崩溃，"一个灰色的身影在木板床上缩成一团，一只皮包骨头的胳膊遮住了脸"(*ED*, 31)。值得一提的是，牢房门上这只精心绘制的眼睛并非是巴克尔的文学想象。一战时英国的反战活动家爱丽丝·威尔顿(Alice Wheeldon)被捕之后，这样的眼睛就在她服刑的监狱真实地存在过——"在每一间牢房门上的中心位置都有一只被雕刻和绘制的眼睛，有瞳孔、睫毛和眉毛，外面安装的圆盘滑动轴承意味着监狱的女看守可以监视囚犯而不被看到"(Rowbotham, 80)。而根据巴克尔小说最后的作者后记，爱丽丝·威尔顿就是小说中贝蒂及其"投毒阴谋"一案的原型①。

贝蒂的遭遇反映出了一战时期对战争持有反对意见的英国平民所遭受的创伤。小说中的种种细节暗示，和爱丽丝·威尔顿一样，贝蒂的罪名是莫须有的，贝蒂是受到了政府间谍斯普拉格(Lionel Spragge)的

---

① 巴克尔在小说后的作者后记中提示读者爱丽丝·威尔顿就是小说中贝蒂的原型，"贝蒂·罗佩尔的故事和1917年的'投毒阴谋'存在一定的关联"，她还详细介绍了"投毒阴谋"事件的始末(*ED*, 278)。"投毒阴谋"事件的主角爱丽丝·威尔顿原是英国德比的穷街陋巷中的一个二手衣服零售商，但她是"英国妇女社会政治同盟的积极分子"和"知名的妇女参政权论者"(Rowbotham, 5-6)，也是坚定的和平主义者，常常庇护那些遭到通缉的拒服兵役者，"她是一个网络的一部分——这个网络掩藏战争反对者，并且和监狱中的正直的抗议者联系"(Rowbotham, 11)。因为政府间谍的指控，爱丽丝被以预谋毒杀首相劳埃德·乔治的罪名被捕入狱，并被判处十年劳役。然而，大量历史文献表明，爱丽丝获刑的证据存在问题。在被关押期间，爱丽丝始终声称自己无罪并以绝食抗争，她坚称是受到了那个指控她的间谍的引诱才购买了毒药，那个人建议她一起去解救反战人士，并怂恿她设法弄到毒药去毒杀拘留所里的看门狗，没想到毒药却成了她毒杀首相的证据。一战结束后爱丽丝被释放，但是因为长期的监禁、劳役和绝食抗议造成的恶劣的身体状况，爱丽丝在出狱后的第二年(即1919年)就病逝了。

陷害。根据贝蒂的描述，斯普拉格声称自己也是和平主义者，他建议贝蒂一起去救出那些拒服兵役的人，并诱引贝蒂去买毒药毒杀拘留所门口的狗，但是当贝蒂托人弄来毒药时，斯普拉格立马告发了贝蒂，将毒药说成是贝蒂企图毒杀首相劳埃德·乔治的证据。更令人震惊的是，在只有斯普拉格一个人作证的情况下，贝蒂居然被定罪入狱。甚至连普莱尔也相信贝蒂是受了陷害，他"确信斯普拉格撒了谎，因为斯普拉格是唯一的证人，这本身就意味着这个定罪是危险的"（ED，52）。

从贝蒂的经历中我们可以看出，贝蒂遭遇的关键并不在于其有没有实施过毒杀首相的罪行，而是在于其对战争所持有的反对态度。和《再生》中被送入精神病院的萨颂的经历一样，政府四处布置暗探并且拘捕贝蒂这样的平民，其目的其实也是为了缄默他们的言论并规训他们的思想。阿尔立斯伯里监狱就是这种规训目标的体现，是一战时期英国高度集权的社会体系的象征。"门上的眼睛"就是执行这种规训职能的有效手段。福柯在阐释全景敞视主义时曾指出，全景敞视作为施展权力的"不对称、不平衡和差异的机制"很大程度上就是通过"看"的权力的不平衡和差异性实现的："全景敞视建筑是一种分解观看/被观看二元统一体的机制。在环形边缘，人彻底被观看，但不能观看；在中心瞭望塔，人能观看一切，但不会被观看到。"（福柯，226）被看却无法观看甚至无从知晓自己是否被观看的处境表现出被观看者被规训的地位，同时也反衬出观看者的权威。处于监狱之中的贝蒂们就是处于这种彰显权力的规训的目光之下，并且最终被彻底地缄默了——"显然她们不被允许说话，除了她们的靴子踏在楼梯上的咔嗒声和此起彼伏的咳嗽声之外听不到其他声音"（ED，29）。

从这个意义上来说，"门上的眼睛"不仅是规训职能的高度体现，也可以说是其权威之下被监禁者被缄默的创伤记忆的象征。小说中当普莱尔看着门上的"眼睛"的时候，这只眼睛居然使普莱尔想起了自己在战场上的创伤经历——"有片刻他似乎回到了法国，正在看着掌心里托尔的眼球"（ED，36）。在法国战场上的时候，普莱尔曾经在战壕里发现了战友托尔被炸飞的眼球，这个可怕的经历曾经让他一度精神崩溃，并因此被送到里弗斯那里去进行治疗。普莱尔看到门上的"眼睛"后对战场经历看似无意的联想却产生了强有力的暗示：国内后方和战场一样产生了巨大的创伤。如果说托尔的眼球象征着战场上的士兵和军官们的创伤经历，那么牢房"门上的眼睛"则象征了国内的反战人士和和平主义者所受到的压制和创伤。而且如果我们进一步地深思还会发现,这两种创伤虽然表面上看似风马牛不相及,其背后的根源却具有惊人的一致性——对于前线大量牺牲和精神崩溃的士兵和军官们来说,他们的痛苦来自国内统治阶层继续非正义的帝国战争的决定,而对于像贝蒂这样的被关进牢狱之中的反战人士和和平主义者来说,他们之所以在牢房之中备受折磨,其根本原因依然在于其反战立场挑战了英国统治当局的立场和权威,威胁了对帝国战争坚定不移的信念。因而,关押着贝蒂的监狱实际上彰显着统治阶层的权力,执行着对反战人士进行规训和惩罚的功能,成为真正的"权力工具和载体"(福柯,33)。

在小说中,不仅是贝蒂,她的儿子威廉也因为拒服兵役①经历了相似的悲惨遭遇:"他被剥去了衣服,关在一个铺着石头地板的房间,窗户上没有玻璃——那是一月份,老天——然后,他说,他们在你旁边放一件军服,他们等着看你要多久才能屈服。当然我担心到极点,我害怕他会得肺炎。但是事实上他在信里说,让他烦扰的并不是寒冷,而是一直*被监视*。门上的眼睛。"(*ED*,36)可以看出,从创伤经历来说,国内的和平主义者和反战人士与在国外战场参战的人们并没有本质的不同,他们都是"被按照一种完整的关于力量与肉体的技术小心地编织在社会秩序中"(福柯,243)。至此,我们也不难理解为何普莱尔会在阿尔立斯伯里监狱产生这样的感受了:"朝下看着空荡荡的楼梯平台的时候,普莱尔感到了一种难以言喻的熟悉感。突然他记起来,这很像是战壕。就像是通过潜望镜看到的战场的无人区。那看起来空空的场景事实上却有成千上万的人身在其中。这种误导人的空旷感以前总是给他一种奇幻感。即使是现在,当他踏着第三层楼梯平台的时候,他还是感到脖子后面寒毛直竖。"(*ED*,30)正如莎朗·蒙蒂思所说,"巴克尔在三部曲中迟迟不愿意描绘的真实的战壕实际上在国内到处都是"(Monteith,2002:59),国内"战场"的可怕程度丝毫不亚于真实的战场,所不同的只是这个"战场"展开的是没有硝烟的战争——关于思想

---

① 1916年1月27日,英国议会通过了首相阿斯奎斯(Herbert Henry Asquith,1852-1928)提出的《征兵法案》(Military Service Act),2月10日《征兵法案》正式实施。法案公布之后,政府对拒服兵役者态度日益严厉,对拒不与军方合作的拒服兵役者判处最高6个月的监禁。劳埃德·乔治上台后,英国政府对拒服兵役者采取的措施更加严厉。即使是在一战结束之后,政府对拒服兵役者的打击也没有立即停止。直到1919年底,政府才释放了所有仍然被监禁的拒服兵役者。

的战争。

二、监视的"眼睛"与分裂的自我：普莱尔的创伤与压抑

《门上的眼睛》突出了监狱的意象，揭示了和平主义者和反战人士被监视和规训的处境，然而正如福柯所说，尽管"监狱占据着中心位置，但它不是茕茕孑立，而是与一系列的'监狱'机制相联系"（福柯，353），小说中呈现出的英国大后方同样不仅充斥着监狱意象，还被一个更加庞大的规训体系所占据。根据福柯的阐释，"监狱"的概念远不止是监狱本身，而是一整套的"'监狱'机制"①，它包含的种种规训技术和手段共同行使着权力所施加的规训职能（福柯，241），而"为了行使这种权力，必须使它具备一种持久的、洞察一切的、无所不在的监视手段。这种手段能使一切隐而不现的事物变得昭然若揭。它必须像一种无面孔的目光，把整个社会机体变成一个感知领域：有上千只眼睛分布在各处，流动的注意力总是保持着警觉，有一个庞大的等级网络。"（福柯，239）在《门上的眼睛》中，"监狱"所象征的社会规训体系同样延伸到了社会的各个角落，不仅是监狱"门上的眼睛"，层层的监视网络也在执行着监视和规训的职能。像普莱尔和斯普拉格那样的暗探就属于"无所不在的监视手段"和"庞大的等级网络"中的一部分，他们也构成了无数"分布在各处"的偷窥的"眼睛"，遍布全国各处，严格地执行着规训的要求。

这种以严密的监视体系为特征的高度集权的社会造成了被规训者的创伤记忆。然而，令人意想不到的是，在这个庞大的监视体系之中，不仅是处于"眼睛"监视之中的像贝蒂那样的被规训者，就连充当监视的"眼睛"并执行规训职能的普莱尔也出现了解离（a dissociated state）的创伤症状（ED, 248），甚至"发展成了分裂人格"（Onega, 29）。

小说中普莱尔的表现充满了自相矛盾之处。普莱尔探访贝蒂的时候对其表现出了巨大的同情，后来见到诬陷贝蒂的斯普拉格也厉声呵斥："如果她被定*罪*你会得到奖励？"②（ED, 46）此后普莱尔回故乡找到

---

① 对于规训机制，福柯做出了这样的阐释："'规训'既不会等同于一种体制，也不会等同于一种机构。它是一种权力类型，一种行使权力的轨道。它包括一系列手段、技术、程序、应用层次、目标。它是一种权力'物理学'或权力'解剖学'，一种技术学。"（福柯，241）

② 此处在小说中即为斜体。其他涉及本小说的引文中的斜体的情况与此相同，不再特别注明。

海蒂①时也信誓旦旦地保证要救出贝蒂:"如果我们能够证明斯普拉格和别人一起扮演了密探的角色——或者试图这样——那就可以有助于质疑他在你妈妈的案子中给出的证据。"(ED,104)普莱尔还见到了海蒂的男友麦克,并且说服麦克找出其他的几名反战者为贝蒂作证……这一切似乎都表明普莱尔在竭尽所能地帮助曾经的恩人。然而,普莱尔同情和帮助贝蒂的表象之下却是他彻底的背叛:普莱尔到监狱探访贝蒂只是为了获取更多反战者的信息;找到麦克的目的也是为了骗取其信任之后得到更多情报;最终麦克等人因为普莱尔的出卖而被捕入狱。种种事实表明,普莱尔和斯普拉格并无二致,在引诱和欺骗的手段上,普莱尔甚至比斯普拉格更加卑鄙。

然而,普莱尔做出这些卑劣的行为时并不自知,而是处于"神游状态(fugue state)"(ED,103)。"神游状态"是精神病学术语,又称"解离性神游"(dissociative fugue)②,它是"一种罕见的心理紊乱症状,以个人身份的可逆性失忆为特征"③,病人处在神游状态时会失去从前的记忆和其他个人身份特征,表现出和通常身份不符合的行为,但是神游状态结束后又能够恢复原先的身份和记忆。因此,普莱尔恢复正常状态之后常常不记得自己做过什么,甚至坚信那些出卖和欺骗之举都是斯普拉格所为,并且还常有被斯普拉格跟踪的幻觉。小说中,里弗斯医治普莱尔时则将这种病理状态称之为"杰柯尔与海德"(Jekyll and Hyde),"很奇怪名词'杰柯尔与海德'是如何进入语言的,即使是没有读过史蒂文森的故事④的人也用这些名字作为内心分裂的代名词"(ED,143)。"杰克尔与海德"成为普莱尔内心分裂状态的真实写照。

"解离性神游"的频频出现显示普莱尔受到了严重的创伤,因为病理性解离原本就"主要和创伤性或是无法应付的经历有关"(Spiegel,E19)。《卡普兰和萨多克精神病学综合教程》(Kaplan and Sadock's Comprehensive Textbook of Psychiatry)中也明确指出,"解离性神游"发生

---

① 海蒂曾是普莱尔儿时的好友,长大成人后两人还有过恋爱的经历。
② "神游状态"是较为早期的心理学术语,现代心理学更多的是将其称为"解离性神游"。
③ 参见 https://en.wikipedia.org/wiki/Fugue_state。
④ 正如里弗斯所说,英国作家罗伯特·路易斯·史蒂文森(R. L. Stevenson)的著名小说《化身博士》(The Strange Case of Dr Jekyll and Mr Hyde)由于塑造了文学史上最为成功的双重人格的典型,以至于杰克尔和海德在英语中已经成了一个固定的说法,甚至被收入词典,用来指代双重人格者或者人格分裂者。

的主要原因被认为是处在创伤性情境之中的病人受逃离欲望所主宰的意识状态改变,在发生"解离性神游"的时候,病人的情感、思想、感知、记忆等都与完整的自我产生"分离"(split off)(Sadock,1800 - 1803)。

对于普莱尔而言,职责的要求与履行职责时产生的良心煎熬之间的斗争是其分裂人格产生的直接诱因。出卖恩人的自责使作为监视系统中的"眼睛"的普莱尔同时也经受着自己内心的"眼睛"即良心之眼的拷问。小说中普莱尔做过的一个梦可以视为普莱尔这种良心拷问的极致表现。普莱尔梦见自己卧室的门上也出现了一双和贝蒂牢门上一模一样的"眼睛",他惊恐万分,"拿刀刺向眼睛",直到"筋疲力尽了,他跌坐在地板上,躺在那里,开始哭泣,他哭泣的声音将他惊醒了"(*ED*,58)。梦里"拿刀刺向眼睛"的行为象征着普莱尔对自己作为"眼睛"的角色的憎恨,正如批评家斯蒂文森所认为的那样,普莱尔刺向的"'眼睛'是无意识的'我'的双关语①……他噩梦中刺向眼睛的形象传递了一种阻止自己去看的欲望,即他的名字所表明的刺探"(Stevenson,224)。对执行"眼睛"职能的另一个自我的憎恨使普莱尔产生了神游状态并藉此否认自己的所作所为,"和自己的另一个自我完全割裂开来"(Onega,32)。

同时,法国战场也是造成普莱尔分裂人格的另一个创伤性情境。解离状态作为一种应对难以承受的经历的方式,早在两年前的法国战场就在普莱尔身上出现过。小说中当解离状态日趋严重时,普莱尔的表现就像《化身博士》里的杰克尔一样,被另一个邪恶的"海德"自我完全占据,这个"海德"自我解释起了自己出现的缘由——"我是两年前出生的。就出生在一个法国的炮弹坑里面。我没有父亲。"(*ED*,240)"他受了伤。不是很严重,但是受伤了。他知道他不得不继续。但是他无法继续。所以我来了。"(*ED*,241)普莱尔在战场上出现的解离状态同样是矛盾心理的产物,战场对道德极限的挑战导致了他另一个自我的产生。

普莱尔的"海德"自我对于自己缘何出现给出的解释意义重大,它使得战场和国内大后方的两个世界再一次被联系起来:在前线,战争激发了人的内心深处最邪恶的本性,使战场的人被"海德"自我所主宰,而血腥的屠杀又挑战了人们的道德底线,造成了其精神上的严重创伤,

---

① 英文中 eye 和 I 发音相同,因而起到了双关的效果。

许多人因此精神崩溃；而在国内的"战场"中，在规模宏大的"监狱网络"之中，不仅以贝蒂为代表的反战人士遭受压制和创伤，成为"监狱网络"的猎捕目标和牺牲品，在迫害各种反战力量的过程中，许多像普莱尔一样违背自己的良心履行着"眼睛"职责的人也同样产生人格的分裂，"在心理上挣扎于自己和自己的另一面的'模棱两可之间'"（Haider，4），最终由于良心的谴责而精神崩溃。普莱尔一个人同时兼有这两种创伤经历，回到了大后方之后，法国前线所激发出的人性中的邪恶本质在"监狱网络"的特殊环境之下又一次地被激发出来，人格的分裂也再一次产生。而在战场和大后方的两个世界之中，在邪恶的"海德"人格成为主导的背后，其社会的根源其实也是相同的，那就是统治阶级所建构的规训体系即一个强大的"监狱连续统一体"给身处其中的人所施加的约束力和影响（福柯，341）。无论是产生于战场还是大后方的普莱尔的"海德"自我归根结底都是顺应和服从于这个规训体系的产物。"巴克尔表明，在战壕和监狱中，士兵和战争的反抗者都受着同样的一种监视体系的约束"（Monteith，2002：61），这个规训体系同时覆盖着前线和后方，在它的重压之下人们的正常心理已经难以为继，取而代之的是人性的扭曲、心灵的崩溃和无尽的创伤，而普莱尔仅仅只是其中的一个典型而已。

三、来自军事医疗的"眼睛"：规训执行者的内心分裂

在《再生》中里弗斯的角色体现了父权社会的要求，男性必须符合男性气质的标准，所有违背父权社会要求的男性都被视为他者，必须进行"医治"。里弗斯"治愈"了那些歇斯底里和患弹震症的士兵和军官，把他们重新送回战场，尽管对治疗的本质心存怀疑，里弗斯最终依然按照职业的要求履行了职责。如果说《再生》体现了里弗斯对父权体制的反思和共谋之间的矛盾性，那么在《门上的眼睛》中，当英国社会被进一步展现为一个宏大的规训社会即"监狱连续统一体"的时候，里弗斯的这种矛盾性则进一步发展为内心的分裂——里弗斯履行着规训权威的职责，扮演着规训的"眼睛"的角色，但在内心深处他对医学的角色依然充满了质疑。里弗斯内心的分裂表明作为规训权威的里弗斯内心深处也遭受了极大的创伤和压抑。

在战时英国宏大的规训体制之中，里弗斯所扮演的角色和普莱尔相似，都是执行规训职能的"眼睛"的角色，不同之处只在于里弗斯所

代表的是医学领域对规训目标的实现。福柯在阐释规训社会时曾经提到"监狱"机构的三种重大模式:"实行个人隔离和建立等级关系的政治—道德模式、把力量用于强制工作的经济模式、进行医治和使人正常化(规范化)的技术—医学模式。这就是单人囚室、工厂和医院。"(福柯,277)从中不难看出,医学和医院本身就是具有"监狱连续统一体"特征的规训社会的重要组成部分,肩负着"进行医治和使人正常化(规范化)"的职责。当我们把里弗斯在《再生》中的表现放置于规训社会的整体之中进行考量的时候,我们也可以发现里弗斯"医治"士兵和军官的行为不仅体现了父权意识形态的要求,也满足了战时英国为维护父权意识形态而建构的"监狱连续统一体"的整体要求——这个社会致力于消除所有"复杂人群内在的反向力量"和人群中"冒出的反权力(counter-power)效应"(福柯,246),对具有反战思想的士兵和军官进行"医治"使其回归战场不过是这个社会的一项职能罢了。从这个意义上来说,里弗斯和普莱尔并没有本质的不同,他们的工作都是规训职能的体现。

《门上的眼睛》中里弗斯继续履行医学领域的规训职能,对具有反抗心理的军官和士兵进行劝导。小说中里弗斯再次遇到了萨颂,这次相遇很像《再生》中二人关系的翻版,跟之前相比,里弗斯所扮演的角色并没有发生太大的变化。1918年7月,战争趋于结束的时候,原本被里弗斯送回战场的萨颂因为受伤再次回到了英国,里弗斯去医院看望。萨颂这次跟里弗斯说起要离开军队,去谢菲尔德,"因为那里更接近爱德华·卡朋特"①,并抗议道:"为什么不呢?我做了一切你让我做的事情。每一件你让我做的事情。我屈服了。我回去了。现在为什么我不能做合适于我的事情呢?"里弗斯立刻意识到"他面临着为另一个愚蠢的计划设置障碍的任务,因为这是又一次反抗,虽然比从前的公开宣言更小、更私人、更绝望,但仍旧是一次反抗"(*ED*,260)。最终,经过里弗斯的劝导,这样的场面出现了:

---

① 卡朋特是具有左翼倾向的反战人士,"从1880年开始就积极参加当地的社会主义运动……卡朋特反对机械论马克思主义和官僚劳工主义,这使得他倾向于工团主义……和很多人一样,卡朋特在战争爆发时感到困惑,随后逐渐开始反对战争,这使他受到了政府间谍的注意"。参见:Rowbotham, Sheila. *Friends of Alice Wheeldon*. London: Pluto Press Ltd, 1986:4.

里弗斯走到房间另一头,从木钉上拿起萨颂的外套,然后扔在床上。"快点,萨颂。你不可能这辈子剩下的时间都穿着睡衣。"

"可是我也不可能这辈子剩下的时间都穿着军服。"

"是不会,但是这场战争剩下的时间你必须穿着它。"

……

慢慢地,萨颂开始穿上了制服。(*ED*, 261)

就像沃特曼发现的那样,"违抗者'选择'穿上制服①则被视为治愈"(Waterman, 2009: 79),萨颂"穿上了制服"的这个情节具有象征意义,它象征了里弗斯作为规训权威的再一次胜利。"教育心理学被认为是用于矫正学校的严厉刻板,医疗或心理谈话被认为是用于矫正工作纪律的后果。但是,我们不要产生误解。这些技术仅仅是把个人从一种规训权威转交给另一种规训权威"(福柯, 253),在心理谈话之后萨颂和从前一样听从了里弗斯的规劝。因而,就像史蒂文森所说,"里弗斯因此重复了过去在克莱洛克哈特医院的角色,没有任何进步的迹象"(Stevenson, 228)。

在这个过程中,里弗斯履行职责背后对医学功能本身的怀疑也和从前类似,但是里弗斯内心的矛盾比以前更加强烈,甚至产生了和普莱尔相似的内心分裂。里弗斯深受"人格分裂之苦"(*ED*, 235),他"觉得身上的这种分裂比大部分男人的都严重……他大半的人生之中,他仍旧可说是一个深深分裂的人"(*ED*, 141)。小说中多次出现里弗斯对自己内心分裂状态的剖析。里弗斯觉得自己内心的这种分裂是"理性分析的思维功能和情感之间的深层次分裂"(*ED*, 141),他还用和医生亨利·黑德(Henry Head)做过的神经再生实验中所发现的神经的两个层次来类比自己的理性和情感相分离的状态。这个实验揭示的人的神经原发(Protopathic level)和细觉(Epicritic level)的两个层次"正是反映

---

① 制服的意象在小说中出现了数次,威廉和麦克被关押的房间里也都摆放着等待他们穿上的制服。

了里弗斯的内心分裂并且给了他用来表达这种分裂的词汇"①(*ED*, 142)。里弗斯甚至也用"杰克尔和海德"的病理状态来解释自己的精神状态,他引用了小说《化身博士》中的这样一段话来剖析自己:"在道德的层面上,在我自己的身上,我发现了人的完全的和原始的双重性。我看到,这两个本性在我的意识之中交战,即使说我是其中之一,也只是因为我是两者的结合。"(*ED*, 142)

和《再生》中一样,里弗斯内心的分裂源于履行职责的要求和对军事医学的质疑以及对病人们的同情之间的矛盾。小说中里弗斯的两个梦就说明了这一点。一个梦境反映了里弗斯对军事医疗的恐惧。里弗斯梦见自己的朋友医生黑德在一个活人的颅骨上钻孔。里弗斯醒来后感叹:"在医生执行任务时如此必要的同情心的暂停,换到其他的场景中,也是所有残暴的根源。不仅是士兵,那些施暴者都践行着同样的移情的暂停。"(*ED*, 164)里弗斯梦中将医生和暴力的实施者联系在一起,其内心对军事医学的恐惧可见一斑。而另一个梦则反映了里弗斯对病人的同情,这种同情甚至达到了认同的程度——"与病人的认同居然达到了那种程度,他做的是*他们的*梦而不是自己的"(*ED*, 244)。在梦中,里弗斯身处法国战场,周围的泥浆都变成了人,冲向了英国。

一战时另一起引起轩然大波的事件——彭伯顿·比林(Pemberton Billiing)一案②更加深了里弗斯对医学扮演的角色的质疑。在这个案件

---

① 在里弗斯和黑德所做的这个实验中,黑德左臂的神经被隔断并缝合,通过黑德的切身感受,他们发现了人的神经的两个层次,即原发(Protopathic level)和细觉(Epicritic level)两个层次。其中"'细觉的'逐渐代表了一切理性的、秩序的、理智的、客观的事物,而'原发的'则代表了情感的、感官的、混乱无序的和原始的东西"(*ED*, 142)。里弗斯用这两个神经学名词来类比自己内心深处的理性和情感分裂的状态。

② 这个案子在1918年轰动一时。1918年初,在彭伯顿·比林出版的报纸上出现了两篇声称是彭伯顿本人所写的文章(事实上真正的作者是哈罗德·斯潘塞),一篇标题为《最初的四万七千人》("The First 47000"),作者声称自己在英国情报局工作过,看到了一本黑皮书,其中有47000名潜藏在英国内部的德国间谍的名字。另一篇标题为《阴蒂崇拜》("The Cult of the Clitoris"),文章称奥斯卡·王尔德(Oscar Wilde)的戏剧《萨洛米》(*Salome*)的剧组中就有47000人中的一些人,并且暗示剧中饰演萨洛米一角的女演员莫得·阿兰是同性恋者。莫得将彭伯顿告上了法庭。在法庭上,哈罗德·斯潘塞(Harold Spencer)作为彭伯顿的辩方证人,发表了更加耸人听闻的言论。他声称黑皮书中的很多人潜藏在英国军队的高层军官之中,阿斯奎斯内阁中的很多成员也都被德国人收买,并且德国人企图通过将英国男性转变为同性恋者来削弱英国的战斗力。彭伯顿的另一个辩方证人是阿尔弗莱德·道格拉斯(Alfred Douglas),他声称王尔德的挚友和遗著保管人罗伯特·罗斯(Robert Ross)是伦敦所有同性恋者的领袖。这个案子最后以彭伯顿获胜结束。但是同年晚些时候哈罗德·斯潘塞被证明精神失常。赢了官司的彭伯顿则开始了英国议会的仕途生涯。

中,库克医生作为医学界的代表在法庭出现①,尽管这是"第一次心理学家被邀请在法庭上对这样一个话题发表陈述",里弗斯却"因为医学给出的证据感到沮丧",并且表示"我不得不告诉自己这太可笑了"(ED, 160)。里弗斯清醒地意识到看似荒谬的彭伯顿一案背后的成因:"人们不想要理性,他们只想要替罪羊。你在医院里也可以看到这一点,在医院里随着法国来的消息越来越糟糕,人们对持和平主义观点的护理员的敌意也上升了。但其中还是有逻辑可循的……莫得·阿兰成为众矢之的完全是个意外。真正的目标其实是那些不能或者不愿意服从的男人。"(ED, 160-161)

和《再生》中的表现相似,里弗斯依然是一个复杂状况之中的冷静旁观者。然而,里弗斯行动与内心的背离也和从前一样没有改变。即使里弗斯完全明白战争即将结束之时人们将矛头指向同性恋者是出于对战争失败的恐惧和对拒服兵役者的憎恨,他对于医学在人们狂热地反同性恋浪潮之中所扮演的推波助澜的作用也感到荒谬可笑,但是和《再生》中一样,里弗斯实际上依然做出了与内心的观点相异的行动,完成了"规训权威"的使命。

继《再生》之后,《门上的眼睛》依然将视线投向了英国国内,选取了大后方这个较少引起人们注意的视角讲述一战故事。但是与前一部小说不同的是,《门上的眼睛》视野更加开阔,描绘了大后方暗流涌动的历史画面——大后方看似平静,实则不然,它充满了各种各样的汹涌澎湃的斗争,各种思想在这里激烈地交锋——妇女参政权论运动、社会主义运动、工业斗争、和平主义运动、反战运动等形形色色的运动都在风起云涌,而与之共生的则是一个日益极权化的国家,"国家日益增加的权力在战前已经可以看出,在战争时候进一步地增强了"(Rowbotham, 63)。当前线的战争逐渐趋于劣势,国内的焦虑感随之增强,统治阶层也将对战败的恐惧更多地释放在打击国内与战争相违抗的各种思想和活动上,对和平主义者、拒绝服兵役者、甚至是同性恋者的打击和迫害都达到了极致,"在战争时期多疑和恐慌的氛围中,集权国家日益增加的权力构成了真正的不正常"(Rowbotham, 59)。

---

① 库克医生发表了对于同性恋者的看法,当被问到对这类人怎么办的时候,库克医生回答:"她们是怪兽,她们应该被锁起来"(ED, 148)。库克医生给出的医学的声音加强了法庭对同性恋者的排斥和憎恨。

在"极权国家日益增加的权力"的控制之下,一战后期的英国社会呈现出极端的规训特征,正如福柯对规训社会的描述一样,这个社会俨然已成为一个大的"监狱网络",一个宏大的"监狱连续统一体"(福柯,341)。巴克尔正是选取了"监狱"这个意象,生动地再现了这样一个社会中反抗的力量和压制的力量之间所形成的巨大张力。监狱的意象也成为一战时期英国社会的隐喻,形象地表现了其极权主义的倾向。而在突出"监狱"这个意象的同时,巴克尔还强化了"眼睛"的意象,以此凸显出规训社会和极权社会的特征——"眼睛"所象征的无所不在的监视手段和控制技术正是保证规训社会运行的必要手段。

在表现一战时期英国社会极权特征的同时,小说中"监狱"和"眼睛"的意象还有效地凸显了这样一个社会所带来的不可避免的创伤和压抑。在小说中,我们发现主要人物无一不和"眼睛"相关并遭受严重的创伤:贝蒂、威廉等反战人士和和平主义者被关押在监狱之中,时刻不停地受着门上的"眼睛"的监视,"眼睛"所代表的规训权威一直在迫使其放弃反战的思想;普莱尔执行着"眼睛"的职能,却同时被良心的"眼睛"折磨,两种立场的争斗使他仿佛变成了被"海德"折磨得几近疯狂的杰克尔;与普莱尔类似的还有里弗斯,他在内心对医学的角色充满怀疑的情况下依然履行着规训权威的职责,扮演着规训的"眼睛"的角色,但是和普莱尔一样,他也产生了内心的极度分裂。

总之,《门上的眼睛》在《再生》之后继续凸显了压抑之下的创伤和创伤的压抑。在小说中,不论是执行着规训职能的"眼睛",还是被"眼睛"所监视和逼迫的被规训者,都表现出了创伤的症状,处在极端痛苦的状态。巴克尔通过规训社会的描画,表明了一战时期遭受创伤经历的人群的普遍性——创伤的经历不是士兵和军官所独有,大后方的平民中间也同样充满着压抑的灵魂和痛苦的生命。而由此,巴克尔显然也实现了对一战文化创伤的继续建构——在一战时期高度集权的体制之下,一战的创伤受害者也包括了平民阶层中的反战人士、和平主义者和同性恋者,他们和医院中那些被迫缄默的士兵和军官一样,创伤的主要来源也不是战争本身,而是将他们的声音压抑于无声的规训社会和极权体制。

第三节 永不终止的"鬼魂之路":《鬼魂之路》中被缄默的创伤记忆与文化创伤重构

《再生》和《门上的眼睛》批判了一战时期英国的父权社会和极权体制,揭示了其控制之下英国广大民众所受到的精神压抑和创伤。在其之后,"再生三部曲"的最后一部《鬼魂之路》依然涉及创伤记忆主题并继续进行社会批判。但是,与前两部小说比起来,《鬼魂之路》无疑具有突破性的意义。继《门上的眼睛》将《再生》的视域从后方医院扩大到整个英国之后,这部小说继续超越了前两部小说将视野囿于英国的局限性,引入了位于亚洲的英属殖民地美拉尼西亚的内容。殖民地内容的引入成为小说成就[①]的关键所在,它将对一战时期英国的批判推向了对帝国的批判,揭示了造成英国广大民众创伤和压抑的因素同时也导致了世界上更广大地区和民族的创伤。

在《鬼魂之路》中,一战已经进行到了战争即将结束前的1918年的最后几个月。里弗斯和前两部小说中一样,继续在大后方医治病人——他在伦敦帝国医院救治精神疾病患者并且一如既往地将被"治愈"的人们送回战场,这其中就包括普莱尔。在里弗斯继续医治病人的经历之中,小说巧妙地交替插入了里弗斯十年前作为人类学家在美拉尼西亚考察的经历以及普莱尔记录欧洲前线战争进程的日记。于是,英国后方、美拉尼西亚和欧洲战场的三层空间得以交叉展开,彼此交相呼应。

美拉尼西亚情节的引入、扩大的地理维度以及加深的文化视界成为理解《鬼魂之路》的关键,"美拉尼西亚内容所提供的跨文化视角最终造就了这本小说的视角的高度和改变的力量"(Shaddock,657)。而在分析涉及美拉尼西亚的相关内容的时候,对里弗斯视角的分析和批判又是必不可少的,因为小说中所有关于美拉尼西亚的部分都是经由里弗斯进行叙述和评判的。具有反讽意味的是,《鬼魂之路》中里弗斯

---

① 在巴克尔的三部曲中,《鬼魂之路》无疑是成就最高的一部,它于出版的当年就获得了布克奖。而且,《鬼魂之路》也是迄今为止巴克尔所有的作品之中获得最高荣誉和最多关注的一部作品。

本身就成为一个帝国批判的例证。与前两部小说一样,里弗斯对一战和大英帝国显然拥有比同时代人更加清醒和深刻的认识。里弗斯一战中的数次回忆将英国与美拉尼西亚殖民地的文化联系起来,这种特意安排的跨文化并置意在实现对帝国的反思并批判其暴力本质。通过两个文明共同之处的揭示,西方文化的自恃文明和居高临下不攻自破了,"通过回忆里弗斯理解了自己被反复灌输的英国男权、战争和文明的意识形态的野蛮因素"(Shaddock,657)。但是,另一方面,就像我们在分析前两部小说时所发现的,里弗斯身上具有与生俱来的矛盾性,表现为"既抵抗战争机器又与之共谋"(Waterman,2009:90)。他能够看到存在于英国文化和制度之内的问题,但同时他的家庭背景①、生来所受的教养和职业的要求又始终制约着他的思维和行动。里弗斯的身份注定了其态度的含混,体现为他对殖民地的同情与轻视共生、对母国文化的批判与共谋并存。在里弗斯的叙述之中,常常不由自主地表现出大英帝国优越于殖民地的帝国意识。正是因为选取里弗斯的视角所造成的这个客观局限性,殖民地的文化在《鬼魂之路》中并没有作为一个独立的文化而自得地存在,并又一次成为附庸于西方记忆中的被缄默的他者。

里弗斯视角的局限性反映出除了父权体制之外,帝国意识和沙文主义②的存在更是英帝国难以根治的顽疾,在其幽灵之下帝国造就的是必然的苦难,而承受这种苦难的远远不只是英国的官兵和平民,更是所有生活在帝国铁蹄和阴影之下的殖民地人民,在这个幽灵的萦绕之下,帝国主义的前景终将注定是一条永不终止的鬼魂之路。

由此,我们发现《鬼魂之路》仍然可以被视为前两部小说《再生》和《门上的眼睛》中文化创伤建构的延续。从痛苦的性质来说,殖民地所

---

① 里弗斯的祖先威廉·里弗斯是一名年轻的海军候补少尉,他"击毙了那个开枪射杀纳尔逊公爵的人,那是这个家族的传奇",里弗斯的名字就是以这位祖先的名字命名的,在里弗斯童年的时候这位祖先的画像"被无数次地展示给他看"(*GR*, 94)。纳尔逊公爵,即霍雷肖·纳尔逊(Horatio Nelson, 1758 – 1805),是英国18世纪末、19世纪初最著名的海军将领和军事家,英勇无比,英国伦敦特拉法加广场即为纪念他而建。纳尔逊在一战前一直被视为大英帝国及其海上霸权的重要象征。

② 沙文主义(chauvinism)原指极端的、不合理的、过分的爱国主义,如今含义也包括其他领域,主要指盲目热爱自己所处的团体,并经常对其他团体怀有恶意与仇恨的一种有偏见的情绪。沙文主义者一般都对自己所在的国家、民族和团体感到骄傲,并因此看不起其他的国家、民族和团体。

经受的创伤与《再生》和《门上的眼睛》中讨论的创伤具有相似性,都是帝国体制和意识形态所导致的"失声"之苦。从创伤的责任归属来说,三部曲所讨论的创伤的来源显然也具有一致性——造成了英国一战文化创伤的极权政治、父权体制和沙文主义同时也导致了殖民地和被侵略的国家和人民的创伤。正如沃特曼所说,"战争和帝国主义是这种体系(父权体系)的极端情况"(Waterman,2009:89),英国父权体系和极权政治的存在最终不仅导致了对国内与这种体系相违背的思想的打压,同时也表现为帝国主义的殖民侵略和意识形态的扩张,而这种侵略和扩张给殖民地带来了巨大的创伤。"身份包含一种文化参照。只有当集体的稳定意义被突然移位,一个事件才具有创伤地位。正是这些意义提供了震惊和恐惧,而绝非这些事件本身"(Alexander,2004:10),在被英国侵入的过程中,以美拉尼西亚为代表的殖民地的原有集体身份和稳定状态受到了来自英国文化和权力的冲击,产生了文化的混乱,造成了巨大的民族创伤。

一、爱迪斯通的亡魂祭仪:里弗斯的跨文化认同与帝国反思

在里弗斯对美拉尼西亚的回忆中,爱迪斯通①的亡魂祭仪多次出现。里弗斯发现爱迪斯通的亡魂祭仪和西方文明社会的祭仪之间具有惊人的相似性,由此产生了对两个文化的跨文化认同。正如普莱尔在日记中所说,"那(美拉尼西亚)给了他(里弗斯)一点看待'当前冲突'的奇怪的视角"(*GR*, 215),通过英国和英属美拉尼西亚殖民地之间的跨文化并置,里弗斯展开了对帝国实质的反思。

小说中,在里弗斯的引领之下,我们不断发现美拉尼西亚和英国文化之间的惊人相似,并且这种"潜在相似"一直"被置于显著位置"(Smethurst, 150)。小说中最主要的两个人物——美拉尼西亚的巫医

---

① 爱迪斯通是美拉尼西亚的所罗门群岛中的一个小岛,也是里弗斯和他的同伴霍加特进行人类学考察的主要地点。

尼如(Njiru)和里弗斯就有着惊人的相似①。正是通过尼如这个美拉尼西亚文化中的关键人物,里弗斯渐渐了解到美拉尼西亚许多不为外人所知的风俗和文化,并且发现了它们和英国文化的相似之处。其中,爱迪斯通的亡魂祭仪更是成为让里弗斯产生跨文化顿悟的关键。在这些亡魂祭仪中,"骷髅之屋"最具代表性:

> 那一天,尼如带着他去看了位于帕拿甘都②的骷髅之屋。他们在酷热之中步行了数英里,一路上一丝风都没有,除了苍蝇的嗡嗡声之外听不到任何声音。然后,突然之间,他们步入了一片林间空地,刺眼的阳光从树叶中穿过,在他们眼前,斜坡之上,出现了六七座骷髅之屋,它们的格栅上装饰着摇晃的串串贝壳。那些骷髅给人一种总是被盯着的感觉。(*GR*, 63)

用骷髅头堆砌起来的一座座"骷髅之屋"是爱迪斯通人祭祀祖先亡魂的特殊方式,它们同时也代表了美拉尼西亚尊崇父权和崇尚勇士的文化。根据里弗斯对爱迪斯通的人类学考察,爱迪斯通的文化依靠战争和暴力而得以生存,伴随着战争和暴力建立起来的是对父权和勇士道德的崇尚。"骷髅之屋"和其相关的祭仪就体现了这一点:根据岛上原来的风俗,部落首领死亡后他的遗孀将被关在木头围栏里,她能否获得释放将取决于爱迪斯通最重要的传统仪式——去其他部落猎取人头。如果人头猎取成功,不仅首领的遗孀会被释放,在狂欢夜宴上所有的年轻女性也"将由战场回来的勇士随意支配"(*GR*, 207)。随后,头领的头盖骨将被放置于"骷髅之屋",而战争中猎取来的人头则被摆在屋子周围作为献祭。

这些祭仪随着英国人的到来而被废止。在英国占领美拉尼西亚之

---

① 两个人的相似之处不胜枚举。尼如和里弗斯的主要工作都是医治病人,"专心致力于思考和学习,特别是致力于治疗的艺术"(*GR*, 128);同时他们也都是在自己的文化中占据重要地位的人物,里弗斯除了是医生还是著名的精神病专家和人类学家,而尼如除了医治病人之外还控制着岛上最重要的祭仪,他的"力量在于他控制的鬼魂的数量"(*GR*, 128);和里弗斯一样,尼如也有明显的生理上的缺陷并且也是一生未婚,里弗斯从小有口吃的毛病,而尼如脊柱弯曲,"因为他的畸形,他从来不能够和其他男人在划独木舟、钓鱼、造房子或者战争方面竞争"(*GR*, 128);相比于体力他们都似乎更具有智力上的优势,"虽然两个人的祖先都是出色的勇士,他们却都不曾参与在各自的文化背景中被定义为男子气的军事行动"(Shaddock, 660)。

② 帕拿甘都是爱迪斯通岛上的一个地名。

后,岛民猎取人头的仪式以及"骷髅之屋"的亡魂祭仪都受到严厉禁止,岛民如若违反会受到极其严厉的惩罚,"如果他们发动袭击,那么英国行政长官不可能不得到消息。而后炮舰就会驶离岸边,村庄被焚毁,树被砍掉,庄稼毁坏,猪被杀掉。哭喊的妇女和小孩被驱逐进丛林。你知道会发生什么。"(*GR*, 185)

表面看来,英国统治者禁止当地土著猎取人头的行为是体现了来自西方的文明对野蛮的征服和教化。可是,里弗斯却在一战中的英国惊讶地发现了爱迪斯通亡魂祭仪的对等物。在房东欧文太太(Mrs Irving)家中里弗斯看到了这样一幕:

> 里弗斯透过开着的门看见欧文太太死去的儿子的肖像挂在帷幕的上面,下面摆着鲜花,两边供着烛台。
> 他慢慢上楼,时不时地停下来在扶手上靠一下,思考着他刚刚看见的一切:肖像、鲜花、圣坛。和他跟尼如去的帕拿甘都的骷髅之屋没有什么根本的不同。同样的人类的冲动在起作用。真不知道是什么燃起了这跨文化认同的火花。(*GR*, 116–117)

里弗斯在欧文太太祭奠一战中死去的儿子的祭坛和"骷髅之屋"之间发现了相似之处。当年"骷髅之屋"曾经让里弗斯心生恐惧,因为勇士崇拜的必然结果是血腥的屠杀和献祭,"对于西方的眼睛来说,那旁边堆砌的骷髅让人不安"(*GR*, 206)。然而,当一战的爆发使英国渐渐撕去了文明社会的面具,日益暴露出狰狞和血腥的时候,里弗斯似乎瞬间意识到了欧洲文明的野蛮实质,他发现自己身处的所谓文明究其实质其实依然是暴力和征服,是勇士崇拜之下的生灵涂炭,而作为文化表征的亡魂祭仪就反映了这一点。里弗斯惊叹西方文明的祭仪其实"和他跟尼如去的帕拿甘都的骷髅之屋没有什么根本的不同",实际上"在每一个祭坛的背后都是血、折磨和死亡"(*GR*, 176)。如果二者还有什么不同的话,那就是爱迪斯通的亡魂祭仪因为头盖骨的直接视觉刺激让人心生恐惧,而文明世界的纪念仪式中的鲜花和烛台对头盖骨的替代掩饰了屠杀的血腥罢了。

除了"骷髅之屋",爱迪斯通用"儿子"献祭的亡魂祭仪也使里弗斯产生了跨文化认同。当里弗斯给和自己"有着强烈父子关系要素"的普莱尔签字将其送回法国前线时,他联想起了两个父子故事(*GR*,

98):一个是他儿时在父亲教堂的窗上看见的那个圣经故事,亚伯拉罕挥刀准备用儿子献祭①;另一个就是他在爱迪斯通听到的献祭风俗,被头领领养的私生子长大后会在全部落的人面前被养父"击碎头盖骨"作为献祭。在两个文化之中"儿子"都成为"父亲"的祭品,表现出父权社会所要求的绝对忠诚和为之献身的准则。里弗斯不断进行的跨文化认同揭露了自诩为文明的英帝国崇尚勇士道德和暴力的实质。无独有偶,前线的普莱尔也意识到"在每一个祭坛的背后都是血、折磨和死亡"(GR,176)。

里弗斯一次次的跨文化认同似乎打破了文明与野蛮之间的二元对立,小说中里弗斯的另一处思考更是显示了其远超于同时代人的见识。在去往爱迪斯通的船上,里弗斯用自己设计的问卷向土著提问,一个土著女人要求他也做一下自己的问卷,结果里弗斯给出的问卷答案使得"他们一直不停地大笑,他们不知道怎样同情他"(GR,119)。这使里弗斯产生了顿悟:"他们对于他的社会的观点和他对于他们社会的看法一样正当。没有长胡子的白人老头俯视他们,认同一套价值观念,谴责另外一套。一旦意识到这一点,禁锢着个人的——使其理性的——全套的社会和道德规则全部坍塌了。有片刻他和这些漂泊着的、被驱逐的人们处在了同样的立场上。那是一种无可救药的颠覆感。"(GR,120)

这里"长胡子的白人老头"暗示了英国作家吉普林(Rudyard Kipling)所提出的著名论断"白人的负担"(the white man's burden)。吉普林认为英国作为文明的长者承担着文明教化的重担和责任,"当吉普林提出著名的'白人的负担'时,这个短语似乎完美地展现了一种帝国的哲学,即英国将自己想象为将文明带给了不文明的民族"(Prince,24)。吉普林式的典型的帝国思想呈现着"认同一套价值观念,谴责另外一套"的居高临下,成为维护宗主国堂而皇之地去占领殖民地和实施殖民行为的正当借口。里弗斯在这里似乎瞬间从吉普林式的思维模式中摆脱出来,并且站到了殖民地的立场上,对此评论家马克·罗林森认为里弗斯的这一顿悟"象征了巴克尔成功地防止了她小说中的等级体

---

① 此处是指《再生》中所提到的亚伯拉罕以独子献祭的故事。上帝让亚伯拉罕拿自己的独子献祭,以此作为对亚伯拉罕的考验,而最终因为亚伯拉罕的虔诚上帝赦免了伊萨克,在最后的一刻派天使阻拦了亚伯拉罕的屠杀,让他用一只公羊作为替代。

系或者非此即彼的对立思想的产生"（Rawlinson，98）。然而，小说中的里弗斯真的是进入了一种"无可救药的颠覆"状态，能够通过摧毁西方的意识来看待土著的文化吗？

二、对土著的划界与审视：里弗斯的帝国哲学

在前两部小说的分析中我们已经发现了里弗斯的矛盾性。里弗斯似乎就是一个矛盾的统一体，比起同时代的其他人，他似乎总是能够清醒地看到帝国存在的问题，然而他的行动总是与思想背道而驰，其不经意的表现中也总是带有其所身置的文化的痕迹。在《鬼魂之路》中里弗斯的矛盾性表现得尤为突出，在进行帝国反思的同时，里弗斯潜意识中的帝国思想也不由自主地显露了出来，他的言语常常无形之中透露出对土著的居高临下，行动上也表现出与土著划界的欲望。这些表现从本质上来说反映出的其实依然是一种吉普林式的思维方式，即相对于其他文化所表现出的优越感和"认同一套价值观念，谴责另外一套"的帝国哲学。"种族创伤之根源是白人主导的文化强制（cultural imposition）及其逆向建构的白人的黑人恐惧症（Negrophobia）"（陶家俊，122），《鬼魂之路》通过里弗斯等殖民者在美拉尼西亚的种种表现间接地揭示了殖民地的民众在帝国意识形态之下所遭受的精神压抑和创伤。

通过前面两部小说我们已经得知，里弗斯的特殊身份一直是导致其矛盾性的原因所在，作为帝国的医生和精神病学家，里弗斯的职业要求其做出符合帝国要求的行动。在《鬼魂之路》中，里弗斯作为人类学家的另一重身份更是成为其无法摆脱帝国哲学的一个因素。众所周知，人类学本身即是殖民主义和帝国主义的产物。随着欧洲国家在海外的扩张和海外殖民的加剧，"一批进化论者由此产生自我优越的意识，认为自己是唯一具有理性的优越民族，他们力图把西方文化强加于其他异质文化。在这种历史背景下，人类学应运而生，它通过对初民社会的研究和分析直接为西方的殖民政府服务。这是古典人类学的雏形。"（潘华琼，47）一战后英国人类学从古典学派发展为功能学派，但是功能学派的产生同样服务于殖民统治，因为随着战后帝国力量的削弱"英国政府急需寻找一种新的统治方式，他们希望国内的人类学家可以通过了解殖民地不同的文化及社会制度等途径为英政府对殖民地的统治提供切实可行的方法和意见"，甚至"为了英国的殖民统治，英帝

国在非洲和澳大利亚建立了有关人类学的学校,让殖民地的官员和传教士接受相关的专业训练,以帮助他们对土著部落进行治理"(李哲,259)。里弗斯英帝国人类学家的身份注定了其为帝国服务的根本立场。

  在这种服务于帝国的人类学的视角之下,美拉尼西亚必然不可能获得和帝国平等的对待,而古典人类学所倡导的文化进化论更强化了美拉尼西亚的他者地位。在《再生》中曾经有过这样一个细节,里弗斯和父亲之间发生了一次激烈的争执,里弗斯因为向身为牧师的父亲宣扬自己接受的达尔文的进化论思想使父亲勃然大怒——"他胆敢说《创世纪》不过是青铜时代人们的创世纪神话",里弗斯在父亲面前"平生第一次,他强迫父亲听了他想说的话",并且"表面上服输,内心里却大获全胜"(R,155)。达尔文的进化论思想正是许多古典人类学家的思想基础,他们将达尔文的进化论应用于人类历史发展,并因此推断出文明的顺序也是由低到高递进发展的,"人类文化是进化的,各种文化要素有发展顺序,在进化阶段上各有自己的位置,可以被排列在一条连续线上",这样他们很容易就得出西方文明更加优越的结论(黄淑骋,30)。由此可以想见,秉持着古典进化论思想的里弗斯必然不可能将美拉尼西亚与英国真正并置于天平的两端。当里弗斯用美拉尼西亚作为标尺来反思帝国文明的野蛮性的时候,本身就已经将美拉尼西亚前置为了野蛮的他者。而这种西方文明社会本质上竟然和野蛮社会无异的论断本身又让里弗斯陷入无法超脱的极度痛苦之中。

  于是,在对美拉尼西亚以顿悟形式进行认同的同时,里弗斯也在努力摆脱"野蛮"的他者并力图和他者拉开距离。里弗斯在爱迪斯通居住地点的选择就是其与他者划界的表现之一。里弗斯和同伴霍加特将帐篷搭在了"刚好能看见"尼如所在的村子的地方,而后他们之间有这样一段对话:

    霍加特问:"我们是不是有点太近了?"
    "我不想离得太远。如果我们孤立起来他们便会害怕我们。记住,邪恶的巫婆住在树林里。"
    "那你觉得他们会怎样?"
    里弗斯耸耸肩。"他们会来的。"(GR,125)

这是一个仿佛小心翼翼的猎人布好了陷阱等待猎物出现的场景。随后不久就出现了另一个颇具象征意味的场景。霍加特睡着后，里弗斯开始到帐篷外修理油灯：

> 空地上一个孤单的身影被一群白色翅膀包围着，因为灌木丛中所有的蛾子全部都出现了，围着灯光飞舞。不时地有一只成功地钻进灯罩，突然一阵嘶嘶声，伴着闪光，然后便是冒出的烟。（GR，126）

在这个场景中，从黑暗中出现的蛾子朝灯光扑来，似乎证明了里弗斯之前的自信判断——"他们会来的"，也似乎预示了尼如的出现。果然，旋即"他看见一个身影从树丛中出现，此刻正站在空地的边缘。一个刚刚步入中年的男人，头发上有白石灰的条纹，眼窝周围、面颊和下颚骨两边也有，因而好像——直到里弗斯看见他眼白里的闪光——他一直以为自己看着的是一个骷髅。"（GR，126）

光明和黑暗，中心与边缘——在尼如出现的这个场景之中里弗斯似乎始终占据着权力的主动，在里弗斯的设计下，尼如的出现并没有出乎里弗斯的意料。然而颇具讽刺意味的是，里弗斯嘲讽土著人会害怕住在树林里的"邪恶的巫婆"，因而把自己的住处选择在空地之上，而此刻面对周围黑暗的树林充满恐惧的恰恰是里弗斯自己。尼如出现之前"里弗斯强烈地意识到帐篷周围有光的小小区域是多么不堪一击。他不断地往树林中张望，感觉看见了黑色的影子在树干中掠过，但是并没有人出现"（GR，125），他"意识到周围的灌木丛中的浓重的黑暗，但是这更像是精神上的压力而不是感知上的"（GR，126）。"黑色的影子在树干中掠过"暗示里弗斯因恐惧树林中"邪恶的巫婆"出现了幻觉，于是当尼如出现的时候他在里弗斯的眼里也发生了变形，似乎成为来自黑暗之中的鬼魂——"他一直以为自己看着的是一个骷髅"（GR，126）。

就像白人种族主义和殖民主义话语惯常的做法一样——"将黑人建构成恐怖、性欲、性侵犯、邪恶、肮脏、野蛮、原始等暴力原型，这剥夺了黑人本体存在的价值"（陶家俊，121），这里里弗斯对于土著的"看"丝毫没有超出吉普林式的帝国的哲学，土著被对应于黑暗和未知的丛林，并被赋予了"邪恶的巫婆"和"骷髅"的变形想象。光明之中的里弗斯对黑暗充满着极度的恐惧,但同时"白人的负担"又赋予了他使命,促使他忍受恐惧并且将黑暗中的尼如和他的族人吸引到他的光明中来。尼如和飞舞的蛾子同时出现暗示了它们在里弗斯眼中地位的相似性,土著低级、野蛮和无知的刻板印象得到强化。

在之后与土著的交往中,里弗斯始终保持着"刚好能看见"的审慎态度,他和霍加特的帐篷一直保持在原来选定的那块林边的空地上,"对差异的强调本质上也是一种划界行为,目的在于使自我的轮廓更加清晰"(罗旋,137),和树林的绝缘似乎是宣告了和"野蛮"的划清界限。更加值得深思的是,这块"一百码"的小小空地"位于海滩之上",下边便是土著林间的茅屋,里弗斯和霍加特可以非常轻易地观察到下面村庄发生的一切异常举动。玛丽·普拉特在《帝国的眼睛:旅行写作与跨文化主义》中就揭示了帝国常常表现出的"处于绝对优势的主宰地位的审视(monarch-of-all-I-survey scene)"(Pratt,198),指出其展现并蕴含着帝国权力话语,里弗斯这种雄踞于土著村庄之上的地理位置的选择也暗示了其身份和地位的优越,隐喻着帝国的权力。

里弗斯对待尼如的态度也可以反映出里弗斯的划界行为和帝国意识。当霍加特跟里弗斯提起"你的朋友尼如"时里弗斯表现出极度的惊诧,他脱口而出:"他是我的朋友?"(GR,156)对于里弗斯而言,尼如是其接近爱迪斯通并完成人类学考察使命的最好渠道,但是这并不意味着他与尼如的交往就是放弃了与土著的划界。里弗斯和霍加特对土著的恐惧和对自身安全的担忧时刻存在:"里弗斯想如果岛民们想要除掉他们根本不难。白人一直死于黑水热,毫无疑问有毒药可以模仿那些症状……而且下艘船是布伦南的,因为他是当地的贸易者,一旦有遭遇到什么麻烦的迹象,他肯定跑得比谁都快。"(GR,205)里弗斯和霍加特虽然的确不像小说中其他白人那样随身携带武器,但那是"因为工作的特殊需要,没有办法带刀子和其他防身的武器",对他们来说"没有威胁就是他们的防身方法,不能保证一定成功,但是枪会使得他们的工作寸步难行……"(GR,233)放下了武器的里弗斯和霍加特并不代表他们放下了自己心中的防身武器。

显然,在来自帝国的人类学的视角之中,尼如的价值仅仅是遵从西方意义来衡量的。相对于其他的岛民尼如无疑最为里弗斯所肯定,"岛上的人几乎没有西方意义上的性格这个概念,内省的习惯就更少了。尼如是岛上最强大的人之一,或许就是最强大的人。"(GR,234)然而,里弗斯认定尼如所具有的优势的出发点和岛民们却完全不同,"对于里弗斯和霍加特来说再明显不过的是他(尼如)拥有这个地位应该是源自他非凡的智慧、精力和决断,但是当岛民们试图解释他的地位时却从来都没有提起过尼如的这些品质。在岛民们眼里他的力量完全被归因于他所控制的灵魂的数量"。(GR, 234)里弗斯在评判尼如优秀与否的时候完全遵从于"西方意义",尼如被认可的优势是因为其在西方意义上有用,因为他比其他岛民会更多的英语,能够用洋泾浜的混杂语言给里弗斯和霍加特详细介绍和解释爱迪斯通的文化。英国政治家托马斯·麦考雷(Thomas Macaulay)曾经在1835年英国议会的演讲中对帝国在其殖民地印度的教育目标提出建议,他认为英国需要"形成一个阶级,它可以成为我们和数百万被我们所统治的人之间的翻译者,一个阶层,血统和肤色上是印度人,但是却具有英国人的品位、英国人的思想、英国人的道德和英国人的智慧"(Prince, 36)。这个目标当然也适用于英国其他的殖民地。对于帝国而言,尼如无疑就是这样一个优秀的"翻译者"。

在小说中,不仅是人类学所代表的帝国的意识形态侵入并影响了美拉尼西亚,来自西方的文化、生活方式以及殖民者的宗教植入也共同造成了当地土著文化的瓦解和混乱,带来了当地居民精神上的创伤和无依之感:

> 在船停靠的一站上,有一群土著人上了船,男人们穿着过时的欧式衣服,女人穿的是带花的裙子。有几个女人裸露着胸部,但是大部分人明显已经因为白人的传教被改变了。他们看起来像是可怜的小小残余,蹲在那里。他们是小群的无家可归的土著人的一部分,从一个传道站(mission station)漂到另一个传道站,但是又不属于任何地方。第一眼看去所有的传道站似乎都被皈依者挤满了,没有加入的总是认为这些人是从哪个岛上来的皈依者。后来人们才意识到这些从一个传道站游弋到另一个传道站的无家可归的人大部分都是从那些西方文化产生极度毁灭性冲击的岛上来的。(GR, 118)

来自西方的文化对美拉尼西亚造成了"极度毁灭性冲击",群岛上遍布着怀着各种目的到来的白人——士兵、传教士、人类学家和奴隶贩子。岛民们传统的信仰逐渐被基督教所取代,他们的生活方式飞快地被同化,语言也有被英语代替的趋向。正如亚历山大所说,这种"集体的稳定意义被突然移位"必然会使主体"具有创伤地位"(Alexander, 2004:10),在英帝国的军事侵略和意识形态侵入之下,美拉尼西亚的人们显然难以逃脱遭受奴役和精神创伤的命运。

三、帝国记忆的他者:缄默的美拉尼西亚

斯皮瓦克(Gayatri Spivak)曾经在《三个女性文本和一种帝国主义批判》("Three Women's Texts and a Critique of Imperialism")一文中指出,殖民者对待殖民地时常常表现出"认知暴力",它"指帝国主义以科学、普遍真理和宗教救赎这样的话语形式对殖民地文化进行排斥和重新塑造的行为",这种方式"使得殖民地人民丧失了自己的文化主体性,失去了表达自身独特经验的可能性,从而被迫处于依附状态"(李应志,60)。里弗斯看待美拉尼西亚的方式正表现出斯皮瓦克所说的来自西方的思维传统所造成的本质上的"认知暴力",当主体以固有的文化观念和模式去审视东方时自身并无察觉,这种以不自知的文化观念来观看的方式必然会导致主体出现其自身不会察觉出的误读。我们发现,小说中里弗斯对美拉尼西亚的"误读"比比皆是。除此之外,以里弗斯为主导的叙事方式更是使美拉尼西亚成为帝国记忆中的他者,造成了美拉尼西亚事实上的"失语"。

里弗斯对帕拿刻如①岩洞的回忆就是其中最典型的一个例证。帕拿刻如岩洞位于岛上最高的山峰之上,被岛上的人们视为鬼魂的安息之所。岩洞和魂灵的联系暗示了其意义非同一般,尼如的解释也证明了这一点:"他(尼如)自己并不相信洞里有鬼魂,它是一个,一个……尼如说洋泾浜英语的耐心到了极处。A varavara,他最后说。里弗斯隐约感到这意味着一个隐喻,一种比喻的修辞法。"(GR, 164)被岛民视为祖先魂灵栖息之地的岩洞已然成为一个文化的隐喻,象征了爱迪斯通的文化和历史。而就在这个岩洞中出现了耐人寻味的一幕——里弗斯和尼如"伸出手去抓住了彼此的手"(GR, 170)。这一幕让许多评论家兴奋不已,他们认为这和里弗斯去往爱迪斯通船上的情景一样,体现了里弗斯崭新思想的开始。其中詹妮弗·沙道克的评论最具有代表

---

① 帕拿刻如也是爱迪斯通岛上的一个地名。

性。她认为,里弗斯和尼如的握手"是里弗斯在巴克尔的三部曲里实现的最亲密的男性之间的联系,因为尽管帝国的背景,里弗斯和尼如的友谊却是令人惊讶地公平"(Shaddock,666)。这次经历在里弗斯身上产生了"新的、没有遮蔽的身份",它表明"这次握手迫使里弗斯从通过与殖民地他者的不同来阐释自我和寻找优越性的藩篱中解脱出来……里弗斯放下了根深蒂固的文化习俗而开始在自己的医学实践以及后来的政治中融进了开明的文化信仰和实践",詹妮弗甚至将这一场景称为"在整个的三部曲中最为强大的一幕"(Shaddock,666)。

然而,如果对文本进行更加细致的审读,就会发现情况并非如此简单。在里弗斯对帕拿刻如岩洞这个具有文化象征意义的地点的回忆之中充满了模棱两可的叙述,它们反映了里弗斯关于美拉尼西亚记忆的不可靠,也暗示了美拉尼西亚在帝国记忆中的变形和失语。

里弗斯对帕拿刻如岩洞的回忆是分成两次完成的,在这两次回忆中,里弗斯本人的叙述出现了前后的不一致。帕拿刻如岩洞的回忆开始时里弗斯正发着高烧躺在帝国医院的床上,当握手的一幕发生之后不久里弗斯的梦境被打断了,帝国医院的护士欧文小姐突然进来拉开了窗帘,"一道阳光刺进了他的眼睛"(*GR*,168)。在里弗斯的请求下,欧文小姐重新拉上了窗帘,"黑暗让里弗斯又一次想起了岩洞",于是回忆得以继续(*GR*,168)。在里弗斯被打断前的回忆中,尼如不小心碰掉了里弗斯的手电,岩洞里无数的蝙蝠顷刻而出,扑打在他们的身上,恐惧之中里弗斯闭上了眼睛,随后里弗斯睁开眼睛的瞬间"他发现他正紧握着尼如的手,他感到……不是迷乱,迷乱是个错的词。迷乱的反义词。几乎好像是外壳被削去,赤裸的,剥去了壳,躺在泥土里"(*GR*,167);然而,在里弗斯重新进入回忆状态之后,他叙述道:"在那一刻尼如会告诉他一切,或许这就是岩洞里他们伸出手去抓住了彼此的手的那一刻带来的结果"(*GR*,170)。在前一次回忆中里弗斯仅仅是发现自己"正紧握着尼如的手",这种握手不能确定是两个人中的哪一个主动伸出了手,甚至极有可能仅仅是里弗斯自己因为恐惧去抓住了尼如的手;但是在第二次继续的回忆中,里弗斯已经确信无疑地将其变成了"他们伸出手去抓住了彼此的手"。

我们知道回忆本身作为主体发生的行为具有特殊性。在回忆中,因为时间流逝所造成的信息模糊或是经过回忆者有意识的选择和修正,回忆往往与真实事件并不完全相符,所以回忆不可能是对过去的绝对再现，它必然带有主体加工的印迹——"记忆不仅是信息输入大脑，它是信息如何被组织和被使用。如果信息仅仅是被存储，它是毫无价值的。而且，对过去的保存有可能是问题重重的。"（Hunt，102）里弗斯关于握手的记忆显然带上了非常主观的修正成分。更令人匪夷所思的是，小说中关于握手还有另一个表述："里弗斯不记得自己在刚才出神的时候动过，事实上可以发誓他根本没有动，但是他发现他紧握着尼如的手。"（GR，167）在这个表述中里弗斯显然又暗示主动伸出手来的人确信无疑是尼如。显然，里弗斯的记忆因为主体的反复修正而出现了自相矛盾。

里弗斯在回忆时产生的这种自相矛盾显然来源于他潜意识里的根深蒂固的帝国哲学，即帝国无论何时都必须显示出比殖民地优越的哲学。这种自相矛盾的记忆使里弗斯的叙事变得不可靠。不仅如此，里弗斯回忆的状态本身就与他人不同，里弗斯从儿时开始就丧失了视觉记忆，"总是在高烧中，他的视觉记忆才会回来，给他一种在病中的秘密的又是让人难以理解的带有羞耻感的愉悦"（GR，117）。里弗斯对美拉尼西亚的回忆通常都是在他高烧时出现的，不同的只是有时候是在白天工作的间隙或是小憩中，有时候则是在夜晚的熟睡中，因而里弗斯病态状况下出现的回忆本身就"问题重重"并且带有明显的梦境特征，有时读者根本无法确认那是其清醒状态下的回忆抑或是梦。当我们把里弗斯的回忆前后联系起来的时候，我们会发现它们完全不是按照历时性的顺序进行而是交叉错乱的，这在体现出梦境特征的同时也迫使我们质疑其真实性。弗洛伊德曾指出梦有凝缩、移置、象征化、二级加工等工作方式，里弗斯的回忆因其梦的特征也具有被修正的嫌疑，尼如以及整个美拉尼西亚的故事都有被挪用的可能。

据此，我们还可以在里弗斯的回忆中找到更多类似的细节。当里弗斯和尼如进到岩洞深处，里弗斯通过手电的光亮发现里面布满了蝙蝠——"墙是活的，上面盖满了厚厚的绒毛"，这时他不禁想起当地的一个传说：一个岛民在洞里越走越远，最后迷失了方向，当他回到村子时已经成了一个老头，三天后又顷刻间化为灰烬。里弗斯这时突然意识到其他的人都没有跟着他们进到这个更深的洞里来，可是有悖常理的是，在这一刻里弗斯却令人生疑地推测"岛民们极有可能害怕这个传说"，接下来更是想到"尼如害怕吗？即使他真的害怕，他也没有表现出来……但是他们在这炎热的长着绒毛的黑暗里他们是完完全全孤立的。"(GR,166)至于尼如是否恐惧,读者无从得知,但是当尼如将里弗斯的手电碰掉的那一刻,里弗斯顿时感到四起的蝙蝠"仿佛是从水下的某个伤口突然冲出的血"(GR,167),并且惊恐地闭上了眼睛。这一系列的叙述让我们不得不更加质疑那个握手的细节,也更加相信在那个惊恐的时刻里弗斯才更有可能是那个伸出手去抓住尼如的人。但是显然,里弗斯潜意识中的帝国优越性使他将尼如和岛民们反而想象成了"害怕"的一方①。

不仅里弗斯的回忆中有对美拉尼西亚的过往进行修正的成分,有时候他甚至还达到为其代言的程度。相关的场面发生在里弗斯参加岛民们与鬼魂沟通的仪式之后(这个仪式几乎被描写得和西方的降神会一模一样)。回到帐篷中的里弗斯躺下时头碰到一个坚硬的东西,他发现自己的枕头上居然放着死去的部落首领尼加的斧头。里弗斯意识到这是被岛民们警告了,但是他"非常确信是尼如将尼加的斧头放进了帐篷",因为"当里弗斯将斧子递还给他的时候他甚至都没有假装惊讶"(GR,234)。接下来里弗斯开始揣测尼如此举的动机,他对于尼如的多变百思不得其解,不明白他为何一会儿"很有帮助、很配合",向自己详细介绍各个仪式,并且"确保仪式的每一个细节,每一个祈祷词都是完全正确的",而有时候又这样"拒不开口"(GR,235)。里弗斯此时甚至好像进入了尼如的内心,完全成为尼如的代言人:

> 为什么,如果他控制着鬼魂,为什么,如果在仪式上他做了自己所能做的一切,白人还是在这里?不是里弗斯和霍加特,他喜欢和尊敬他们,而是其他人:禁止当地人赖以生存的猎取头颅行为的政府,欺骗他们的贸易者,剥削他们的种植园老板,最糟糕的则是摧毁了他们信仰的传教士。如果你不能阻止这一切的发生,那么你的知识的实际价值又是什么呢?
>
> 所以他会左右摇摆:时而尽力地保守着他的知识,时而又与他

---

① 帕拿刻如岩洞的场景使我们想起英国小说家 E. M. 福斯特(E. M. Forster)的《印度之行》(A Passage to India)里的玛拉巴岩洞,在相似的场景中,令人窒息的炎热引起了白人阿德拉的错觉,她指控阿泽斯对她非礼,因此引起了英国和印度的一场大冲突。玛拉巴岩洞象征了两个文明的沟通所遇到的障碍。詹妮弗认为帕拿刻如岩洞是巴克尔对玛拉巴岩洞的反写,称其"给人心灵启迪的、令人敬畏的、引人入胜的重生和自我发现"(Shaddock,666)。然而通过以上分析我们可以发现詹妮弗恐怕是过于乐观了。

自由地分享；时而言辞激烈，饱含着痛苦与愤怒的骄傲，时而又对里弗斯几乎是心怀感激，因为里弗斯对自己所说的一切的明显兴趣确认了它们的价值；然后他的态度又急转直下，对需要那种确认感到羞耻。

……他不会杀我的，里弗斯想。然后他想到，事实上，在某些情境之下，他会那么做的。（GR，235）

然而，事实上里弗斯没有任何确凿的证据证实自己所有的这些推测，他也无法证明那把斧头究竟是何人所放。里弗斯对尼如的推测依然是从自己的单向视角出发的，比如他自认为尼如会感激自己，在这里里弗斯情不自禁地又一次站在了西方文明作为恩主的地位之上。

这一段代替尼如进行的思考愈加证明了里弗斯叙事的不可靠性。不仅如此，所有的一切都因为尼如和岛民们声音的缺失而迷雾重重。"政治经济上的殖民固然重要，但殖民主义的虚伪主要表现在心理层面"（Nandy，2），在帕拿刻如岩洞以及所有关于美拉尼西亚的叙事中，读者一直受制于里弗斯含混的叙述，甚至是被迫聆听里弗斯侵入尼如的意识代替尼如发表的评论，尼如和岛民们的意识表达的缺失以及因双方言语障碍所带来的由里弗斯主宰翻译的后果造成了尼如和整个美拉尼西亚事实上的缄默。就像亚历山大所说，"在这个世界上，正是非西方的地区和人口中最没有防卫能力的那部分人群遭受着最为可怕的创伤伤害。西方创伤的受害者一直是极不平衡地表现为属下群体和被边缘化的群体"（Alexander，2004：24-25），在整本小说中，殖民地的文化由于无法作为一个独立的文化自得地存在，从而成为附庸于西方记忆中的被缄默的他者，产生了无限被挪用的可能。这种文化上的失语和创伤与武力征服下肉眼可见的创伤相比其实更为沉痛。

在里弗斯发现斧头之前参加的那个当地土著和鬼魂对话的仪式中，鬼魂通过岛民康迪特之口问出了这样的问题："谁是白人？为什么他们在这里？为什么他们想听到鬼魂的语言？鬼魂反对白人的出现吗？"（GR，210）放置于里弗斯枕头上的斧头正是这一系列质问的再体现。然而，即使十年后的里弗斯"意识到鬼魂们所问的问题都是活着的人想要回答的问题……通过逝去的人的嘴巴来发问使得那些问题变得更加引人注意更加强大"（GR，211-212），岛民们通过鬼魂之口提出的质问,里弗斯真的听明白了吗? 还有,当尼如教给里弗斯驱逐阿维①的咒语时,他"坚持里弗斯学会美拉尼西亚的语言,'高级语言',直到他认为每个音节都是完美的……他的表情既是骄傲又是轻蔑"(*GR*,268),尼如那"既是骄傲又是轻蔑"的表情里弗斯最终真的理解了吗? 通过论述,我们发现答案显然是否定的。

《鬼魂之路》刚开始的时候提到里弗斯看见帝国医院墙上贴着从前儿童病房时期留下来的画:"爱丽丝,小的可以在自己的眼泪之海里游泳;爱丽丝,像望远镜一样展开,最后变成九英尺高;爱丽丝,变得那样大,胳膊从窗户里伸出来;爱丽丝,长着蛇的脖子,在树上扭动。"(*GR*,9)里弗斯感慨"这些儿童病房时期留下来的画并非不相关,而是残酷而野蛮地恰当"(*GR*, 23)。爱丽丝是刘易斯·卡罗尔(Lewis Carroll,1832－1898)②的《爱丽丝漫游奇境记》(*Alice's Adventures in Wonderland*)中的人物,作为一部儿童探险文学作品,《爱丽丝漫游奇境记》和其他帝国上升和扩张时期的探险文学作品一样,表征并见证了英帝国曾经的探险与殖民征服的心态,想象并构建了一个显赫而光荣的帝国历史,"这些作家(路易斯·卡罗尔等人)创造的幻想的乐园来自一战前英国的自信和繁荣,反过来也招致了这种自信和繁荣。这种自信一直持续到了一战。"(Prince, 28)然而,一战的爆发陡然打破了帝国乐观和自信的美梦,标志着帝国衰落的开始,帝国医院儿童房的这些画作在一战的特殊场景之下竟成为帝国自信的反讽。

一战中的里弗斯正是强烈地感觉到了这种帝国正在经历的变动及其带来的隐痛,身处医院每日目睹战争的残酷后果,帝国自信的受挫使里弗斯逐渐开始了对帝国的反思。美拉尼西亚的回忆使里弗斯认识到西方文明与所谓的野蛮文化并无本质的不同,理解了自己被反复灌输的帝国的意识形态的野蛮因素。然而遗憾的是,就像三部曲的前两部中里弗斯所表现的那样,无论有怎样的顿悟,"公众的里弗斯"依然"号召公众像机器人一样地服从于战争事业"(Harris, 294),里弗斯自己也依旧尽职尽责地将被"治愈"的弹震症军官送回前线。作为帝国上层

---

① 阿维在爱迪斯通那里被认为是最凶恶的鬼魂、全人类的毁灭者。
② 刘易斯·卡罗尔,原名查尔斯·路特维奇·道奇森(Charles Lutwidge Dodgson),英国数学家、逻辑学家、童话作家、牧师、摄影师,多才多艺。童话《爱丽丝漫游奇纪纪》是其经久不衰的名作。参见: Carroll, Lewis. *Alice's Adventures in Wonderland and through the Looking-Glass*. London: Book Club Associates, 1974.

社会中的一员，里弗斯表现出明显的矛盾性，正如戴维·沃特曼所说，"里弗斯不是一部机器，能够完全客观地分析数据……他是一个人，像所有的主体一样，是在一定的意识形态文本中形成的，即使他比大部分人更加开明"（Waterman，2009：84），根植于帝国之中的里弗斯并非如自己想象的那样能够逃脱帝国的意识形态。

里弗斯对殖民地的态度同样是含混的。对于里弗斯而言，殖民地的文化终究只是其用来思考帝国现状的工具，里弗斯所有的帝国反思都是从帝国的中心出发的。也许里弗斯对美拉尼西亚的他者地位和遭受的殖民创伤曾经有过感同身受的瞬间，然而与帝国共谋的地位却使得里弗斯在记忆中还是完成了缄默他者的再一次殖民。或者，换一个角度来说，里弗斯视角的局限性本身也恰恰反映出了除父权体制和勇士道德之外，帝国意识和沙文主义的存在更是帝国难以根治的顽疾，在其幽灵之下帝国造就的是必然的苦难，是普莱尔那样的"儿子"的献祭，是殖民地被迫沦为他者的受苦。

通过《鬼魂之路》，巴克尔最终完成了一战文化创伤的重构——将一战前后的帝国体制和帝国意识认定为创伤的责任归属；将创伤的性质建构为帝国体制和帝国意识之下的广大群体话语权的被剥夺和创伤记忆的被压抑；将创伤受害者的范围从本国的士兵和平民扩大到帝国铁蹄之下的被侵略民族。其中，创伤受害者范围的扩大更是体现了《鬼魂之路》从当代视角反思历史的进步。这一点和文化创伤理论鼓励为世界上处于边缘化的群体进行创伤建构的伦理思想不谋而合——"我们所发展的和实证案例相关的理论可以非常容易地被延伸应用到西方社会以外的创伤经历"（Alexander，2004：24-25）。

在《鬼魂之路》的结尾，普莱尔战死在法国前线，而帝国医院里被普莱尔从前线救下来的哈雷特（Hallet）也最终惨死。在伤员们"被毁坏的大脑和乏力的嘴里"齐声发出的"不值得"的咕哝声中，半梦半醒之间的里弗斯看见尼如仿佛鬼魂般地从医院的走廊之上飘忽而来，口中念着驱逐阿维的咒语。此刻幻影般的尼如或许正是里弗斯内心深处渴望成为的自己，希图那咒语真的能够驱逐一切的灾难与创伤，使帝国回复曾经的荣耀。然而，在帝国意识、父权体制和勇士道德的主宰之下帝国主义的前景终究注定是一条不会终止的鬼魂之路——"到处都是鬼魂，即使生者也随时可能变成鬼魂"（GR，46）。

本章小结

"再生三部曲"中巴克尔重新审视一战创伤并挑战英国业已形成的一战集体记忆,从全新的视角重新审视一战时期的文化创伤。巴克尔叙述了许多当代不太为人所知的一战时期的历史事件,将曾经湮没于一战集体记忆建构之后的事件重新带进人们的视野,将曾经被边缘化的人物重新置于历史舞台的中央,启发人们对一战进行重新审视。通过"再生三部曲",巴克尔实现了一战文化创伤的重构——将一战文化创伤阐释为一战前后广大社会群体创伤记忆被压抑的过程。这个社会群体包括战场归来的士兵和军官、国内的和平主义者和反战人士、同性恋者,甚至还包括了远离英国本土的英属殖民地人民。通过这种文化创伤的建构和界定,巴克尔显然扩大了一战文化创伤受害者的范围,也"扩大了社会理解和同情的范围"(Alexander,2004:24),一战历史时期广大的被边缘化的群体都被涵括在内。这些群体看似没有关联,但是他们痛苦的性质和创伤的责任归属却是一致的,他们的受苦都是源于父权文化之下的帝国体制和帝国意识。

文化创伤内涵的重构体现了巴克尔的历史责任感和正义感。亚历山大在提出文化创伤理论时特别强调其伦理意义:"这种新的科学观念也激发了新出现的社会责任和政治行动。通过文化创伤的建构,社会团体、民族社会,有时候甚至是整个的文明不仅可以识别人类苦难的存在和源头,而且还将为此承担重大的责任。而一旦识别了创伤的源头并因此承担道德责任,集体的成员们就会阐释他们与其休戚相关的关系,并分担他人的痛苦。"(Alexander,2004:1)"再生三部曲"中对帝国入木三分的批判和一针见血的揭露使巴克尔有别于许多英国当代作家。在当代英国文学书写历史的热潮之中,不得不说有些小说家对历史题材的热衷其实在一定程度上是源于对英帝国曾经的辉煌带有的些许眷恋。但是巴克尔与他们有着显著不同,"再生三部曲"的文化创伤重构和入木三分的帝国批判直指英帝国曾经的历史问题和历史责任,"使得集体得以定义新形式的道德责任"(Alexander,2004:27)。

三部曲的价值还不仅限于其历史批判意义。巴克尔曾说:"我觉得历史小说可以成为通往当下的后门,这非常有价值。"她还说:"我选择一战是因为它代表了其他的战争。"(Troy,60)三部曲更大的意义在于其对当代的警示。三部曲的第一部《再生》的出版正值1991年海湾战争刚刚结束之际,那场人类战争史上现代化程度最高、使用新式武器最多、投入军费最多的战争震惊了全世界,它让人们意识到人类日益走向现代化并不意味着战争和暴力的结束,而"彼时海湾综合征的讨论被大规模展开"(Monteith,2002:55),海湾战争导致的"海湾战争综合征"也让人们越来越关注战争所带来的灾难性后果。在战争硝烟依然弥漫的当代,抚古思今,对于那些当今依然坚持奉行沙文主义和帝国主义的国家来说,难道不是一种警示吗?

第二章 《另一个世界》：创伤记忆的重返

继"再生三部曲"之后，巴克尔紧接着出版的小说《另一个世界》同样涉及了创伤记忆的主题。在三部曲中巴克尔探讨了创伤记忆被压抑的主题，创伤记忆的被压抑暗示了它们没有被正确地对待，也没有得到安度和解决，"正视创伤记忆的恐惧使它们压抑"（王欣，50）。在弗洛伊德对创伤的阐释中，这种被压抑的没有解决的创伤必然会重返（Freud, 1939: 84）。《另一个世界》正是围绕着创伤记忆重返的主题展开。

《另一个世界》是巴克尔在小说《鬼魂之路》获得布克奖之后发表的第一部小说，因为"再生三部曲"的成功和作家由此获得的名气，小说出版后激起了人们极大的好奇心，他们想知道这位因写一战历史小说而名声大噪的作家接下来会触及什么样的内容。人们发现继"再生三部曲"探讨一战创伤并且进行帝国批判之后，巴克尔将镜头从历史转向了当代，但是小说中从一战战场回来的退伍老兵乔迪（Geordie）和隐约出现的与一战相关的情节似乎又暗示读者这部小说和一战的某种关联。事实上，这部小说的独特结构、丰富内涵和多层次主题引起了评论家们来自各个视角的迥然不同的解读，比如对于作家的写作风格和技巧评论界就褒贬不一：凯伦·海尔勒（Karen Heller）赞扬巴克尔"在278页的篇幅之内实现了许多作家无法复制的成功，创造了令人着迷和激起共鸣的另一个世界"，并且肯定巴克尔所采用的哥特风格——"这种文体虽然使得很多读者毛骨悚然，但是似乎吸引了最好的作家——乔伊斯·欧茨、玛格丽特·阿特伍德、玛格丽特·德拉布尔和 A. S. 拜厄特"（Heller, 278）。艾伦·布鲁克（Allen Brooke）也同样对巴克尔的写作技巧褒奖有加，认为"帕特·巴克尔能够用最少的言辞传递强大的信息，很少有作家拥有这样的天赋。看似简单的写作手法却隐藏着，并且慢慢展现着一种交响乐般丰富而复杂的叙事"（Brooke, 74）。溢美之词之外当然也有激烈的批评,比如 E. J. 格拉夫(E. J. Graff)认为,"《另一个世界》的情节存在着严重的缺陷……对我而言,它的结构完全是漫无目的"(Graff, 5)。在格拉夫看来尼克(Nick)自己的家庭故事和外祖父乔迪的故事几乎毫不相关,"尼克外祖父病情的恶化和死亡是陪衬情节,甚至完全是另一本小说"(Graff, 5-6)。无独有偶,伊丽莎白·格雷克(Elizabeth Gleick)也在《时代》上批评巴克尔的小说结构,认为其结尾有些意外,"哀伤却过于草率的结尾所带来的平静似乎来之过快了"(Gleick, 82)。

  对于小说的主题,评论家们也看法不一:萨拉·干布尔(Sarah Gamble)从家庭中的性别角色的角度分析当代家庭模式的转变(Gamble, 71-82);萨拉·菲尔克斯(Sarah Falcus)则从身体视角出发,将巴克尔小说中老年人的身体视为"社会文本,在文化内部被形成和给予意义",从而解读身体所表征出的社会与文化内涵(Falcus, 1384);在众多评论家中英国当代的创伤文学研究者安妮·怀特海德无疑算得上《另一个世界》最著名的评论者,她在自己的专著《创伤小说》中专门设立了一个章节探讨巴克尔的这部小说(怀特海德, 17),在后来的论文中她也继续解读了这本小说(Whitehead, 129-146)。怀特海德从创伤研究的视角着重分析了《另一个世界》中创伤的代际传递,她将这部小说解读为"再生三部曲"的延续作品,认为"这篇小说紧随《再生》三部曲,延续着它的第一次世界大战主题"(怀特海德, 17)。然而,怀特海德按照尼克家族四代人的逐代分析限制了小说在更宏大的历史视域之内的分析和解读(怀特海德, 13-33)。

  上述评论体现了评论家们对《另一个世界》的多角度的深刻理解,但是它们都未曾对作家通过小说所传达的历史意识进行更深入的探讨。巴克尔在《另一个世界》中展现了历史上的创伤记忆在当代的重返:一战退伍老兵乔迪在102岁之时仍不断地被一战的痛苦记忆纠缠,那些历史的创伤记忆一直在他的噩梦和闪回中重现,使他至死都无法解脱,以至于他死前说的最后一句话还是"我在地狱里"(AW, 246);一战时期范肖家族骨肉相残的暴行也在当代尼克的家庭重演,威廉·范肖(William Fanshawe)的儿子罗伯特(Robert)和女儿穆里尔(Murial)杀死了他们同父异母的弟弟詹姆斯(James),而尼克的儿子加勒斯(Gareth)和米兰达(Miranda)也险些将同父异母的弟弟贾斯珀(Jasper)置于死地;那个杀害了弟弟的女孩穆里尔的鬼魂似乎也一直萦绕在劳勃山庄的周围,甚至和米兰达难解难分……正是通过这些展现历史的创伤记忆在当代重返的策略巴克尔实现了历史、当下与未来的多重空间维度的连接和交融,表达出了对创伤历史的独特理解,也建构了自己独特的历史观。本章将从小说题目"另一个世界"所指向的不同含义出发进一步探讨小说深邃的历史思考和深刻的历史意识:一方面,对于当下来说,过去的世界是"另一个世界",巴克尔通过多重策略展现了过去的"另一个世界"对当下的纠缠,表达了对创伤历史所导致的历史"凝结"之处的忧虑;而从另一个方面来说,对于过去而言,今天的世界其实也是"另一个世界",与创伤历史的经历者或幸存者相比,生活在当下的没有亲身经历过历史创伤的幸存者后代们对过去的历史必然有着自己不同的感悟和理解,而他们的思考也必然决定着当代以及将来的人们将如何从创伤的过去走入新的未来……

第一节 历史的"凝结"之处:"另一个世界"的纠缠

《另一个世界》从表面上看就是一个发生在20世纪90年代英国工业城市纽卡斯尔的普通家庭的故事,从时间跨度来说也仅仅为6周。然而,在不足300页的页面之中这部小说却囊括了英国20世纪90年代的尼克家族和维多利亚时代的范肖家族的两个家族故事,讲述了尼克家族四代人的人生经历,带领读者跟随小说人物穿越了一个世纪的沧桑历史。小说中的一位男主人公102岁的长寿老人乔迪更暗示着作者的某种意图——在之前的小说《丽莎的英格兰》中巴克尔曾经刻画过一位100岁的女主人公丽莎·杰瑞特并试图通过丽莎的百年人生打开一扇窥探百年来英格兰东北部工人阶级女性生存状况的窗口——那么在乔迪的身上是否也蕴含着巴克尔试图传递的某种历史意识呢?小说是否和《丽莎的英格兰》一样是一部试图通过个人经历展现历史思考的作品呢?

小说中的一段话似乎印证了这一推测:"假设时间会放慢。假设它不是一条滚滚不息的河流,而是某种更加粘稠且不固定的东西,像血一样。假设它在某些可怕的事件处凝结,在那里凝固,然后停止了流动。"①(AW,270)这段话表露了巴克尔对通常的时间观念和历史观念的质疑,渗透了巴克尔对时间和历史的思考。那么,"凝结"之处究竟如何产生?它们又会怎样影响个人的人生和集体的历史?通过对"凝结"之处的聚焦,巴克尔又希望传达怎样的历史观呢?本节将分析巴克尔在《另一个世界》中展现创伤历史的多重策略,在小说中巴克尔通过个人创伤和家族创伤的不同层面展现了创伤的历史性和历史的创伤性,揭示了创伤历史所带来的新的时间感悟和历史观,并且表达了对创伤历史所导致的历史"凝结"之处的忧虑。

一、"唐克雷蒂"的悲剧:创伤记忆的重现

在《另一个世界》中众多人物的人生都围绕创伤事件展开,对于这些遭遇创伤的个体而言,时间常常在某个创伤事件处"凝结",创伤记忆的存在造成了过去、当下与未来的不同时空之间的交融,创伤者的人生也因此背离了线性发展的轨迹。这些背负创伤经历的个体因"凝结"之处改变的人生超越了个人的层面,带有创伤历史的象征意义,展现了创伤的延迟性和历史性。

小说中102岁的老兵乔迪即是如此,他的人生"凝结"在了一战的法国战场。一战的痛苦经历使乔迪的人生并没有遵循正常的线性轨迹发展,创伤记忆多年后的重现使乔迪的生活笼罩在历史的阴影之下。在"超越快乐原则"中弗洛伊德曾经引用过16世纪意大利诗人陶奎多·塔索(Torquato Tasso)的著名浪漫史诗《被解放的耶路撒冷》②中唐克雷蒂和克罗琳达的故事来阐释创伤的特质:

> 它的主人公唐克雷蒂在毫不知情的情况下意外杀死了他心爱的克罗琳达,因为克罗琳达为了伪装自己身上穿着敌军骑士的盔甲。在掩埋了克罗琳达之后,唐克雷蒂进入了一片奇怪的魔法森林,这森林可怕地击溃了十字军。他用剑挥向一颗高高的大树,但

---

① 这一句的英文原文为:Suppose time can slow down. Suppose it's not an ever rolling stream, but something altogether more viscous and unpredictable, like blood. Suppose it coagulates around terrible events, clots over them, stops the flow.

② 《被解放的耶路撒冷》的意大利原名为 La Gerusalemme Liberata,英文翻译名为 Jerusalem Delivered,最初出版于1581年,以神话的形式讲述了第一次十字军东征的故事。

第二章 《另一个世界》：创伤记忆的重返

是血从那剑的创口流了出来，同时那里传出了克罗琳达的声音，原来她的灵魂竟然被囚禁在这棵树里面。克罗琳达责难他又一次伤害了他深爱的人。（Freud，1984：293）

塔索史诗中的这个著名情节被弗洛伊德用来阐明创伤神经症（traumatic neurosis）的延迟性特征，"创伤第一次不为人感知，到第二次才缠绕幸存者"（Caruth，1996：3）。正如唐克雷蒂第二次才听到克罗琳达的声音一样，唐克雷蒂第一次给克罗琳达造成的伤害过快而且过于出乎意料，因此在事件刚刚发生时并没有被充分认知，直到其第二次重复出现时才为唐克雷蒂所知。这种创伤发生和重返幸存者之间的时间间隔后来被弗洛伊德称为"潜伏期"——"在事件发生和症状的第一次出现之间经过的时间被叫作'潜伏阶段'，这是一个明显的传染病的病理特征的隐喻……这个特征我们可以称之为*潜伏期*（latency）。"（Freud，1939：84）

老兵乔迪惊人地演绎了唐克雷蒂的悲剧。和唐克雷蒂故事相似的是，乔迪一战战场上的痛苦经历在长达 80 年的"潜伏期"之后又一次掀起波澜。乔迪因为癌症入院治疗，照顾他的外孙尼克惊讶地发现多年不曾出现的诸多症状重新困扰了走向死亡的乔迪：

> 这个刺刀伤 80 年没给他惹麻烦，究竟为何他会认为它现在又出了问题？但是不只是伤口占据了乔迪的主要注意力。多年以来他从未经历过噩梦、闪回和幻觉这些他从法国带回来的所有的可怕负担，然而过去的几个月它们都回来了。他的夜晚最近变得难以忍受。他看见可怕的东西。而比那更可怕的是，他变得很危险。弗里达姨妈不止一次被误认作一个德国士兵。（*AW*, 62–63）

在乔迪频繁出现的闪回和幻觉中，特别是在夜晚的噩梦中，那个过去的世界重新回来了，乔迪有时甚至根本无法划清现实和过去的界限："他觉得他看见了哈里被杀死。可怕的是，他不是记得，而是仿佛他真的看见了。他边喊着'哈里'边挥舞着手臂，当你抱住他的时候，他看不见你，他完全在自己的世界里。"（*AW*, 69）在小说一个极具感染力的场面之中，乔迪在夜晚的梦游中出了家门，"用手和膝盖爬过了血腥的无人区"（*AW*, 168）："他突然以年轻人的敏捷趴了下来，开始用肘和膝

盖在鹅卵石路面上爬动起来,时而又停下来,等待片刻,将脸伏在地面上,然后继续缓缓侧身匍匐前进。"(AW,160)

作为大学心理学讲师的尼克从专业的角度给外公乔迪的症状下了创伤后应激障碍的肯定判断:"这是创伤后应激障碍的明显症状,而这个名词乔迪可能永远都不会知道。"(AW,270)创伤后应激障碍在1980年为美国精神病协会正式认定,这种疾病在两次世界大战,特别是越南战争之后,随着得病人数的增加才引起人们足够的重视,而其实弗洛伊德早就将其视为创伤神经症进行过研究。弗洛伊德震惊于创伤延迟性的特质,由此提出了著名的"超越快乐原则",并且总结出了"早期创伤—防御机制—潜伏期—神经症发作—被压抑内容的部分再现"的神经症发展模式(Freud,1939:117)。当代学者凯西·卡鲁斯进一步肯定了弗洛伊德关于创伤的延迟性的观点。在卡鲁斯看来,延迟性本身就是创伤与生俱来的特质,她指出,"虽然给创伤后应激障碍下一个精确的定义有争议,但是大家都同意它是对无法承受的事件的反应,有时候是延迟的反应,表现为源于事件的重复的、侵入式的幻觉、梦、思想和行为"(Caruth,1995:4)。

创伤不仅具有延迟性的特质,还同时给受创者带来真相问题的困扰。乔迪在反复被过去的创伤经历纠缠的同时,也一直为真相所苦。卡鲁斯曾解释创伤延迟性的原因关键在于"创伤事件发生时不能完全理解"(Caruth,1996:91),而这种创伤的不可理解性和"无法承受的瞬时性"最终导致的是"真相的危机,即由创伤所暴露的历史之谜"(Caruth,1995:6),创伤的延迟性最终导致的是真相的延迟性。正如卡鲁斯所说,"受创伤者一直秘密地受着真相问题的困扰"(Caruth,1995:4),乔迪数年来一直掩藏着来自另一个世界的秘密,"乔迪所有的言语都围绕着一个沉默的中心,它就像一颗黑色的星星"(AW,158),行将死亡的乔迪直到生命最后才袒露自己在一战中的法国战场杀死了自己的亲弟弟哈里:

> 他在大声叫喊,我只能看见他的嘴和他细长的蓝眼睛,他的内脏露在外面。我摸摸他的腿。他知道我来了,因为他突然安静了下来。我想他可能是觉得我是来带他回去的吧。然后他又开始叫起来。那就简单了,因为我知道我必须停止他继续发出声音。我爬到他边上,除了他张开的嘴之外我什么也看不见。我把手指探

进他的胸膛,找到了正确的位置,然后就把刀扎了进去。叫声停止了。(*AW*,263-264)

在杀死了哈里的情节上,乔迪的行为又一次重复了唐克雷蒂的悲剧。和唐克雷蒂杀死了自己最爱的女人一样,乔迪也用刀子亲手杀死了至亲的弟弟,谋杀至亲之人的行为作为"无法承受的事件"居于乔迪记忆的最深处,"乔迪的悲剧正是他的记忆如同被镌刻在花岗岩之中"(*AW*,86),可是亲手谋杀了弟弟的乔迪却声称自己无法弄清真相:"我知道我记得的都是错的。不可能是那样的。我最需要记清楚的那件事却不记得了。其实没什么含糊的,你理解的,它和这只手一样清晰……只是它是错的。我怎么就*知道*我不可能把他背回去呢?"(*AW*,265)乔迪的记忆恰恰在最关键的细节上出现了问题,"最需要记清楚的那件事却不记得了",对于哈里受重伤时将其杀死的行为乔迪一直无法肯定那究竟是出于自己减轻其痛苦的同情心还是源于童年时候就一直埋藏在心底的对弟弟的妒恨。不仅如此,因为对于受创伤者而言真相的困扰既有可能是真相本身,同时也有可能在于是否承认或者愿意说出真相,在谋杀动机这个关键的问题上乔迪或许一直试图模糊着某种事实,因此读者从乔迪的叙述中根本无从得知谋杀的真实性质,真相也随着乔迪创伤的延宕而不停地被延宕。

卡鲁斯曾经提醒读者在解读唐克雷蒂故事时还要注意这个创伤故事中一直被忽略的"那个叫喊的创口"发出的声音,除了唐克雷蒂的创伤以外,克罗琳达通过创口发出的叫喊也同样"等待我们见证"(Caruth,1996:5),它告诉我们的同样是尚不可知的事实或真相。在乔迪谋杀哈里的故事中,哈里和克罗琳达一样试图宣称自己的创伤,小说中反复出现了哈里的嘴巴的意象:

> 总是那样鲜明,哈里的脸就在他(乔迪)的眼前,比他自己的手还要清晰,但是是扭曲的。哈里的脸消失了,一点一点地,就像柴郡的猫,直到最后只有那张惊叫的嘴还留在那里。一夜又一夜,他感到自己正往那张嘴巴里跌去。(*AW*,146)

哈里惊叫的嘴就像是被唐克雷蒂砍伤的大树上的那个创口,它在乔迪无数的噩梦中发出叫喊,渴望着被听见和理解,这个嘴巴的意象成为受害者"等待被见证"的真相的象征,更重要的是,它不光象征着被延迟的个人创伤的真相,也象征着被隐藏的等待我们去发现和认知的历史的真相。卡鲁斯曾经指出,"创伤后应激障碍不是某种意义的错误或者错置的病理学,它是历史的病理学。如果创伤后应激障碍必须被理解为一种病理学,那么它不是无意识的症状,而是历史的症状。我们可以说,受创伤的主体携带了不可解决的历史,或者他们自己就变成了他们无法完全控制的历史的症状。"(Caruth,1995:5)个人创伤常常是历史创伤的体现,个人创伤的反复性和延迟性本身无意识地扮演了不可解决的历史的症状,或者说不可解决的历史经常以个人创伤的形式表现出来。乔迪和哈里的故事同唐克雷蒂和克罗琳达的故事一样展现了创伤的延迟性和由此造成的真相之谜,这种真相的危机超出了心理学上个人治愈的问题,带有创伤历史的象征意义,展现了创伤的历史性,传递给我们超出个人经历的历史的真相被揭开的急迫性。

二、 突现的壁画:创伤历史的重返

如果说乔迪创伤记忆的重返表现了创伤的历史性,乔迪作为受创伤的主体携带着不可解决的历史,那么尼克家庭所目击的突现的壁画则进一步彰显了历史凝结之处的存在并且暗示了凝结之处得以产生的原因。同时,壁画的出现也象征了历史的创伤性,被隐藏的没有解决的历史终究会重返,历史于是成为无穷尽的先前暴力的重复。

在小说开头尼克去火车站接自己和前妻的女儿米兰达与现在的家庭同住,尼克家庭内部的紧张由此渐渐显现出来:米兰达的母亲芭芭拉(Barbara)刚刚被遣送进精神病院,米兰达因为尼克对母亲的无情而心有怨恨;尼克现任妻子弗兰(Fran)和前男友所生的儿子加勒斯依然和从前一样对米兰达充满敌意,而尼克与这个继子的关系也始终紧张;除了加勒斯,弗兰和尼克再婚后所生的两岁的幼子贾斯珀也使得夫妻俩筋疲力尽,但是弗兰又怀孕了……家庭处于重重压力之下,尼克却一直以缺席的形态存在,照顾外祖父乔迪占据了他大部分的精力,这个家庭于是显得更加危机四伏。

不祥之兆很快浮现出来。当这个家庭的成员们为了装修刚搬入的"劳勃山庄"大宅剥离旧的客厅墙纸时意外地发现了一幅画在墙壁上的劳勃山庄原主人范肖一家的肖像画:

第二章 《另一个世界》：创伤记忆的重返

逐渐地，整幅肖像画展现了出来。一个红发女人在弗兰的刮刀下出现了，她脸上带着厌烦的表情，仿佛刚刚进行了一番艰难的讨价还价却对结果很不满意；在她后面站着一个女孩，细细长长的卷发垂在看似异常孱弱的脖子周围。大大的眼睛——那是她父亲的眼睛——眼袋画得非常显眼，因此就像是特技画里的那样，整张脸倒过来看似乎也可以。这样的结果是，这张脸不像大部分年轻人的脸一样给人心生怜爱的感觉，而是隐藏着阴险。

在范肖的后面站着一个男孩，比女孩子略高，他黑黑的眼睛透着尼克能感觉到却无法确定的紧张表情。他的一只手停在父亲肩膀上，不过仅仅因为他被告知要那样放。他的指尖因为这个被迫的接触而有些局促不安。这幅画是这个男孩画的：尽管没有办法证明，尼克心里却非常明白——那种表情就是自画像者的内向性注视。（AW, 39）

"厌烦""阴险""紧张"——画中每个人的表情似乎都透露出这幅维多利亚时代的肖像画和普通肖像画的不同。然而如果最初剥离出的四个画中人物只是显露出某种不安，那么之后随着墙纸继续被剥离而露出的画中"处在黑暗中心"的金发幼儿、绘画者"特意暴露出来的阴茎"和"细致勾画出的被憎恨的胸部"却越来越清楚地表明这个家庭内部的紧张——画中男孩被置于黑暗的中心，其父母的性器官被刻意暴露，画面令人震惊，显示"这幅肖像画充满着仇恨"（AW, 40）。而在客厅的一片死寂之中更加令人恐惧的是米兰达歇斯底里的叫喊："这是我们。"（AW, 41）米兰达的声音使得墙上令人不解的画似乎瞬间成了一面镜子，画里的人物仿佛成了尼克家庭在镜中的影像，两个家庭之间也即刻建立起了某种联系。

墙纸剥离后突现的壁画不仅暗示着两个家庭之间的相似性，更象征了隐藏的历史空间对当下的侵入，壁画打开了一扇通往历史的大门，那些画面所代表的历史记忆呼之欲出。而从壁画出现的那一刻起揭开范肖家族秘密的欲望就开始占据了尼克的生活，范肖家族的历史也似乎注定和尼克的家庭产生无法分割的联系。毫不意外的是，尼克在不久之后就安排了一次全家去弗利特庄园的游玩，而弗利特庄园正是范肖家族离开劳勃山庄之后买下的房产，尼克在这里"寻找着和这所房子的秘密相关的线索，一切线索"（AW, 103）——尼克急于揭开历史真相的行为其实正是其为范肖家族历史所纠缠的表现。

尼克在范肖的书房发现了一幅范肖全家的照片,"毫无疑问它就是劳勃山庄壁画的原型"(AW, 104),然而和劳勃山庄被墙纸刻意覆盖掉的那幅高个男孩所画的壁画一样,这张照片也是被有意识地隐藏,挂着照片的墙位于"L"型书房的凹室处,这个地点"即使是范肖本人如果想看看这张照片的话,也必须从书桌起身走到凹室那边去"(AW, 104)。这张家庭照片被放置的地点显然非常反常,更奇怪的是在这所大宅其他的地方,比如大厅、楼梯等对于维多利亚家庭来说本该经常看到家庭画像的地方,居然看不见一幅范肖全家的肖像。直到在纪念品商店读到历史小说家维罗妮卡·雷德罗(Veronica Laidlaw)的小说时尼克才明白这一切的原因:范肖第一次婚姻的 11 岁的儿子罗伯特和 13 岁的女儿穆里尔杀死了他们同父异母的弟弟、范肖第二次婚姻唯一的孩子詹姆斯·范肖,也就是壁画上那个"居于黑暗中心的男孩",而种种迹象表明身为父亲的威廉帮助两个被指控谋杀的孩子逃脱了罪责——"人们窃窃私语,说是钱起了作用"(AW, 112)。威廉刻意地隐藏了真相,历史由此在"可怕的事件处凝结",而将近一百年后尼克一家无意中揭开了威廉·范肖隐藏的秘密。

壁画的出现彰显了"历史之谜"和历史凝结之处的存在,但是它更是暗示了"凝结"之处得以产生的根源:隐藏的行为。覆盖了壁画的墙纸和"L"型书房的凹室都象征着隐藏秘密的力量。弗洛伊德在《摩西与一神教》中曾经将神经症的"早期创伤—防御机制—潜伏期—神经症发作—被压抑内容的部分再现"的发展模式应用于社会学和人类学研究,他分析了历史创伤在压抑之后反复再现的症状①,在弗洛伊德看来暴力所导致的历史的创伤和个人的创伤神经症有着相似的过程,同样会有经历压抑和"潜伏期"之后再现的过程,正如那些历史上具有多神教特征的民族在被犹太的一神教征服之后集体潜意识中的憎恨依然存在并导致当代的反犹倾向一样(Freud, 1939: 84)。凯西·卡鲁斯也提出因为"历史的暴力施加在人类心理上的破坏性力量"导致了"历史的

---

① 通过这种分析弗洛伊德发现了反犹主义的根源。弗洛伊德通过将个人创伤神经症的研究应用于历史的研究,提出了犹太民族为何经常遭到憎恨的一种解释——那些具有反犹倾向的民族在历史上都是曾经经历过强迫和流血才接受了犹太的宗教,因此他们被压抑的祖先的多神教特征常常冲破压抑,表现出暴力的反犹倾向。

形成是无穷尽的先前暴力的重复"(Caruth,1996:63)。无论对于个人创伤还是历史创伤而言,它们重返的前提和根源都是"潜伏期"之前压抑和隐藏行为的存在。这种隐藏和压抑导致的历史的重演造成了历史的创伤性:历史在无数的暴力重演中行进,而新的暴力又如同火山下的岩浆般涌流着。范肖家族的谋杀在范肖的努力之下似乎被成功隐藏,谋杀了詹姆斯·范肖的罗伯特和穆里尔轻松逃脱了罪责,并且事件之后穆里尔"始终坚称自己的无辜"(AW,113),然而这种隐藏的行为和创伤神经症的无意识的压抑行为一样,恰恰是隐藏本身造成了创伤的压抑,而历史本身也由此成为没有解决的历史,这种被压抑的、尚未解决的历史终究会重返。

然而令人震惊的是,当尼克从维罗妮卡的历史小说中发现了真相之后却采取了和范肖类似的隐藏的举动:"他打开汽车的后备厢,把书扔进去,而后,在片刻的犹疑之后,拉过一个塑料袋将书盖上。"(AW,115)不仅如此,回到家后尼克旋即开始重新用涂料将壁画覆盖起来:"他是第二个这样做的人。范肖绝对不会将遮盖的工作托付给别人。他的骄傲不允许他这样做。现在,第二次,那些面孔消失在墙里面。"(AW,118)尼克隐藏的行为暗示着又一次"凝结"的产生,因此预示了暴力的再一次重返。

三、劳勃山庄的鬼魂:家族暴行的重演

历史由于"凝结"之处的存在充满了暴力的循环,壁画的出现暗示范肖家族的暴行将在尼克的家庭重演,而巴克尔通过鬼魂出没的策略进一步表现了这种创伤历史超出线性时间的回环式发展的特征。鬼魂在巴克尔的笔下成为表征创伤历史的另一策略。

《另一个世界》开始时尼克指给米兰达看"劳勃山庄"大宅过梁上维多利亚时代刻下的"范肖1898"的字样,米兰达脱口而出:"好像呼啸山庄!"(AW,13)小说开始时的这一细节暗示了小说和《呼啸山庄》(Wuthering Heights)的互文性,安妮·怀特海德还曾经指出小说"和詹姆斯的小说有互文性"(怀特海德,29)。艾米莉·勃朗特(Emily Bronte)笔下的呼啸山庄和亨利·詹姆斯(Henry James)著名的中篇小说《螺丝在拧紧》(The Turn of the Screw)中的布莱庄园都是文学史上有名的鬼魂出没的房屋,小说开头呼啸山庄的提及奠定了小说的哥特基调,从米兰达踏入"劳勃山庄"伊始,恐怖的气氛就在这所房子里渐渐

出现。和呼啸山庄或者布莱庄园里出没的可疑幽灵相似,劳勃山庄也萦绕着一个幽灵般的身影,这个"穿着长裙子、头发长长的"(*AW*, 178)身影酷似画上的女孩穆里尔。布莱尼根曾经指出,"当代小说中的鬼魂出没,常常代表着历史上沉默的或在文化上被排除的因素的象征性返回"(Brannigan, 2003: 21)。幽灵萦绕象征着范肖家族被掩藏的骨肉相残悲剧在当代的返回,而这种悲剧很快就在尼克的家庭上演。尼克一家去海边度假时爬到悬崖上的加勒斯将他的石头砸向了两岁的贾斯珀:"从第一块石头击中他的头开始加勒斯就知道他死了……他出于绝望掷出了其他的石头是因为贾斯珀不愿意倒下来,他只是想快点结束。"(*AW*, 192)这个场面之中那个令人迷惑的女孩的身影也出现在悬崖上,但是加勒斯在扔石头的过程中一直确信那就是米兰达:

> 他抬起头来看到米兰达站在上面的悬崖上。青草、她的裙子和头发都在风中飘动。她肯定看见他了,但是她什么也没有说,只是站在那里,成为天空下的黑色阴影。他看不见她的脸。他等着她说话。她肯定是看见他扔石头了,但是她什么也没有说。(*AW*, 190)

和评论家们一直争论不休的布莱庄园里女教师看见的鬼魂究竟是否存在一样,这个悬崖上的女孩也具有奇幻特征,她究竟是米兰达还是劳勃山庄经常出现的鬼魂一直处于悬疑的状态。萦绕在劳勃山庄的鬼魂酷似穆里尔,但是同时米兰达本身和穆里尔也非常相似,她们有同样的年龄、同样的白色长裙和长发,而小说文本中无法提供任何让读者做出确定判断的证据。加勒斯坚信站在他上边悬崖上的是米兰达,但是在整个过程中那个女孩"什么也没有说,只是站在那里","他看不见她的脸",而且当大家手忙脚乱帮贾斯珀包扎时加勒斯发现"米兰达从什么地方出现了——不是从悬崖上下来"(*AW*, 192),这些加勒斯自己叙述中的疑点似乎又提供了推翻其判断的依据。另一方面,米兰达坚称加勒斯扔石头时她"不在那里"(*AW*, 201),但在事件发生后的一个夜里,尼克发现米兰达梦游中进了贾斯珀的房间,"他看见她的手放在贾斯珀的脸上,盖住了他的鼻子和嘴",梦游中的米兰达再次宣称:"不是我做的,我不在那里"(*AW*, 220)——然而恰恰是这个梦游的场面使得本已让人无从判断的一切更加迷乱了:那个站在悬崖顶端的究竟是不是米兰达,是她由于内心和加勒斯相同的对贾斯珀的妒恨而冷漠地任由暴行发展,而后良心的谴责又使得她产生了梦游的行为吗?或是米兰达根本就不曾到过现场,那个悬崖上的女孩只是穆里尔的鬼魂,加勒斯试图谋杀贾斯珀的时候受到了鬼魂的支配?又抑或是那个悬崖上的女孩就是米兰达,但是在事发的时候她被穆里尔的鬼魂所支配,所以暴行发生的时候她其实并不知晓?而梦游中的米兰达产生了愈加奇幻的效果:在尼克抱住她后,"她脸上紧张的神情渐渐地消失了,脸的轮廓柔和了下来,又变成了大家平日里所熟悉的样子"(AW,220),这就更加深了读者的疑惑,梦游中的米兰达是她自己吗?还是占据了她的穆里尔的鬼魂在继续否认自己的罪行?

对于所有这些疑惑小说文本中都没有提供任何使之得以解决的答案,或者换句话说,文本中的证据所指向的恰恰都是模棱两可的解释,正如詹姆斯在《螺丝在拧紧》里设置了"一个精巧的陷阱"一样(James,1982:185),巴克尔也许从未想过让事实水落石出,"在真实和虚构之间的犹豫反映了创伤性事件的矛盾性"(怀特海德,30),这种特意设置的悬疑性和乔迪谋杀的真相的含混性相一致,真相悬而未决的纠缠恰恰表征了创伤历史的轨迹。"通常被称为超自然的事物其实也是历史的宣称"(Furguson,113),鬼魂在巴克尔的笔下成为创伤历史表征的另一策略,鬼魂的出没形象地表现了创伤历史非线性的和回环式的发展特征,同时鬼魂的萦绕也宣称了凝结之处需要解决的急迫性。

《另一个世界》采用了多种策略表征历史的创伤和创伤的历史,而巴克尔还设置了将人物和情节相互联结的纽带——"历史和创伤一样从来就不仅仅属于某人自己,历史原本就是我们被牵连进彼此的创伤的方式"(Caruth,1996:24)——不只是乔迪,小说中所有人物的命运其实都和一战的历史紧密关联。巴克尔在将劳勃山庄建构为创伤历史重返的表征之地的过程中反复提及了其原主人范肖的特殊身份:"范肖在一战中发了财,是军火生意。"(AW,101)当尼克开车带米兰达第一次来到劳勃山庄时有这样一段描述:

> 这里一条条街道整齐地伸向河边,通往军工厂的木板房,仿佛是一排小猪在吮吸着一头死去的母猪……到了山上他开始加速,两边的房屋显得越来越豪华。钢铁大亨、造船业者和武器制造商们的巨大的维多利亚房屋纷纷进入视野。它们现在远离了钱的声

音和钱的气味,其中的大部分现在都已经被分隔成了公寓。劳勃山庄是为数不多的仍然留作家庭住宅的房子。(AW, 11-12)

"劳勃山庄"大宅是罗伯特和穆里尔谋杀的原发地,但是这附近也是他们的父亲威廉·范肖生产一战军工武器并因此发财的军工厂的所在地。而罗伯特后来也死于一战,罗伯特死后"他的战友在写给威廉·范肖的信中说他看见罗伯特的身体被德国人的钢丝刺穿,钢丝的周围缠绕着还没有爆炸的英国炮弹"(AW, 112)——这个细节暗示了范肖通过战争发财的行为对罗伯特事实上的谋杀。同为骨肉相残的谋杀,罗伯特和穆里尔对詹姆斯的谋杀是有形的,而威廉对罗伯特的谋杀则是无形的,罗伯特和穆里尔的谋杀被威廉蓄意隐瞒,而威廉对罗伯特的谋杀则因为其间接性难以被察觉。巴克尔将两种暴力同时置于范肖家族之内,并且通过令人震惊的显性暴力的重返,在文本中揭示了借暴力获取利益的阶层的隐性暴行的呼唤,"劳勃山庄"因此成为暴力导致的创伤历史的隐喻。游荡着历史幽灵的劳勃山庄提醒我们,战争和暴力带来的创伤绝对不会仅仅局限于个人或者家族的范围之内,它们所带来的影响也绝对不会随着暴行的结束烟消云散。巴克尔在接受采访时曾说:"索姆就像是大屠杀——它展现的是我们不能接受和不能遗忘的,它永远都不会成为过去。"(Troy, 51)无论是何种暴力,它们所带给我们的历史警示意义都是相同的。

《另一个世界》展现了历史与当下的交融,"现在,遥远而不真实;过去,在记忆、噩梦、幻觉和再度扮演之中却变成了现在"(AW, 270):受创伤后应激障碍折磨的乔迪80年后仍"觉得自己的疼痛来自刺刀伤"①(AW, 59);突现的壁画带回了曾经的范肖家族的隐秘历史;劳勃山庄大宅在百年之后仍然萦绕着试图为自己脱罪的鬼魂;而劳勃山庄附近依然处处留有多年前战争的痕迹,"这里曾经是范肖的帝国,门里的告示牌起了泡的油漆上还有他的名字,但是现在已经失去了当年的

---

① 乔迪临死前留下的最后那句话"我在地狱里"(AW, 246)更是表明了历史与当下的难解难分——乔迪说这句话的时候使用了"现在时态",这种时态暗示了乔迪的痛苦记忆即使在他生命终止之后仍然不会消逝,就像乔迪死后留在磁带里的声音所暗示的,"这种时态使他战争的记忆持续进行下去"(AW, 270),并将继续侵入当下。这句话的英文是"I am in hell",在小说中反复出现了5次,即使是乔迪死后,这句话依然一次次地在尼克耳边响起,参见小说第246、250、255、268、270页。

威风"(AW, 212)。而历史与当下的交融正是历史的"凝结"之处所导致。小说围绕历史的"凝结"之处展开,小说中个体的人生和家族的生活都因为"凝结"之处的存在而为创伤所主宰,而无论是个人创伤还是家族创伤在巴克尔的笔下其实都是历史的表征,如果说乔迪创伤记忆的重返表现了创伤的历史性,乔迪作为受创伤的主体携带着不可解决的历史,那么突现的壁画和纠缠的鬼魂则象征了历史的创伤性,是充满了暴力循环的历史的体现,它们共同构成了巴克尔阐释创伤历史的策略。

同时,通过展现创伤历史的多重策略巴克尔也建构了独特的时间观和历史观:历史绝非线性运行,无论是个人的经历还是人类的历史都会因为"凝结"之处的存在而呈现出围绕凝结之处的回环式的发展轨迹,过去、当下与未来的不同时空也会因此而产生交融。基于这种独特的历史观,巴克尔对人类的未来充满了深深的忧虑,巴克尔警示我们历史的"凝结"之处常常正是未来新的暴力的爆发点。小说中有个看似无意的细节,尼克在为乔迪点火的当天的报纸上发现"一幅被毁的萨拉热窝的照片"(AW, 244),萨拉热窝曾经是引燃了一战冲突的导火索,在当代它却又成了波斯尼亚冲突的战场,这个细节正加强了巴克尔对历史重演的警示。

在小说扉页上巴克尔引用了俄裔美国诗人约瑟夫·布罗茨基(Joseph Brodsky)的诗句:"记住:没有过往的沉淀过去便不会成为记忆;它必将侵入未来。"——没有解决的历史必然会侵入当下,纠缠着当代的暴力的幸存者和他们的后代,而对于没有亲身经历过那些历史创伤的暴力幸存者的后代们来说,他们究竟会怎样看待前代的记忆和过往的历史呢?他们将如何把过去的记忆与历史带入未来?他们又会将怎样的记忆带入未来呢?这恐怕才是更加迫切需要回答的问题。

第二节 "后记忆"的一代:"另一个世界"的承载与未来

巴克尔在《另一个世界》中通过种种策略展现了创伤记忆和创伤历史在当代的重返,历史的凝结之处导致了创伤历史并没有自然消失的可能,那么当代的人们究竟怎样看待过去的历史记忆,又会将怎样的记忆带入未来呢?当"另一个世界"数次重返侵入当下的同时,其实今天的世界也更是在不断地重返过去,正如大卫·威廉斯所说,"现在我们入侵过去,而不是等着它们对我们的入侵"(Williams, 278),如若将参照点变换过来考虑,对于过去的世界来说,今天的"我们也生活在另一个世界"(Winter, 2006:18),在"另一个世界"生存的当代人特别是当代的幸存者后代们又会通过怎样的视角阐释过去和思考过去呢?

当代著名的创伤记忆研究学者玛丽安·赫什①(Marianne Hirsch)提出的后记忆理论就是对以上问题思考的成果。赫什将当代的幸存者后代即"后记忆一代"(postgeneration)作为研究对象,探讨他们因为特殊的家庭环境和个人经历而造成的深受过去影响的生存状态,并且深入分析他们对过去世界的建构、想象和思考,同时也对他们走出创伤迈向未来寄予希望。在《另一个世界》中,自小和外祖父乔迪生活在一起的尼克就是这样一个深受前代的创伤过去影响的人物,他具有赫什所说的典型的"后记忆一代"的特征。除了尼克,乔迪的朋友和历史学家海伦也因为和乔迪一家极为紧密的联系成为"后记忆一代"的一员。尼克和海伦都不曾亲身经历过一战的创伤,但是他们都因为个人的和家庭的特殊经历承载了来自前代的创伤记忆。接下来我们就将尝试结合赫什的后记忆理论继续解读《另一个世界》,分析小说中尼克、海伦等深受历史灾难影响的"后记忆一代"的生存状态及其对历史和未来的思考。

一、 镜子的映射:尼克的后记忆想象

在《另一个世界》中,老兵乔迪在生命的最后时刻依然受到战争创伤的困扰,而乔迪的家人自然也不可避免地受到其经历的影响。乔迪的外孙尼克就是深受乔迪创伤记忆影响的人物之一,他成为赫什所说的创伤事件的"后记忆一代"。关于后记忆理论,赫什在自己的专著《后记忆的一代》(The Generation of Postmemory)中这样阐释道:"'后记忆'描述了'后记忆一代'承受的来自他们之前的那些人的个人的、集体和文化的创伤,他们承载的经历仅仅是经由他们成长过程中的故事、形象和行为而来。但是这些经历被如此深刻和动情地传递给他们,

---

① 玛丽安·赫什现为美国哥伦比亚大学英语与比较文学系教授,是美国当代语言协会的前任会长。赫什将女权主义理论和记忆研究结合起来,此外,她在研究跨域代际的暴力记忆的传递和运作方面也有着突出见解。

因此似乎建构了完全属于他们自己的记忆。后记忆与过去的联系不是通过回忆而是通过想象的投入、投射和创造建立起来的。伴随着无以计数的继承的记忆成长,被先于自己出生或者自己意识的叙事所占有,就是冒着自己的人生故事被祖先的故事所取代甚至是置换的风险。这种人生间接地被创伤性事件的碎片所影响,这些碎片仍然抗拒叙事的重构且超出理解的可能。这些故事发生在过去,但是它们的效果却持续到了现在。我相信这就是后记忆的结构和它再生的过程。"(Hirsch,2012:5)赫什的后记忆理论源于对二战大屠杀幸存者后代的研究,这些幸存者的后代们继承了前代灾难的历史,但是由于他们没有亲身经历过过去的灾难,这种继承显然不可能通过直接的回忆,而是通过一种特殊的记忆形式即"后记忆"(postmemory)来实现:家庭内部成员的创伤记忆和外面的大文化环境传递下来的多重的中介性的图像、物品、故事、行为等引发了幸存者后代对灾难过往的思考、想象和创造。这种特殊的记忆形式和记忆过程构成了赫什阐释和研究的主要内容。需要特别指出的是,赫什的后记忆理论虽然起源于对二战大屠杀幸存者的研究,但是赫什强调指出,"我发展的这个概念是有关大屠杀幸存者的孩子们的,但是我相信它也可以很有效地描述其他的文化创伤或者集体创伤事件的第二代人的记忆"(Hirsch,1997:22)。在《另一个世界》中第一次世界大战作为英国文化创伤和集体创伤事件显然符合赫什的后记忆理论所涵盖的范围。与乔迪朝夕相处的尼克就具有典型的"后记忆一代"的特征,而且因为尼克和父亲的疏远以及和外祖父一直以来的亲昵关系,尼克和外祖父的关系实际上更类似于父子关系,尼克表现出了"后记忆一代"中最具典型意义的创伤事件第二代人的特征①。

从小生活在外祖父身边的尼克所经历的一切和"后记忆一代"中的

---

① 赫什指出,"亲身经历过事件的一代将他们的与那次事件的身体和情感的联系传给他们的后代。正常的代际联系中这种象征性的记忆形式可以传递三代到四代——80年到100年。"参见: Hirsch, Marianne. *The Generation of Postmemory*. New York: Columbia University Press, 2012: 32. 尽管这种代际传递可以传递三代到四代,但是第二代人因为和亲历事件的一代联系最为紧密,所以表现出的特征是最明显的。杰伊·温特对此也曾指出,"这种对于战争的想象是吸引人的,因为他们依赖于代际的联系,特别是年轻人和老人之间、祖父母和孙辈之间,有时候越过了中间问题重重的父母的那一代。"参见: Winter, Jay. *Remembering War: The Great War between Memory and History in the Twentieth Century*. New Haven and New York: Yale University Press, 2006: 40. 在创伤幸存者的家庭中,创伤幸存者子女的一代往往出现各种问题,和父母之间也常常出现疏远的现象,因此祖父母和孙辈之间类似于父子的关系是常常出现的。

第二代人毫无二致。在几十年中,乔迪难解的过去一直吸引着尼克,这导致尼克对乔迪过往的疑问和探寻从童年时代起就不曾停止过,尼克的人生自始至终和乔迪的经历紧紧相连。赫什认为,后记忆的一代"分享着同样的特质和症状",他们"进入了对于父母所传递的生活的想象却不自知"(Hirsch,2012:4),而这种对自己所没有经历过的事件的兴趣主要就是来源于家庭内部和创伤幸存者的接触过程。正如斯皮瓦克所说,"即使是母女之间也有某种历史的保留"①(Spivak,169),因为特殊的原因创伤幸存者对于自己的过去往往秘而不宣,即使是在家庭内部对其家庭成员也会存在一定的保留和隐瞒,这造成了他们的后代在与其相处的过程中产生诸多疑问,而对这些不解之处的兴趣、探究和想象正是后记忆过程的开始。《另一个世界》中从一战战场回来的乔迪多年来都不愿意和家人谈起任何和战场经历有关的事情,"尼克整个的童年时代外祖父什么也不曾说过"(AW,163),"他避免一切和战争有关的东西,从不提起。绕一英里远的路只为避开战争纪念碑"(AW,57),在尼克的眼里乔迪是一个谜一般的人:

> 然而还有更深的沉默。他的身体,在花园中裸露着——身体一侧的伤疤——彰显着问题。为什么?怎么样?发生了什么?尼克想问,但是没有回答。过去是隐藏的,遮盖在沉默的面纱之下,就像是外祖父香烟缭绕后面的脸。(AW,58)

乔迪的沉默压制着尼克获取真相的可能,但同时乔迪的伤疤又显然"彰显着问题"的存在——尽管乔迪刚刚因为胃癌动过手术,乔迪却并不觉得疼痛是手术的伤疤所致,而是"觉得疼痛是来自刺刀伤"(AW,59),那条老的伤疤"从腹部经过,那是他从法国带回来的"(AW,49)。除此之外,乔迪面颊上的另一条伤疤显然也同样"彰显着问题":"一条白线从他的太阳穴延伸到他面颊的中央,这是一条老伤痕,就像是他眼睛的颜色一样已经成了他的一部分,很难相信他生来是没有它的。尽管他人生的头18年的确是没有它的。只要再往左一英寸,他的眼睛就没有了。"(AW,55)乔迪的沉默和伤疤的无声言说在乔迪身上形成了强大的张力,伤疤激起了尼克探寻答案的欲望,而乔迪的沉默

---

① 此处英文为 Even between mother and daughter a certain historical withholding intervenes。

则使得这种欲望更加强烈。赫什在阐释后记忆时对"记忆的标记"（marked by memory）做过特别的论述："对于创伤幸存者来说，代际的空白就是身体隐藏的记忆和那些之后出生的人们有限的了解之间的裂痕。创伤从字面意义上讲原本就是肉体上遭受的伤害……皮肤上的伤口可以被读作创伤不可言说性的符号，作为一个创伤现实的表现，它阐释了幸存者和他们的后代之间无法逾越的鸿沟。"（Hirsch，2012：80）乔迪的伤疤成为其创伤不可言说性的表征，同时它也象征着当尼克试图理解外祖父的过去时所遇到的"无法逾越的鸿沟"。

小说中所贯穿的镜子的意象也表现了尼克与乔迪之间的这种特殊的代际关系。那面奇怪的镜子早在尼克童年时就引起了尼克的好奇心，激起了他试图探寻答案的欲望：

> 那是一面铁做的镜子，一端打了一个孔，一条卡其色的丝带从中间穿过。它被挂在乔迪放置洗漱用品的卫生间角落的钩子上。无论何时尼克问起，乔迪总是把它拿下来，让尼克朝里看。但是镜子中朝他回看的影像是如此模糊、肿胀，因金属的不平整而扭曲，绝不是你在玻璃镜子中看到的那种清晰影像。只是它不会碎。外祖父有一次把它丢到地上，给他看它不会碎。
>
> 这面镜子已经跟随他走过整个法国。但是他一直带着它不可能是因为感伤，因为他避免一切和战争有关的东西，从不提起。绕一英里远的路只为避开战争纪念碑。然而一生中每天早晨他都用那面镜子刮脸……他会盯着看着自己的尼克。"真好玩啊，外公"，尼克会这样说着，一边做着鬼脸，让自己镜中的样子更扭曲一些。乔迪不作声，只是耐心地等待着，然后等尼克玩好了再将镜子挂回钩子上去。（*AW*, 57）

和乔迪的伤疤一样，镜子所表明的同样是乔迪创伤的不可言说性和难以理解性，多年来乔迪的过去对于尼克来说就像尼克在那面镜子中看到的影像一样"模糊、肿胀"，镜子难解的意义正象征着前代人给后一代造成的疑惑和后一代试图通过想象进行认知的过程。而镜子"不会碎"的特质则象征着乔迪80年来一直压抑于内心深处的创伤记忆的难以消除。在作为过去之谜的隐喻上，乔迪的镜子和伤疤也是相同的。镜子和伤疤呈现的都是长久的未解的谜团，多年来避免谈起一切和战争有关的事情的乔迪为何保留这个从法国战场带回来的镜子更是令人疑惑,但是这种种疑惑和相关信息的缺乏恰恰提供了个人投入后记忆的强大基础。尼克从小"朝里看"的举动其实已经暗示他"进入了对于父母所传递的生活的想象却不自知"(Hirsch,2012:4)。

乔迪多年来对过往的不同寻常的沉默以及伤疤和镜子所暗示的未知过去的存在激发了尼克的后记忆过程,尼克多年来一直沉浸于对前代的过去的疑问和想象中。正如赫什所强调的"后记忆是一种强大的非常特殊的记忆形式,主要是因为它和客体或源头的联系不是通过回忆而是通过想象的投入和创造建立起来的"(Hirsch,1997:22),尼克多年来一直在试图进入乔迪的世界并找到"为什么?怎么样?发生了什么?"等等问题的答案。事实上尼克和乔迪的联系甚至比和自己急需帮助的家庭还要紧密,乔迪最后的岁月里尼克大部分时间就是和乔迪而不是和自己问题重重的家人一起度过的。在自己的人生经历中尼克显然承受了来自前一代的创伤,尼克的"人生间接地被创伤性事件的碎片所影响"(Hirsch,2012:5),并且正如赫什所说,"第二代的记忆具有间接的和碎片化的特征"(Hirsch,1997:23),尼克自己对于前代的记忆也因为完整叙事和线索的缺乏而支离破碎。

在后记忆过程中对尼克产生最大影响的莫过于陪同乔迪返回一战旧地的法国之行。尼克陪同乔迪参观的位于法国北部的蒂耶普瓦勒纪念碑(Thiepval Memorial)①是英国在世界上最大的战争纪念建筑,用以纪念一战中在法国死难的72000多名士兵,正是这次访问使得尼克支离破碎的记忆得以产生了连接的可能。在赫什的后记忆理论中,返回的旅程(journeys of return)对于"后记忆一代"的后记忆过程至关重要。赫什分析了返回的旅程对大屠杀幸存者后代的巨大影响,当大屠杀幸存者由成年的孩子陪伴回到先前在东欧的家,或者幸存者的孩子们回到他们父母先前的家,"这种故地重游的行为和找到的物品影响了情感传递的过程并且深深地改变了流放和流亡者的孩子们的后记忆"(Hirsch,2012:211)。如果说在返回的旅程之前幸存者的故事对于幸存者后代来说仅仅意味着那些含而不宣的言语和欲言又止的痛苦,后

---

① 蒂耶普瓦勒纪念碑建于1932年8月,坐落在法国北部皮卡迪行政区的蒂耶普瓦勒村附近,用以纪念在1915年和1918年间死在索姆战役中的英国和南非士兵,其全名是Thiepval Memorial to the Missing of the Somme。参见 https://en.wikipedia.org/wiki/Thiepval_Memorial。

代们据此所搭建的仅仅是支离破碎的记忆,那么在返回的旅途中一切真实的景象和物品的发现所产生的强烈震撼则直接影响并改变了他们的后记忆过程。赫什对此强调指出,

> 返回的旅途就有这样一种重新连接几个断裂的部分的效果。并且,如果这真的发生的话,那么它们可以释放潜在的、压抑的,或者分裂的记忆——这些记忆,从隐喻的层面来说,隐藏在物品之后。而且,在这样做的时候,它们可以引起记忆重新浮现出来……物品和地点具有引发与我们身体和情感相关的记忆的功能,使我们和我们栖息的物质世界相连。(Hirsch,2012:212)

蒂耶普瓦勒的确成为"几个断裂的部分"的重新连接之处。一方面,重新回到创伤记忆起点的行为将乔迪的创伤记忆与其产生的地点重新连接起来;另一方面,对尼克来说,尼克自童年以来有关乔迪的记忆的碎片在这个特殊的地点似乎瞬间被连接和整合起来。

> 这是外祖父的最后一次,也是尼克的第一次访问。常常,当外祖父站在弹坑边朝下看的时候,那都使尼克产生出真相被揭露的强烈的震惊感,尽管他其实一直都知道:*他曾经在那里*。(*AW*,72)

当直接面对这些外祖父当年待过的弹坑时,尼克多年来对于外祖父的过去的想象在瞬间和真实的物质世界连接起来,这目击现场的一刻带给他的震撼超乎想象。随后,尼克在纪念碑前产生了历史的顿悟:"跟着乔迪的脚步,他穿过草地,沿台阶而上,到达了那纪念牺牲者的石头。他感到那种经历的重负压在他的脖颈之后……那里是名字与身体相分离的人们的坟墓;在纪念碑之中成千上万的名字已经完全和一切分离开来。一片蓝色或者卡其色的布片。一小块烧焦的骨头。别无他物。回荡的脚步声。名字的清单。朝着虚无展开的拱门。对尼克来说这个地方所代表的似乎并不是对死亡的战胜,而是死亡的胜利。"(*AW*,73-74)当看见乔迪寻找哈里的名字的时候,尼克发现"在那之前他一直不喜欢罂粟花的象征主义所带来的感伤,但是那时候他对它充满感激,因为在那抽象的空间之中,在其中一排排的名字和不可理解的数字

之中,罂粟花带来了血的颜色"(*AW*, 74)。在蒂耶普瓦勒尼克的后记忆和乔迪的记忆得以重合,"返回成为一种代与代之间的、文化与文化之间的以及交叠的历史之间的断裂的相遇"(Hirsch, 2012: 206),蒂耶普瓦勒标志着尼克的后记忆与乔迪的记忆所产生的相遇,成为代际间记忆连接的媒介,它也是"几个断裂的部分"中最重要的连接:

> 乔迪尝试着将自己的记忆移植给尼克——这也是此次访问的目的——或许,尽管尼克很抗拒,他几乎成功了。在蒂耶普瓦勒尼克身上发生了重要的变化……他们一回家乔迪就开始感觉不对了,仿佛那最后一次访问的成功给他的身体发出了离开的许可。(*AW*, 74)

如果说尼克多年来对乔迪以及过去的历史一直倾入了"想象的投入、投射和创造"的话,蒂耶普瓦勒的回归之旅则是这种想象性投入和创造的进一步深化,"幸存者的后代和先前一代的对于过去的记忆的联系如此紧密以至于他们将那种联系认同为一种形式的记忆,在某些极端的情境下,记忆可以被转移到那些不曾亲身经历过事件的人们身上"(Hirsch, 2012: 3)。在乔迪将自己的创伤记忆移植给尼克的愿望和努力之下,尼克将乔迪的记忆似乎建构成了完全属于自己的创伤记忆。小说中乔迪重病中的一次梦游后,尼克发现乔迪认不出自己时有这样一段叙述:"他不知道我是谁,尼克想着。有片刻纳喀索斯般的痛苦。人生中第一次他照着那面铁镜子,里面却没有他的脸。"(*AW*, 164)在多年的潜移默化之中,乔迪的创伤记忆已然成为尼克记忆的一部分,乔迪成为尼克"纳喀索斯般"的镜像自我,尼克对前代创伤记忆的认同甚至影响了尼克的自我认同。

二、口头历史档案:海伦的记忆研究

尼克的经历表现出典型的"后记忆一代"的特征,而在《另一个世界》中除了尼克之外历史学家海伦也是具有"后记忆一代"特征的人物之一。与尼克不同的是,海伦并非尼克家族的成员。然而,尽管海伦不在幸存者的家庭长大,小说中却指出她"和尼克一家是几十年的朋友"(*AW*, 83),这暗示了海伦长期耳濡目染地受到乔迪创伤经历的影响并因此成为深受历史灾难影响的后记忆一代的一员。赫什曾经指出,"后记忆不是一种身份而是一种代际的传递的结构",这种代际传递的结构不仅存在于"那些在幸存者家庭中长大的人",还有"那些他们一代的关系稍远些的成员,或者分享着同样的创伤影响,因此同样充满好奇,迫切和沮丧地需求① 了解那个创伤过去的关系网络"(Hirsch, 2012: 35)。赫什还将其进一步阐释为两种后记忆类型,即"家庭型的后记忆和联系型后记忆"(*familial* and *affiliative* postmemory),它们的区别在于前者是"发生在家庭之内的孩子与父母的代际间的纵向认同",后者则是"同一代内的横向的认同,孩子的处境得以被更广泛地被其他同时代者所接纳"(Hirsch, 2012: 36)。海伦和尼克正是"同一代内"的同时代者,正如赫什所说,"联系型后记忆不过是因为战争和迫害引起的松散的家庭结构的延伸,它是和第二代人的同代间的联系以及同时代性的结果"(Hirsch, 2012: 36),海伦正是在和尼克家庭的多年共处中受到了潜移默化的影响——从对于乔迪故事的强烈兴趣到慢慢融入乔迪的大家庭(海伦和乔迪之间的关系甚至还带有类似情人般的暧昧),再到后来甚至渐渐趋同于尼克后记忆一代的身份。

在事业上海伦也和尼克家族存在紧密的联系。乔迪除了是海伦的朋友还是海伦历史学研究的对象,海伦对乔迪进行录音采访,保存大量的乔迪的照片,还把对乔迪采访和研究的结果写成专著出版,努力将乔迪的记忆以各种方式保留下来。赫什在阐释联系型后记忆类型时就提到这种后记忆类型甚至包括一些创伤研究学者,有些创伤研究者在与幸存者交往的过程中受到影响,进而会将自己的身份与幸存者及幸存者后代产生认同。对此赫什列举了著名记忆研究专家詹姆斯·杨(James Young)的例子,杨在自己的专著中描述了自己与幸存者的亲密关系,认为他们的故事被"移植进了我自己的生命故事,挥之不去"(Young, 19)。海伦对乔迪的研究过程也产生了类似的结果。小说中提到海伦多年前"从见到乔迪的那一刻就被乔迪吸引住了"(*AW*, 81),随着研究的深入,海伦对乔迪的情感也日益加深,而乔迪也"一直爱着海伦,爱着这个比他小60岁的女人,这种爱绝望又无助,而且毫无疑问有时候也很卑微。这爱从他第一次遇见她就开始了。"(*AW*, 240)巴克尔在小说中所设置的海伦与乔迪两个人这种近乎情人的暧昧关系象征性地体现了这种研究者对幸存者情感上的认同和投入。对此评论家玛

---

① 赫什的原文中即为斜体。

丽亚·特洛伊（Maria Troy）也曾经指出，"尽管乔迪与海伦分享的战争记忆和战争影响明显属于专业的范围，是口头的历史素材，但是他们之间的关系实际上极其类似于家庭内部的关系，这种关系因为海伦和乔迪外孙尼克的友谊以及他们对于乔迪共同的关心而得以加强。"（Troy, 67-68）与乔迪一家多年的亲密关系加之学术上的研究和思考确立了海伦"联系型"后记忆者的身份。

值得注意的是，海伦与尼克虽然同为"后记忆的一代"，同样被乔迪的创伤过去所吸引，但是他们对过去的"想象的投入、投射和创造"是截然不同的。尼克反复宣称自己"不相信公众记忆"（public memory）（AW, 84-85），他认为"记忆是个人头脑中的生物化学变化，仅此而已，有大量证据表明创伤记忆被储存在大脑不同于正常记忆储存的部分之中，这就是他们如此持续存在的原因"（AW, 84），因此尼克对过去的想象和探索集中在乔迪个人的创伤经历之上：

> 他想跟海伦说，但是找不到恰当的表达，就是她完全误会乔迪了。她过分热爱自己，所以扭曲了他的经历，以适应她的论文。乔迪的记忆不会变，它们不会变化来适应别人的战争观念。相反，乔迪的悲剧正是他的记忆如同被镌刻在花岗岩之上。1919年使得乔迪尖叫的噩梦和现在使他在水房里惊醒、流汗和害怕的噩梦是一样的。（AW, 86-87）

对于尼克来说记忆仅仅是属于个人的东西，因此乔迪的创伤记忆仅仅意味着乔迪个人的受苦。而与尼克完全不同的是，海伦倾向于集体记忆的研究。小说中提到海伦对乔迪的强烈兴趣和好奇"不只是因为他的年纪足以记得战壕经历，而且记得很清楚，还因为他在自己生命的不同阶段对待自己的记忆的方式是极其不同的"（AW, 81），海伦对乔迪的兴趣并不在于其战争经历本身，而"主要是对后来感兴趣，不是他记忆的内容，而是他后来如何对待他的记忆"（AW, 148），在海伦看来乔迪从战场回来后对待自己记忆的方式以及他的记忆在不同的时代受到公众怎样不同的对待才是更加值得探究的问题。海伦在自己的专著《士兵，从战场归来》中研究了乔迪对待自己记忆的方式所发生的巨大变化。作为一个刚刚从法国回来的年轻人，乔迪"拒绝谈论战争，避免一切与其有关的事情"，而"在60年代，乔迪开始谈论战争了，在接

下来的 30 年他愿意与人分享自己记忆的愿望与日俱增",而到了 90 年代乔迪的变化更加明显:

> 在 90 年代,乔迪成了一个幸存者小团体的一员,他们参加了索姆战役首日的周年纪念。这个团体里的大部分人都是坐在轮椅里的人了。对于乔迪来说,在这些活动中他得到了巨大的回报。他被人们追逐,他的故事被大家倾听。在一个老人们通常是独坐在冰冷的屋子里等待亲戚电话的年纪他却有了朋友、兴趣和人生的目标。这种使命感是真诚的。他传递出的信息很简单:它曾经发生过。因此可能还会再次发生。要小心。①(AW, 82)

在研究乔迪的这些巨大变化之后,海伦认为乔迪总是"使自己的记忆迎合公众对战争的接受"(AW, 83),他对待自己记忆的态度总是随着公众对待战争记忆的态度的转变而转变,因此乔迪一直生活在集体记忆的影响之下。乔迪从最初的缄默到生命最后积极的言说背后其实反映的是一战后英国公众对待这段历史的态度的巨大转变。海伦进而又开始寻找造成这种集体记忆转变的原因,她对于"迫使年轻的乔迪压抑了自己的恐惧、疼痛、痛苦和落魄的记忆的社会力量感兴趣"(AW, 82),在海伦看来,正是某种"社会力量"的存在影响了集体记忆②。海伦还在书中指出,英国公众的集体记忆在当代依然受到类似的限制:

> 在这本出版的采访录的结尾,海伦尝试让乔迪明白,他仍然不被允许谈论阶级、军官和士兵的不同经历、投机倒把,以及战争作为一个牟利的工具的整体观念,靠战争牟利导致了有人受苦或者为了其他人的暴富而死……海伦相信,乔迪仍然使自己的记忆迎

---

① 此处原文中即是斜体。
② 巧合的是,巴克尔在"再生三部曲"中也曾经揭露了从一战战场回来的人们缄默背后的原因,正如我们第一章所解读的那样,父权体制和帝国哲学的存在压制了人们对于真相的言说。在《另一个世界》中海伦这个角色的设置非常有趣,从某些方面来说海伦其实也带有巴克尔自己的些许影子,通过海伦这个历史学家的视角巴克尔一方面实现了对于自己作品的自我指涉,另一方面又很自然地将这个问题的探讨延续到了当代。从"再生三部曲"探讨从战场回来的军官和士兵们真正的创伤所在,到《另一个世界》中探讨乔迪深受战争创伤影响的人生,巴克尔和海伦一样,也在始终不懈地跟踪从一战战场回来的人们的内心世界,揭示此后他们人生的变化和时代的变化。

合公众对战争的接受,只是现在他迎合的是不同的标准罢了。(AW, 83)

值得注意的是,海伦所记录的乔迪的口头历史档案和对乔迪的记忆所进行的研究不仅反映了个人的学术兴趣,它们其实也是海伦所处的20世纪末的特殊历史时期记忆研究兴起和兴盛的大氛围的表现。赫什曾经描述了20世纪末记忆研究日渐兴起的状况,彼时记忆档案(memory archive)成为传统的历史档案的补充,"传送了单靠历史所不再能给予我们的东西":

> 在20世纪末和21世纪初的灭绝种族的大屠杀和集体性灾难的增多以及它们的累积后果使得这些问题更加迫切。创伤及其后果产生的身体上、心理上和情感上的影响,一个创伤引起或者激发另一个创伤出现的事实,超出了传统的历史档案和方法论的界限……无以计数的实证项目和口头历史档案、摄影和演出的重要角色、日益增加的纪念的文化和新的交互式博物馆学反映了审美和体制结构的需要,它们以先前被很多传统历史学家忽视的知识"库"扩宽并增大了传统的历史档案……这些不同的类别和机构统统被归纳在一个"记忆"术语的大伞之下。(Hirsch, 2012: 2-3)

这个时期也被另一位著名的记忆研究专家伊娃·霍夫曼(Eva Hoffman)称为"记忆的时代"(era of memory)(Hoffman, 203)。霍夫曼指出,这个"记忆的时代"产生的另一个重要原因就是经历过历史大灾难的一代正在逐渐逝去,而随着他们渐渐离开我们的生活,那种"活着的连接感"也逐渐消失,因此记忆的保存就变得至关重要:"大屠杀的监护之责正在被传递给我们。第二代是中枢的一代,在这一代被接收和转移的关于事件的认识正在被转化为历史或者神话。也是在这一代我们可以带着活着的连接感思考大屠杀所带来的某些问题。"(Hoffman, XV)赫什肯定了霍夫曼的观点,她指出,"现在对于个人的和一代人的创伤过去的'监护职责'正处在危急关头,我们暂时和这个过去还有着'活着的连接感',而那个过去正在被变为历史或者神话。当下不仅个人、家庭或一代人对那个过去的拥有感和保护感处在重要时刻,对创伤、记忆和代际的传递行为如何运作的伦理和理论的讨论也同样处于紧要关头。而其他的巨大的历史灾难也越来越多地以相似的术语被讨论。"(Hirsch, 2012:1)在赫什看来幸存者的后代以及与之相联系的认同者即"后记忆的一代"就是在这个"紧要关头"肩负起这种职责的关键人物。后记忆的一代由于深受前代记忆的影响,产生出强烈的创作冲动,这些创作也成为"后记忆的一代"对前代进行后记忆想象的结果,是"后记忆一代"所表现出的另一特征,他们的作品正是这个特殊历史时期的产物①:"在过去的 25 年'第二代'作家和艺术家们一直在不断地创作艺术品、电影、小说、回忆录或者'后回忆录'。"(Hirsch, 2012:3)《另一个世界》中海伦的研究无疑就带有这个记忆研究热潮的明显特征。面对即将逝去的战争亲历者,海伦迫切地希望保存和研究关于乔迪的一切,将乔迪的记忆转化为记忆的档案。

总之,海伦对乔迪记忆的研究和口头历史档案的建立体现出了一种独特的后记忆形式。"后记忆因为代际的距离而区别于记忆,因为深刻的个人联系而区别于历史。后记忆是一种强大的非常特殊的记忆形式,主要是因为它和客体或源头的联系不是通过回忆而是通过想象的投入和创造建立起来的。"(Hirsch, 1997:22)尼克和海伦对乔迪的过去都充满了"想象的投入和创造",但如果说尼克表现的是后记忆一代对前代的创伤过去的某种后记忆想象,那么海伦的记忆研究成果和作品则是另一种后记忆想象的方式,这些文化成果体现出后记忆的一代"对那个过去的拥有感和保护感",他们试图将前代的记忆以各种各样的方式拥有并保存起来,将其"转化为历史或者神话",而他们的作品

---

① 巴克尔的小说其实也可以被看作这个潮流中的一部分。巴克尔自己的个人经历也惊人地符合"后记忆一代"的特征,和曾经参见过一战的继外祖父相处的过程无疑也激发了巴克尔的创作热情。玛丽亚·特洛伊在自己的论文《作为集体记忆代理人的小说家——帕特·巴克尔与一战》("The Novelist as an Agent of Collective Rememberance")中指出,"巴克尔对一战的兴趣背后的力量如果以后记忆来解释会非常有帮助。赫什所提出的对于第二代的集体创伤事件的记忆至关重要的'深刻的个人联系'非常明显地存在于巴克尔和祖父之间的关系中。他的战争创伤、他关于一战的不同的叙述和战争的后果给他人生后来的所有故事蒙上了阴影。就和许多大屠杀幸存者的孩子一样,正是那些始终存在但是没有被讲述或者被延迟讲述的故事、幸存者的存在以及创伤事件在他们身上所留下的印记激发和增加了巴克尔试图理解一战代价的想象力和创作力的投入。"参见:Troy, Maria. "The Novelist as an Agent of Collective Rememberance". *Collective Traumas: Memories of War and Conflict in 20th Century Europe*. Eds. Conny Mithander, John Sundholm and Maria Holmgren Troy. Bruxelles: Peter Lang International Academic Publishers, 2007:65.

和研究同时也卷入了当代对于历史灾难的越来越多的讨论和争议之中①。

三、"后记忆"之后：记忆与未来

随着带着创伤记忆的一代逝去，他们的后代和过去的"活着的连接感"也会随之而去，小说最后乔迪的死亡宣告了"活着的连接感"的结束。如果说记忆和"后记忆"代表了历史灾难的幸存者和紧跟他们之后的一代之间的关系，那么"后记忆"之后呢？"后记忆一代"和他们的后代之间在记忆的传递上又会存在怎样的关系呢？在赫什看来，"后记忆一代"之所以至关重要，就是因为他们不仅连接着历史，更是连接着未来——"向后看是为了向未来迈进"（Hirsch，2012：6），因此这一代人和他们的后代的关系更加值得重视，他们和下面一代的记忆传递决定了未来。随着幸存者一代死去，"后记忆一代"会将那段记忆继续传递下去吗？他们会如何将自己所传承的记忆传给下面的一代，又会将怎样的记忆传递下去呢？

作为承载了前代记忆的"后记忆"一代尼克和海伦与下一代的关系无疑是关键所在，而作为四个孩子的父亲的尼克更是如此。小说中的细节表明，尼克对待自己所承载的创伤记忆的态度是力图将其阻断于自己的一代，不希望其继续传递下去：当尼克从维罗妮卡的历史小说中发现了真相之后他立刻就将书藏到了车的后备厢（AW，115）；回到家之后尼克又旋即将家中新发现的壁画遮盖起来（AW，118）。这些行为都象征了尼克试图阻断创伤记忆在下一代传递的愿望。在乔迪的葬礼之后，当尼克徘徊于教堂和墓园时他又发出这样的感慨：

> 自他们发现那幅画已有六个礼拜了。从米兰达退后一步，轻声说出那句让他脖子上寒毛倒竖的话"它是我们"之后已经六个礼拜过去了。那不是真的，他脑子里面想着，虽然那些被覆盖掉的人

---

① 个人记忆作为传统历史的补充在当代也引起了众多争议，个人记忆的客观性也受到相关学者的质疑，这一点在《另一个世界》中也有涉及，比如海伦在研究中有时候也会刻意将乔迪引导进自己研究的领域："海伦相信，他仍然在使自己的记忆迎合公众对战争的接受，只是现在他迎合的是不同的标准。她试图让乔迪用20世纪晚期的名词来框定自己的战争经历。性别。对于男性的定义。同性恋。同性什么？乔迪问。"（AW，83）海伦在记忆研究的过程中也表现出对乔迪记忆的挪用，这正是记忆研究受到质疑的问题之一。

物又一次在他的脑海中浮现了出来。他不后悔没有告诉家里人关于范肖谋杀的事情,因为即使现在他也没有看出那个信息对他们有什么好处。人们太容易让自己被错误的类比迷惑了——过去永远不可能那样简单或者那样不得避免地被重复。(AW, 277-278)

尼克坚定地认为自己对家人隐藏范肖家族过去的真相的做法是正确的,即使是在那幅壁画被发现六周之后,尼克仍然怀着侥幸的心理想着"那不是真的",并试图用自欺的方式说服自己对事实进行否认。对于乔迪的过去他也采取了同样的态度。尼克坚信乔迪的记忆属于个人,他反复表示希望一切完全结束的愿望:"暗地里他想说的是在别人记忆的碎屑中淘沙是浪费时间和精力的。对待过去唯一真实有用的方法就是承认它已经结束了。再也不存在了。"(AW, 86-87)对于尼克来说将过去的创伤记忆终止于自己就是最好的办法,这样年轻的一代将再也不会被痛苦所困扰。

在尼克的家庭里,年轻一代的加勒斯和米兰达也看似在尼克的种种努力之下远离了那个暴力和创伤的过去。在乔迪的葬礼之后,加勒斯在洗手间看见了乔迪的那面铁镜子——"挂在牙刷旁的钉子上的是尼克的外祖父的镜子,那个镜子他生前用来刮胡子,它是铁做的,人的脸在镜子中看起来肿胀而模糊"(AW, 274),但是加勒斯的表现已经与尼克完全不同。尼克从小到大一直充满好奇地照着那面镜子并试图解开乔迪隐藏在镜子后的秘密,而对于加勒斯来说,那只是一面乔迪"生前用来刮胡子"的普通镜子,它并没有引起加勒斯任何通过它去探究乔迪过去的欲望。而米兰达在乔迪的葬礼之后也发生了焕然一新的变化——"在过去的几天米兰达的长发和裙子都不见了,取而代之的是短短的、参差不齐的那种发型"(AW, 273)——米兰达在外形上的改变似乎也暗示了她和那个一直萦绕在劳勃山庄的穆里尔撇开了关系,也从此摆脱了来自过去的一切纠缠。

然而尼克这种藉由后代的"无知"来还原一个美好世界的希图终究是自欺欺人的①。与创伤和痛苦的"绝缘"确实是一种美好的愿望,然

---

① 其实,尼克关于乔迪的个人记忆仅仅限于个人的看法也有自欺欺人之嫌。乔迪本人就试图将他的记忆移植给尼克,还有乔迪在帝国战争博物馆也试图对参观的小孩们讲述战争的残酷真相,所有这些都体现了乔迪将自己的记忆传递给后代和用自己的言说影响公共记忆的企图。

而对过去的"无知"显然不是避免暴力和苦难的有效方法。我们发现就在尼克将那个来自过去的不详的壁画用涂料重新覆盖之前出现了这样的一幕：

> 那天晚上晚饭后，弗兰和孩子们坐下来看《终结者 2：审判日》。这是加勒斯最喜欢的电影，他估计已经看过 20 遍了，但是他从来没有厌烦过。尼克看着电影开头的场景，而后，当一片片孩子的死尸开始在屏幕上面横冲直撞，就像树叶一样，他退回到起居室，开始覆盖那面墙上的壁画。(AW, 118)

尼克试图擦除掉那个创伤的过去，避免来自过去的世界给孩子们带来影响，然而即使尼克真的做到了切断他们与过去的创伤记忆之间的联系，他又能阻止暴力在当下的发生和新的创伤的出现吗？在学校对加勒斯进行心理辅导的心理医生罗伊太太判断"加勒斯有欺凌弱小者的倾向"(AW, 141)，加勒斯不仅数次殴打弟弟贾斯珀，甚至还在悬崖上向其投掷石块使其险些丧命。在家庭之外加勒斯对同学和其他孩子也同样暴力相向，"他和另外一个孩子把一个 4 岁的孩子倒过来，把他的头往马桶上撞"(AW, 20)。尼克对过去充满暴力和创伤的世界所进行的隐藏与加勒斯被暴露于当代的暴力和创伤情境之中的事实形成了巨大的张力。加勒斯在家里时不是在看《终结者 2》①就是在电脑上玩暴力的战争游戏，沉浸在新型的虚拟世界的暴力之中，而母亲弗兰却放任这一切的发展，她"把加勒斯塞进了一个计算机的世界，在那里他对所有人都不造成危险"(AW, 205)；作为继父的尼克对此也同样表现出无能为力和放任，电视和电脑作为加勒斯的保姆的替代品使得尼克和弗兰一样得以暂时摆脱了照顾子女的负担和家庭的烦恼。

由此可以看出，尼克力图为孩子规避创伤记忆所带来的影响与孩子浸淫在虚拟的暴力世界之中实际受到的伤害之间形成了巨大的反

---

① 《终结者 2》(Terminator 2: Judgment Day)是一部 1991 年的科幻动作片，为 1984 年电影《终结者》的续集，由詹姆斯·卡梅隆执导，阿诺·施瓦辛格、琳达·汉密尔顿和罗伯特·帕特里克主演，影片主要讲述了两位正邪机器人之间展开的一场生死搏斗：施瓦辛格所饰演的一个从未来回到 90 年代的机器人 T-800 试图保护长大后会成为领袖的约翰·康纳和他的母亲莎拉；而比他先进的 T-1000 却追杀过来预备杀死约翰，使未来人类世界群龙无首。参见 https://en.wikipedia.org/wiki/Terminator_2:_Judgment_Day。

讽。我们甚至可以说,正是尼克对过去的隐藏和对当前真实情境视而不见的自欺欺人之举才导致了加勒斯暴力的持续发展,并且使之愈来愈难以解决。就和当年范肖隐藏了孩子的谋杀行为导致了历史的"凝结"一样,尼克隐藏的行为导致了又一次"凝结"的产生,造成了暴力和创伤的再一次出现。因此,尼克将暴力和创伤记忆的消除寄希望于未来一代对过去的无知和单纯的遗忘,这显然并不是明智的态度。

不仅如此,正如温特和斯万所说,"离开图书馆,看看周围,看看我们自己的家庭。一种重要的、普遍存在的集体记忆就那样活生生地存在着"(Troy,67),尼克所试图清除掉的那个过去其实原本就一直在下一代的身边存在着:尼克一家所生活的城市纽卡斯尔遍布着战争遗留下来的种种痕迹,海边"战争留下的许多坦克陷阱"和"机关枪炮台的狭长裂缝"在加勒斯幼年的时候就曾经是他游戏的场所,"加勒斯小的时候常常在里面玩"(AW,182);而海伦和其他"后记忆一代"的关于历史的各种作品也早已将那段过往镌刻于纸页和磁带之上,它们共同建构了无处不在的集体记忆,"乔迪,没有死,没有变得无声;乔迪,被永远留在了海伦的磁带里"①(AW,257),即使在乔迪死后,他在生命的最后阶段所试图对人们传达的那种思想依然留存着——"这种使命感是真诚的。他传递出的信息很简单:*它曾经发生过。因此可能还会再次发生。要小心。*"(AW,82);还有米兰达和其他孩子参观的约维克维京中心(Jorvik Viking Center)②,这里正是赫什所提到的当代日益丰富的记忆形式中的"新的交互式博物馆"中的一个,在这里曾经消失的历史被以活生生的形态复原,在现代的电子科技的帮助下游客们乘坐时光隧道"返回"历史,游览途中甚至过去的空气、气味和声音都被重现出来。小说中还特别提到吸引了米兰达的头像复原技术,经过现代的电脑技术被发现的古人的骸髅也以其当年的面貌被重现——"你现在

---

① 关于历史在文化作品里的遗存,小说中还有其他几处证明:一、尼克对于历史上的劳勃山庄的凶杀案的了解也是通过历史小说家维罗妮卡·雷德罗的小说获得的;二、小说中还提到乔迪特别热爱自己曾经做过的印刷工的工作:"我爱这个工作,所有那些我说不出来的文字,我就拿起它们并把它们排进去。"(AW,157)这句话含义深刻,暗示物质和文化手段对保留历史和言说创伤的巨大作用,口头上难以言说的内容却可以更容易地在纸页上表达出来并被永远保留。

② 这是一座位于英格兰约克郡的博物馆,由约克考古公益信托社(York Archaeological Trust)经营管理,开放于1984年,展示约克曾经被来自古斯堪的纳维亚半岛的部落入侵的历史。约克在古斯堪的纳维亚语中被叫作约维克(Jorvik)。参见 https://en.wikipedia.org/wiki/Jorvik_Viking_Centre。

看着的就是一张过去的或者是尽可能接近过去的脸"(AW, 234)。在高科技的帮助下直面历史不仅成为一种必须,也成为一种可能,正如海德格尔在《存在与时间》(Being and Time)中对于"过去"这个词所做的那个著名的变动一样①,过去就是那样曾经活生生地存在过,在"普遍存在的集体记忆"中生存的新的一代根本无法做到完全和历史割裂。

《另一个世界》的诸多细节都表明,"后记忆一代"的后代们对创伤过去的无知和单纯遗忘并不是未来消除苦难的根本解决方法,而且与创伤历史的完全割裂原本就无法实现。然而,承认历史的真实存在并不等于后代就必须一直生活在过去的阴影之下并遭受二次创伤,或者是陷入循环的复仇逻辑。赫什在她的《后记忆的一代》中提出面对过去时需要"既安度创伤,同时又不遗忘,走出创伤的过去"(Hirsch, 2012:21),同时对于未来则要"本着对可以想见的未来充满希望的精神",赫什相信那会是"一个既了解过去却又不会被它的黑暗的阴影所遮蔽的更美好的未来"(Hirsch, 2012:294)。赫什的这一观点和法国著名哲学家保罗·利科曾经提出的"沉重的宽恕"的概念非常相似。利科认为,人类在文化、法律、政治领域里都必须反对"轻率的宽恕",因为对过去罪责的轻率的宽恕并不是对人类的怜悯、同情和宽容,而是不负责任地将苦难的祸根埋藏在轻率这一行为之中,只有"沉重的宽恕"才是解决人类苦难的正确之途。所谓"沉重的宽恕"就是"严肃对待行动悲剧并以行动前提和需要宽恕的冲突及过错的根源为目标的宽恕",这种宽恕要解开两个症结,"首先是无法解决的冲突及无法探其究竟的争论的症结",其次是"无法补救的损害和罪行的症结"(利科,71—72)。利科强调宽恕的方式是对待过去的更好的方式,他提倡"人们现在必须放弃一代一代不断重复的地狱般的复仇逻辑";但是他同时强调宽恕"不是与遗忘那些真正无法擦除的事实有关,而是遗忘它们对于现在和将来的意义有关",因此我们需要做到的是"承认那种逃避现实的遗忘与对负罪者无休止的追究的根基存在于同一个问题之中",从而最终"在遗忘症与无穷的罪责之间划出一条明确的界限"(利科,72)。简言之,"沉重的宽恕"既肯定过去的曾经存在,又宣告

---

① 海德格尔用时间词"存在"(sein)的完成时分词"曾经存在"(gewesen)将"过去"(Vergangenheit)称为"曾在状态"(Gewesenheit),以此来强调过去并非不再存在,而是曾经存在过。

"过去——形象地说是'不愿逝去的过去'——不再追究现在"(利科72),从而开辟了一条正确地从过去的阴霾中走出并去往未来的道路。

我们发现《另一个世界》也宣称了与赫什和利科相类似的如何将记忆带入未来的观点。小说的结尾似乎与赫什和利科的理论不谋而合,它暗示出了一种对待过去与未来的平衡的智慧。在小说最后尼克意外地发现在教堂中罗伯特·范肖和被他谋杀的弟弟詹姆斯·范肖的名字被镌刻在同一块纪念碑之上,而在教堂外的墓地中,同为谋杀者的姐姐穆里尔和小詹姆斯的坟墓也紧挨在一起,巴克尔指出了"这其中的智慧":

> 有些树下的坟墓年代是那样地久远,它们上面的名字已经淹没在了苔藓之下。他们被遗忘了。甚至那些曾经站在这些坟墓旁边为他们哀悼的人们也都已经死去,被遗忘了。尼克记起了和乔迪的法国之行,记起了那一排一排又一排的白色墓碑,那些不老的坟墓下面埋葬的是永远不会变老的人。他曾经和乔迪一起在它们周围徘徊,惊讶于那被细心修剪的草地和它们所表现出的使这些坟墓年轻的愿望。但是现在,看着这个教堂墓地,看着这些道路两旁一点点慢慢腐朽的石头,他看出了这其中蕴含着智慧:让这些无辜的和有罪的、谋杀的和被害的一起躺在那几近销蚀的名字之下,肩并肩,就在那正在消失的野草之下。(AW, 278)

"遗忘""腐朽""销蚀""消失"——教堂外的墓地和"不老"与"年轻"的法国蒂耶普瓦勒墓地形成了鲜明的对比,也似乎暗示了解决问题的途径和智慧。墓地中无辜者和有罪者的并置呼唤着记忆,强调着"凝结"之处的不可被遗忘,但是销蚀着墓碑的青苔和野草也显示着遗忘的开始,这种记忆与遗忘并存的悖论却恰恰是智慧的所在:如果轻率的遗忘和宽恕是对历史的不负责任,预示着新的苦难的可能,那么基于罪行的承认和史实的记忆之上的遗忘和宽恕——既安度创伤,同时又不遗忘——会不会是一种更好地面对过去与未来的方式呢?

《另一个世界》中创伤在当代的延续不仅表现在一战的亲历者乔迪身上,更表现在创伤的代际传递上。乔迪一战中的创伤记忆在他102岁高龄的时候依然一次次地重返,生活在当代的乔迪因为这些创伤记忆的重返仿佛依然生活在70年前。这种创伤记忆也以代际传递的形式影响了年轻的一代,他们因为和乔迪的特殊关系从而承受了"来自他们之前的那些人的、个人的、集体的和文化的创伤"(Hirsch,2012:5)。

尼克和海伦便是这样一代的代表。乔迪的外孙尼克虽然不曾亲历过战争,却因为朝夕相处而对乔迪的过去充满好奇。乔迪谜一样的未知过去的存在激发了尼克的后记忆过程,通过想象的投入和创造,尼克在不自知的情况下承载了来自前代的创伤记忆。返回过去的蒂耶普瓦勒之旅更是进一步加强了尼克的后记忆过程。与尼克"家庭的后记忆"的特点不同,海伦更偏向于"联系型后记忆"的类型。海伦的后记忆方式表现为对乔迪的个人经历和创伤历史的研究和文化成果,体现了对过去的"拥有感和保护感"。

以"后记忆"形式表现的创伤的代际传递也将"后记忆一代"的后代们如何面向未来的问题推向了争议的焦点。巴克尔在小说的最后对怎样将过去带入未来暗示了一种平衡的智慧。历史的遗忘原本就不可能,但是建立在承认过去基础之上的遗忘与宽恕何尝不是一种真正走出创伤历史的途径?

本章小结

如果说巴克尔在"再生三部曲"中将笔墨集中于创伤记忆被压抑的主题,那么《另一个世界》展现的则是创伤记忆被压抑之后的重返——创伤记忆的压抑造成了历史的"凝结"之处,并最终导致了创伤记忆的重返,即使是在多年之后,过去的创伤记忆依然在当代重现并纠缠着创伤的幸存者和他们的后代。而相比较于"再生三部曲",《另一个世界》更具有了寓言般的隐喻意味,它虽然谈及了一战却超出了一战历史的局限,启迪人们对整个人类创伤历史的回环式发展的轨迹展开深入地思考,并由此建构了巴克尔关于人类创伤历史的独特的历史观[①]。

同时,《另一个世界》也展现了"后记忆一代"承载创伤记忆的过

[①] 值得一提的是,小说中主人公之一的乔迪的名字 Geordie 除了是人名之外,也可用来指代英国东北部纽卡斯尔一带的人和那一带的方言乔迪语。而乔迪语起源于英国最古老的盎格鲁-萨克逊英语,具有古老的历史意味,被英国人视为古老英国历史的象征。从巴克尔对乔迪这个名字的选取上也能窥见其希图给予《另一个世界》以历史厚重感的用意。

程,并体现出对如何将历史带入未来的思考。在20世纪末的特殊历史时期,随着经历过20世纪上半叶历史大灾难的一代渐渐逝去,"活着的连接感"逐渐消失,生活在创伤幸存者家庭中的幸存者后代们开始扮演着越来越重要的历史角色。"后记忆一代"不仅联系着历史,更联系着未来,他们将如何把过去的历史和记忆传递给新的一代至关重要。巴克尔暗示我们,只有正视历史,才有机会面向未来;但同时,了解过去并不意味着要被其黑暗的阴影所遮蔽,"宽恕使回忆活动和悲伤活动中依然艰难的活动具有了仁慈的味道"(利科,72),"沉重的宽恕"使人类既肩负面向未来的责任,也怀有面向未来的希望。

第三章 《越界》：创伤记忆的言说

继《另一个世界》之后，巴克尔在 2001 年又出版了小说《越界》。并不让人感到意外的是，巴克尔在《越界》里又一次继续了她所热衷的创伤记忆主题。这部小说通过少年犯丹尼·米勒（Danny Miller）对自己过往的言说展开故事情节。丹尼 10 岁时就犯下杀人罪行被送进监狱，多年之后，尽管漫长的刑期已经结束，丹尼心理上的枷锁却依然无法卸去，创伤记忆的纠缠和摆脱创伤记忆的欲求促使他找到了汤姆·西摩（Tom Seymour），他当年的谋杀案的专家证人①。汤姆也是研究儿童品行障碍（conduct disorder）的心理学家，在看到丹尼的精神状态之后，汤姆建议丹尼可以经常过来谈谈——"你可以来跟我聊聊。如果你觉得这样有用的话。不是什么正规的谈话，只是聊天。"（BC 24）因而，小说绝大部分都是由汤姆和丹尼二人之间的对话构成。通过丹尼的言说以及汤姆为丹尼一案所进行的大量走访调查，丹尼犯案之后 13 年的人生轨迹清晰地展现在读者的眼前：丹尼杀人后被法庭判处 12 年监禁，其中最初的 7 年他被羁押在英格兰东北部布里莫姆的朗加斯隔离牢房（Long Garth）②，后来又被转入布里莫姆地区的绝密监狱③，在那里服刑 5 年之后丹尼获得了假释。重遇汤姆时丹尼刚刚出狱 10 个月，正在一所大学读英文专业。

《越界》体现了巴克尔对当代英国社会问题的关注。与同样以当代

---

① 专家证人（expert witness）是指庭审中具有某些专业知识的专家，比如医生、心理学家等，他们可以运用自己的科学技术和专业知识查明刑事案件中某些专门性问题并给出鉴定结论，这对陪审团最终的断案和量刑将起到重要作用。

② 朗加斯是关押触犯法律的少年犯的隔离牢房。

③ 布里莫姆（Brimham Rocks）位于英格兰东北部北约克郡（North Yorkshire）的荒野地区，因布满奇石的地理特征而闻名。隔离牢房和绝密监狱在英文中分别为 security unit 和 top-security prison。

英国为背景但更关注历史问题的《另一个世界》相比,《越界》显然更为关注当代生活,小说主要人物丹尼在现实生活中就有其原型。许多评论家在评论《越界》时都提到 90 年代在英国发生过的一起轰动一时的大案,认为《越界》的创作和这个耸人听闻的案子即詹姆斯·巴尔杰(James Bulger)遇害案①有关,比如马尔西·凯奇勒(Marcy Koethler)就将《越界》视为"英国大批写詹姆斯·巴尔杰一案的文学作品中的一个",他强调"谨记丹尼这个角色是基于什么样的历史角色是非常有帮助的"(Koethler, 70)。詹姆斯遇害案中两个凶手年龄之小、作案手段之残忍都令人触目惊心,因此这个案件在英国引起了人们的恐慌和长达数年的争论,人们争论的内容不仅包括案件的起因,还包括最终法庭对两个行凶者的量刑②,政府其后对凶手和其家庭所采取的各种保护手段③,以及行凶者服刑结束回归社会之后随之产生的一系列后续问题。

《越界》的许多情节确实和詹姆斯一案有相似之处:丹尼犯下谋杀时也年仅 10 岁;在服刑之后同样以化名回归社会;愤怒的人群在他出狱后也同样四处打听他的下落。甚至小说出版的时间也和这个案子产生了惊人的关联。小说出版后加拿大报纸《多伦多之星》(*Toronto Star*)就以"1993 年一个刚学会走路的男孩被两个 10 岁男孩杀害,这个事件燃起了布克奖获得者最新一部小说的创作激情"为题进行宣传,并指出"《越界》的出版时间正好和今年晚些时候英国詹姆斯·巴尔杰一

---

① 1993 年 2 月 12 日,在利物浦市的默西塞德郡布特尔镇,两岁大的詹姆斯·巴尔杰跟随母亲到当地一家购物中心购物,随后失踪。两天后,詹姆斯残缺的尸体在铁路沿线被发现,而两名 10 岁大的孩子罗伯特·汤普森(Robert Thompson)和乔恩·维纳布尔斯(Jon Venables)被指控犯有谋杀罪,他们也成为英格兰和威尔士在 20 世纪被控犯有谋杀罪的年龄最小的犯人。事后警方查明,两个大孩子在带走小詹姆斯之后,带着他走回行走了 2.5 英里,途中使用各种极端暴力的手段对詹姆斯进行了惨无人道的伤害,并最终将其尸体放置于铁轨之上,试图制造事故的假象,这最终导致詹姆斯的尸体遭到火车碾压。

② 案件的量刑几经变化,最初的裁决是两个男孩被关押 10 年,但当时的英国内政大臣霍华德在内的 30 万人联名请愿,霍华德宣称凶犯至少要被关押 15 年。1997 年,上诉法院裁定霍华德的决定不合法。2000 年 10 月,因为两个犯罪者在拘留中的良好表现首席大法官将其 10 年刑期减少 2 年,两人最终于 2001 年 6 月被释放。

③ 政府所采取的相关保护手段包括:案件开始审理时就将两个男孩的父母转移到国家的其他地方,并给他们安排了新的身份,以避开愤怒的群众和治安维持会成员的死亡威胁;两个孩子服刑期满后同样被安排以新的身份在新的地点开始新的生活;政府还颁布禁制令禁止出版有关案件细节的内容,并明确规定两个孩子新的身份和地点都不能对外公布。

案的杀人犯被释放的时间相接近"①。2001 年 6 月,两名杀人犯服刑结束回归社会,这在全英国迅速激起了强烈恐慌和各种猜测,而《越界》也正是关于丹尼服刑期满后回归社会的故事,小说的出版无形之中开启了詹姆斯一案被重提和再次引发激烈讨论的前奏。对此,巴克尔研究专家之一的莎朗·蒙蒂思指出,"1993 年詹姆斯·巴尔杰被两个 10 岁的孩子谋杀之后,媒体转向了像《蝇王》的作者威廉·戈尔丁(William Golding)、马丁·艾米斯(Martin Amis)和布莱克·莫里森(Blake Morrison)那样的小说家,希望他们能够提供互文性语境、发表评论和进行评判。小说常常是一些禁忌话题或者是人们更容易视而不见的话题初次被探讨的论坛,而巴克尔正是那个点燃初火的作家。"(Monteith,2002:98)

《越界》的创作契合了当代英国对詹姆斯一案所引发的诸多问题进行伦理讨论的需要。其实不仅如蒙蒂斯所言,巴克尔通过《越界》探讨了本应属于天真时代的孩童犯罪的禁忌话题,点燃了"初火",巴克尔向来就是这样一个敢于正视人类自身阴暗面和弱点并给予入木三分描述和评论的作家,如希瑟·伍德(Heather Wood)所说,"巴克尔对去美化性的描述充满热情,她不会'用诗歌的语言写作',在十格的标尺之上她不会仅仅使用其中的三格。更确切地说,她坚持去直面人类经历和人类特征的极端情况。"(Wood,205)巴克尔在写作之初创作的几部小说《联合街》《不在那里的男人》《丽莎的英格兰》等作品之中,已经多次探讨和犯罪相关的问题,詹姆斯一案发生后英国社会对犯罪低龄化和治安状况日趋恶化等问题高度关注的氛围对于巴克尔来说更是提供了一次深入探讨这个主题的契机。

《越界》出版后引起了评论家们广泛的讨论。如上所述,蒙蒂斯在对《越界》的评论中揭示了小说与英国当代现实世界的联系,"巴克尔研究了我们可以叫作当代社会的安全之死的问题……巴克尔提出了这个问题:当社会开始害怕孩子时会发生什么"(Monteith,2002:96)。马克·罗林森也指出,"《另一个世界》和《越界》不仅通过他们对于儿童暴力的表现彼此联系,其联系还在于它们不懈地探索社会和文化的

---

① 参见:Pountney, Christine. "The 1993 Slaying of an English Toddler by 10-Year-Old Boys Fuels Booker Prize-Winning Pat Barker's Latest". *Toronto Star*, May 6, 2001。《越界》出版后不久 2001 年 6 月罗伯特和乔恩被释放。

震惊,这种震惊起源于最不认为会爆发野蛮的地方——儿童时代,天真年代。"(Rawlinson,125)约翰·布莱尼根则从现代性的视角指出小说反映了"后现代性的不确切,或者至少是一个变弱的现代性"(Brannigan,*Pat Barker*,152),他通过分析小说中汤姆和病人的关系得出了这一结论:"汤姆的职业前提是人类文明已经发展到复杂的科学手段,对付暴力和冲突的爆发,实现社会的和谐和正常发展。但是小说通过丹尼这个角色和通过擦除分析者和被分析者之间的区别,质疑了这个前提的基础。"(Brannigan,*Pat Barker*,145)戴维·沃特曼则从身份与文化建构之间的关系入手,指出,"小说《越界》正是一个关于复杂而变化的身份的故事"(Waterman,114-115),小说通过汤姆和丹尼揭示出了"身份是相互依赖的,它就在不稳定的社会关系和不同的创伤记忆之间的阴暗地带发展变化着……身份永远不是固定的,身份永远不是个人的,身份也永远不是绝对的"(Waterman,129)。

上述评论家从不同的方面解读了小说的意义,而除了上述评论,小说中主要人物丹尼的"言说"过程显然也值得作为探讨的重点——小说的主体就是由丹尼"言说"的行为和内容所构成的。那么,丹尼为何言说?怎样言说?又言说了什么?通过他的言说巴克尔又希望表达怎样的意图呢?

通过小说文本的细读,我们发现丹尼的言说意义重大,它同时指向了两个维度——心理之维和社会之维。从心理之维而言,通过丹尼的言说,我们得以进入丹尼复杂错乱的内心世界,窥见他隐藏已久的创伤记忆,并且思考其被压抑的创伤记忆得到安度的可能;从社会之维而言,通过展现丹尼的创伤经历,小说同时也揭示了当代英国的诸多社会问题。

同时,通过丹尼创伤记忆的"言说",小说也体现出了和巴克尔之前的作品的联系——如果说"再生三部曲"讨论了创伤记忆被压抑的主题,《另一个世界》又探讨了被压抑的创伤记忆重返的必然性以及代际传递性,《越界》则开始探讨创伤记忆得到安度和走出创伤的可能。但是我们发现,《越界》的文本最终并没有为丹尼找到创伤获得安度的出路。

第一节 心理之维:回返"黑暗中心"的创伤记忆言说

《越界》首先是一个关于创伤心理的文本。通过丹尼的言说,小说开启了丹尼尘封已久的创伤记忆,将人们引向了他隐秘的心理深处,特别是他一直试图掩藏的那次谋杀事件——那个"黑暗的中心"。同时,丹尼的言说也激发了人们对其创伤安度能否实现展开思考,并在聆听其言说的过程中不断进行伦理评判。

丹尼言说创伤记忆的过程正是美国顶级心理创伤专家朱迪思·赫尔曼在《创伤与复原》中所倡导的创伤心理疗愈模式,即通过"建构一个完整的、对个人来说有意义的叙事,以此帮助病人从遥远的过去的创伤事件所产生的持续和有害的后果中解脱出来"(Herman,1997:569)。在创伤叙事之后,"患者原先在创伤记忆中所做的不正常加工处理,可经由一个处于安全可靠关系中'讲故事的行动'得到改变。经过这个记忆的转化,许多创伤后应激障碍的主要症状都随之减轻"(赫尔曼,172)。在赫尔曼看来,创伤叙事的目的就是帮助创伤患者"转换创伤记忆,以将其融入幸存者的生命故事"(Herman,1998:S147),随着故事的讲述,曾经无法接受的过去最终得以被创伤患者所接纳,创伤的安度也会随之实现。赫尔曼的《创伤与复原》现在已经成为"心理咨询师、创伤治疗师必读书"①,她提出的创伤疗法也被广泛接受,比如汉克·叙泽特将这种创伤疗法称为"叙事恢复"(narrative of recovery):"通过叙事恢复过去的经历,受创伤的分裂的个体实现心理的重新完整"(Henke,XXII)。凯瑟琳·罗布森则将其称为"叙事治疗"(narravie cure),她认为,"'叙事治疗'现在无论是对于心理分析还是创伤作品的文学批评来说,都已经作为一种伦理的'反映现实的'证词形式和治疗的形式成为关注的中心"(Robson,115)。在跨学科的领域这种方法受到越来越多的重视。

创伤言说对创伤患者的心理康复至关重要,对于丹尼来说,尤其如此。丹尼从童年时代起就积累起来的创伤从未得到过安度,这带来了

---

① 参见《创伤与复原》中文版封面。(美)朱迪思·赫尔曼.创伤与复原.施宏达、陈文琪译.北京:机械工业出版社,2015年。

丹尼面对当下和继续生活下去的困难,与汤姆重遇并且直面过去很有可能成为丹尼人生中一次重大的转折。丹尼自己也坦言现在决定面对过去,弄清真相:"伊恩①开始谈论将过去忘记是多么不可能……他现在开始想——其实也不是刚开始想,他思考这个事情已经很久了,只不过他曾经逼着自己将这件事置之脑后罢了——现在他将要不得不面对过去,以某种方式,试图把它搞清楚,然后才能继续向前走。"(BC, 88)丹尼的言谈中表现出了摆脱过去走向新生的强烈渴望,而丹尼获救时的形象似乎也暗示了这样一个重生的开始——"这个男孩看起来像个婴儿:紫色的脸,潮湿的头发,就像刚刚出生的婴儿靠在母亲突然皱瘪下去的软塌塌的肚子上的模样似的,湿漉漉的"(BC, 8)。丹尼之于汤姆就像是一个刚刚出生的软弱无助的婴儿迫切渴望着得到母亲的安慰,"汤姆和劳伦成为丹尼再生的象征性的助产士"(Wheeler, 103),而汤姆把丹尼从水中救回的举动也似乎预示着汤姆对丹尼的创伤安度和治疗即将开始。

然而,丹尼的情况非常特殊,他的创伤经历远比普通的创伤患者复杂。丹尼曾经遭遇过巨大的心理创伤,这一点是毋庸置疑的,他的创伤症状从谋杀刚发生之后就出现了,"他睡不好,做恶梦,因闪回痛苦不堪,无法集中注意力,感到麻木,抱怨周围的一切都不真实"(BC, 45)。13年前,汤姆作为丹尼一案的庭审专家时也对丹尼下了创伤后应激障碍的病理诊断,而丹尼再次出现的时候又是因为自杀而被汤姆救起。但是,丹尼显然又并非是一个普通的创伤患者。通常的创伤患者大多是单纯受害者的身份,他们因为各种伤害而遭遇心理创伤,而丹尼在具有创伤患者身份的同时又是暴力的实施者,是一个无辜惨死的老人的加害者,他的创伤经历不可避免地和他谋杀行为的"黑暗的中心"紧紧相连。因而,丹尼具有双重身份,这两种身份既彼此联系又有质的不同:作为创伤患者,丹尼需要通过言说安度创伤;作为加害者,则需要通过认清犯罪的真相来获取救赎。而且,对于丹尼来说,这两个过程又是彼此融合无法分割的,回顾过去和安度创伤的过程本身又是认清犯罪真相和获得灵魂救赎的过程,或者说丹尼认清自己犯罪的真相并获得救赎也是他走向康复的前提。对于丹尼来说,既要认清自己作为受害

---

① 根据英国法律对少年犯的相关保护规定,丹尼此时已经被化名为伊恩·威尔金森(Ian Wilkinson)。

者的真相,又要认清自己作为加害者的真相,其走向康复之路的旅程注定更加艰难。

到了小说的最后,我们发现丹尼的创伤言说并没有得到最初想要实现的结果。赫尔曼认为创伤患者通过"讲故事的行动"实现复原包括三个主要阶段——"建立安全感,还原创伤事件真相,修复幸存者与其社群之间的关联性",其中第二阶段还原创伤事件真相并且对创伤进行回顾和哀悼是迈向复原最关键的一步,"只有彻底认清真相,幸存者才有可能出发迈向康复之路"(赫尔曼,IX)①。丹尼在多年之后决定"面对过去"原本可以成为其迈向康复之路的开始,就像汤姆所说,"他现在想要……接受过去发生的事情,我觉得这是一个充满希望的迹象"(BC, 159),但是丹尼恰恰是在"彻底认清真相"这一最关键的环节上出现了问题。因为无法真正认清过去的真相,丹尼的言说没有最终实现创伤疗愈的目的,即便从某种程度上来说丹尼也许缓解了部分的心理创伤,但他与真正的康复依然相距甚远。

一、坚持"自己的故事":规避真相

《越界》通过丹尼的言说揭示了身兼创伤患者与加害者双重身份的特殊人群的复杂心理,这个人群中的许多人怀有走出创伤并且获得救赎的愿望,但是不堪的过去往往使他们选择长期逃避真相。在小说中,我们发现尽管丹尼数次对汤姆表达了"面对过去"的愿望,他在实际的言说中更多表现出的依然是对真相的规避。丹尼一直坚守着"我自己的故事"并努力地为自己脱罪,这导致了他事实上无法真正认清过去的真相。

就像大多数创伤患者一样,"正视创伤记忆的恐惧使它们压抑"(王欣,50),案发之后丹尼对过去一直采取逃避和否认的态度,"不断地回避创伤记忆"(Van Der Kork, 168)。从心理学来说,这是遭受创伤的人的一种常见反应,"创伤经历的再体验导致如此强烈的情绪折磨,

---

① 不仅是赫尔曼,心理学一百多年来的发展过程中众多的心理创伤研究者都提出重新面对过去的创伤对病患走向复原具有重大的意义,比如让内在19世纪末提出的歇斯底里病人稳定病况之后的"探讨创伤记忆",史卡菲尔在1985年提出的受创者和心理治疗师建立信任感之后的"再度体验创伤",布朗和弗洛姆在1986年提出的病人稳定病况之后的"统合记忆",以及普特南在1989年提出的受创者诊断和稳定病况之后的"创伤的新陈代谢",这些治疗过程和赫尔曼提出的"建立安全感"之后"还原创伤事件真相"都是大致相似的(赫尔曼,237)。

受创者都会极力避免"(赫尔曼,38)。而且,因为"受创症状通常有一种倾向,就是断绝与创伤源头之间的联结,而另外走出自己的一条路"(赫尔曼,30),丹尼对不堪的过去极力否认和压抑的结果是他建构了另外一套背离真相的属于"自己的故事"——"之前我完全把过去封闭起来了。我不会解释为何我在隔离牢房里,我只是在那里罢了。我不是因为做了错事在那里的。我相信我自己的故事。"(BC,177)在"相信我自己的故事"的心理驱动之下,丹尼数年来不断建构起了自己作为无辜者的故事:他将谋杀案发生时自己出现在被杀的老太太莉齐·帕克斯(Lizzie Parks)家里解释为"只是去看小猫咪","当他发现死尸的时候他完全不知所措了"(BC,109);而且,他还编造出了这个案件的实施者另有其人的情节,辩称自己去看小猫时在老太太家的楼梯上撞见了一个男人,"他感觉这个男人要杀死他,所以他谁也没敢告诉"(BC,109)。这些解释几乎天衣无缝,甚至一度说服了当年的陪审团。

这种"我相信我自己的故事"的强烈的脱罪心理一度帮助丹尼免于良心的谴责,并且,在这种脱罪故事的支撑之下,丹尼甚至渐渐地将自己定格到了法律的受害者的地位。十几年来丹尼对自己编造的这套"美好的小男孩"(a nice little boy)的故事一直深信不疑(BC,110),他从来不曾承认谋杀的行为,只是入狱之后在作文老师安格斯(Angus MacDonald)的课上曾经一度接近过谋杀事件①。

然而,这样一种避免创伤经历的自我保护本能恰恰是很多创伤患者病情进一步恶化的主要原因,"逃避只是解决了一时的问题,从长远来看,事情却可能变得更糟"(赵冬梅,2),到最后"虽然原意是要自我保护,但这种避开侵扰症状的努力都会进一步恶化创伤后应激障碍"(赫尔曼,38),丹尼的创伤后应激障碍症状在重遇汤姆之前已经发展到了明显的自杀倾向。显然,如果"想要痛苦停止"并获得创伤复原,丹尼首先应该正视的就是自己这些逃避真相的谎言(BC,253)。但是,我们发现丹尼逃避真相和将自己从加害者反转为受害者的欲望如此强烈,以至于他在大部分的言辞中继续诉说了"自己的故事"并坚称

---

① 安格斯鼓励丹尼和朗加斯的其他孩子把过去的事情写出来,在他的鼓励下丹尼写起了自己童年的故事,但是就在丹尼快要写到谋杀罪行之时,丹尼却诬陷安格斯对自己实施性侵,以此再一次地逃避了真相。正如安格斯所说,"因为他害怕。他无法停住。他知道他马上就要跟我讲谋杀的事情,那是个可怕的想法。因为他从来没有真正承认过。"(BC,206)在得知汤姆和丹尼的谈话即将接近谋杀案时,安格斯也提醒汤姆必须"小心点"(BC,206)。

了自己的无辜。

这一点突出表现在丹尼对汤姆的谴责上。为了强化自己的无辜，丹尼将自己认定为汤姆行为的受害者，将其视为自己创伤的来源，"描绘了一种受害者的模式"（Koethler, 82）。在丹尼的言说之中，我们发现丹尼一方面将汤姆视为自己创伤疗愈的救星，同时又对他怀有怨恨甚至复仇的心态，对汤姆充满愤怒和质疑。在丹尼看来，汤姆当年在法庭上做出的精神报告陈述就是导致他入狱的主要原因，也是他多年痛苦生活的源头，这种受害心理带来的复仇欲望其实也是他找到汤姆的原因之一。正如丹尼的缓刑犯监督官①玛莎·皮特（Martha Pitt）所说，

"不仅如此。他心里怀有某种敌意，汤姆。是对你的敌意。"
"没错，我也觉察到了。他说了是为什么吗？"
"他信任过你。在他看来，是你让他变得很惨。他觉得如果不是你的话，他根本不会被送上法庭，他本来可以被当作孩子来对待。是你说他明白他在做什么，说他适合上成人法庭。他还是没有原谅你。"（BC, 81-82）

玛莎将丹尼从监狱接回来的那天晚上就已经感觉到了他内心的愤怒，在这样的情况下，连玛莎对丹尼求助于汤姆也感到难以理解，"汤姆是伊恩最不会寻求帮助的人，可是，不到一个月之后，他却成了唯一的一个人。她不知道为什么"（BC, 91）。玛莎也曾经试图说服丹尼放弃对汤姆的指责，她对丹尼强调"你因为你的判刑谴责西摩医生是不公平的"，然而她的努力无济于事，丹尼一直坚持自己的看法——"不。不，不，不，不，不。就是西摩医生。如果不是他的话我就会被宣告无罪了。"（BC, 90）

原本，丹尼找到心理医生言说过去的行为可以理解为绝望之中的渴望，是一个被自己犯罪的过去深深折磨的灵魂寻求安度的希求，是为自己的行为对无辜者导致的伤害做出痛苦忏悔的开始，然而，丹尼对汤姆自始至终表现出来的仇恨表明他从未从过去的规避真相的思路中回转过来。在丹尼的思维中，他始终是那个法律判决的无辜受害者：

---

① 缓刑犯监督官的英文为 probation officer，职责是负责缓刑犯的监督等事宜。

"你知道我为什么会在那里吗?"

"我知道你是要查出我是否……有精神问题?……但是,是的,我知道你为啥会在那里,只是在我的心里那是非常无意义的,因为我没有做过。"

"你是说你没有做过?"

"不,我是说我认为我没有做过。我相信我自己的故事,我必须相信。"(*BC*, 94)

丹尼坚持将自己认定为汤姆和法律的受害者的行为反映了他继续规避真相的心理,而这种对言说真相的一再回避无疑阻碍了他创伤复原的旅程。在这样的情形之下,丹尼距离赫尔曼所说的"彻底认清真相"和"出发迈向康复之路"的康复目标显然相距甚远(赫尔曼,Ⅸ)。就像赫尔曼所说,"禁闭畏缩的症状,虽然可能代表一种抵御痛苦情绪状态的企图,却也可能因此付出惨痛的代价,因为这些症状会窄化并损耗患者的生活质量,而且使创伤事件的影响永远存在"(赫尔曼,43),无法跨出受害者假想的丹尼在康复之路上必然步履艰难。

二、建构脱罪叙事:抵抗真相

在寻求创伤康复的言说中,丹尼没有改变前面十几年所强化起来的对自己的身份认定,他依然将自己定位在无辜者和受害者的地位上。正因为这样,丹尼的言谈之中不仅表现出摆脱创伤的希望和规避真相的事实同时并存的矛盾,还出现了获得救赎的愿望[①]与实际的脱罪言说同时并存的矛盾。正如马尔西·凯奇勒所说,"《越界》代表了主宰当代英国小说的自白主题的结合体"(Koethler, 69),因为救赎愿望的存在,丹尼的言说可以被视为自白,但是丹尼的自白显然是含混而复杂的。自白叙事理论家布鲁克斯(Peter Brooks)认为,"自白的动机常常远非明确:自白包含复杂的各个层面——羞耻感、负罪感、鄙视、自我厌憎、企图邀宠和赎罪。除非自白的内容可以被其他方式证实,这样支持它的可信性,否则,它可能是假的——有悖于事实的,即使在某种负罪感上是真实的"(Brooks, 2001: 6),他还指出了自白中"自我脱罪"(self-exculpatory)意图的常见性(Brooks, 2005: 82)。在丹尼的言说中,

---

[①] 在小说中单词 redemption 和 damnation 出现了许多次。

我们就发现其脱罪的意图始终存在,甚至他还建构起了系统的脱罪叙事。丹尼获得救赎的愿望的确是真实存在的,就像汤姆所说,丹尼"相信救赎"(*BC*, 69),可是丹尼的陈述却诡异地与愿望背道而驰。

丹尼的脱罪叙事主要表现为他对汤姆当年法庭证据的系统性反驳。在小说临近结束时,汤姆才最终意识到了这一点:"丹尼的故事,尽管汤姆相信他大部分时候在说真话,却不是它们表面上的那样。他的明显的随意进入过去的举动却绝对不是那样的随意。他正在建构对汤姆在法庭所给出的证据的系统的反驳。在这其中是非常强烈的敌意。比汤姆开头所意识到的还要强烈。"(*BC*, 249)脱罪叙事占据了丹尼言说的大部分内容。

当年在庭审之前,汤姆与丹尼短暂交流之后对丹尼做出了其精神和道德成熟度足以在成人法庭接受审判的结论。汤姆做出这个判断的依据有三点:丹尼理解杀人是错的;他可以区别幻想和现实;他也明白死亡是一种永恒的状态。不过,汤姆当时也意识到这个结论并非完全没有问题,他承认对丹尼的了解存在一个"巨大的空白":

> 他的工作只是决定丹尼的精神和道德成熟度。在他的信息中有巨大的空白——他对丹尼的家庭没有清晰的了解——但是他觉得他已经足够可以回答那些主要问题了。丹尼能区别幻想和现实吗?他理解杀人是错的吗?他明白死亡是一种永恒的状态吗?简言之,他能在成人法庭上以谋杀罪接受审判吗?对于所有这些问题,汤姆都给予了肯定的回答。不是没有怀疑,不是没有限制条件,不是没有经过数个小时的深思,但是最终的答案还是肯定的。(*BC*, 48)

作为一个为法庭提供犯罪嫌疑人精神诊断的精神病医生,汤姆按照工作的基本需要对丹尼的状态做出了判断,不足之处只是没有完全了解丹尼的家庭情况。然而,那个"巨大的空白"却恰恰成为丹尼"建构对于汤姆在法庭所给出的证据的系统的反驳"的入口。丹尼在和汤姆的谈话之中经常围绕着童年特别是童年时期的家庭状况进行叙述。并且,就像丹尼对玛莎承认的那样,他"通过律师拿到了案件记录"(*BC*, 91),通过案件记录丹尼知晓了法庭量刑的依据,这使他系统反驳法庭证据具有了充分的可能。

丹尼首先反驳了汤姆做出的"他理解杀人是错的"那个判断。丹尼在回忆童年时特意表现出自己当年对杀人是错的这个问题并不理解。丹尼充满羡慕地说起父亲描述的杀人场景：父亲在贝尔法斯特杀的那个人"沿着墙滑下去，非常非常慢，在墙纸上留下了一道宽宽的血带"（BC，119）；还有父亲在福岛杀死的那个 12 岁的士兵，"当那个家伙转过身来，居然是个孩子"（BC，119）。丹尼对杀过人的父亲满怀崇拜："我崇拜他。他个子高大，身体强壮，他有一个文身，握紧拳头的时候就会扭曲起来，他有枪，他杀过人……我觉得他太棒了。"（BC，124）通过这些描述，丹尼反驳了汤姆对自己做出的"理解杀人是错的"这个结论。不仅如此，丹尼透露出自己当年道德成熟度并不够，他谈起了表明他特殊道德观的道德圆圈：

> 他谈起了道德的圆圈，圈子里面的人或者动物是不被允许杀掉的，而其他的，圈子外面的，就没有这种幸运了。对于丹尼的父亲来说，狗、猫和大部分人是在这个圈子里面的。鸡，被宣告有罪的罪犯，兔子，敌方士兵，农场的动物，敌方的平民（在有些情况之下），猎鸟，孩子（穿着制服的），窃贼，如果在房屋内被抓住的话，还有爱尔兰人，如果被怀疑是恐怖分子并且给予了恰当的警告，都在圈子外面……问题是隐含在内的：你说过我清楚地理解杀戮是错的。你真的确信吗？（BC，124 - 125）

在挑战"理解杀人是错的"这个判断的同时，丹尼还有意识地在叙述的细节中表示自己当年无法"区别幻想和现实"。比如，丹尼说起在父亲和帮工菲奥娜一起私奔之后他一直坚定地认为父亲会给自己留下生日礼物：

> 还有三天就是我的生日了。我确信他肯定把给我的生日礼物放在什么地方了。我寻遍了房子的角角落落，但是显然他已经卷走了一切，所有的抽屉和柜子全都是空的。然后我就想，他肯定是把礼物留在牛舍里了。一旦有了这想法，我就豁然开朗，显然他就是这样做的。我去牛舍那里找了，发现了他的双筒望远镜。它挂在一件旧大衣的下面。我说服我自己望远镜就是他特意藏在那里的，那就是给我的礼物，是他留给我的，只不过他还没有来得及包

装罢了。我天天把它戴在脖子上。上床睡觉也带着它,干什么都带着。(BC,127)

除了暗示自己当年无法"区别幻想和现实",丹尼还强调了自己的幻想状态非常严重。丹尼在父亲出走后出现了严重的道德问题,放火、逃学和偷窃成了家常便饭,丹尼声称那时候自己完全沉浸在幻想的世界里,连家人都成了他幻想的一部分:

"……我们是英国空军特别部队。我一直都在游戏里。我躺在床上听着妈妈和外公在楼下说话,他们都是敌方的平民。"
"那放火和偷窃呢?"
"游戏的一部分。给敌军的建筑放火。"
现在他随时都会声称莉齐的死亡只是附带的伤害了。(BC,182)

经过一系列事件的叙述,丹尼建构了脱罪叙事,证明了自己当年犯罪时的无辜——他那时候还仅仅是一个孩子,无法区分幻想和现实,对很多事情都还没有清晰的看法,也没有成熟到明白杀人是错的。正如汤姆所发现的,"我在法庭上说的每一件关于他的事情都被系统地反驳了"(BC,225),通过言说童年往事丹尼仿佛变成了自己的律师,站在法庭之上与汤姆对峙,为自己进行无罪辩护——"丹尼操控了证词,建立了一种自己被虐待的童年的叙事,从根本上掀翻了汤姆先前的作为专家证人的评估"(Wheeler,102)。这样造成的后果就是丹尼进一步远离了想要"搞清楚"过去的目标(BC,88)。"心理治疗工作的根本前提是一种信念:相信言明真相对患者是一种复原的力量"(赫尔曼,170),而丹尼内心深处抵抗"言明真相"的强大力量必然会阻碍其复原的进程。对于丹尼而言,他想要"跟别人谈谈过去,谈谈发生过的事情,为什么发生"的欲望和寻求真相的努力最终褪变成了又一次为自己脱罪的"我自己的故事"的建构过程。通过这样一次故事的建构,丹尼进一步强化了自己作为无辜受害者的心态,而这使他进一步远离了想要接近的真相。

而我们如果换一个角度来考察,丹尼对真相强烈的回避和抵抗行为其实也从一个侧面表明他的创伤症状异常严重,他走出过去、获得康复的难度会比通常的创伤患者更大。"因为真相如此难以面对,幸存者常常在重建自己的故事的过程中犹疑不决。否认现实使他们感到疯狂,但是接受全部的现实似乎又超出了任何人能够忍受的极限。"（Herman,1998：S147）在康复的道路上,丹尼还尚且处于叙事治疗初始时"既想让别人注意到那难以启齿的创伤秘密,又想极力掩藏它的存在"的犹疑阶段（赫尔曼,Ⅸ—Ⅹ）,他的康复之路注定任重道远,就像赫尔曼所说,"对于长期的和重复的创伤的幸存者来说,康复的最初阶段可能是漫长而艰难的"（Herman,1998：S147）。

三、言说"黑暗的中心"：无法实现的创伤安度和救赎

丹尼不仅在对案发前事件的叙述中强化了自己作为受害者的身份,即使在最后重返谋杀事件的言说之中也依旧试图将自己建构为受害者并且为自己脱罪。赫尔曼指出,与普通的创伤患者相比,曾经伤害过他人的特殊创伤患者为了实现创伤疗愈还必须承担一个特别的责任,那就是重拾道德正义并承担罪责,"对于曾伤害他人的创伤患者而言,不论是在绝望的片刻或是因囚禁而被逼的情况下,承担复原的责任尚有另一层意义……对于失去的道德正义,创伤患者必须进行哀悼,并寻求一种能够弥补这覆水难收的伤害的方法。这种补偿绝不代表加害者的罪行被赦免,更恰当地说,它重申创伤患者对其道德标准的坚持"（赫尔曼,181）。这意味着曾经谋杀了无辜老人的丹尼必须认识到自己曾经的道德缺失并且进行弥补,这也是他走向康复不可缺失的条件,"安度创伤与伦理上可靠的行为和批判性的看法紧密相连"（LaCapra,1998：188）。但是我们发现,及至最后,即使是在言说了"黑暗的中心"的时刻,丹尼依然没有能够恢复曾经失去的"道德正义"。正因为这样,尽管丹尼最后回忆并诉说了谋杀案的始末,他却依然无法真正认清过去的"真相",也无法真正实现创伤的安度和灵魂的救赎。

丹尼最后冲破心理防线言说"黑暗的中心"的行为有其特殊情境。与当初在安格斯写作课上的逃避不同,就在丹尼的叙述逼近谋杀事件的时候,一个和丹尼一案极度相似的老人凯尔西被谋杀的案件发生了,"两个小男孩,一个 11 岁,一个 12 岁,被指控杀死了一个老太太"（*BC*,214）。这起新发生的谋杀案激起了人们对儿童犯罪的热烈讨论,而丹尼一案也重新被推上了风口浪尖,甚至人们对丹尼案件的关注程度超出了新发生的案件,"因为凯尔西谋杀案还在审判之中,因此无法进行

公众讨论,他们陈述自己观点的时候都提到了丹尼的犯罪,更严重的是他们使用了他的学校照片"(BC,214)。在丹尼的案件被人们广泛谈论的情形之下,丹尼的记忆无时无刻不被唤起。在无法回避谋杀案件的氛围之下,丹尼终于下定了最后的决心——"我现在必须出去,在这一切把水搅浑之前"(BC,216),他坦白了自己杀害莉齐的过程:趁老人不在家时去老人家偷东西;听到老人回来后躲进衣柜;发出声响惊动老人后将其踢到楼梯下,而后用垫子捂住老人的脸使其窒息而死。可是遗憾的是,尽管这是多年来首次承认自己杀人的事实,丹尼却在整个回忆的过程之中依然没有放弃为自己脱罪的辩解,在他口中凶残的杀人行为似乎只是无奈为之,理应得到原谅。

首先,丹尼在叙述自己作案的过程时继续反驳当年汤姆对自己的判断。丹尼开始诉说时承认杀死莉齐之后知道她"死了","那个词从丹尼的嘴里迸出来,就像蟾蜍一样不可思议"(BC,238),但是旋即丹尼又否认自己理解死亡的真正含义,他告诉汤姆在杀死莉齐的第二天重又返回了杀人现场:

"我想要看看她是不是还是死的。"
停顿。汤姆考虑了自己面对的各种选择。真相,他想。"不,丹尼,我不能接受。你早就知道她死了。"
"我那时候只有10岁。"
没有上气不接下气的高音,而是冷硬的愤怒的大人的声音。
"是的",汤姆平静地说,"我知道你说得很对——许多10岁的孩子确实并不理解死亡。他们无法意识到死亡是永恒的。但是我认为你是理解的。"
"你只是不肯承认你错了罢了。"(BC,240)

"你只是不肯承认你错了罢了"——这句话暴露出丹尼至此依然没有放弃对汤姆的指责和反驳。通过将重返现场的行为解释成"看看她是不是还是死的",丹尼反驳了汤姆当年所下的自己"明白死亡是一种永恒的状态"的判断。至此,汤姆当年的三个评判——丹尼可以区别幻想和现实,他理解杀人是错的,并且明白死亡是一种永恒的状态——全部被丹尼进行了反驳。丹尼将当年的自己继续塑造成了不懂事的孩子,杀人的罪行也因此变得可以原谅,"丹尼的回归系统性地颠覆了汤姆在法庭的证据……他刻意地建构了一种事件的重述,由此大人伊恩为男孩丹尼免罪"(Monteith,2002:104)。

接下来,在丹尼随后的叙述中,他对遭受自己伤害无辜惨死的莉齐在多年之后依旧没有任何忏悔之情,甚至还表现出将自己描述为莉齐的受害者的倾向。丹尼这样叙述他杀害莉齐之后的那个夜晚:"我脑子里总是闪过一些画面,你知道,那是莉齐的脸,我听见她又上楼来,但是这一次她上的是我们家的楼梯。她好像穿过了房间,径直走过来盯住了我的脸。我尿湿了床。我用一支铅笔使劲戳我自己,使自己醒着,因为我不敢睡觉。"(BC 239)这些描述尽管反映出了丹尼杀人之后的惊慌和恐惧,但是更多的还是表现出丹尼将自己建构为一个可怜而无辜的孩子的需要。

再者,对第二天返回杀人现场的所作所为,丹尼也竭尽所能地否认。重返杀人现场正是丹尼一案最可怕的"黑暗的中心",丹尼与莉齐的尸体共处了 5 个小时,虽然小说中没有描述具体的细节,但种种迹象表明其恐怖程度超出了常人的想象,甚至超出了杀人本身:"那 5 个小时,对于所有参与调查这个案子的警察,对于每一个以各种方式卷入的人,都是黑暗的中心。它是法庭上那些凝固的厌恶表情的来源。奈杰尔·刘易斯给汤姆看了莉齐在地毯上被拖动后留下的磨痕的照片,他说:'他拿她玩乐。'①刘易斯声音里面的恐惧 13 年之后依然让汤姆的脖子后面寒毛直竖。"(BC,242)这个"黑暗的中心"对于试图面对过去的丹尼来说是最不应该逃避的,只有承认这 5 个小时的存在丹尼才有获得救赎的可能。然而,丹尼多年之后依然矢口否认自己对莉齐的尸体所做的一切:"我从来都没有碰过她"(BC,242)。

具有讽刺意味的是,尽管丹尼否认了曾经虐尸的事实,他接下来的一段话却间接暴露了他拿莉齐的尸体玩乐的原因。当汤姆问丹尼"试着设想一下你正在看着她,你会想什么"时,丹尼这样回答:

"她像是一个玩具。她什么也干不了。她没法伤害我,不能喊叫,什么也干不成。害怕是愚蠢的。所有那些她上楼来干的事情……"

"她上了你的楼梯之后做的事情?"

---

① 此处的英文为"He played with her"。

"是的——都是瞎想。她连动一下都动不了。"(BC, 243)

显然,丹尼虐尸的行为是为了报复其幻想中莉齐对他所做的一切。在丹尼杀人后的幻想中,莉齐一次次地上到他家里的楼梯上来,试图伤害他,受尽一夜的折磨之后丹尼在第二天重返杀人现场,他通过虐尸发泄了杀人后内心的极度恐惧,同时更是将道德的失衡发挥到了极致——在丹尼的思维方式之中,甚至是被他所杀的人都无法幸免地成为他的加害者,而这种极度自我中心的思维模式和扭曲的道德观其实也就是丹尼一切最令人发指的行为背后的直接原因。

作为"曾伤害他人的创伤患者",丹尼的康复离不开"失去的道德正义"的"哀悼"(赫尔曼,181)。但是,在最终说出了谋杀过程的情况下,丹尼的这种道德失衡也没有发生任何的扭转,即使是在痛下决心面对过去之后,自我中心的思维模式依然阻挡在丹尼的救赎之路上,成为他通往新的人生的无法逾越的障碍。丹尼对汤姆说出的最后一段话表明,直到最后他还是无法弄清楚试图发现的真相:"你谈到我经受这一切却毫无缘由。确实没有原因。我不知道我为啥杀她。我那时候不知道,现在也不知道。我不知道怎么承认它。"(BC, 243)丹尼回忆并说出了谋杀事件本身并不意味着认清了真相,他依然活在自己建构的"真相"之中。

随后发生的丹尼身份暴露的事件更是证明了这一点。说出了犯罪过程的丹尼依然无法面对自己犯过罪的事实,逃避依然是他惯用的对待过去的策略。在承认杀人的那次谈话之后不久,丹尼的身份暴露,凌晨两点钟时大批的记者蜂拥而至,"他打开门,迎面而来的是一堵相机之墙。铺天盖地的蓝色闪光,令人眼花缭乱的手、咔嚓声、呼呼声、问题、叫着他名字的喊声,一会是这边,一会是那边,还有一个扩音器像一具动物的死尸一样悬挂在他的头上"(BC, 261)。表面看来,丹尼的暴露似乎是外力所为,"是媒体机器造成了汤姆和丹尼的面谈突然结束——当狗仔队找到了这个男孩,他被迫逃跑"(Monteith, 2002:101)。然而这种暴露本身充满了疑点,小说中许多细节都表明丹尼的身份暴露十分蹊跷:汤姆把丹尼从河里救上来之后并没有认出他;后来当丹尼告诉汤姆凯尔西一案发生后自己害怕被人认出时,汤姆还是肯定地说:"我真的觉得没有人会从那张照片认出你来","我知道我是认不出来的"(BC, 214)。跟其他的陌生人相比,汤姆和丹尼的交往更多,也显然更容易认出丹尼,但是为何凯尔西一案发生后丹尼会那么快地被陌生人认出来呢?而且是在时隔13年之后?

种种迹象表明,丹尼极有可能就是那个告发了自己的人。就像玛莎所说,"他们不可能是怀着渺茫的希望驻守在那里的。他们*知道*"①(BC,264-265),这个场景不得不让人联想起丹尼曾经告发安格斯的那一幕。尽管丹尼跟汤姆坦白了自己杀人的事实,但是随即他再次采用跟从前类似的方式逃离。身份暴露之后丹尼在司法部分的帮助下更换了又一个新的身份,到别的地方重新开始全新的生活。然而,丹尼告发自己的举动显然是无法起到安度创伤的效果的——丹尼急于告发自己的目的是为了摆脱当下的身份,逃避那个言说了罪行的自己,但是这种举动本身恰恰说明了丹尼对承认罪行的恐惧,在说出了犯罪过程之后丹尼依然无法面对自己犯过罪的真相。

事实表明,丹尼的创伤症状在言说之后的确没有得到改善。就在待在汤姆家的那个晚上,汤姆看见丹尼的"目光在房间里游移着,越过他的肩膀,朝两边看"(BC,254),丹尼竟然看见了被他杀死的莉齐:

"你看见她了吗?"汤姆轻轻地问。
"没有,我不够快。"
"你的意思是,她在那里,但是——"
"我总是和她错过。"
"她说过什么吗?"
"没有。"
"那么你是怎么知道她在那里的呢?"
"因为她留下些东西。"
"比如什么?"
"头发。卫生间里总是有一团头发。"(BC,254)

赫尔曼曾将创伤复原的基本要求描述为"讲述创伤故事再也不会激起强烈的感情,它已经成了幸存者经历的一部分……当第二阶段结束的时候,创伤经历属于过去了"(Herman,1998:S148)。与此相比较,丹尼最后显然没有实现创伤复原的基本目标。看见莉齐的鬼魂这

---

① 小说中在此处使用了斜体,因此这里的译文和小说原文一样标注了斜体。

一细节表明丹尼至此在内心深处依然无法和自己的过去和解。因为自始至终的脱罪言说,丹尼没有能够实现灵魂的救赎,也无法安度自己的创伤。不仅如此,丹尼还表现出了更加严重的精神症状。就在大批的记者蜂拥而至之前,丹尼在汤姆楼下的客厅里放了火:"火猛烈地燃烧着,木柴堆得很高。丹尼把放木头的筐拖到了壁炉边,一手拿着一根木头,看着火燃烧……一根木头已经从炉膛里倒下来,掉在了地毯上。"(*BC*, 259)汤姆跟玛莎建议"他需要去医院",他意识到丹尼的精神已经达到了精神病的临界状态(*BC*, 266)。

小说中大量的细节都表明,丹尼这一次的创伤安度之旅并没有实现其预期的效果。丹尼贯穿始终的强烈的脱罪欲望和将自己的身份从加害者反转为受害者的意图注定丹尼无法"彻底认清真相",其心灵的救赎和创伤的安度因此无从谈起,"出发迈向康复之路"也变得遥不可及(赫尔曼, IX)。

在言说之中,丹尼一直坚守着"我自己的故事"并努力地为自己脱罪:被送入监狱是汤姆的过错所致;杀害莉齐也完全是童年的不懂事所致;甚至虐待莉齐的尸体也是源于莉齐让自己感到害怕。尽管丹尼最终说出了自己杀人的过程,但是强烈的脱罪欲望造成了丹尼刻意地忽视了自己的犯罪对他人造成伤害的真相,在丹尼的言说中我们本应看到的良心的自责始终没有出现过,丹尼始终未曾认清自己的犯罪导致了他人受害的真相,丹尼自己也最终无法实现内心的安宁。在言说的最后,丹尼的四周依然萦绕着莉齐的鬼魂,而丹尼也不得不采用了告发自己的方式迅速地逃离。对于丹尼而言,在多次的言说之后,过去依然是"过去",丹尼依然停留在受尽折磨的"过去",无法踏入真正意义上的新的人生。尽管小说最后丹尼抛弃了"伊恩"的假身份,又在另一个假身份的庇佑之下开始所谓新的生活,但是在仍然被自己的过去纠缠不清无法获得心理安宁的情况下,即使获得了一个新的假身份,丹尼又真的能够开始所谓全新的生活吗?

对此,答案显然是否定的。而且,我们可以肯定的是,只要丹尼自我中心的道德观念没有改变,丹尼就无法安度内心的创伤并且最终走向救赎。更重要的是,因为丹尼回顾过去的时候没有为自己的杀人行为进行悔罪,也没有对被自己杀害的莉齐有任何的忏悔,丹尼自我中心的道德观念也并未随着丹尼的言说而改变,丹尼对他人和社会来说显然仍旧具有潜在的危险性,他依然有再次成为加害者的可能。①

至此,《越界》通过丹尼的言说揭示了身兼创伤患者和犯罪者的人群的复杂心理,展现了巴克尔从心理之维探索人性的意图。小说临近末尾处提到了亨利·詹姆斯的《螺丝在拧紧》:"孩子真的是邪恶的吗?或者还是这个女教师疯了?任何中等水平的兽医都能在几秒钟之内解决这个问题。心理有问题的孩子会折磨动物。但是丹尼不是。这从一开始就让汤姆十分震惊。对于所有那些被忽视的、被用过的、死的或者正在垂死的动物,丹尼都不曾有过残忍的举动。丹尼是这么说的。"(*BC*,249)小说对《螺丝在拧紧》的提及显示了两部小说在主题上的互文性。布莱尼根还曾指出小说和《黑暗的心》(*Heart of Darkness*)也存在互文性:"对《黑暗的心》的指涉并非巧合……巴克尔的小说也是开始并且结束于河岸边"(Brannigan,2005b:149)。与《螺丝在拧紧》和《黑暗的心》一样,《越界》带领读者直抵人的内心深处,"不仅进入了秩序井然的自我世界,而且也进入了一个更加原始的思想的深层世界"(Wood,204),探讨了内心的邪恶所能达到的极限,而同时在展现人类内心的复杂性上《越界》恐怕也毫不逊色。

第二节 社会之维:指向"救赎者"的创伤记忆言说

《越界》中巴克尔塑造的丹尼这个形象反映了身兼创伤患者和犯罪者的人群心理上的复杂性,"丹尼是一个复杂的角色……他是一个探寻之所,巴克尔经由他激发读者去探索罪恶的本质"(Monteith,2002:106)。从表面看来,丹尼找到汤姆是寻求创伤疗愈的开始,但事实表明,接受汤姆数次谈话疗法之后再次回归社会的丹尼并没有表现出创伤心理复原的迹象,其心灵救赎最终也没有实现,而他对于社会的潜在危险也依然存在。究其原因,这和丹尼内心深处绝对自我中心的道德观念有关,这种思维方式不改变,丹尼显然就无法实现真正的心灵救赎

---

① 需要特别补充说明的是,接下来的小说《双重视角》中有一个和丹尼非常近似的人物彼得,他几乎可以被看成是又一次转换身份之后回归社会的丹尼。和丹尼一样,换了一个身份的彼得开始在乡村做杂活谋取生计,同时也开始写小说。在彼得的作品之中,这种自我中心的道德观念依然存在,他的作品依然站在加害者的立场,对加害者施以同情,对被害者却没有任何的同情心。

和创伤复原。然而,在丹尼寻求救赎的道路上,还有丹尼这种畸形心理的形成过程中,除了其个人的因素之外,社会和其他人又扮演了什么样的角色呢?汤姆在跟玛莎谈起丹尼的时候曾说过这样一句话:"他恨的是这个体系,他恨这个体系对他所做的一切。"(BC, 82)如果说犯了罪的丹尼需要救赎,那么他所生活于其中的社会呢?这个社会需要救赎吗?还有那些参与了救赎他的人,他们自身需要救赎吗?

通过小说文本中的一些细节,我们发现《越界》不仅通过丹尼的言说探讨了身兼创伤患者与犯罪者的特殊人群的心理状态,还在这个过程中同时揭示出了对丹尼进行救助的体系中所存在的种种弊端以及救助者自身存在的各种不足和问题。在这个过程中,人性自身的弱点和英国当代社会存在的一些问题被进一步地挖掘出来。因此,《越界》不仅是一个探讨创伤心理的文本,它同时也是一个指向更广泛的社会问题的文本。从这个意义上来说,丹尼的言说也可以被解读为一次面向社会的告白,通过这个告白,小说也得以引领读者经由丹尼的个人经历管窥生活在英国社会底层的人群的生活现状,并激起他们对英国当代社会问题的反思。

一、救赎体系对丹尼创伤记忆的忽视:冷漠之罪

首先,小说文本间接地指向了英国社会救赎体系存在的问题——这个体系对丹尼严重的创伤后应激障碍症状几乎视而不见,这造成了丹尼的创伤记忆多年中一直都没有得到安度。丹尼第一次在小说中出现时就不禁让人充满疑问:丹尼来找汤姆时刚刚从12年的监禁生活中走出来,而曾经关押过他的隔离牢房和绝密监狱原本就是社会为了帮助那些误入歧途的孩子走上正轨,并对其进行心灵救赎和创伤医治的最重要的地方,"监狱应当而且能够成为罪犯的良心复苏之地"(陈士涵,423),为什么丹尼的创伤后应激障碍症状和异常人格在多年之后非但没有减轻,反而是加重了呢?

随着丹尼言说过程的展开,这种吊诡的感觉更加强烈。小说中不仅是提到了朗加斯的隔离牢房和绝密监狱,还提到了大量的社会部门和群体——英国内政部(Home Office)、警察部门、汤姆和玛莎参加的青少年暴力犯罪(Youth Violence Project)研究项目的团队和丹尼出狱后的缓刑犯监督官——所有这些机构和专业人员原本就都是以拯救暴力犯罪人群为目的而存在的。甚至是小说最后提到的报纸和电视等

新闻媒体从某种程度上来说也可以视为社会救赎体系中的一部分。丹尼在其 23 年的人生之中，有超过一半的时间正是在这样一个看似非常完善的救赎体系之中度过的，正如汤姆在重遇丹尼之时所想到的那样：

> 丹尼有 12 年的时间在安全的地方躺下。超过了他人生的一半。他们把他变成了什么样子？他们对他做了些什么？汤姆的兴趣部分是因为职业的好奇心。很难得有这样的机会可以追踪像丹尼这样的案例，但是他也对这个未知的年轻人感兴趣。这张脸和性格里面似乎仍是那个原封未动的孩子。（BC，24）

汤姆所说的"安全的地方"表明，丹尼过去 12 年中所待过的地方是具备安度创伤的基本条件的。赫尔曼在阐释创伤复原时提道："复原的过程可分为三个阶段，这三个阶段的首要任务分别如下：第一个阶段是安全的建立；第二个阶段是回顾与哀悼；第三个阶段是重建与正常生活的联系。"（赫尔曼，145）其中"安全的建立"是创伤复原的前提，"在复原的第一阶段，创伤患者处理社会敌意的方式，主要是撤退到一个被保护的环境中"（赫尔曼，190）。因此，从理论上来说，丹尼被捕后所待过的"安全的地方"应该是丹尼心灵救赎和创伤医治的最重要的地方，这些地方原本就是为了和丹尼一样曾经沦落的人设立的。其中朗加斯的隔离牢房更是如此，它是丹尼犯罪后待过的第一个地方，丹尼在这里度过的 7 年"包含了他剩余的儿童时光和所有的少年时光"（BC，154）。这些地方的存在显然是基于这样一个基本的信念，就是人是可以改变的，经过这些机构和部门的改造像丹尼这样原来曾经犯过罪的人可以变成一个被社会接受的人重新融入社会，他们曾经的暴力倾向会得到改变，他们的精神状态也可以得到好转。梅利特·莫斯利也曾在解读《越界》时说："在《越界》中巴克尔展示了国家力图挽救一个人，释放（而不是捉住）一个人。"（Moseley，2014：105）那么，情况果真如此吗？

实际上，丹尼在汤姆面前的再次出现本身就证明了这个体系的救助过程并不成功。在丹尼的言谈之中以及汤姆对相关机构和人群的走访之中，可以看出一些端倪：在改造丹尼的过程当中，丹尼的心理状态被完全地忽视了。而且，充满讽刺意味的是，那些原本基于相信人会改变的前提而建立的机构以及机构中的人员中有很多其实根本不相信人可以改变。这带来的直接后果就是丹尼"黑暗的中心"多年以来从未

被真正触及,就像丹尼告诉汤姆的那样:

"你接受过治疗吗?"

"没有。你不要看起来那么震惊。是你在法庭上说我是正常的。"

"我没有说你正常。我说你有创伤后应激障碍。"

"好吧,他们忘记了你说的话。你看,很清楚你没有谈起它。没有跟任何人说起。格林先生,也就是朗加斯的校长,事实上他在我去的第一个晚上就跟我说过,我不关心你做过什么。没有人会问你那个。这就是你接下来的人生的第一天。每个人都是照他说的做的。"(BC,74)

丹尼指责汤姆"没有跟任何人说起"自己当年处于创伤后应激障碍的状态是导致自己没有接受创伤治疗的原因之一,评论家马克·罗林森对此也表示赞同:"汤姆是丹尼没有接受任何治疗的原因……他对于丹尼病理的诊断——创伤后应激障碍——仅仅加强了丹尼在这场赌注中的实力。也就是他的复原成了没有被干涉的压抑,大的问题根本没有解决。"(Rawlinson,116)其实,事实并非如此。汤姆为此曾经多次向英国内政部反映过情况,"汤姆在丹尼被判刑之后的第一年给内政部写过三次信,强调丹尼接受职业的救助是多么重要,而不应该只是受到控制。每一次他收到的答复都是同样冷淡。丹尼一切进展顺利。正在朝着最终的复原进步着。但是汤姆通过其他途径得知朗加斯根本就不具备心理治疗的条件,而丹尼也证实了这一点。"(BC,155)内政部的冷漠态度其实是造成丹尼没有接受及时心理救助的首要原因。

内政部对待犯罪者精神状态的冷漠还可以从小说中的另一个细节看出来。汤姆探访丹尼一案当年的庭审律师奈杰尔·刘易斯(Nigel Lewis)的时候提到丹尼来找自己,刘易斯说了这样一番话:"如果他继续骚扰你,你只需要告知内政部,他很快就可以被送回去。这就是这个体系的一个好处。他们看得很紧。"(BC,108)刘易斯所称赞的内政部的高效和汤姆受到的冷遇表面上似乎互相矛盾,但其实这两个细节共同表现了内政部对待犯人的态度——内政部只在乎这些犯罪者是否"受到控制",而并不关心他们内心深处是否已经真正转变到对社会没有危害,至于对他们因特殊的精神状况需要得到职业的救助则更是视而不见。

除了内政部的不作为,朗加斯对丹尼的改造方式显然也存在问题。朗加斯不仅"根本就没有心理治疗的条件",这个机构对于犯人的心理状况原本就视而不见,就像帕特·维勒所说,"丹尼和汤姆面对过去的努力和朗加斯的改造体系完全相对,在那里丹尼被鼓励忘记过去,'开始新生'"(Wheeler, 102)。朗加斯的校长伯纳德·格林(Bernard Greene)对自己要求少年犯罪者完全遗忘过去的做法非常得意,对汤姆正在进行的心理治疗则不屑一顾。当汤姆跟格林提到丹尼"现在想要……接受过去发生的事情,我觉得这是一个充满希望的迹象"时(BC, 159),格林表现出极大的怀疑和嘲讽:

> "接受?我怀疑那不可能。接受你杀死过别人的事实,那可能意味着什么呢?"
> "好吧。他想要弄清真相。"
> "你的意思是找到别人去谴责?最好别。你知道我给每一个来这所学校的男孩所做的第一件事情吗?我对他说:这是你其余的人生的第一天。我不在乎你做过什么。我甚至不想知道你做过什么。我感兴趣的只是你现在的行为。你走进那个门的一刻你就已经开始新生了。"(BC, 159 – 160)

从格林的言谈之中我们不难看出,格林要求所有进入学校的孩子都不许谈论过去绝非是因为他相信忘记过去才是救赎的开始,而是他认为这些孩子的犯罪既然是不可否认的事实,那么谈论过去是毫无意义的,就像他提醒汤姆的那样,"你得记住他一直说他没有做过。在丹尼的脑海中没什么可谈的"(BC, 160),对待不可改变的事实唯一的方法就是遗忘。

格林不仅在对待丹尼的过去的事情上采取了回避的态度,在丹尼控告安格斯性侵的事件上也采用了完全隐藏的态度。当汤姆从格林的妻子口中得知这个事件时感到简直难以置信:

> 汤姆惊讶得说不出话来。他越想就越觉得困惑。丹尼的沉默可以理解,但是格林为什么要沉默呢?玛莎呢?这种事情不可能不被放进档案中去,除非……"这件事情进行过调查吗?"

"没有。安格斯签了一年的合同。事情发生时候正好夏季学期快要结束了。他稍微提早了一点离开了。"

"带着推荐信吗?"

"那个我不能告诉你。"(*BC*, 170)

不论丹尼所控告的性侵事实上是否存在,在隔离牢房中出现教师对学生的性伤害是非常严重的事情,对事件进行严肃的调查是必不可少的。然而,格林为了免于监管的责任和维护学校的名声掩盖了这个事件,于是这个事件随着安格斯离开学校悄无声息地结束了。当汤姆追问此事时格林一直遮遮掩掩,在他匆匆找借口离开前,汤姆问道:"你会说这个学校的教育在丹尼的身上获得了成功吗?"(*BC*, 162)格林的回答言不由衷:"是的。我不知道监狱的经历在何种程度上具有破坏性,但是当丹尼离开的时候……是的,我会这样说。在很多方面他是一个很好的年轻人。"(*BC*, 162-163)

格林的态度反映出英国监狱体系对待犯罪者精神状态的冷漠,同为学校管理者的格林的妻子也同样如此。在她看来,那些急于帮助丹尼的人就是"等待被屠宰的羔羊"(*BC* 168),就像试图帮助丹尼回忆童年的安格斯那样,他被丹尼出卖原本就是咎由自取,"我觉得他是我们这所学校里面最危险的一个孩子。伯纳德认为我们改变了他。我却觉得我们连表面都没有触及。或者说,如果有人曾经触及过的话,那就是安格斯。但是你看他发生了什么。"(*BC*, 171)

由此可见,朗加斯显然没有起到让丹尼获得心灵救赎的作用。小说中初到朗加斯的汤姆感叹这个人迹罕至的地方是"梦幻之境"(cloud cuckoo land),这个短语在英文中除了有脱离现实的幻境之意,也指代不切实际的痴心妄想,它暗示了朗加斯作为精神救赎之地显然是不可能的。

除了内政部和监狱体系,缓刑犯监督官玛莎的一些举动也反映出一定的问题。玛莎的工作是监督并帮助回归社会的罪犯,但是玛莎承认自己在内心的最深处对丹尼是否会改变也存有质疑。在玛莎把丹尼从监狱接回来的那个弥漫着大雾的雨夜,在山里漆黑的小路上,玛莎在等待丹尼回到车上来的时候突然意识到了自己内心对丹尼的不信任:

> 当他们在等汽车过去的时候,玛莎意识到在她对于他的观念中有一条线已经被跨过了。直到今晚之前,她也许会毫不犹豫地说他已经改变了,他不再是那个杀死了莉齐·帕克斯的那个人了,或者说她愿意相信他已经改变了。而在黑暗的山边独自等待的几分钟却教会了她一些别的东西。不是关于他,而是关于她自己。或许他已经改变了,但是她其实并不相信。不是完全相信。不是没有怀疑。(BC, 87)

由此可见,为了挽救犯罪者而设立的机构和团体在实际的工作中暴露出了诸多问题和不足。除此之外,小说还揭露了媒体在对待犯罪和犯罪者方面存在的问题。因为媒体自身所具有的舆论导向和道德引导功能,它在犯罪者的救赎中原本也可以起到非常积极的作用①,但是在小说的最后,我们看到的却是媒体为了博人眼球追求新闻素材所掀起的野兽之于猎物般的嗜血狂欢:丹尼一路被人跟踪;汤姆的家深夜遭到偷窥;各种各样的电话接连不断地打来……最可怕的是,凌晨两点钟大批的记者蜂拥而至,将汤姆的家团团围住,被围困在房子之中的丹尼根本无法脱身,最后在警察的帮助之下才被蒙住头带出房子。但是记者们依然穷追不舍——"汽车开始缓缓行驶,记者们一路小跑跟在后边,大声喊着问题,把摄像机伸到窗户下面"(BC, 268)。汤姆对此惊恐不已,"那些相机让他颤栗。那些呼呼声和咔嗒声就像是蜜蜂的鞘翅摩擦发出的声音一样。真像是被昆虫包围着。更容易相信外面是一群杀人蜂而不是人类。"(BC, 262)

至此,我们可以看出,这个为了救赎犯罪者而存在的"体系"本身存在诸多的问题,若是概括起来说就是对丹尼这样的少年犯罪者创伤心理的忽视和冷漠。这种冷漠造成的后果是显而易见的:一方面丹尼的精神状态始终得不到治疗和改善,另一方面像丹尼这样的人群对社会可能造成的威胁和伤害也始终存在。

---

① 比如,小说中汤姆经常被邀请到电视台去参加访谈节目,"因为他对于儿童品行障碍的特殊兴趣,当和儿童有关的犯罪成为新闻头条时他通常会被要求给出意见"(BC, 221),这种访谈类节目对社会如何正确对待儿童犯罪问题还是可以起到积极的引导作用的。

二、汤姆对丹尼创伤治疗的"越界":共谋之罪

社会救赎体系存在的不足导致了丹尼的心理创伤长期得不到安度,而多年后对丹尼进行心理疏导的专业心理治疗师汤姆也在治疗中发生了重大的偏差,这也成为丹尼的创伤记忆最终无法完全安度的原因之一。尽管汤姆对丹尼的帮助含有同情和关心的成分,"汤姆帮助丹尼的动机尽管混乱①,却似乎还是非常无私的"(Moseley, 2014: 106),但是汤姆自身存在的问题还是影响了丹尼心理治疗的效果。

汤姆作为心理治疗师存在的主要问题是多方面的失衡。赫尔曼在谈到心理治疗过程时提到,心理治疗师在实际工作中必须保持平衡状态,"她的角色应是一个毫无偏见、具有同情心的见证人"(赫尔曼,169),但是治疗师们在实际工作中也会"时常出现失衡"(Herman, 1998: S146),其中"最常见的行为方式是尝试救助、突破界限或者尝试控制病人"(Herman, 1998: S145)。这种治疗师职业要求的平衡和实际发生的失衡之间的冲突正是巴克尔特别感兴趣的地方。巴克尔在采访中曾明确表示:"我被心理治疗师必须实现的职业客观性和介入之间的平衡所吸引,被同情和分析判断之间的平衡所吸引……似乎无论哪个人能达到那种平衡都是最好的事情。当果真可以这样的时候,真是太棒了。同时我也为无法达到这个平衡的时刻所着迷。"(Stevenson,181)我们发现,汤姆正是那个"无法达到这个平衡"的心理分析师②,并且这种失衡不只是发生在他和丹尼的交往过程中,还体现在多个方面:事业和家庭的失衡;对丹尼的同情与理性判断之间的失衡;道德和伦理

---

① 汤姆帮助丹尼的具体动机非常复杂。汤姆和丹尼相遇时碰巧在做一个和青少年暴力犯罪相关的研究项目(BC, 26),这是一个"为期三年的研究项目"(BC, 17),而丹尼的案例恰好符合了汤姆的研究方向,因此汤姆对丹尼的帮助部分也"是因为职业的好奇心。很难得有这样的机会可以跟踪像丹尼这样的案例"(BC 24)。这种治疗动机的不纯粹其实也是汤姆作为心理治疗师存在的问题。

② "再生三部曲"中的医生和心理学家里弗斯同样也是在对病人的同情心和履行自己对国家的职责之间反复地斗争,努力地保持着平衡,但是巴克尔本人显然对里弗斯这个角色所达到的平衡状态更加肯定。巴克尔在史蒂文森的访谈中提到了自己在小说中塑造的里弗斯和汤姆这两个角色:"里弗斯和汤姆最令我钦佩的是他们愿意探讨内心的愿望,他们承认自己的脆弱、自己的负罪感。我觉得里弗斯合法保持了他的平衡,而汤姆,尽管我同样佩服他这样做的意愿,但是他却发生了失衡并成为丹尼的共谋。"参见:Stevenson, Sheryl. "The Uncanny Case of Dr. Rivers and Mr. Prior". *Critical Perspectives on Pat Barker*. Eds. Sharon Monteith, Margaretta Jolly, Nahem Yousaf and Ronald Paul. Columbia: University of South Carolina Press, 2005: 181.

判断上的相对性和因此导致的失衡。这些失衡导致了汤姆尽管有帮助丹尼的欲求,却因自身的弱点和瑕疵无法获得想要的结果。

首先,汤姆在处理事业和家庭的关系上存在着明显的失衡。汤姆和妻子劳伦的感情和婚姻问题一直贯穿了整部小说,汤姆和丹尼交往的过程也正是汤姆出现感情危机和婚姻失败的过程。这一安排初看上去似乎给读者一种和小说主要事件毫不相关的感觉,然而如果将其纳入对汤姆性格的总体考量之中就会发现,这一线索的安排正是巴克尔的独具匠心之处——汤姆在处理情感和家庭生活之中暴露出来的弱点已经预示了他作为心理分析师的不足。

在家庭中,汤姆投入更多的是理性而不是情感,他将职业要求的理性用在和妻子的相处之上。汤姆对妻子的态度一向是忽视和疏远,"在回忆中他拒绝给予她关注,就像在生活中一样"(BC,3)。汤姆一直将事业视为自己生活的重心,这本无可厚非,然而不幸的是,职业所要求的客观性却成了汤姆忽视妻子和婚姻的正当理由——"他早就学会了珍视自己的职业客观性:临床医生内心深处的坚冰"(BC,13)。汤姆将"坚冰"的生冷释放在家庭生活之中,这必然导致其家庭生活中情感的缺失。汤姆早已习惯了对劳伦情感的诉求不屑一顾,"他习惯了将她拒之门外,在自己的隔间里面过自己的生活"(BC,13)。而多年来怀孕希望的一次次落空更加深了这对夫妻之间的隔阂,汤姆感到自己成了"一个会行走的、会谈话的精子库"(BC,13),他对这种"精子库"的角色越来越厌恶,到后来甚至刻意拒绝和劳伦见面。

不仅如此,汤姆对劳伦还越来越不信任。在汤姆和朋友罗迪聊起求子失败的痛苦时,他仅仅是因为感到罗迪有些"心神不安"就立刻断定劳伦透露给了罗迪夫妇自己阳痿的事情,"当他和罗迪分手的时候,在他的心底出现了一幅磨损了的绳子的画面,那绳子一节一节地断裂开去"(BC,36)。无端的猜疑进一步恶化了汤姆和劳伦的关系,在这样的情况之下,汤姆婚姻的失败自然不可避免。

无法把握事业和家庭的平衡已经暴露出了汤姆平衡理性与情感方面能力的缺陷。而如果说在处理事业和家庭的关系上汤姆是将过度的理性措置在家庭之中从而产生了失衡,那么在和丹尼的交往之中汤姆所产生的失衡却刚好相反,他将不恰当的情感投入在本应高度理性的心理分析之中。赫尔曼提出,在创伤患者和治疗师之间创伤性移情作用（traumatic transference）和创伤性反向移情作用（traumatic countertransference）①是经常会出现的。然而,尽管"创伤性移情作用和反向移情作用的反应是难以避免的",这并非意味着对其就可以听之任之,因为"这些反应将干扰到良好医患关系的发展"(赫尔曼,138)。过度和失控的移情反应更是极其有害,"一旦跨越这个界限,治疗师将无法维护公正的立场和态度;如果认为自己能做到,更是有勇无谋。界限的侵犯最终将导致患者的被剥削,即使最初的目的是使患者受益"(赫尔曼,181)。当我们审视汤姆和丹尼之间的关系时,可以清楚地看到汤姆在帮助丹尼的过程中所发生的失衡其实也就是创伤治疗师本应尽量避免的创伤性反向移情作用,汤姆跨越了心理治疗师和病患之间的界限,发生了"越界",产生了对丹尼的同情与理性判断之间的失衡。

汤姆在遇到丹尼的时候和劳伦的感情已经出现了严重的问题,丹尼出现之后,原本就将生活重心放在事业上的汤姆更是几乎将全部的精力都放在丹尼和自己的项目研究上。他为了弄清丹尼过去的情况先后拜访了丹尼的缓刑犯监督官玛莎、丹尼一案当年的庭审律师奈杰尔·刘易斯、朗加斯的校长,甚至还去约克郡找到了丹尼曾经的写作老师。在小说中可以清晰地看出汤姆对婚姻的态度和对丹尼的关心这两条线索呈现出此消彼长的趋势:一方面是汤姆对婚姻的日渐冷淡,另一方面却是汤姆对治疗丹尼的日益沉溺。这两方面发展到最后产生了类似于化学上的那种从量变到质变的变化:当劳伦提出离婚回到纽卡斯尔的家里搬东西的时候,丹尼正好也来找汤姆,劳伦和丹尼的同时出现象征了汤姆的家庭和事业产生了最后一刻的交集,"丹尼插进了这个高度私人的创伤之中"(*BC*,212),汤姆必须在这最后一刻做出关键性的决定。小说中紧接下来的一个场面象征性地表现了汤姆的选择:

当他进来时她站了起来。他不知道如果他们单独在一起的话

---

① 创伤性移情作用是创伤患者对治疗师所产生的移情作用,"在治疗关系中,创伤后症候群的患者会对治疗师发展出典型的移情作用"(赫尔曼,127),"患者无助的、被放弃的情感信念愈强,她愈渴望能得到一位全能的救助者。通常她会选择治疗师来扮演这个角色,并对治疗师发展出一种强烈及理想化的期望"(赫尔曼,128)。与之相对,创伤性反向移情作用是治疗师对患者所产生的,"精神创伤是传染性的。治疗师在为灾难或暴行做见证时,有时情感上会显得无法负荷。她体验到和患者一样但可能程度稍低的恐怖、愤怒和绝望。这种治疗师对病患的移情现象,就是所谓的'创伤性反向移情作用'(traumatic countertransference),或称为'替代性受创'(vicarious traumatization)"(赫尔曼,131)。

他们会如何迎接彼此。她从厨房走过来,将脸凑过来等着他亲吻……

"你好,亲爱的。对不起我迟到了。"他转向了丹尼,"伊恩,没想到你回来。"

"我想可能我不该选今天来的。"

即使是主动给了汤姆退路,丹尼却依然用祈求的目光看着汤姆。劳伦正背对着厨房的餐桌站着,她瘦长的胳膊交叉在胸前。汤姆感到自己仿佛是第一次看见她一样。真是心烦意乱:这是自己人生中的关键时刻被展现在一个不请自来的观众眼前的感觉。丹尼的手交叠在一起放在大腿上面,一个个白色的关节,就像虫子一样。

"没关系。既然你来了,虽然我恐怕不能给你一整个小时,但是几分钟还是可以的。"

他将丹尼带进了他的咨询室……汤姆意识到一条线被穿越了。丹尼在里面了,现在。(*BC*, 213)

汤姆忽视了劳伦"凑过来等着他亲吻"的脸,也没有考虑丹尼提出的换个时间的建议,在最后的一刻放弃了和劳伦和好的机会。在这一刻,丹尼跨越了患者和心理治疗师的边界,进入了汤姆的家庭生活,"职业界限的穿越通过丹尼逐渐侵入汤姆的家成为可能"(Wheeler,100);而同时,对于汤姆来说,同样的"越界"也产生了,"他几乎没有做任何努力去将自己和病人的私生活分开"(Bluestone,1655-1656),汤姆对丹尼的救助超出了治疗关系的界限,渗透并且影响到了自己的私生活。"许多老练且经验丰富的治疗师,通常会一丝不苟地维持治疗关系的界限,但当处于创伤性移情及反向移情作用的强大压力下时,却发现自己会违反治疗关系的界限,而担任起救助者的角色。治疗师可能会感到有义务扩大在非约定时间的治疗服务,而容许患者在非约定时间紧急联络"(赫尔曼,133),创伤性反向移情作用此时在汤姆身上已经非常明显地表现出来。

汤姆的"越界"影响了他的理性判断①,而小说临近结尾时汤姆的这种失衡更加明显。当丹尼在汤姆的家里放火险些酿成火灾之后,汤姆原本应该尽快告知内务部将丹尼送入医院治疗,但是他没有那样做:

> 他心里在想,丹尼赢了。到了最后,就像安格斯一样,也像无数其他的他并不知道名字的人一样,他也为丹尼做了通融。两个晚上以前——仅仅是两个晚上,时间却好像比那长得多——他看见丹尼陷入了精神病的临界状态。汤姆给玛莎的含混的警示远非足够②。他知道,如果在未来的某个时候,丹尼放了火,有人死了,他对于那个晚上的沉默肯定会重新回来困扰他。他知道他本来应该怎样做。只是,在那关键的一刻,丹尼回过头来看着他,让他好像无法去出卖他。(BC, 273)

即使在明明知道通融丹尼的行为会带来怎样严重的后果的情况下,汤姆依然选择了沉默,就像莎朗·蒙蒂思所说,"丹尼已经证明他对自己和其他人可能是一个危险人物,然而汤姆保持沉默,没有说出来"(Monteith, 2002: 105)。对此,帕特·维勒则进一步指出汤姆的这一举动使他成为丹尼的共谋——"汤姆没有能够提醒警察丹尼精神状态的不稳定,也没有告知他们丹尼试图放火的行为,因而在他的犯罪中成为他的共谋。不清楚为什么他会为丹尼'网开一面'。"(Wheeler, 100)

"不清楚为什么他会为丹尼'网开一面'"——维勒尽管指出了汤姆行为的失当,但是他没有找出汤姆做出这个举动的原因。事实上,汤姆本人在处理情感和理性方面固有的缺陷就是其中的原因之一。汤姆多年来早已习惯于在事业上投入更多的精力,他婚姻的失败也是这种长期的失衡所致。除此之外,许多《越界》的评论家还忽视了更加关键的一个原因,那就是汤姆在和丹尼接触的过程中逐渐建立起来的对丹尼的认同感。

汤姆对丹尼的认同与他们相似的童年有关。汤姆承认自己当年对

---

① 小说中甚至还出现了这样一个细节:丹尼有一次离开汤姆的家之后,汤姆竟然奇迹般地和丹尼产生了心电感应,"几乎是心电感应一般,汤姆感知到了丹尼回家路上的每一步",丹尼回家路上的每一个细节都在汤姆的脑海中出现,就和汤姆本人待在丹尼身边所看到的一模一样,直到丹尼到家的那一刻汤姆才"失去了对他的感应"(BC, 243-244)。

② 汤姆仅仅跟玛莎提了一句"他需要去医院"(BC, 266),除此之外便没有更多的警告。

丹尼精神状态的诊断中"有巨大的空白——他对于丹尼的家庭没有清晰的了解"（BC, 48）。当丹尼多年以后重新找到他时,丹尼的言说填补了这个巨大的空白,然而或许正是这个被填补的空白对汤姆的失衡起到了关键的影响。我们发现,汤姆童年的家庭结构和丹尼惊人地相似,他们都曾经经历过父亲的缺失,而且更加巧合的是,他们的父亲都曾在战场服役①：丹尼小时候父亲在福岛和北爱尔兰参加战争,汤姆小时候也是和母亲单独生活,"爸爸在军队里"（BC, 16）。可以大胆地推测,当汤姆了解到丹尼和自己相似的童年时自然地萌生了同情感。汤姆在重遇丹尼不久之后就做了一个梦,梦里他见到了死去的父亲,"和父亲在一起的快乐,再次失去他的悲哀,一直萦绕在他的心上,整整一天都挥之不去"（BC, 50）。梦里汤姆是通过父亲因战争而残疾的手认出他来的——"是他的父亲,尽管根据梦的逻辑,他得看到父亲右手中指缺失的那一截才能确定"（BC, 50）。同样是从战场回来的父亲,同样是对父亲的强烈依恋,丹尼讲起童年的时候难免会对汤姆产生触动。

汤姆对丹尼产生的认同还和汤姆内心深处的道德相对性有关。小说中有这样一个细节：汤姆回到家乡探望母亲,但是鬼使神差般地,汤姆却在返回之前去了一个自己童年时候常常玩耍的小池塘——"丹尼·米勒一整天都在他的脑海中,他想在回家之前先去看看那个他孩子时候玩的地方"（BC, 58）。那个小池塘边发生过一件汤姆无法释怀的事情。10岁的汤姆和小伙伴杰夫带着小男孩尼尔去池塘边玩耍的时候,差点犯下了可怕的罪行——他们先是朝尼尔的长筒靴里塞青蛙卵,当尼尔开始大声喊叫起来之后,汤姆和杰夫开始朝尼尔扔石头,尼尔一步步地退到了池塘中央。当一场悲剧眼看就要发生的时候,一辆路过的公交车上有人碰巧看见了这一切,事件才得以转机,"三个孩子那天得救了。一个男人从正在看的报纸抬起头来,看见了发生的一切,立马赶来帮助。如果那个人那天碰巧正在看的是一个更加有趣的新闻报道,如果汽车玻璃上的灰尘厚一些,或是倘若他不想多管闲事,或许这个故事的结尾就完全不同了。悲剧,或许是。很有可能。他不知道。很幸运他不知道。"（BC, 62-63）

汤姆多年之后回忆这个事件时表现出了明显的道德相对性。他反

---

① 小说中并没有提及汤姆父亲参加过的战争,而从丹尼的叙述中我们可以推断丹尼的父亲参加过英国当代的发生在福岛和北爱尔兰的战争。

复提到扔石头"是杰夫的主意,他想,但是他得再想想"(*BC*, 61),"是杰夫扔了第一块石头。汤姆非常确信这一点。几乎是确信的。"(*BC*, 61)但是"他得再想想"和"几乎是确信的"暴露了汤姆试图为自己脱罪的企图。不仅如此,汤姆多年后回忆起这个事件时几乎没有任何的负罪感:

> 在那个时候他知道自己做的是错的吗?是的,毫无疑问。他的父母非常温和宽容,很多方面都是那样,但是在所有的基本问题上道德教育都是坚定而明确的。对动物的残忍、故意的恶意、欺负小孩子的行为,这些都是主要的犯罪。他感兴趣的是他现在感到的责任感是多么微弱。如果有人问他那个下午的事情,他可能会说:"孩子可能会很残忍的。"而不是"我曾经非常残忍。""孩子可能会很残忍的",他知道自己做了那件事,他记得很清楚,他那个时候也知道,现在也接受它是错的,但是道德责任感还是缺失了。尽管有记忆的连接,但是现在的自我并不足以为那个做过那件事的人感到内疚。(*BC*, 63)

汤姆的回忆表现出了明显的道德责任感的缺失,而汤姆自身存在的这种道德相对性恰恰在其后来对丹尼的通融中起到了巨大的作用。在丹尼跟汤姆讲起杀死莉齐时"把垫子放在她的脸上,使劲压下去"之后,有这样一段对话:

> "你知道你为什么那样做吗?"
> 他变得异常苍白。"我不想看见她的眼睛。我不想她看着我。"
> "你本来可以走的。"
> 没有回答。
> "你是因为知道她会告诉你妈妈所以才害怕吗?"
> 丹尼把拇指伸到了嘴边,在假装咬指甲的掩饰下,他吮吸了一下手指,"我想是的。"(*BC*, 238)

令人惊讶的是,在丹尼还没有回答汤姆的问题的时候,汤姆竟然已经主动替丹尼找到了答案。这立马就让我们联想到汤姆对自己险些杀死尼尔的原因所做的开脱之词——"为什么他们要那样做呢？因为他们害怕。因为他们根本不应该去那里，因为他们知道他们要惹麻烦了，因为他们恨他，因为他是他们一个无法解决的问题。"(*BC*, 62) 汤姆曾经身处害怕大人责备的困境并做出了可怕的举动，他自然而然地将自己的经历用来理解丹尼的行为，对丹尼罪行的同情也随之产生，那是一种"深沉的，难以言说的理解，一种超出了正常界限的移情，扭曲了汤姆和丹尼的心理学移情关系"(Wheeler, 108)。而后来当丹尼询问汤姆"你觉得人可能是邪恶的吗？"这个问题的时候，汤姆的回答更是暴露出他对丹尼的犯罪更加扩大化了的同情：

> 我觉得如果某个人的整个一生都去做邪恶的行为，那么他是邪恶的。但是如果你是说自己的话……杀死利兹是邪恶的事情，但是我不觉得当你做那件事的时候你是邪恶的，我当然也不认为你现在是邪恶的。(*BC*, 255)

汤姆强调丹尼"做那件事的时候"不是邪恶的，就如同回忆当年在小池塘边发生的一幕时也不认为自己是邪恶的一样，在汤姆看来这种举动是可以原谅的。此刻明显可以看出汤姆对丹尼的同情大大超越了限度。更重要的是，因为丹尼杀人犯的特殊身份，汤姆对丹尼同情的扩大和延伸显然进一步导致了道德判断上的扭曲。赫尔曼在谈到治疗关系时特别强调心理治疗师在道德上的态度和立场，她多次表示，"治疗师的医术中立不等于道德中立"，治疗师"需要坚定的道德立场"(赫尔曼，126)，"心理治疗师的道德立场极为重要，对于心理治疗师来说，'中立的'或者是'不发表评判'都不足够"(Herman, 1998: S148)。汤姆将对丹尼的同情衍变成了对其谋杀行为的移情和谅解，显然违反了作为治疗师所应有的道德立场，也因此导致了他最后一刻对丹尼行为的通融，在"他知道他本来应该怎样做"的情况下做出了隐瞒丹尼实际情况的不当举动(*BC*, 273)。

综上所述，汤姆在救助丹尼的过程中表现出了诸多的问题。布莱尼根曾经指出作为心理治疗师的汤姆"帮助其他人从艰难的关系和离婚状态中走出来，但是他无法对付自己的痛苦和失望"，他"无法像鼓励自己的病人所做的那样去安度自己的问题"(Brannigan, 2005b: 144)。汤姆的无能为力其实不仅表现在对待自己的问题上，在治疗丹尼的过程中也同样如此,尽管汤姆有帮助丹尼的欲望,但是没有起到积极的效果。这一方面和汤姆对待理性与情感问题一贯失衡的弱点有关,另一方面也是由他心底深处的道德相对性决定的。巴克尔评论家、同时也是临床心理学家和精神治疗医师的希瑟·伍德也从精神医学专业的角度指出了汤姆在进行精神康复治疗中存在的缺陷。在伍德看来,巴克尔"描述的心理分析师是有缺陷的"(Wood, 202),汤姆"没有能够提供心理治疗师们视为分析过程核心的积极的主动防御、沉思和仔细定时的阐释",因此像汤姆一样的治疗师们"成为受他人烦扰的容器,但是似乎缺乏一些品质和专业技巧,使得他们能够处理这些感情并且为了理解和改变病人而使用它们"(Wood, 204)。正因为汤姆自身存在这些不足,汤姆对丹尼的精神治疗最终宣告失败,"谈话疗法"没有能够消除丹尼的创伤,也没有帮助丹尼实现精神的救赎。

三、当代战争与丹尼创伤的渊源:"合法的社会暴力"之罪

从上述分析可以看出,丹尼救赎的失败不仅由自身的原因所导致,社会救赎体系和救助者自身也负有一定的责任。那些本应对丹尼开始新的人生起到关键作用的人因为各种不同的原因并没有起到真正有效的救助作用——他们或是因为过于冷漠而不作为,忽视丹尼心理状态的康复和改变,没有对丹尼进行正确的心理疏导,或是因为自身的道德相对性和性格弱点产生了与罪恶"共谋"的倾向。而最终,在救助丹尼的过程中无论是人们所表现出的完全忽略丹尼过去的行为还是对其罪行的姑息和原谅其实带来的后果并没有大的区别。这两种态度表面看来完全不同,而实际上它们的实质同样是对罪恶的无视。对于丹尼来说,在这样的救助体系和救赎方式之下,既无法实现创伤的安度,摆脱痛苦的过去的纠缠,也无法实现灵魂的净化和真正的精神救赎。

通过丹尼失败的救赎过程巴克尔批评了针对犯罪青少年的社会救助体系的不足之处,而巴克尔在《越界》中所揭示的社会问题并不止于此,她在文本中还暗示了在丹尼的犯罪成因中社会也具有不可推卸的责任。对于犯罪者,事后的创伤安度和救赎问题固然重要,犯罪原因的分析更加必要。丹尼提到自己小时候曾经完全是一个正常的孩子:"当我母亲去世后有人给我寄来了一些照片,其中有一张是我还小的时候,推着那种小推车的玩具,你知道,就是里面有砖头的那种。我大约两岁的样子吧。我看着那张照片——我看起来就像是一个正常的小孩

子……我只是想要知道为什么。"(BC,75)那么,究竟是什么影响了丹尼成长的轨迹?丹尼畸形的心态究竟是如何产生的?除了丹尼之外,小说中还提到了一个儿童犯罪者构成的群体,这个群体也正是汤姆的青少年暴力犯罪项目的研究对象,那么这些孩子究竟为何犯罪?他们和丹尼犯罪的成因有没有什么共同性呢?

因为自身的局限性,丹尼到最后也没有弄明白为何会发生这一切。而其实,在丹尼对汤姆的言说之中,我们已经可以窥见丹尼畸形心理形成的端倪。丹尼五岁的时候在军队服役多年的父亲复员回家,这就是丹尼脱离一个正常孩子发展轨迹的开始:

"他以前常常回家休假。他回来的时候我总是特别开心。后来他到福岛去了,然后又是北爱尔兰,而后突然他就回家了。"

"永久性的?"

丹尼大笑起来。"也许是坏事。没错,是永久性的。"①

"具体怎么样?"

"那是一场突如其来的灾难。对我来说。我有两张自己大约四五岁时候的照片。其中一张里我坐在妈妈腿上,穿着帕丁顿熊的T恤衫。而另一张中——仅仅两个月之后——我穿着防弹衣,拿着枪。"(BC,116)

显然,5岁前曾经缺失的父亲的突然回归给丹尼带来了可怕的影响。"穿着帕丁顿熊的T恤衫"的丹尼是一个再普通不过的孩子,但在父亲回来之后他旋即变成了"穿着防弹衣,拿着枪"的士兵形象。父亲给丹尼带来的改变不仅是形象上的,更是心理上的:当6岁时的丹尼恳求父亲不要杀掉那只瘦弱的白母鸡的时候,父亲反而强迫他自己去杀死那只鸡;当丹尼表现出对死兔子的恐惧的时候,父亲则把兔子扔到丹尼的脸上……父亲的道德观逐渐影响着丹尼,使他从一个对杀戮充满恐惧的孩子变成了杀戮的崇拜者。多年后丹尼依然难以掩饰对曾经有

---

① 汤姆的问题"For good?"在英文中可以视为一个固定用法,意思为"是永久性的吗?",但是这个句子也可以直接按照字面意思理解为"是为了好的目的吗?"丹尼对此的回答"Or evil. Permanently, anyway."是故意利用了短语"For good?"的双重含义,一语双关:一方面回答了汤姆的提问,肯定父亲这次回来确实是永久性的;另一方面又表明父亲这次回来带来了不好的后果。

过杀人的血腥经历的父亲的崇拜,"他有枪,他杀过人……我觉得他太棒了"(BC, 124),在丹尼眼里在战场杀人的往事对父亲而言是"一种巨大的幸运"(BC, 120)。

需要特别指出的是,这个丹尼在道德观上和父亲逐渐趋同的过程也是丹尼的心理遭受巨大创伤的过程。小说中大量细节表明,丹尼在儿童期遭受了严重的心理创伤。从父亲回来之后,丹尼非但没有得到真正的父爱,相反地,他一直不断地受到父亲的殴打和责罚。父亲对待丹尼的方式是简单粗暴的,暴力和殴打成了家常便饭,"大量的研究报告证实,人格破碎或转变会在严重的童年创伤后出现"(赫尔曼,96),后来影响丹尼一生的创伤心理正是从那个时候开始逐渐产生的。小说中汤姆和丹尼有这样一段对话:

> 汤姆停顿了一会儿,然后看似随意地问道,"你是一个被虐待的孩子吗?"
> 丹尼看起来非常惊讶。"不是,嗯,那些殴打,我觉得……"
> "经常吗?"
> "是的。"
> "严重吗?"
> "要看你说的严重是什么意思。"
> "会留下痕迹吗?"
> "是的。"
> "有淤青吗?"
> "是的。"
> "伤痕呢?"
> "有时候会有。"
> "所以,你受到了虐待吗?"
> "我不知道。你觉得我是吗?"(BC, 122)

"丹尼看起来非常惊讶"——丹尼对汤姆的问题感到不可思议,在他看来,父亲一直"在做正确的事情","事实是他一直努力地做个好父亲"(BC, 124),即使是当谈起父亲"花了很多钱在红狮酒吧里面,买了很多他根本付不起钱的酒"被村民们背后议论和嘲笑的时候,丹尼也竭力为父亲辩护:

"你听到那些女人的议论了吗?"

"是的。"

"你有什么感觉?"

"愤怒。因为在我的心里他做的事情没有不对的。"

"连殴打也是对的?"

"那都是我的错。"(*BC*,126)

可悲的是,丹尼对父亲的这种异乎寻常的崇拜本身恰恰是心理经受了严重创伤的表现。赫尔曼在自己的专著中专门辟出一章"受虐儿童"讨论童年期遭受过创伤的孩童的心理状况,她指出童年期受虐的孩子"会采取各式各样的心理防御。在这些防御的美化下,虐行不是排除在有意识的感知和记忆外,好似它从未发生过,就是经过淡化、合理化和原谅,仿佛发生的事并非虐行……受虐儿童宁可相信虐行从未发生过。为了符合这个期望,她得不让自己面对虐行的事实,甚至须设法欺骗自己,方式包括直接的否认,自发的思想压抑和大量的解离反应。"(赫尔曼,96)受虐儿童对自己所遭受的暴行进行否认的同时还会伴随着"自我责备"——"自我责备与早年儿童期正常的思考模式是一致的,在此模式内自我是所有事件的基准点。它与所有年龄层的受创者之思考程序是一致的,他们都会在自己的行为中挑错误,以求能合理解释发生在他们身上的事。"(赫尔曼,97)在自我责备心理的影响下,那些受虐待的孩子"很自然地认为这些都是因为她与生俱来的坏所引起的"(赫尔曼,97),正如丹尼所坚定地声称的那样,"那都是我的错。"

赫尔曼进一步指出,在经历长期的暴行之后,受虐儿童不仅会产生否认所受的暴行和自我责备的心理,他们继而"在心里整合他人的形象时,也会产生类似的错乱"——"当受虐儿童不顾一切地设法维持自己对父母的信念时,至少会强烈地理想化父母的形象……更普遍的是,孩子会过度理想化那位虐待她的父母,并将所有的气愤迁怒于未侵犯她的父母身上。比起她认为漠不关心但从未虐待她的父母,她觉得自己其实与那个对她有邪念的施虐者更亲密。"(赫尔曼,100)这一点在丹尼的身上更是表现得淋漓尽致。丹尼对暴戾的父亲非但没有憎恨还越来越崇拜,并且开始着力模仿父亲的一切举动:"我总是用眼角的余光偷看着他,无论是他脸上出现的什么表情,我都会去努力模仿。"(*BC*,

121)而另一方面,对于同样遭受父亲伤害的母亲,丹尼反而表现出了令人匪夷所思的厌恶和愤怒,他几乎将所有的不幸都归咎于母亲:在丹尼看来,身体不好无法应付农场工作的母亲是造成父亲退役的罪魁祸首,"他在部队里表现很好,就因为她他不得不退役,他结束了光辉的生涯。她是承认的,我确信她知道——我觉得她从来没有怀疑过是她的错"(BC, 118);父亲后来和农场的女工菲尔纳私奔也是母亲的错——"我恨她(母亲)因为她不能留住他。我恨她因为她病歪歪的、惨兮兮的,败了顶,又老又丑。我恨她哭起来鼻子通红的样子。"(BC, 180)丹尼的父亲出走之后,丹尼的母亲得了乳腺癌,"干活干得太多,尽力想要帮忙,又帮不了"的外祖父不久也活活累死(BC, 180),在这样的情形之下,丹尼原本应该对母亲寄予无限的同情,可是丹尼对母亲反而是恨之入骨。

在特殊的家庭环境之中,丹尼的心理产生了严重的创伤,"在童年长期受虐的情况下,分裂成为人格构成的主要原则"(赫尔曼,101),丹尼的人格逐渐产生分裂,走上了一条不同于正常儿童的生活道路。根据赫尔曼的观点,遭受严重心理创伤的儿童不仅会出现有害于自己的症状,而且会产生对他人和社会的潜在危险——"受虐儿童通常满怀愤怒,有时甚至是有攻击性的。他们大多缺乏解决冲突的言语和社会性技巧;而且面临问题时,他们预期自己会遭到恶意的攻击",他们常常会"将愤怒转嫁至与其危险来源毫不相干的地方,且不公平地爆发在无关的人身上"(赫尔曼,98)。丹尼在10岁时候就发生了对无辜的莉齐的攻击行为,从根本上说,其实正是和童年长期受虐的创伤心理有关。

更可怕的是,这种童年期间的创伤心理往往不会随着童年的结束而结束,而是继续影响着受创伤儿童之后的成年生活:"在强权控制的环境里形成的性格使她无法适应成人的生活。创伤患者在基本信任感、自由意志、主动性等方面的能力都存在根本的问题……她仍旧是自己童年的囚犯,试图创造新生活时,她再度与精神创伤正面交锋。"(赫尔曼,104)我们发现,丹尼多年之后再次找到汤姆的时候,童年创伤对他的影响显然还没有消除,就像赫尔曼所说,有童年受虐经历的男性更倾向于"为加害者辩护,将剥削轻描淡写或合理化,并采取反社会的态度"(赫尔曼,107),丹尼拼命地为自己进行无罪的辩护,并且将愤怒"不公平地爆发在无关的"汤姆身上。

由父亲的暴力所带来的心理改变是造成丹尼犯罪的不可忽视的因

素。当我们将目光投向汤姆所研究的另外一群儿童犯罪者的时候,我们发现他们和丹尼并非没有共同之处——他们也都来自各种各样的有问题的家庭,有的和丹尼相比甚至处境更加可怕:米歇尔8岁时遭到了养母男友的强奸,还遭到了养母的虐待,后来米歇尔因"咬掉了养母的女儿的鼻子"而入狱(BC,30);赖安"在麦德龙超市把一个保安扔下了电梯"(BC,148),他的两个哥哥也因暴力犯罪被警察逮捕,他们的母亲是一个有着8个孩子的单身母亲,而当汤姆去探访这个家庭时这位母亲又怀孕即将生产了……

显然,所有这些孩子的品行障碍和暴力倾向都和家庭环境有着很大的联系,"对于未成年人来说,主要就是通过模仿而获得社会知识的"(金鉴,655)。但是,巴克尔在考量个人暴力的成因时,不仅仅将其与家庭的暴力相联系,还将其与社会的暴力连接了起来。巴克尔曾经在采访中表示:"我的脑海中一直在思考社会暴力和个人暴力之间的联系,我后来一直都对这二者之间有什么共同之处感兴趣。有三种类型的暴力——合法的社会暴力、家庭内的暴力和家庭外部的犯罪暴力——我一直对它们之间形成的网络感兴趣"。(Stevenson,179 – 180)《越界》之中就展现了巴克尔对这三种暴力之间关系的深刻思考——在小说中,巴克尔展现了个人暴力和社会暴力的不可分割,而个人暴力除了和"家庭内的暴力"紧密相关,更和"合法的社会暴力"相关。那么,巴克尔所言的"合法的社会暴力"究竟又是什么呢?

从丹尼的案例来说,丹尼遭受了来自父亲的暴力并且导致了严重的心理创伤,后来丹尼又将这种伤害转嫁到了无辜的莉齐身上。但是种种迹象表明,丹尼的父亲很可能也是一个患有创伤后应激障碍的人。小说中有这样一段对话:

"我觉得对于很多敏感的人来说太容易想当然地认为每一个杀人的人都会因此遭受创伤了。我觉得有很多证据表明大多数人很快就习惯了。还有……是的,我确实觉得他杀死了一个孩子困扰了他,但是那并非是很大的困扰。那个孩子穿着制服,他有枪,他死亡的责任属于那些把他放到那里去的人。我非常确信父亲就是这么看的。"

"你对此有何看法?"

"我认为他是对的。"

"那么他为什么要给你讲这些故事？"

"重温好时光？……"(*BC*, 120)

从丹尼的视角来看，父亲反复跟自己讲起在战场杀人的往事是"重温好时光"，然而从汤姆提出的质疑"那么他为什么要给你讲这些故事？"可以看出事实并非如此。丹尼的父亲从战场回来之后就表现出各种异常，连丹尼都不得不承认"他从福岛回来的状态比他表现出来的糟糕得多"(*BC*, 118)——和妻子、儿子疏远，对丹尼暴力相向，每天去酒吧买醉，反复说起在福岛和贝尔法斯特杀人的场景——这些其实都是战场回来的士兵常见的创伤后应激障碍症状。赫尔曼就曾经提到"全美国越战退伍军人复员研究"(National Vietnam Veterans Readjustment Study)对越战退伍军人进行的一次"最大规模、最广泛的调查研究"的结果——"75%的创伤后应激障碍患者有酒精滥用或酒精成瘾的问题"(赫尔曼，40)。丹尼的父亲参加过福岛、北爱尔兰等地的战争，这些当代的战争作为国家行为而成为"合法的社会暴力"，但是具有讽刺意味的是，丹尼的父亲在战场的杀人被视为合法，哪怕是他杀死了那个"穿着制服"的孩子，而模仿了父亲的暴力行为去杀人的丹尼却被送入了监狱——丹尼的个人暴力从根本上来说其实来源于"合法的社会暴力"，丹尼最后因为杀人需要承受服刑的代价，可是谁又会为实施了"合法的社会暴力"而负责呢？

巴克尔不仅在小说中暗示了作为"合法的社会暴力"的战争与个人犯罪之间的联系，还揭露了另一种"合法的社会暴力"——国家对社会最底层的贫民的无视。米歇尔和赖安都"来自已经被推到社会边缘的地方：污水横流的住宅区，城市中的贫民窟"(*BC*, 33)：

> 这里被遗弃的空房子都没有了壁炉、浴室设施、管道和屋顶上的瓦片，然后又被人放火焚烧，要么是因为有些人觉得这样好玩，要么是因为有些房子的主人觉得要想把房子卖出去或租出去已经不大可能，就付钱给小孩子让他们把房子烧掉。在街道的拐角处有一个废料桶，里面全是燃烧的垃圾。铁桶的另一边站着一群孩子，他们的脸庞因为热浪的烘烤而闪闪发亮，就像水中的倒影。(*BC*, 149)

这些城市中的贫民窟成为"无人肯去的地区,战场无人区的城市对等物"(Rawlinson,123),并且成为各种暴力和罪恶的发源地。原本,国家应该对其中的人群肩负起救助的责任,可是小说中却没有出现任何国家的救助行为,相反的是,小说的结尾出现了贫民窟被拆除的场景:

> 早餐过后,他(汤姆)冒险去仓库、棚屋和工厂的港口腹地一带去走了走,在那里他看见一辆亮黄色的吊车,一个巨大的金属球从它的起重臂悬挂下来。正当他看着的时候,吊车后退了一下,那个金属球摇晃着撞向了大楼的侧面,击打使得连接着球的链条痉挛一样抖动起来,发出咔嗒咔嗒的声响。灰泥和砖头的粉尘从楼面切开的创口倾泻而出。吊车又继续笨拙地后退。另一次撞击,而后又是沿着链条自下而上的一系列的震动。这一次整堵墙都坍塌下来。(*BC*,275)

表面看来,城市中的贫民窟被拆除似乎是令人欢欣鼓舞的事情,但是"正如巴克尔在《丽莎的英格兰》中指出的那样,阁楼公寓和港区联排别墅的价钱超出了城市原住人口的承受能力"(Monteith,2002:106),英国当代城市发展的结果是贫民逐渐被清洗出了城市的核心区域,"城市的再生也是以更穷的社区的牺牲为代价的中产阶级化"(Monteith,2002:106)。《英国当代左翼作家》的作者基斯·布克在谈到《丽莎的英格兰》中描写的这个城市再生过程时甚至将其斥为"猖獗的现代化"(Booker,45)。二战之后,英国的"贫民窟清除在城市复兴之前的1955年到1985年间不间断地发生"(Wheeler,105),大批的穷人被赶出了城市,而我们在《越界》中看到21世纪之交的纽卡斯尔仍旧继续着战后的贫民窟清拆项目,在当代的英国,这成为另一种"合法的社会暴力",在这种暴力下原本处境就极其困难的城市贫民被推向了更加悲惨的处境。

《越界》的结尾呈现出一种超乎寻常的祥和气氛。汤姆渐渐地从婚姻失败的打击中恢复过来,"奇怪的是他周围的工程却似乎使他的心情好了起来。他的书稳步地进展着,他异常震惊他居然能工作"(*BC*,275);而玛莎替代了劳伦填补了汤姆生活的空白,"穿着旧的、温暖的、信任的毛衣的快乐变得更明显了。那一刻终于来了,夜晚的谈话变成了沉默,对于玛莎来说回家似乎有点傻了"(BC,276);甚至汤姆周围的环境似乎也在变得越来越好,"慢慢地,生活进入了一种新的模式。汤姆周围的街道、商店、饭店和宾馆在不断涌现出来。甚至河也变了。摇摇欲坠的码头被拆除了。新的路面被铺设出来,种上了树。"(BC,276)汤姆还在几个月之后去外地一所大学做演讲时偶遇了换了新身份的丹尼,丹尼正"打算读写作方向的硕士",表面上看去他似乎也恢复了正常:

"我不会问你的新名字。"汤姆微笑着说。
"不要,最好不要问。不过我已经对一件事情下定了决心。"丹尼看着满是人群乐声嘈杂的酒吧,"如果那种事情再次发生的话,我不会再跑了。得有那么一刻你会说:'不,我不会再跑开了。'"
……
"你现在究竟怎么样?"
"我还好。"他犹豫着。"我现在不会和她争斗了。她已经占据了我的不少脑细胞了。"(BC,280)

丹尼似乎已经从过去的困扰中走出,而汤姆也表示"这是唯一可能的好结果",他从丹尼身上"看见了成功。仍然有危险,有阴影,也有含混,但是毕竟值得拥有。"(BC,281)小说最后汤姆在幻觉中仿佛看见了曾经死于非命的莉齐,连这一幕看起来都是那么祥和:

丁香花的味道沁人心脾。有那么一刻汤姆闭上了眼睛,不去看丹尼和他的朋友们。可是突然他几乎清清楚楚地看到了一个白头发的女人,她沿着花园的小路走来,后面跟着五六只猫,它们的尾巴高高竖起,仿佛在向他致意。她把一把干的玉米片塞进嘴里,将目光投向使他几乎睁不开眼的太阳的方向,享受着阳光撒在她脸上的温暖。
在那里,在丁香花的下面,没有人知道,他静静地站了片刻,想起了莉齐·帕克斯。(BC,281)

这一结尾初看上去给人如释重负的感觉,就好像布莱尼根所说"这或许是所有巴克尔的小说里面最快乐的结尾了"(Brannigan,2005b:

151),无论丹尼还是汤姆都似乎已经与过去实现了和解,"它象征了汤姆和丹尼对过去和现在的关系已经实现了一种新的理解"(Brannigan,2005b:152)。然而,结合前面的论述,我们却可以看出这个结尾具有反讽的意味,看似祥和的气氛遮掩不住的是种种事实上的危机,"一种尚未减轻的不安的感觉"依然强烈地存在着(Monteith,2002:105):从丹尼个人的角度来说,尽管最终丹尼对汤姆述说了杀人的过程,随着压抑许久的事实被说出他也许获得了些许心理上的平复,但是丹尼离真正的创伤疗愈和精神救赎还相距甚远;对丹尼来说,支撑着他的仍旧是极端自我中心的道德观念,他对无辜惨死在自己手下的莉齐没有表现出真正的忏悔,他对社会的潜在危险性也依然存在;从社会救助的角度来说,社会救助体系中很多人的不作为和冷漠造成了丹尼心理治疗的缺失,而汤姆尽管心存善意,却因为过度移情和道德相对性导致"越界"并最终功亏一篑;在丹尼犯罪的成因中社会也存在着一定的问题和责任——作为"合法的社会暴力"的当代战争是丹尼的创伤和暴力行为的源头,而社会对下层人群的忽视也是一种"合法的社会暴力",它导致了社会底层家庭的日益贫困,还由此造成了这些家庭中的孩子的教育缺失和道德错位。

因此,《越界》不仅是关于个人如何获得创伤疗治和精神救赎的小说,它更是关于社会和更多人需要获得救赎的小说,它指出了当代英国社会的诸多问题,特别是对当代英国政府的不合理做法提出了尖锐批评——英国当代穷兵黩武的国家政策带给国内民众的是无穷的灾难和心理创伤;对社会底层民众的冷漠又造成了贫困人群越来越被边缘化,这一切终将带来更多人的创伤和更多的社会问题。而在巴克尔看来,对解决这些问题而言,时髦的心理治疗显然是无能为力的。对于心理治疗巴克尔曾坦言:"以前我很怀疑,但是现在我是非常不相信"(Monteith,2004:22),希瑟·伍德也表示分析师和病人"两个人之间的关系并不具备培养情感学习的力量,也不能提供使得创伤得以代谢的人际交往环境或者促进个人的行动选择……分析师和病人之间的交流几乎无法产生改变情感或者习惯性的行为的力量"(Wood,202)。那么,究竟该如何解决英国社会出现的诸多问题正是《越界》提出的疑问。

本章小结

丹尼在出狱之后找到当年的庭审专家和心理学家汤姆,开始了寻找"真相"和治疗创伤的"讲故事的行动"(赫尔曼,172)。然而,这个叙事的过程就像缠绕在一起的线团一样复杂难解,暴力受害者和暴力加害者的身份同时并存的特殊性造成了丹尼创伤记忆言说的诸多矛盾之处:言说过去的希望和言说真相的抵抗同时并存;摆脱创伤记忆和获得救赎的愿望与实际的脱罪言说同时并存。在对过去的言说之中丹尼甚至出现了一边倒的倾向,他将自己塑造成了无辜的受害者并且竭尽所能地为自己进行了无罪的辩解。丹尼的极度自我中心造成了他无法正确认识真相。而另一方面,对于自己曾经作为暴力受害者的真相丹尼也无法做到正确的认识。丹尼童年遭受的暴力导致了他精神的创伤和道德的错乱,在丹尼的心目中,曾经对其暴力相向的父亲却成了擅长杀戮的英雄。对于遭受创伤的人们来说,"只有彻底认清真相"才有可能"出发迈向康复之路"(赫尔曼,IX),无法认清真相的事实自然导致了丹尼迈向康复的希望落空。同时,因为完全回避了自己作为加害者的真相,丹尼也失去了获得精神救赎的可能。丹尼的创伤疗愈和精神救赎最终都没有能够真正实现。

尽管对于丹尼个人而言,这次创伤疗愈的过程遭遇失败,但是丹尼言说创伤记忆的过程也暴露出诸多的社会问题。挽救失足青少年的体系中许多人都表现出了对问题青少年的冷漠,这个体系仅仅关注这些问题少年如何被控制,对本应作为工作重心的青少年的心理问题却视而不见,丹尼十几年的牢狱生涯中就几乎没有接受过任何创伤心理的疏导。而与这个"体系"时有交集的汤姆,尽管怀有帮助丹尼的热忱,却最终因为自身的缺陷而发生了情感的"越界"。汤姆启发丹尼言说过去的创伤记忆,但他却因为自身的失衡和道德相对性无法对丹尼进行正确的道德引导,最终汤姆所自认为的对丹尼救助的"成功"其实并不存在。而且,因为汤姆隐瞒了丹尼仍然具有高度潜在危险的事实,汤姆的行为在某种意义上说甚至带有了"共谋"的意味。

丹尼的创伤言说还暗示了个人暴力和社会暴力之间的联系。在小说中,这种社会的暴力体现在两个方面:英国当代的战争和政府对社会下层民众的无视。战争作为一种"合法的社会暴力"带给了参加战争的英国人严重的心理创伤,这种心理创伤又间接带来了他们的家庭和子女的悲剧,导致了他们的家人和子女也产生了严重的心理创伤。贫穷的社会下层民众也在悄无声息中被社会日益地边缘化,贫困的加剧带来了其子女越来越严重的教育缺失和道德错位。由此,《越界》暗示了若是要从根本上减少个人的暴力和遏制犯罪,仅仅关注犯罪者个人的创伤疗愈和精神救赎是完全不够的,"巴克尔对心理治疗感兴趣,但是拒绝将其表征为社会疾病的灵丹妙药。在心理疗法——或者叫作'谈话疗法'——作为方法论之外,巴克尔更是审查了邪恶的种子得以生长的社会病理学"(Monteith,2002:98)。对于社会而言,相比于救助那些已经在心理上和道德上沦陷的年轻人,不如先正视自身存在的"合法的社会暴力",救赎社会自身——远离战争,关爱贫困家庭,将犯罪的源头遏止于暴力和创伤产生的童年,这也许才是更加明智的做法。

第四章 《双重视角》：创伤记忆的再现

如果说《越界》呈现了一个创伤安度和精神救赎失败的例子，那么接下来巴克尔于 2003 年出版的小说《双重视角》则与其形成了鲜明的对比。尽管这部小说一如既往地关注创伤记忆主题，小说人物也同样遭受创伤的折磨，但是它在巴克尔的作品中却第一次透露出走出创伤的信念和乐观情怀，"《双重视角》也是巴克尔关于罪恶的小说中结论最为积极的"（Ross, 140）。另外，它也是巴克尔首次以探讨艺术的功能和创作伦理为核心主题的作品，标志着巴克尔创作思路的转向。巴克尔随后创作的新战争三部曲（《生活课》《托比的房间》和《正午》）也都以艺术家作为主要人物，探讨创伤与艺术再现的关系。

《双重视角》在《越界》之后继续将目光投向当代，小说的背景设置在英格兰东北部的乡村。小说中的主要人物女雕塑家凯特（Kate）和战地记者斯蒂芬（Stephen Sharkey）在小说伊始都沉浸在巨大的伤痛之中：凯特失去了深爱的丈夫——战地摄影师本（Ben Frobisher）[①]，而不久之后她又在一场突如其来的车祸中受了重伤；斯蒂芬因为无法承受职业生涯中所目击的惨无人道的场面而辞职退隐田园。凯特和斯蒂芬这两个原本没有关联的人物通过本产生了交集——凯特的丈夫本也是斯蒂芬多年的同事和好友，本在阿富汗战场遇难后正是斯蒂芬冒着生命危险将他的尸体背回，也是斯蒂芬将本的遗物寄给了凯特。更加巧

[①] 英国著名战地摄影师唐·麦库宁（Don McCullin, 1935— ）对于本这个角色具有原型的意义，至少麦库宁启发了巴克尔对本这个人物的塑造。巴克尔在《双重视角》的作者按中提到对自己写作此书有帮助的著作时就提到了麦库宁的著作《不合理的行为》（*Unreasonable Behavior*）。唐·麦库宁是著名英国战地记者，被公认为当今世上最杰出的、最为勇敢且最为敏感的战地记者，入选自 1855 年至今 150 年以来世界 54 位新闻摄影大师行列，他的照片被世界各地主要的美术馆列为馆藏。他所拍摄的照片几乎涵盖了 20 世纪下半叶的主要战役，其中有很多幅都已成为时代符号。唐·麦库宁因众多不朽作品享誉国际新闻摄影界，晚年定居英国乡间拍摄风景照，致力于呼吁和平。参见 https://en.wikipedia.org/wiki/Don_McCullin。

合的是,凯特受重伤后雇佣的帮手彼得(Peter Wingrave)也恰恰正是斯蒂芬于乡间新结识的女友贾斯汀(Justine)的前男友。小说表面看来只是描述了这些人物在乡间生活的点点滴滴,然而《双重视角》的与众不同之处正是在于小说人物看似都生活在宁静的英格兰乡村,但实际上他们的生活都和外面纷纭复杂的世界有着紧密的联系,他们的视野也远远超越了看似平静的乡野:斯蒂芬战地记者的身份和本战地摄影师的身份使读者跟随他们的视角将目光投向了更深远的20世纪末、21世纪初的当代国际大氛围——美国刚刚发生的"9·11"事件、非洲的卢旺达大屠杀、欧洲的塞尔维亚和波黑战争……甚至看似偏僻远离尘嚣的英格兰乡村也带着那个年代的典型印记,疯牛病的肆虐带给了英国乡村毁灭性的打击,原本恬淡美好的田园却充斥了随处可见的焚烧动物尸体的火葬堆。

对《双重视角》中平静的乡村和纷乱的世界之间所存在的这种显而易见的张力许多评论家都展开了讨论,比如对巴克尔赞叹有加的美国作家欧茨(Joyce Carol Oates, 1938 —)指出,巴克尔的小说着重刻画了"英格兰中部地区的唯利是图的工业化导致的"当代日益衰落的英国农村和在其中生活的人们的现状,她认为《双重视角》"体现了农村与都市的结合:里面的人物可能生活在农村,但他们心里老想的是都市生活,更喜欢在都市工作"(欧茨,180)。蒙蒂斯认为《双重视角》和《越界》一样,都"探寻了激起当代英国讨论的种种社会焦虑"(Monteith, 2004:19)。布莱尼根则将小说视为"9·11"文本,认为小说探讨了"9·11"之后的国际政治问题,"我在这里试图证明这本小说是批判性地和想象性地探讨后'9·11'脆弱性的政治……所有的这些形象都证实了美国的脆弱,还有'西方'世界的脆弱,紧跟其后的是一种焦虑,担心相似的袭击会发生在与全球化和西方力量相关的其他的城市。"(Brannigan, 2005b:153)

除此之外,也有评论者聚焦于小说中的艺术家、记者等特殊职业对突发的暴力事件的反应。乔治亚娜指出小说探讨了"9·11"事件的突现对艺术家创作中的国际意识提出的更高要求:"《双重视角》最终提出了如何把国际化的意识变为个人的伦理感、这种变化在何种程度上由外部的压力产生以及作家、摄影师或者画家如何从艺术上反映这种现象等问题。"(Banita,68)科尔特认为小说着重探讨了记者职业在当代突变的国际风云中的伦理困境,他指出,"巴克尔小说中的记者意识到了这种伦理挑战,他们走出了希望他们主要作为旁观者的职业习惯,在情感上和他们所看到和所报道的一切紧密相连"(Korte,193)。也有评论家指出了小说中的多重主题:"《双重视角》展现了帕特·巴克尔小说的力量和热情——对国际事务的强烈的心理和道德回应、个人良知的发展、地方和国际暴力的联系、对田园的极度欣赏。"(Valerie,14)

这些评论家从不同方面挖掘了这本小说所传达的意义,然而小说中创伤记忆的艺术再现与表征的主题却仍然没有得到充分的探讨。《双重视角》不仅探讨了暴力导致的创伤记忆如何进行艺术再现的伦理问题,同时也表达了巴克尔独特的艺术伦理思想和创作理念。小说中多次被提及的西班牙画家弗兰西斯科·戈雅(Francisco Goya,1746-1828)[①]正是打开那扇理解巴克尔创作理念的大门的钥匙。小说中从卷首引语对戈雅的版画题注的引用,到小说中主要人物反复地提及戈雅的创作和生活,再到小说后记中提及两本对自己创作有启示的关于戈雅的专著[②],都暗示了戈雅在小说中不同寻常的地位。

我们发现,巴克尔的艺术创作理念和戈雅的绘画理念有着惊人的契合。通过小说中以戈雅为代表的创作群体对暴力导致的创伤记忆进行艺术再现过程的描写,藉由雕塑、摄影、写作、电视新闻报道等多种再现形式的探讨,《双重视角》实现了作家的自我指涉,成为巴克尔艺术创作的宣言。首先,巴克尔表达了自己关于艺术表征[③]的创作理念和伦

---

① 戈雅(西班牙文全名为Francisco José de Goya y Lucientes)是18世纪末至19世纪初西班牙最杰出的画家。戈雅擅长油画和版画,涉猎题材十分广泛,画风奇异多变,从早期巴洛克式画风到后期类似表现主义的作品,他一生总在改变,他对后世的现实主义画派、浪漫主义画派和印象派都有很大的影响,是一位承前启后的过渡性人物。戈雅的油画代表作有《查理四世全家像》(La familia de Carlos IV)、《裸体的玛哈》(La maja desnuda)、《着衣的玛哈》(La maja vestida)、《1808年5月2日的起义》(El dos de mayo de 1808)等。铜版组画的代表作是《狂想集》(Los caprichos)、《战争的灾难》(Los desastres de la guerra)、《胡言乱语》(Los disparates)和《斗牛士》(loco Taurino)。这4组铜版蚀刻版画中又以《战争的灾难》系列最为著名,这套组画共82幅,以反对拿破仑入侵和费迪南七世复辟为背景,生动地描述了西班牙人民的奋起反抗,揭露了贵族的虚伪卑劣。参见https://en.wikipedia.org/wiki/Francisco_Goya。

② 巴克尔提及的两本有助于小说创作的关于戈雅的专著是朱莉亚·布莱克彭(Julia Blackburn)的《老人戈雅》(Old Man Goya)和詹尼斯·汤姆林森(Janis Tomlinson)的《戈雅》(Goya)。

③ 这里所涉及的艺术选取的是关于艺术的宽泛的定义。根据牛津、韦伯以及维基百科关于艺术的定义,从广泛的定义来说,绘画、建筑、摄影、音乐、戏剧、电影、舞蹈、文学以及视觉媒体都被包含在广义的艺术定义之内。参见https://en.wikipedia.org/wiki/Art。巴克尔在《双重视角》中所探讨的即是包括了绘画、雕塑、摄影、写作、视觉媒体等广泛的艺术领域。巴克尔兴趣的重点是这些艺术形式在表征暴力与创伤方面所存在的共同的伦理问题。

理思想,强调了艺术再现暴行与他者创伤的责任:艺术不是阳春白雪,艺术家必须反映和揭示人类丑陋和暴力的一面,成为人类暴行和导致的创伤记忆的记录者;艺术家为了这种艺术的再现也应该敢于承受个人的痛苦,甚至可以说,没有艺术家自身的受苦,就不会有从个人痛苦经过升华而产生的高尚深邃的艺术;艺术必须为他者代言,成为他者和他者历史的表征,让不曾有机会发声的人群发出自己的声音来;艺术必须具有正义感和道德中心,尽管恶的表征是一种必须,但是归根结底,恶的表征是为了善的需要,暴力的表征是向善的诉求所致。其次,除了提出艺术再现暴行和创伤记忆的责任,巴克尔也在作品中暗示了艺术所肩负的引领大众哀悼创伤并且走出创伤的责任。巴克尔还进一步暗示,对他人的关怀和爱才是人类走出创伤和从根本上消除战争等暴行的最好途径。可以看出,巴克尔以上两点关于艺术表征责任的理念有一个共同之处,即它们都是聚焦于他者和他人,以他者和他人为理念的出发点和核心。接下来我们就将针对这两点分两节来进行具体论述。

第一节 再现他者:暴力与创伤的艺术表征和他者伦理

《双重视角》中的人物所从事的工作大都和艺术表征有关:雕塑家凯特车祸受伤前接受了教堂的雕刻耶稣雕像的工作;凯特死去的丈夫战地摄影师本去世前一直辗转于世界各地拍摄战场的照片;战地记者斯蒂芬辞职后也在写作一本关于"战争被表征的方式"(DV, 57)的书;甚至连小说中在重刑犯监狱服过刑的彼得①也在写小说。尽管采用的形式不同,凯特、斯蒂芬等人艺术再现的主题却无一例外地都与暴力导致的创伤记忆有关,这显示了巴克尔在小说中探讨创伤记忆的艺术再现问题的用意。巴克尔本人在接受布莱尼根采访时承认她在《双重视角》和《生命课》两部小说中倾注了对于艺术表征问题的兴趣:"它(《生命课》)会不可避免地被大家和三部曲联系起来,但是事实上对我而言这种联系应该是产生在《生命课》和《双重视角》之间。和《双重视角》

---

① 彼得的经历与《越界》中的丹尼十分相似,也是10岁时犯了谋杀罪。彼得在去一户人家偷钱时被突然回来的老妇人撞见,他继而将老妇人杀死。彼得出狱后被不知情的凯特雇佣,帮助她一起完成耶稣雕像。

一样,《生命课》更明显地是关于如何表征、关于表征的伦理,而不是行动的伦理。"(Brannigan,2005a:370)批评家莫斯利也指出从《双重视角》开始巴克尔的小说就出现了向视觉艺术的转向,"从《双重视角》开始,这些(视觉艺术再现的)问题就成为重要的主题。之后的两部小说《生命课》和《托比的房间》(*Toby's Room*,2012)主角都是艺术家①",他还建议"研究巴克尔在从文学到视觉艺术的转向方面究竟做了些什么还有极大的研究空间"(Moseley,2014:132)。

实际上,巴克尔对创伤记忆的再现和表征问题的关注并非是从《双重视角》才开始的,在她前面的作品中这个主题也曾经若隐若现:巴克尔的成名作"再生三部曲"中的主要人物萨颂和欧文本身就是著名的一战诗人,在三部曲中巴克尔花费了大量的篇幅描述他们如何在一起讨论战争题材的诗歌的创作和修改;《另一个世界》中的历史学家海伦在自己的专著中以一战老兵乔迪为主要对象,研究战争在幸存者身上产生的持续影响;《越界》中的汤姆也在为"一个为期三年的研究项目"而写作(*BC*,17),项目的研究方向是青少年的暴力犯罪问题。巴克尔在作品中安插这些作家、历史学家等人物又似乎有一个相似的目的,就是实现作品的自我指涉:萨颂和欧文这两个人物的设置形成了巴克尔与他们在文本中的对话,帮助巴尔克从新的视角阐释一战带来的创伤性影响;海伦的研究对象暗示了巴克尔在《另一个世界》中的部分主题——历史创伤对当代的影响;而《越界》中汤姆这个人物的安排也是如此——汤姆研究的对象也正是巴克尔这本小说关注的主题的一部分。除此之外,我们发现巴克尔在一部接一部的作品中对表征问题的兴趣似乎在明显增大,所描写的从事艺术创作的人物占的篇幅和数量也渐渐增加,到了《双重视角》这本小说的时候,类似角色在数量上已经从个人增加到一个群体,人物的职业也从小说家和历史学家扩大到了画家、雕塑家、摄影师、记者等。因此,与之前的小说比较起来,《双重视角》对艺术再现和表征问题的探讨显然成了重中之重。

在《双重视角》中,巴克尔通过展现众多艺术家的创作和生活表达

---

① 《生命课》讲述了一群斯莱德美术学院(Slade School of Art)毕业的大学生在一战爆发后发生的故事,他们在卷入一战之后对生命和艺术创作产生了困惑。《托比的房间》的主要人物与《生命课》基本相同,小说中战争与艺术又一次产生了令人深思的交集,小说中的男主人公保罗在参战后开始在自己的画作中真实地再现战场的残酷场面,就像本文中所提到的戈雅的创作理念一样。

了艺术再现创伤的创作理念和伦理思想,强调了艺术表征他者的创伤与苦难的责任。而在探讨这个问题时,小说中的戈雅这个角色起到了非常重要的作用。小说中斯蒂芬在思考这个问题时多次提到戈雅,"戈雅现在似乎主宰了整本书"(DV, 57)。巴克尔在采访中也曾经表达过对戈雅的钦佩之情:"关于表征还有一个令我着迷的地方。那就是为了事件本身而写作。是为了真相本身而讲真相,而不是为了讲述而讲述。"① 戈雅潜心于那些战争的灾难的版画,他整个的一生中都没有把它们给任何人看过,甚至没有计划或者试图公开过。6年的辛苦工作,但是他完全是为了自己而做,否则他是为何而做呢?"(Brannigan, 2005a: 371 – 372)巴克尔如此推崇戈雅,《双重视角》又大量地涉及戈雅和其创作,那么戈雅和他的作品究竟将如何帮助我们解读巴克尔在《双重视角》中所表达的艺术伦理思想和创作理念呢?

一、"这不能看":艺术表征的困境与他者的召唤

在《双重视角》的卷首引语中,巴克尔引用了戈雅著名的铜蚀刻版画《战争的灾难》②中的三幅画所配的图解文字——"这不能看"(One cannot look at this),"我看见了"(I saw it)和"这就是真相"(This is the truth)③。这几句图解文字连接起来的时候恰巧可以表现出戈雅在绘画中再现创伤主题时所经历的过程:从最初目击暴行的残酷和受害者的惨状时感到"这不能看"的痛苦,到对暴行和苦难做出"我看见了"的宣称,再到最后满怀对大众揭示"这就是真相"的决心和勇气。在巴克尔笔下,这三幅画作和其题注构成了贯穿小说的潜文本,小说中的人物也正是经历了这样一个艺术再现的伦理困境,并最终发现了艺术表征的责任。因此,从解读戈雅的作品入手,我们才能更好地理解巴克尔传达的艺术理念。

小说首先表现了"这不能看"的伦理困境。当艺术家面对连自己都无法忍受的暴行和受害者的场面时,他们究竟要不要反应这些人类丑陋和暴力的一面呢?那些令人发指的暴行、那些惨不忍睹的场面需要

---

① 英文原文为:It's writing something for its own sake. It's telling the truth for the sake of the truth, not for the sake of telling it.
② 英文为 The Disasters of War,西班牙原文为 Los desastres de la guerra。
③ 《战争的灾难》一共包括82幅铜蚀刻版画,每幅版画下面都配有戈雅自己所写的图解文字,引语中所引用的三句分别来自第26幅、第44幅和第82幅。

再将它们定格进艺术作品,让艺术成为它们的载体,使它们成为永久的创伤记忆吗?

在"这不能看"所对应的《战争的灾难》①第 26 幅铜蚀刻版画中,我们看见了这样的场面:这幅画的画面右方一排刺刀突兀地伸向画内,对准画面左边的九个人物,暗示了这九个人即将死亡的厄运。这些即将被杀死的人都具有一个共同点,即他们的眼睛都紧闭着:最靠近刺刀的一个男人背对着刺刀绝望地跪着,头深埋在胸口之上;他左边是同样跪着的另一个男人,但是面朝刺刀的方向,他紧闭双眼,双手交叉在胸前,似乎在做着最后的哀求;另外的六个女性人物或趴在地上,或仰面朝天,或用双手捂住脸,其中还有两个女人的头全部被头巾蒙住,在她们怀里一个幼儿闭着眼睛在哀号。

整幅画面都传递出"这不能看"的信息——刺刀后面即将被杀的人因恐惧而紧闭的双眼使观看画面的行为带上了罪恶的意味,表明或许观看者也应该扭过头去。刺刀后被刻意隐匿的死刑执行者也暗示即使是杀人者自身也不愿意看到或者是在有意地忽视屠杀的惨状②。然而,这幅画的画面和图解文字本身又存在着张力——"这不能看"的图解文字加强了画面内容的恐怖,但同时又恰恰起到了吸引了人们去看的效果。同样,这幅画画面右方的刺刀也起到了双重作用:一方面暗示了刺刀后的暴行执行者希望将自己隐匿起来的欲望,可另一方面这些刺刀又明确地将观者的视线引向受害者并强硬地催促人们去看,逼迫观者"以一种屠杀者(或者那些命令屠杀他们的人)没有的方式去沉思他们作为人的存在"(Kauffmann,88)。

这幅画和其图解文字表现出了戈雅表征暴行和创伤时遇到的伦理困境——暴行如此残酷,受害者如此凄惨,连画家自己都不得不怀疑将其再现出来是否正确。小说中斯蒂芬与之产生了共鸣:"他(戈雅)一直在内心激烈地斗争,在展示暴行和需要说'看,这是真实发生的事'

---

① 戈雅《战争的灾难》系列图片可以参见网址 http://www.gasl.org/refbib/Goya__Guerra.pdf。
② 另一幅戈雅同时期的油画作品《1808 年 5 月 3 日的枪杀》可以作为此种解读的证据。《1808 年 5 月 3 日的枪杀》与这幅蚀刻版画内容非常相似,油画中同样刻画了一个执行死刑的场面,画面中绝大多数的人也都因恐惧紧闭着眼睛,画面的右边也同样出现了一排枪口,但是与这幅蚀刻版画最大的不同是,油画中枪口后面的死刑执行者都被呈现了出来,但是即使是死刑执行者们自己也同样全部低着头,不敢去看即将被自己枪杀的人。

的伦理问题之中挣扎……我想,天哪,我们面临着一模一样的问题。在想要展现真相和怀疑展现真相会有怎样的结果之间总是充满着张力。"(DV,118)暴行的场面和图像对有怜悯心的人产生的冲击是显而易见的,但是对于普通人而言,当无法承受这些场面时放弃观看常常是一种自然的行为,而对于以表征为职业的画家、记者、摄影师等人而言,当遇到这种场面时看或不看或者表征与不表征的矛盾就演变为激烈的伦理抉择。表征的欲望和怜悯的本能所带来的抗拒表征的冲动之间的斗争给他们带来巨大的痛苦,这种痛苦常常超出一般人的想象,甚至达到使其遭受创伤的程度,"一方面想要否认恐怖暴行的存在,另一方面又希望将它公之于世,这种矛盾正是心理创伤的主要对立冲突之处"(赫尔曼,Ⅸ)。斯蒂芬描述了戈雅经历的这种创伤和痛苦:"他喜欢马戏团、嘉年华、集市……任何可以让他耳朵中恶魔的叫喊静止下来的东西"(DV,195)。

与戈雅相似,暴行和创伤表征的困境同样使斯蒂芬陷入无比的痛苦之中。斯蒂芬突然辞去供职多年的战地记者的工作回到英国乡村,其起因正是他再也无法忍受目击的暴行。回国前斯蒂芬经历的两件事更是成为压垮他本已濒临崩溃的精神的最后稻草,使他的精神状态达到了"创伤后应激障碍"的程度(DV,84)。辞职前斯蒂芬目击了多年的好友本的惨死,而就在本意外死亡前不久,斯蒂芬和本在萨拉热窝黑暗的楼梯井里发现了一具因遭遇强奸而惨死的女孩的尸体,那一幕场景一直在斯蒂芬的脑海萦绕不去:

> 在楼梯平台的一角,远离横飞的玻璃碎片的地方,一个女孩在垫子上蜷缩成一团。她没有说话,没有喊叫,也没有试图逃开。本使劲摇晃着墙边的横梁,直到她的脸最终显露出来。她的眼睛大睁着,裙子在腰的地方堆成一团,她张开的腿被污黑的血和痛苦包围着。
>
> 斯蒂芬在她旁边跪下,将她的裙子拉下来。他脑子里面有个声音在说,什么也不要碰,这是一个犯罪的现场。可是他又想,该死,这整个城市都是一个犯罪现场。他想把那双恐怖的眼睛合上,但是没有勇气去碰她的脸。(DV,52-53)

"目击者和受害者一样,也受到由创伤引发的对立冲突的折磨"

(赫尔曼,X),面对这样的场面,斯蒂芬陷入了"这不能看"的痛苦状态。对于从事记者行业的斯蒂芬来说,这种状态使他无法继续满足职业的需要。"看"是新闻行业的首要任务,发现新闻素材并且进行客观报道是新闻记者职业的基本要求,"在真相的追求之旅中,新闻产生过程中的每个人都扮演着重要角色。记者们必须矢志不渝并努力克服自己的偏见,进行自我约束"(科瓦奇,131),新闻记者个人感情的过分投入和对表征对象的过度移情则会产生损害报道真实性的风险。这个残酷的场面对于其他新闻记者来说也许是难得的素材,就像苏珊·桑塔格(Susan Sontag,1933 – 2004)所说的,"追求更富戏剧性(人们常常这样形容)的影像,成为摄影事业的动力,并成为一种以震撼作为主要消费刺激剂和价值来源的文化的常态"(桑塔格,2006:19),但是斯蒂芬见到这个女孩的第一反应却是"在她旁边跪下,将她的裙子拉下来",而后尽快地离开现场。

不仅是斯蒂芬,小说中提到的另外一位摄影师——记录"9·11"事件的著名摄影师祖斯·劳迪特①也有着相似的痛苦经历。无法继续记者职业的斯蒂芬把"这不能看"的思想纠结转移到了关于"战争被表征的方式"的新书的写作之中,他在书中提到了劳迪特的遭遇:

> 是的。我可以告诉你我为什么开始写这本书。"9·11"发生的时候祖斯·劳迪特正在追踪拍摄一名刚刚成为新人的消防员,却意外地发现自己正在拍摄双子楼的被袭,这个事情你知道吧?他说的话一直萦绕在我的心头。有一刻他关上了摄影机——他不愿意拍摄那些在燃烧的人——他说,"大家都不应该看见这一幕"。当然我立刻就想起了戈雅。(*DV*, 118)

这些他人受苦的场面使目击的摄影师、记者和画家都产生了回避的念头。然而,这些目击者一旦与这些场面中受苦的他者相遇,似乎就注定了与之无法挣脱的联系。当斯蒂芬离开那个萨拉热窝的现场时,

---

① 两位法国兄弟祖斯·劳迪特(Jules Naudet)和格德翁·劳迪特(Gedeon Naudet)可以被称为记录"9·11"事件的最著名的摄影师。这两位业余摄像师和年轻导演2001年9月11日碰巧正在世贸中心的双子大楼下拍摄一部关于消防队员的纪录片。和其他人一样,与"9·11"的突然相遇令他们惊愕不已,但是职业的敏感立刻使他们意识到拍摄的意义,他们最终完整地记录下了世贸中心大楼遇袭到最后倒塌的全过程,这部纪录片成为一部珍贵的历史影像资料。

他"感到女孩的眼睛盯着他的后背,冷汗刺痛着他的汗毛的根部"(*DV*, 54)。回到住处之后的斯蒂芬更是夜不能寐:

> 那天晚上,当雪花在用来遮挡窗户的松垂的塑料布上越积越厚的时候,斯蒂芬躺在他的睡袋里面,痉挛着,无法入睡。他想着那个女孩,想起她的眼睛盯着他看却什么都看不见的样子。她似乎就躺在他的枕边,和他头靠着头。当他翻了个身趴下试图摆脱她的时候,却发现她的身体就在他的身体下面,像干燥而无法满足的沙子一样。
>
> 从来没有什么给过他这样大的影响,尽管他也见过许多更糟糕的东西。她正在等待着他,那就是他的感觉。她想要和他说什么,但是他从来没有设法去听,或者没有以正确的方式去听。(*DV*, 55)

这个楼梯井里的女孩带给斯蒂芬的影响超出了他之前所目击的其他受害者。女孩遇害的原因并不明朗,"无法判断是否这是一个普通的犯罪——是想要把钱要回去的顾客所为,是出了状况的毒品交易——抑或是一场和内战相关的派系屠杀"(*DV*, 53),但是受害具体原因的擦除反而使女孩具有了暴力受害者的象征身份,"在斯蒂芬目击的所有犯罪中,遭强奸的受害者分外地突出,这个形象成为代表不人道的残忍行为的标志性形象"(Banita, 63)。

不仅如此,这个遇害的女孩还给斯蒂芬"正在等待着他"并且"想要和他说什么"的感觉,她的出现显然已经超越了一般意义上的受害者的范畴,具有了著名伦理学家列维纳斯所阐释的他者的"主显"的意义。列维纳斯在二战中被人性的残暴和人类的苦难深深刺痛,他困惑于"战争中止了道德",开始从哲学层面思索战争的根源(Levinas, 1969: 21),并因此发现了在西方历史中占据主导地位的本体论所隐含的暴力性——"这种本体论就其本质而言是一种总体的哲学"(孙小玲, 205),它造成了他者与我的关系被排除,其结果是导致"以自我为中心对世界的占有,其本质是自我主义的"(孙小玲, 208)。在列维纳斯看来,这种总体性哲学(philosophy of totality)最终导致了对他人伦理责任的缺失,他据此提出自我对他者具有与生俱来的责任,"伦理性的源泉在于我和绝对他者的关系中,因为唯有借助这种关系,借助我对他者的召唤和要求的回应（responding），我方可能成为伦理性存在，即为他的，对他人负责的存在"（孙小玲，212）。而列维纳斯在《总体与无限》中提出的著名的"面貌"的概念就是理解自我对他者责任的核心："我们将他者显现自身的方式——这种方式越出了我关于他者的观念——称为面貌"（Levinas，1969：50）。"他者面貌之主显（epiphany）"预示了我与他者"面对面"的关系的开始，显示了他者所发出的召唤的来临（Levinas，1969：76），那个楼梯井里的女孩正是通过自己的"主显"向斯蒂芬发出了呼唤，"她想要和他说什么"。

二、"我看见了"：艺术表征对他者的应答

他者的"主显"呼唤着艺术家的应答，那么艺术家们要不要做出应答？更进一步讲，艺术家需要对暴行和他者的苦难进行怎样的艺术再现才能实现对他者正确的应答呢？《双重视角》通过艺术家的创作和其对创作的思考回答了这些问题，揭示出了艺术对他者的创伤和苦难进行表征的责任——艺术家必须将个人目击创伤的痛苦转化为高尚深邃的艺术，揭示人类丑陋和暴力的一面，成为人类暴行和导致的创伤记忆的记录者；并且，在艺术作品中，艺术家还必须秉承为他者代言的宗旨，坚持正义感和正确的道德观念。

在图解文字为"我看见了"的《战争的灾难》的第44幅版画中描绘了远近两个场景：远处是粗线条勾勒出的军队气势汹汹从远处杀来的情景，马蹄下人群四散奔逃；近处是几个人物的特写——画面左前方是两个男人，其中的一个面朝画面的右方，惊恐地睁大了眼睛，他左边的同伴在拼命拉扯他，似乎在催促他快些逃命，画面的右方则是一个脸上写满焦虑的母亲，她背对着画面，左手怀抱着熟睡的婴儿，右手试图去拉一个年幼的男孩，而男孩的头扭向了画面的右侧，他的眼神透出无比的惊恐，又似乎想要询问什么。

这幅画与第26幅明显不同。在第26幅中右边一排刺刀彰显着暴行的残酷，而这幅图中并没有出现杀人的武器，但是这种缺失反而增强了观者对暴行残酷程度的想象。另一个不同是第26幅中的人物在暴行面前紧闭了双眼，因为恐惧而不敢去看，这幅图中画面人物的眼神尽管依然充满了恐惧，但是他们因惊恐而张大的双眼却明白地宣称"我看见了"。同时，孩子惊恐的眼神中透露出的天真和无辜指控着观看者的良知，给观看者发出了观看的呼唤并且期待着观看者承担责任。

"我看见了"——这幅画和其题注所传递出的信息在小说中被巴尔克用作了一种隐喻,借以喻指表征者对所目击的他者的苦难给予应答的责任。列维纳斯指出,他者的主显已经暗示了自我与他者之间无法撇清的关系,因为面貌"先在于我的意义给予的意义,并因此不依赖于我的自发性与我的力量存在"(Levina, 1969: 51),所以"无论寻找还是规避面貌,我们已经生活在他人的面貌之中,无法逃避感觉羞耻的风险"(Bernhard, 65)。小说中的艺术家们在目击他者的惨状之后最初都感到无法承受,但是很快他们又都持续感受到了来自他者的"困扰或牵萦"(Levinas, 1998: 101),他者似乎已经发出了呼唤,敦促"我让他人在我的世界上占有一席之地"(孙小玲, 43)。

对于戈雅而言,他的"耳朵中的恶魔的叫喊"正是敦促其做出应答的他者之声(*DV*, 195),是他者召唤为其承担责任的"困扰或牵萦"。而对于斯蒂芬来说,一直萦绕于其内心和梦境中的那个惨死的女孩同样也意味着他者对其良知和责任的呼唤。女孩"盯着"斯蒂芬的眼神是一种督促,迫使斯蒂芬做出应答,她的出现冲破了斯蒂芬冷静的职业心理,以一种前所未有的强度拷问着斯蒂芬的良心。"我什么也没有做,却总是已经被指控——被迫害,被拘为人质"(Levinas, 1998: 110),戈雅和斯蒂芬都成为列维纳斯所说的他者的"人质",而因为戈雅和斯蒂芬表征者(一个是画家,一个是记者)的特殊身份,这里纠缠着戈雅和斯蒂芬的"困扰或牵萦"正是他者发出的为其表征创伤的呼唤。

小说中的艺术家们最后在其作品中作做"我看见了"的应答,并将个人目击创伤的痛苦转化成为他者表征创伤的责任。戈雅以自己的绘画作品回应了他者的召唤①,他的艺术创作表明,艺术家必须忠实地记录人类的暴行和他者的创伤记忆。戈雅的绘画风格一直以真实地再现战争和苦难而闻名,他真实地再现了自己所目睹的战争真相,在英雄主义的粉饰与最直接的视觉呈现之间,戈雅选择了后者,用战地记者一样敏感而尖锐的眼光描绘出了一个被战争所摧毁的国家惨状。对于战争

---

① 戈雅代表作中的大多数,比如《1808年5月3日的枪杀》(1814)、《1808年5月2日的起义》(1814)、《农神萨图尔努斯吞噬其子》(1819—1823)、铜版组画《狂想集》(1793—1803)、铜版组画《战争的灾难》(1810—1820)和"聋人之家"壁画组画(1819—1823)等,都再现了他者的遭受的暴力与苦难。

中受苦的平民,戈雅更是进行了真实的再现并寄予了强烈的同情心。在表现平民时,戈雅"把残忍的痛苦作为应被谴责和如果可能的话应被制止的事情来表现",揭露了"平民百姓在横冲直撞的胜利军的淫威下遭受的痛苦"①(桑塔格,2006:38),也因此开创了17世纪欧洲绘画再现战争主题的新风格。这样的风格完全不同于以往的英雄主义的战争表现方式,其效果"无比强烈"(桑塔格,2006:40)。对此,托马斯·克罗(Thomas Crow)在《19世纪艺术批评史》(*Nineteenth Century Art: A Critical History*)中指出,创作后期的戈雅"表征了无名的默默无闻的大众"(Crow,92),他的作品"远非表征英雄主义的决心和目标的明确,这些作品表达了对战争的恐怖和野蛮的极端厌恶"(Crow,96)。桑塔格也高度评价了戈雅的战争绘画作品的写实风格:"集中描绘战争的恐怖和狂性大发的士兵之卑鄙行为的著名例子,是戈雅在19世纪的作品……《战争的灾难》中那食尸鬼似的残忍是要惊醒、震撼、刺伤观看者。戈雅在艺术中确立了一种对痛苦做出反应的新标准。"(桑塔格,2006:40—41)戈雅的作品表明,正因为人类一直以来都不愿意面对自己暴力和丑陋的一面,揭下人类的遮羞布并且迫使其正视自己丑陋的一面才更加有价值。

如果说戈雅再现战争和战争受害者的作品就是对他者呼唤的应答,那么斯蒂芬对他者呼唤的应答就是他的"战争被表征的方式"(*DV*,57)的书。小说通过斯蒂芬写书过程中对艺术再现的思考进一步探讨了表征的伦理,揭示出艺术对他者所负有"无限止性"(unlimited)的责任(Levinas,1998:252)——缺乏同情心的作品是对他者的亵渎,道德责任和正义感是艺术创作不可或缺的品质。

斯蒂芬在思考表征问题时一直将遭受苦难的他者放置于最重要的位置,这也是他为何反复提及戈雅并且将戈雅作为衡量表征的伦理尺

---

① 法国画家雅克·卡洛(Jacques Callot, 1592 – 1635)在1633年发表的一组18幅的蚀刻画《战争的悲惨与不幸》(*The Miseries and Misfortunes of War*)和德国艺术家汉斯·弗兰克(Hans Franck, 1603 – 1680)1643年至1656年创作的25幅蚀刻画都是这个新兴绘画题材的代表。

度的原因①。比如,斯蒂芬以戈雅的创作作为参照,比较了戈雅和本在表现强奸和死刑两种题材时的作品的不同。本拍摄的照片中那个被强奸的女孩就是一直在噩梦中纠缠斯蒂芬的萨拉热窝女孩:

> 他目瞪口呆地看着照片,无法理解为何它会在那里。很显然本第二天早晨重又回去获得了这张照片,很早,赶在警察到来之前。他重新把她的裙子拉回了它原来的位置,堆在她的腰间。太令人震惊了。**斯蒂芬极为震惊地看到她被暴露成那个样子**,虽然从伦理上来说,本也没有做什么错事。他并没有设计这张照片。他只是将尸体恢复到了它原来的状态。然而**很难不产生那种感觉,就是这个四肢伸开的女孩被暴力侵犯了两次**②。(DV, 121)

斯蒂芬承认"从伦理上来说,本也没有做什么错事",但是他依然产生了这个女孩"被暴力侵犯了两次"的感觉。显然,这里存在的是双重视角即两种伦理评判标准的冲突。从职业的伦理来说,本也许并没有做错,"新闻工作首先要对真实负责"(DV, 42),"真实是新闻的本质"(科瓦奇,43),本确实"并没有设计这张照片",只是还原了尸体真实的原初状态,甚至本一大清早冒着生命危险返回事发地拍摄的行为还带有某种英雄主义的意味。然而,对这个被拍摄的女孩即他者的视角而言,本拉回裙子的行为违背了对弱者和受害者施以怜悯的惯常的人伦道德。

这张照片的表征者对他者同情的缺失直接导致了照片产生了激发观看者对受害者怜悯之外的感情的可能性。桑塔格指出,暴行的图片本身就具有双重性——它可能激起人们对于受害者的同情,也可能同时激起与同情对立的卑劣的观看欲望:"对这些照片的反应,并非都受到理性和良知的支配。大多数有关被折磨、被肢解的身体的描绘,是会

---

① 这里斯蒂芬所尊崇的戈雅明显是指向创作后期的戈雅。戈雅的创作以1808年为一个明显的分界线,前后期的创作风格创作明显不同,前期作为宫廷御用画家的戈雅创作的作品大多是为宫廷所画的肖像画和记录宫廷生活的油画等,而后期创作《战争的灾难》和《狂想集》的戈雅则更倾向于站在大众的、私人的视角创作。这极大程度上与1807年拿破仑率军侵入西班牙之后西班牙卷入的战争和社会动荡对作家的影响有关。参见:Crow, Thomas. "Tensions of the Enlightenment, Goya". *Nineteenth Century Art: A Critical History*. Ed. Stephen Eisenman. New York: Thames and Hudson, 2011:92.

② 此处的黑体为本书作者自己标注。

引起淫欲兴趣的。"(桑塔格,2006:87)桑塔格因此建议"当我们讨论暴行照片的效果时,也必须把这种下流冲动的潜在倾向考虑进去"(桑塔格,2006:89),她高度赞扬戈雅表征暴行的绘画作品在道德指向上的完美性:"《战争的灾难》是一个瞩目的例外:戈雅的图像是不可能以淫欲心态去看的。画中的图像不是建立于人体之美;人体都沉重且裹着厚衣服。"(桑塔格,2006:87)小说中斯蒂芬和凯特谈论戈雅的作品时候也赞叹道:"他(戈雅)表现强奸的方式难道不令人震惊吗?即使今天人们也不会那样做。"(DV,155)戈雅表现强奸场面时刻意避免了被强奸者的赤裸,因而这些绘画避免了引起桑塔格所提到的观看者的"淫欲兴趣"的可能①。相比之下,本在拍摄这张照片时显然没有考虑桑塔格所说的暴行照片引起卑劣的观看欲望的潜在倾向。当看到本拍摄的遇害女孩照片时"斯蒂芬极为震惊地看到她被暴露成那个样子",这个细节清楚地表明本表征暴行的照片出现的问题——当然说本故意为之可能也有失公平,但是显然本的作品中因追求震撼效果而导致的表征者同情心和移情的缺失直接导致照片产生了意义上的含混性。

如果将本对这一张照片的处理方式理解为是为了追求拍摄效果无奈为之,那么另外两张本遇害前在阿富汗所拍的死刑照片则更加引人深思:

> 另一张是死刑的场面。一个跪着的男人盯着那个准备杀他的男人。但是本把自己的影子照进了照片之中。影子在满是尘土的路上伸展着,这个影子在说**我在这里,我正举着相机,那个事实将决定接下来会发生什么**②。接下来的一张照片中一个人躺在路上,死了。摄影者的影子,一个男人的头部变形的影子,靠得更近了。
>
> 这并非第一个被记录在胶片上的死刑,也不是第一个为相机上演的一幕,但是通常情况下摄影者的出现和它对于事件的影响并没有被认识到。而这里本打破了这个常规。
>
> "我想要用那些照片。"史蒂芬说。他想着这些照片或许就是

---

① 戈雅的此类作品包括《战争的灾难》中题注为"她们不愿意"的第 9 幅版画、题注为"也不为那些"的第 11 幅版画、题注为"痛苦的现在"的第 13 幅版画和题注为《战争的灾害》的第 30 幅版画等。相关图片可以参见网址 http://www.gasl.org/refbib/Goya__Guerra.pdf。

② 这里的黑体也为本书作者自己标注。

本为了这本书而拍摄的。(DV, 123)

比起遇害女孩的照片,这两张照片更加清楚地显现出了摄影者的侵略性。和戈雅表现死刑的《战争的灾难》的第 26 幅版画相比较,可以清晰地看到本和戈雅表征重点的不同。在戈雅的版画中居于中心地位的是暴行下受苦的人,画面所激起的是人们对画中受苦者的同情和怜悯,而造成这种感受的原因就是"戈雅沉着而富有同情心的视角"(DV,152),戈雅在表征他人受苦的过程中将自己鲜明地置于他者的立场,对受苦者注入了强烈的同情。相比较起来,尽管本的照片同样在表现死刑,它们突出的却是"我"的地位,表征者强行进入作品,试图通过"我在这里"的宣称给照片带来毋庸置疑的真实感,但同时因为摄影者的侵入和摄影者同情心的缺失,照片无法给观看者发出同情受苦者的号召,甚至激发出了与之相反的感受——对遇害者的冷漠。

正如桑塔格在《论摄影》中所指出的,"相机的每次使用,都包含一种侵略性"(桑塔格,2014:13),拍摄和射击两个词在英语中原本就是同一个词(shoot),这种摄影具有的特质在本的摄影中无疑被夸张地表现了出来,那个本的影子声称"我正举着相机,那个事实将决定接下来会发生什么",这个行为明显"有某种捕食意味……一如相机是枪支的升华,拍摄某人也是一种升华式的谋杀——一种软谋杀"(桑塔格,2014:21)。而第二张照片中那个倒在地上的死者的死亡也似乎给人一种由执行枪决的人和摄影者同时的合力造成的感觉,正如拍摄和射击这两个词的合体一样。

通过斯蒂芬对戈雅和本在表征强奸和死刑两个题材上的对比,可以看出在对他者的应答之中,本虽然完成了表征的行为,但是"没有以正确的方式去听"受害者的呼唤——本在表征的过程中仅仅聚焦于真相的追寻,却忽视了对他者的"无限止"的责任,造成了自我在对他者的表征过程中以自我权力超越了自我"受格而非主格"的权限,颠覆了"他者权力的神圣性"(Levinas, 1998:112),这种表征行为和其效果都是不尽如人意的。最具讽刺意味的是,列维纳斯提出自我对他者的召唤需要报以绝对的顺从,需要无限谦卑地应答"我在这里"(Levinas,1998:110),那个被本拍进照片的本自己的影子尽管也在刻意强调"我在这里",但是这个充满侵略性的"我在这里"的宣称却和对他者召唤的谦卑应答"我在这里"的要求完全背离了。

不难看出，本的作品与戈雅作品的最大差距就在于对他者所持有的同情心和道德责任。巴克尔曾经盛赞戈雅"为了真相本身而讲真相"的品质（Brannigan，2005a：371），戈雅在表征他者的过程中其最可贵之处正是在于他没有为了表征而表征，没有为了追求个人的成绩和名气或是震撼的效果而去创作作品，而是纯粹出于对他者的责任。对此，托马斯·克罗的评价也可以作为印证："或许是历史上第一次，一位主要的公共艺术家——戈雅曾经在1799年被任命为首席宫廷画家——隐退到了自己的洞察和想象之中，只为了创造一种本质上是私人性的艺术，这种艺术的目的就是取悦或者拯救他自己。"①（Crow，92）通过艺术家们的创作和思考，《双重视角》不仅肯定了艺术对他者苦难不可推卸的表征责任，也强调了表征必须遵守的道德伦理，对他者的同情心和正义感是表征他者创伤不可或缺的品质，"这种责任所肯定的不再是我的权力的神圣性，而是他者权力的神圣性"（孙小玲，256）。

三、"这就是真相"：艺术表征对受众的责任

巴克尔不仅在《双重视角》中探讨了艺术家对他者的责任，还进一步通过诸多小说人物的思考探讨了艺术表征对受众的责任，这个视角与巴克尔讨论表征与他者的关系的另一个视角构成了"双重视角"②。那么，艺术对于受众究竟应该承担怎样的责任？此外，当艺术家通过自己的作品再现了他者的创伤记忆之后，经由这些作品，受众也将获得与他者"面对面"的可能，那么艺术作品的广大受众又应该如何面对他者

---

① 戈雅退隐去创作"私人性"的艺术，部分上当然也由当时的特殊历史情境所决定，当国内外的动荡和战争带来人类理性的丧失和社会的混乱之时，戈雅也只能把"这就是真相"的声音倾泻于他的画布。

② 这里有必要大致解释一下小说标题《双重视角》翻译的由来。小说标题"双重视角"（Double Vision）在英文中有多重含义，既可以理解为看待某种事物的双重视角，也有重影或复视的意思。重影或复视是医学用语，指一个人因为醉酒或者生病看东西时出现重影。在国内的期刊论文中，这两种翻译都有出现。这是因为Double Vision的两个含义小说中都有所指。从"双重视角"的含义来说，本书中提到，小说包含了艺术表征与他者关系和艺术表征与受众关系的双重视角、艺术家的职业伦理和人伦道德的双重视角等诸多的"双重视角"；从"重影"的含义来说，小说中斯蒂芬一直回想起在萨拉热窝目击的被奸杀的女孩，甚至经常在女友贾斯汀身上看见这个女孩纠缠的鬼影，分不清自己看到的是女友还是那个萨拉热窝的受害者，这种重影的错觉也构成了标题Double Vision多重所指中的一个。笔者更倾向于将小说标题翻译为"双重视角"，因为这种翻译方式显然更契合于巴克尔创作这本小说的本意，更能表现出巴克尔对艺术表征中的诸多伦理问题的思考。

呢？他们对他者又需要承担怎样的责任？

戈雅题注为"这就是真相"的《战争的灾难》的第82幅版画可以看作是第79幅和第80幅的续篇。在题注为《真理死了》(Truth is dead)的第79幅版画中，"刻画了一个年轻女子被一群丑陋怪异的牧师埋葬……她的身体发出强烈的光芒，象征着理性和真理"，这幅画"表达了看见真理崩塌所感到的悲怆和迷乱，但是依然保存着对希望的渴望"(Crow, 96)。题注为"她会再站起来吗？"(If she were to rise again?)的第80幅版画的画面与第79幅接近，也是同一个躺在坟墓中的周身散发出光芒的年轻女子，但是"她的光芒暗淡了"，"或许是处在尸体的腐烂状态"(Crow, 96)。到了第82幅，同一个女子站在画面的中央，复活了的身体四周散发着无比强烈的光芒。在这个女子的左边，一个男子面朝女子背对观看者站着，蓬乱的长发垂下来遮住了面孔，右手拿着一把铁锹，而女子用手揽住他的肩膀，微笑着，似乎在对他诉说什么。

这个手拿铁锹的男子可以解读为使被埋葬的理性和真理重见天日的人，男子手里拿着的铁锹就是使真理重现的工具，也许这个男子就是拿着画笔的戈雅，寄予了戈雅通过艺术追求真相和重现真理的决心。这个背影似乎还暗示：艺术家要遵从于真理，并且要让自己的艺术作品和更多的受众"面对面"，倾听他者的诉说，并且将他者的声音传递给更多的人。

这幅画的题注"这就是真相"表达了戈雅对他者做出"我看见了"的应答之后在作品中发出的愤懑呼喊。随着戈雅"隐退到了自己的洞察和想象之中"(Crow, 92)，戈雅将对他者苦难的愤懑和正义之声"这就是真相"保留在他的作品之中。这些作品再现并且承载了他者的创伤记忆，在这些艺术作品中他者又一次以自己的面貌出现，彰显着真相，而这些作品也因此具有了召唤观众观看的潜力，它们发出了呼唤，邀请受众与其"面对面"，并且对其承担责任。在这个意义上，表征者成为连接他者和受众的桥梁，经由表征者的作品，受众也最终得以和他者"面对面"。

巴克尔关于表征和受众的关系的理念同样是通过小说中斯蒂芬的思考表现出来的。对于表征和受众的关系，题注为"这就是真相"的版画其实已经诏示出这样几点：其一，受众与他者和真相的"面对面"并非易事，真相和真理常常处于被埋葬的状态；其二，正因为这样，艺术家和表征者应该扛起为受众揭示真相使其与他者"面对面"的责任；其三,艺术作品的广大受众也应该响应他者的呼唤并且承担责任。许多情况下,真相与大众之间阻隔着千山万水。巴克尔在小说中便着重笔墨强调了横亘在当代受众和真相之间的障碍。在当代,受众和他者"面对面"的可能性不是增大,而是越来越小——这与当代科技特别是信息技术和媒体的巨大发展形成极大的反讽。斯蒂芬在海牙旁听米洛舍维奇斯①的审判时看见法庭上所展示的战争中平民伤亡的影像资料时发出了这样的感慨:

> 没有人见过这些场景。连扔下炸弹的飞行员都不曾看过,更不用说那些在家里起居室的电视上观看五角大楼新闻发布会的人。在新闻发布会的房间架起的屏幕上,还有那些电视机的屏幕上,褐色的浓烟出现在瞄准范围的十字瞄准线之下。和现实已经隔开了两道屏幕的观众们看着,打着哈欠,挠了挠身子,最后换了频道。谁可以谴责他们呢?战争恢复了被浓墨重彩渲染的风格。被美化。像血那样粗俗的东西是绝对不能被允许出现的。(*DV*, 131)

这里"两道屏幕"所指的一个是电视屏幕,另一个是指在电视屏幕上出现的现代战争中轰炸目标时所用的瞄准镜。与传统战争短兵相接的特征不同,现代战争日益拉开了攻击者和进攻对象的距离,攻击的目标也只是被物化成了一个瞄准屏幕或者瞄准镜上的一个点,"战争本身也是尽可能远距离以轰炸来进行——可根据即时接收的信息和视觉化的技术,隔着几个大陆对轰炸目标加以选择"(桑塔格,2006:62)。正因为这样,受害者的苦难通常并不为攻击者所知。而隔着两层屏幕的电视观众对于受害者的伤痛就更是无从知晓,"平民的观看者被双重地移除和遮蔽了,电视代表了第一次移除,驾驶舱的电脑屏幕代表了第二次移除"(Kauffmann, 89)。屏幕原本是使大众的目光"看"向远方从而扩大其视野和见闻的工具,在当代却越来越悲哀地成为阻隔在大众和

---

① 洛博丹·米洛舍维奇是前南斯拉夫政治人物、塞尔维亚共和国总统(1989—1997)、南斯拉夫联盟共和国(南联盟)总统(1997—2000)、塞尔维亚社会党创党人和领导人(1992—2001),2006年3月11日在海牙监狱中去世。据法新社2015年2月3日报道,总部设在海牙的联合国国际法院3日裁定,塞尔维亚在20世纪90年代初期的巴尔干战争中未对克罗地亚犯下种族屠杀罪行,即对米洛舍维奇种族屠杀罪的指控并不成立。

真相之间的障碍,甚至成为攻击者和观看者的自欺——因为看不到就假设自己造成的死亡和苦难并不存在,以此就逃避了良心的谴责①。而斯蒂芬在写书的过程中意识到,除了当代科技无形之中拉开了大众与真相和苦难之间的距离,人为的因素更是扮演着重要的角色:

> 周五的时候他在讨论1991年的轰炸巴格达的讨论中间突然中断了下来——那是第一场在电视屏幕上表现为一种声光表演的战争,第一次轰炸敌军获得了一种电子游戏般的兵不血刃的精确。他一直都发现这非常令人不安,现在依然如此。在传统上不愿发动战争的民主社会里,如果人们看不到战争吞噬了人的生命,那将对公众舆论产生什么样的影响?……关于巴格达和后来的贝尔格莱德的新闻的新特点就是将审查和大量的单边的空袭融为一体,因而联盟军的伤亡是最小的,或者不存在的,而附带损害②也不能被显示出来。这些是设计好的确保恐惧和痛苦绝不会传回家的战争。(*DV*, 241)

巴克尔藉由斯蒂芬的思考指出了当代英美媒体对战争近似于"声光表演"的展现和大众远离真相背后的真正原因:政府的新闻审查。桑塔格曾经披露:"一九八二年四月英国在福克兰群岛的战争爆发时,玛格丽特·撒切尔政府只允许两名摄影记者去采访(被拒绝的摄影师包括优秀的战争摄影师唐·麦卡林③),而在福克兰群岛于五月份被重新占领之前,仅有三批胶片抵达伦敦。不准直接在电视上做任何播映。在克里米亚战争以来,对英军行动的报道从未受到过这样严厉的限制。事实证明,美国当局对有关美军在外国冒险的报道控制,比撒切尔政府更苛刻。"(桑塔格,2006:60)新闻审查刻意抹去了战争的残酷,掩盖了

---

① 对于攻击者的自欺,小说中还有一个细节。在审判米洛舍维奇的庭审现场庭审人员出示的照片中,一具无名尸体"眼睛被蒙住,不是因为他或许会辨认出折磨他的人——反正他们马上就要杀他了——而是因为折磨一个眼睛看不见的人更容易"(*DV*, 130)。
② 指军事行动中对平民或者非军事建筑造成的损害。
③ 桑塔格这里提到的唐·麦卡林就是《双重视角》中本的原型唐·麦库宁,此处的区别仅在于中文音译的不同。英国政府知道麦库宁的照片有多犀利,因此想方设法地阻止麦库宁去福岛战场采访。麦库宁对此哀伤地写道:"我也深深地怀疑所有对真相的表达进行审查的企图。"参见麦库宁的回忆录:McCullin, Don. *Unreasonable Behaviour: An Autobiography*. London: Vintage, 2002:4.

战争带来的巨大伤害,阻止了大众对"真相"的观看,并影响了国内的新闻受众抵制战争的民主行动。小说中斯蒂芬对此深感焦虑——"如果人们不知道究竟发生了些什么就不可能有民主"(*DV*, 141)。

在斯蒂芬看来,正因为当代的大众离真相越来越远,所以对大众展现战争暴行和其造成的创伤不仅是必要和急需的,而且对暴力及其后果进行最真实的再现也是必要的。当代对暴行和创伤的展现应该就像戈雅曾经做过的那样:"在暴力的刻画上,戈雅的这些意象是史无前例的。戈雅成为近距离的目击者和观察者,拒绝雅克·卡洛《战争的悲惨与不幸》中全景式的观看方式,戈雅的《战争的灾难》经常被与之比较。暴力损毁了人们的脸孔,任何经典的美都没有留下任何痕迹:堆积的死尸像碎步玩偶一样扭曲在一起;无法抵抗她们的侵害者的女人的尸体扭曲着,保持着被侵害时候的样子。"(Tomlinson, 292)在当代的环境下,表征者所肩负的使受众与真相面对面的责任更加重大,也更为紧迫。

另一方面,小说也暗示,大众响应他者的呼唤并且承担责任其实也同样重要。在这样一个媒体绑架了大众观看内容且"人类的灾难被当成一种娱乐形式"的时代(欧茨,179),因为媒体的表征方式出现的问题,大众对媒体的再现内容也产生了相应的麻木和逃避的心态。斯蒂芬就发现自己的女友贾斯汀"对世界上正在发生的事情无动于衷",当他质问贾斯汀"为什么不愿意看新闻"(*DV*, 140)时,贾斯汀这样回答:

> 我不明白那有什么意义。我无能为力。如果是像饥荒那样的事情,好吧,我们还可以做些什么,但是对这样的事情而言大多数人其实都是无能为力的,只能干瞪眼,然后说:"天哪,那难道不是很可怕吗?"而事实上他们完全不在乎……那不过是手淫罢了。(*DV*, 140 – 141)

贾斯汀认为观看表征暴行的影像没有必要,"观看是窥阴癖,那是错的"(*DV*, 141)。而在斯蒂芬看来,不愿意观看的人是"太自我而不愿意关心"(*DV*, 141)。尽管贾斯汀"不看"的决定与斯蒂芬所说的"太自我而不愿意关心"的观点存在着本质的不同——贾斯汀选择"不看"似乎是因为无法提供帮助的恐惧和内疚,但是以贾斯汀所代表的人群仍然是在因无奈而"不看"的同时轻而易举地拒绝了自己对他者的责任,"人们回避思考处于水深火热中的他人,这似乎再正常不过,哪怕他人是容易获得认同的人"(桑塔格:2006,91)。

以贾斯汀为代表的人群的存在表明,当代媒体和艺术表征的受众中普遍存在对暴行和苦难的逃避心态,而这其实进一步表明了艺术表征唤醒受众良心的责任之重大。为了说明受众响应他者呼唤的责任和使命,巴克尔更是在小说中植入了一个令人意想不到的暴力事件。在这个事件中贾斯汀本人意外地成为暴力事件的直接受害者——贾斯汀在为斯蒂芬的哥哥罗伯特照看房屋时遭遇了入室抢劫者的袭击,险些丧命。对于这个看似突兀的情节,巴克尔解释说:"《双重视角》的整个写作期间我意识到随意插入一个暴力事件几乎是不可能的……但是那就是我想要做的,所以我做了。我觉得我们现在所处的整个的时代氛围就是我们都在卷入某个随意的暴力事件。这个事件对我们的影响超出预料。"(Brannigan,2005a:370-371)这个暴力事件模仿了小说时代背景中的"9·11"事件的不可预见性,它的警示意图是显而易见的:我们每个人都有可能成为暴力事件的受害者,我们与他人之间也并非存在不可逾越的界限,因而对他人苦难的麻木和逃避即意味着将自己也置于危险之中。

由此,《双重视角》的文本发出了对表征的受众的呼唤,"《双重视角》在形式和内容上都试图展现艺术对听众的呼唤,对对话的另一方的呼唤,还有对那种努力的需要"(Gildersleeve,39)。而为了唤醒受众的良心,去除受众麻木的心态,艺术表征显然肩负着表征暴行和他者创伤的重大责任。

巴克尔藉《双重视角》中的人物特别是斯蒂芬表达了自己的艺术观和艺术伦理思想——再现暴行和他者的创伤,并以此唤醒受众的良心和行动。斯蒂芬将戈雅视为膜拜的榜样和他整本书的"主宰"(DV,57),而戈雅艺术表征伦理的核心正是对他者的无限责任,就像列维纳斯的他者伦理所揭示的那样。"在列维纳斯看来,真正的哲学问题就是存在与善的问题——善即与他者相遇、为他者负责,和平、爱他者就是善"(岳梁,129),在列维纳斯的哲学中,"善"与"正义"原本就先于自我而存在,"他者"的自由高于"我"的自由,当他者与我"面对面"并发出公平正义的呼唤时,我必须承担对他者进行应答的责任。对于艺术表征而言,这种他者伦理意味着表征他者苦难和唤起人类正义,艺术对他者和受众都负有重大的责任。

这里值得一提的是,《双重视角》中还植入了两个彼得所写的短篇小说文本(彼得出狱后一直力图成为一名作家),这两个"小说中的小说"恰恰体现了与他者伦理截然相反的表征伦理,从反面进一步明晰了表征的伦理问题。彼得的两个小说文本都表现了侵害者的暴力和残忍:第一个故事中女教师安德莉亚(Andrea White)"在一所重刑犯监狱教授艺术"(DV,160),她为囚犯詹姆斯(James Carne)的艺术天分所倾倒,并因此相信他的无辜——"他暗示他没有做过他被宣判的罪行,她相信他,一个杀人犯、毒品贩子、身带武器的抢劫犯或者强奸犯……怎样可能画出那么敏感而美丽的图画来呢?"(DV,162)然而,安德莉亚对詹姆斯的移情换来的却是自己的惨死;同样,另一个故事中的瑞吉(Reggie)也是残忍至极,他在追求女雕塑家未果后将其丈夫腐烂的尸体从坟墓中挖出,抛在她家门口的台阶之上。斯蒂芬在读彼得的小说时发现其中存在严重的伦理混乱:

> 这些故事不断地陷入对它们所试图分析的攻击性行为的同情。没有道德中心。那是斯蒂芬最后的结论。不是事件本身,而是叙事者对侵害者和受害者的态度的这种含混性使得这些故事让人分外地不安。(DV,164)

彼得小说的叙事者同情的对象是侵害者而不是受害者,"冷漠。操纵。强烈的控制欲。反常的心态,慷慨的行为反而使得慷慨的给予者遭殃"(DV,170)。这种"没有道德中心"的文本将暴力的实施者认定为需要同情的一方,而对真正需要同情的受害者则充满冷漠和嘲弄。这些小说文本因此有引导读者去怜悯侵害者的暗示,没有甄别能力的读者很容易将自己转向同情侵害者的立场,就像安德莉亚所做的那样。通过这两个副文本巴克尔进一步警示,无论是对表征者还是表征的受众而言,明确对他者的责任都是至关重要的,而且对于他者本身的界定也要符合伦理的要求。对于表征者而言,正确的道德立场引人向善,而道德立场的缺失则适得其反。如果没有真正站在受苦的他者的立场和视角,那么对暴行和创伤的表征所带来的后果很有可能比暴力本身更可怕——作品的受众也可能被引向错误的道德立场上去。

至此,通过《双重视角》巴克尔表达了自己关于艺术表征的伦理思想和暴力美学:艺术家必须反映和揭示人类丑陋和暴力的一面,成为人类暴行和暴力导致的创伤记忆的记录者,但是向善与正义永远是艺术表征最基本的伦理诉求,恶和暴行的表征终究还是服务于向善的需要。丑陋和暴力的一面一直以来都是整个人类社会试图逃避的,也是一般人希望眼不见为净的,但正因为如此,艺术家通过真实地再现它们迫使人类正视自己的行为才更有意义。当表征者揭开人类残暴的真相并且为苦难的他者肩负起责任的时候,也是表征者引领人类迈向摆脱暴行和苦难的征程的开始——因为当我们心中都有他人,当我们将他人置于我们自己之前,当我们都坚持公平和正义,这个世界才会有远离暴行和创伤的希望。

还需要在此提及的是,作者巴克尔本人不仅是这种艺术表征伦理的提倡者,实际上在她几十年来的创作生涯中她也一直是这种伦理的践行者。巴克尔的创作风格原本就与戈雅相近,她多年来的创作题材也一直都是许多人认为"不能看"或者是不愿意看的:从最初的小说《联合街》中被贫困和暴力包围的工人阶级女性[①]和《毁了你的房子》中英格兰北部城市里遭到连环杀手跟踪和谋杀的妓女群体,到给巴克尔带来事业高峰的"再生三部曲"中战场归来又遭受二次创伤的士兵和军官,再到后来《另一个世界》中一生都浸没在痛苦回忆之中的乔迪和《越界》中冷血的少年谋杀者丹尼,巴克尔所有的小说在阴暗的主题和色调上都像极了戈雅的作品。同样,这些作品尽管色调阴郁,有时甚至读来让人有压抑之感,但是它们在艺术追求上也和戈雅的绘画相似——那就是,表征暴力下受伤害的他者,再现他者的创伤和历史。这些作品始终坚持着明确的道德中心,对弱者和受苦者满怀同情,同时也对社会的公平正义发出强烈的呼唤。

《双重视角》同样如此。《双重视角》将触角深入我们正在生活的当代,这个时代尽管似乎已经离 20 世纪最大的两次灾难十分遥远,但依然是战争频仍、充满苦难。小说中提及的 20 世纪末、21 世纪初的人类所经历的各种战争和人为灾难都给人们带来那么巨大的痛苦——欧洲萨拉热窝硝烟弥漫的战场、非洲卢旺达种族灭绝的大屠杀、中东伊拉克持续不断地纷争和美国遭遇的"9·11"事件——世界各地的人们今

[①] 这本作品曾整整 10 年连续遭到出版商拒绝,原因正是"太阴暗,令人压抑",参见尼克森对巴克尔的采访:Nixon, Rob. "An Interview with Pat Barker". *Contemporary Literature* 45.1, 2004: 1-21。后来在安吉拉·卡特的建议下,巴克尔将小说投稿到了女权出版社并被最终接受。

天仍在不断地被卷入各种苦难和伤痛之中。而正因为如此,在这样的时代,在这样的今天,巴克尔提出的关于他者的表征伦理无疑具有更加重要的意义。

第二节　走出创伤:暴力与创伤的艺术表征和创伤疗愈

《双重视角》除了提出艺术家对他者的创伤和苦难施以同情并进行表征的责任,还在小说中表达出了对暴力受害者的创伤复原所寄予的希冀和渴望,整本小说暗含了一个心理学上的心理创伤疗愈的完整过程,即从遭遇创伤之后建立安全感、进行创伤的回顾与哀悼、再到与他人和社会重建联系并最终走出创伤。小说中以艺术家为主体的人群大多经历了这样一个创伤复原的过程,并且他们个人创伤经历的哀悼又和历史创伤的哀悼紧密地结合在一起,他们在哀悼并走出个人创伤的过程中也完成了历史的哀悼。更为重要的是,这些艺术家创伤复原的过程也伴随着艺术创作的过程,这一方面体现了艺术所具有的创伤疗愈的功能,另一方面通过再现艺术家为主体的人群创伤复原的过程巴克尔也暗示了在这个被暴力和创伤重创的时代,艺术除了表征创伤,同时也肩负着引领人们哀悼创伤并且走出创伤的责任。

在这个意义上,同样也不得不提到戈雅。如同对他者责任的启示一样,小说中同样提到戈雅的艺术作品对于引领人们走出创伤所具有的意义——当凯特在参观戈雅的一幅绘画作品时她发出了这样的感慨:"暴行的图片会激起希望吗?这幅绘画作品是会的。这些人没有希望,没有过去,没有未来,然而,通过戈雅沉着而富有同情心的视角看着这一幕的时候却无法产生仅仅是绝望那样简单或微不足道的情感。"(DV,152-153)尽管在戈雅的这幅画作之中,"监狱里面有七个戴着镣铐的人,每一个色调、每一个线条都表达着绝望"(DV,152),但是画家在作品之中所投入的对受害者的同情心激发了画作的观看者对他者的同情,并给予观看者战胜恐惧和绝望的力量。因而,尽管揭露暴行的艺术作品常常给人恐惧的观感,但同时它们也往往蕴含着引领人们走出创伤的强大潜力,它们可以给予创伤和苦难中的人们以勇气,指引着他们走向希望。巴克尔本人就曾经在采访中提到凯特观看戈雅这幅画的情节:"在《双重视角》里最让人感到安慰的一幕是当凯特在博艺斯博物馆里时,她看着戈雅的七个囚徒的画,那幅画表达了绝望;但是她有了双重的感受——强烈的绝望混合着一种人类能够创作这个作品的快乐。这是再一次说明了艺术所能实现的双重视角。如果是完全的绝望你是不可能创作的,那就是为什么作家对这个世界不应该给出完全绝望的回应的重要原因。绝望或许是一种正常的反应,但是用来描述作家或者艺术家写诗歌或者画画时候的状态确实是不真实的。如果你在创作,你肯定就心怀希望。"(Monteith,2004:34)在巴克尔看来,绝望与希望的并存本身就是艺术表现世界的"双重视角"①。

值得一提的是,迄今为止,小说中关于创伤哀悼和复原的主题评论家们少有谈及,而在哀悼和复原的主题之下个人创伤经历的哀悼和历史创伤的联系这一更加深刻的主题更是无人提及。其实,不仅是《双重视角》这一本小说,创伤与复原的问题在巴克尔的作品中常常出现,比如"再生三部曲"中的军官和士兵在克莱洛克哈特精神病医院接受治疗,在"复原"后重新被送回战场;《越界》中的汤姆倾听丹尼诉说自己的创伤经历时也抱有为其进行创伤疗治的目的。然而,巴克尔作品中最完整地再现复原过程并且体现出对创伤复原最为积极和肯定态度的作品还是《双重视角》。而小说中对艺术给予人们希望并引领人们走出创伤的积极意义的暗示更是反映了巴克尔对艺术创作所寄予的希望,艺术不仅关乎过去与现在,更关乎人类的希望与未来。

一、退隐田园:逃离暴力

在《双重视角》中,我们注意到遭遇了生活变故和心理重创的斯蒂芬和凯特都退隐到了英国的乡村。朱迪思·赫尔曼主张心理创伤的关照不能仅仅局限在个人的视域之内,心理创伤的本质必须也只能结合创伤受害者的生活环境,在更大的社会背景中加以理解,而创伤的疗愈也同样要结合创伤患者的社会环境和背景才能得以完成。赫尔曼由此提出创伤疗愈的过程包括三个主要阶段:"第一个阶段是安全的建立;第二个阶段是回顾与哀悼;第三个阶段是重建与正常生活的联系。"②

---

① 这显然是小说标题"双重视角"多重意义的又一次补充。这个补充更加证明将小说题目翻译为《双重视角》而不是《重影》是更好的选择。
② 赫尔曼也同时指出,三个阶段的创伤复原过程的提法只是揭示整个创伤症候群复原时候所遵循的基本规律,是一个"概略的一致性",但是"没有任何复原的过程会直接以线性序列遵循这些阶段",因为创伤症候群本质上的摇摆不定,这三个阶段常常彼此之间会有交叉和反复。

(赫尔曼,145)这三个阶段的过程也可以进一步被阐释为"从变化莫测的危险到可靠的安全状态、从离解的创伤到勇于面对自己的记忆、从污蔑的隔离到重建社会的联系"(赫尔曼,146)。其中"安全的建立"标志着创伤复原的开始,在创伤复原的过程中"复原的首要任务是建立创伤患者的安全",创伤受害者因为感到"自己的身体不安全,自己的情感和思想均失控,对与其他人的关系也没有安全感",因此创伤受害者首先要寻求的就是安全感(赫尔曼,149)。在小说中,安全感的建立正是斯蒂芬和凯特心理重创之后的共同选择。

在小说开头,凯特和斯蒂芬都遭受了意想不到的接连打击,"在沉睡与清醒之间的脆弱的阈限时刻被创伤记忆反复侵扰"(Gildersleeve,37)。斯蒂芬失去了最好的朋友本,在战场目击的受害者的惨状也折磨着他几近崩溃的内心,意外发现妻子的外遇而面临解体的婚姻又成为压垮他的最后一根稻草,斯蒂斯患上了创伤后应激障碍(DV, 48),他回到故乡时灰心丧气,感慨自己"没用了"(invalid)(DV, 35);而凯特遭受了失去本的重创,她深陷在丧偶的痛苦之中无法自拔,"她永远永远永远也无法接受他的死亡,也不会尝试接受。这不是一个她可以从中康复的疾病;这是她不得不学会接受的截肢"(DV, 32)。不仅如此,尚未从丧夫之痛中解脱出来的凯特又遭遇了一场突如其来的车祸,这在她原已低落的情绪之上又增添了身体的伤痛,雕刻事业也受到影响,"她感到沮丧,担心她还没有来得及做的工作。她承担了一项大的使命,为教堂雕塑一尊巨大的耶稣像,本来现在应该进展顺利,可是现在她却在这里,像老太太一样被束缚在轮椅里,动弹不得,无能为力"(DV, 6)。就像凯特的好友教区牧师埃里克(Alec Braithewaite)所说,双重打击下的凯特"看起来崩溃了"(DV, 7):

> 夜里她躺着睡不着,担心着耶稣雕塑,她握着棍子斑驳把手的手指疼痛不堪,而她的身体为了本而疼痛,她的内心冰冷而空虚……而后她的思路飘到了教堂外的墓地,本的坟墓就在那儿,它的后面是一堵矮矮的石墙,枯干的黄色野草在远处的田野中随风摆动。(DV, 10–11)

遭遇巨大创伤之后的斯蒂芬和凯特都不约而同地选择了乡村,藉此有意识地远离了导致创伤的暴力频仍的世界。斯蒂芬在乡间"寻找安宁和平静"(*DV*, 60),他"想把自己关在室内,安全的地方,远离那些茂密的草丛和在黑夜中踩到头骨的记忆"(*DV*, 41)。斯蒂芬在乡下的哥哥罗伯特为斯蒂芬提供了一间自家附近的闲置的农舍,这个乡间小屋给予了斯蒂芬此刻想要的一切——独立、安全、远离战争和苦难。斯蒂芬一进到这间小农舍就感到了前所未有的愉悦,因为在这里他再也不会看到"暴力死亡"的场景:

> 罗伯特一走,斯蒂芬立马环顾了一下这间农舍,当他仔细看着周围的一切时,心中不禁感到一阵狂喜……
> 昏昏欲睡之中,他努力捕捉着脑海之中拂过的字句。一个焦躁不安的猫头鹰出没的地方往往让人联想到很多因暴力死亡的人,但是他想不起来这个地方有这样的人。这都是无稽之谈——这里没有人是那样死去的,只有那些因为生病或者衰老而在自家床上死去的人。自从英格兰和苏格兰统一从而结束了长达数个世纪的边界纷争之后再也没有暴力死亡了。草地上面没有头骨,没有那种被杀害的女孩——堆在腰间的裙子和受伤的大腿暴露着她们死前所遭受的一切,甚至是已经处在腐烂的早期阶段。没有附着在皮肤上的腐败气味。(*DV*, 49)

斯蒂芬在乡间找到了些许安宁,而凯特同样逃离了失去本之后的孤寂的大宅,她将自己的绝大部分时光都倾注在小小的工作室之中。在那里,凯特在埃里克推荐的工人彼得的帮助下艰难地开始了耶稣塑像的雕刻工作,也踏上了艰难的复原之路。其实不仅是斯蒂芬和凯特,本在生前同样选择了时常回乡间隐居来释放战场摄影带给自己的压抑和创伤,他"一头埋到乡下去。回家之后他不见人。他只是隐居起来"(*DV*, 155)。本在乡间休假时所拍摄的风景照片依然带有暴力的阴影,似乎还在释放他来自暴力世界的痛苦:

> 正是那时候她遇见了本,那时候他正在修养,他休假时只拍摄风景。沼泽地、洼地、开满金雀花的群山中间的褐色湖泊——所有的照片都充满着阴沉的黑暗。本来这些应该是祥和宁静的,这些摄影应该不同于他绝大部分生命中所追寻的主题,但是它们不是这样。当你看着这些空旷的田野,你总是知道,就在这些滨草在风

中起舞的绵延的白色土地上,也许就在其中的某处,就在近在咫尺的地方,然而,在镜头之外,就曾经是一起谋杀发生的地方。(*DV*, 64)

这些艺术家都选择了宁静的乡村为自己疗伤,而他们隐居乡村疗治创伤的复原之路注定与普通的创伤患者会有很大的不同。首先,这些艺术家的特殊身份决定了他们的康复之路会和艺术紧密相连。其次,他们所遭受的创伤都超出了个人层面,带有时代创伤的意味:本在阿富汗战场"死于暴力"(*DV*, 9),他生前也目睹了无数暴力带来的创伤和痛苦;斯蒂芬的创伤后应激障碍来源于目击了本的死亡和世界各地的暴力场景;而凯特失去本的痛苦也不是一般意义上的丧偶之痛,她成为战争暴力的间接受害者。"《双重视角》的艺术家们通过自己遭受痛苦的身体和创伤的记忆努力实现对他人痛苦的理解和不断地艺术再现"(Gildersleeve, 37),这些艺术家们将自己的切身之痛融入了艺术的创作,他们创伤疗愈的过程也成为艺术再现自我与时代的创伤记忆的过程。

二、艺术再现:创伤的回顾与哀悼

在安全感得到保证之后,创伤患者就进入了创伤复原最关键的阶段,即创伤的回顾与哀悼的阶段。根据赫尔曼关于创伤复原的基本原则,安全感的确立即为创伤的回顾与哀悼做好了准备,在安全的环境和感到安全的心态的支撑下,创伤受害者可以整理自己的思绪,回顾和哀悼自己的损失。哀悼是创伤疗治过程中"最必须也是最可怕的工作",但是创伤患者只有通过哀悼才有可能走出创伤,"她必须对所有的丧失——哀悼过后,才能发掘到自己坚不可摧的内在生命"(赫尔曼,177)。对凯特、斯蒂芬等艺术家来说,艺术创作在他们实现创伤复原的过程中发挥了不可忽视的作用,成为他们创伤复原的"良药"。同时,正因为艺术创作过程的存在,这些艺术家创伤哀悼的过程又超出了纯粹私人化的创伤哀悼的范畴,他们在艺术创作中不仅哀悼了个人的创伤,更是哀悼了来自这个时代的创伤,因而他们的创伤哀悼也具有了艺术家和其艺术作品哀悼时代创伤的象征意义。

众所周知,创伤的造成来源于创伤事件的难以预料和突发性,如同凯西·卡鲁斯所说,创伤后应激障碍来源于"创伤事件发生时不能完全理解"(Caruth,1996:91),突然发生的事件给遭受创伤的人在心理上造成了难以承受的打击,因而不断地回顾和哀悼创伤是走出创伤的必经之路。在斯蒂芬的经历之中,最难以哀悼的莫过于他曾经作为战地记者所目击到的暴行,那些经历在一次次的噩梦中持续地纠缠着他:萨拉热窝被强奸的女孩的惨状一直在他的噩梦中重现,在女友贾斯汀身上他也常常会看到那个遇害女孩的影子,甚至初识贾斯汀时就诡异地"嗅到了萨拉热窝的楼梯井的气味"(DV, 94);纠缠斯蒂芬的还有那些在非洲的经历,他不止一次地想起"那些漆黑的非洲的夜晚"(DV, 72);亲历"9·11"事件也带给斯蒂芬难以忘却的痛苦:

> 闭上眼睛的时候,斯蒂芬的脑海中充满了灰泥掩盖之中的人们震惊的面孔。灰色的尘土塞满了他们的鼻腔,在他们的眼皮上结成了块。宾馆大堂的地板上堆满了沙子,被脚带到了楼梯和通往房间的走廊上。在他房间里的电视屏幕上,轰鸣与喧哗、尘土、碎片、喊叫、尸体撞击地面的重击声,所有的这一切都被弱化成了无声的图像,播放,再播放,再一次重放,徒劳地尝试着使这一天的那个事件变得可信:这些图像其实就是你在大街上反复听到的那些话语的视觉对等物——天哪!我的天!哦,我的上帝!(DV, 96)

显而易见的是,这些斯蒂芬需要哀悼的内容不仅是个人的经历,也连接着时代的创伤("9·11"事件正是这个时代的创伤事件之中具有代表性意义的一个)。这些当代的暴力事件因为具有"无法承受的瞬时性"给当代人的心灵带来了无法言喻的伤害(Caruth,1995:6),斯蒂芬对这些创伤经历的哀悼不可避免地会带有哀悼时代创伤的意味。

写作帮助斯蒂芬实现了哀悼。斯蒂芬将哀悼这些当代暴力事件所带来的损失的过程融入了自己的创作过程,他整个的创伤复原过程也是探讨战争表征方式的著作的写作过程。肖恩·麦克尼佛(Shaun McNiff)在《艺术的良药》(*Art as Medicine: Creating a Therapy of the Imagination*)中指出,"为身体和灵魂提供疗愈是艺术的众多功能之一"(McNiff, 4),因为"疾病和心灵的丧失相连",所以"艺术自然地成为治疗的方法,医治灵魂的良药"(McNiff, 1)。在写作的过程中斯蒂芬投入的想象力和思考转移了他的哀伤和痛苦,安抚了他受伤的心灵,"艺术的沉思提供的治疗通常是想象力和意识的融合"(McNiff,3),斯蒂芬对创作的投入成为他创伤复原的"良药"。斯蒂芬本人在谈起自己的创伤后应激障碍治疗时也承认"戈雅跟心理医生相比是更好的向导"(DV,155)。

不仅是写作,小说中雕塑、绘画等艺术形式也成为帮助艺术家实现创伤复原的有效手段。戈雅通过绘画走出了创伤,他的画作"混合着一种人类能够创作这个作品的快乐"(Monteith,2004:34)。凯特则是在雕塑的工作中实现了创伤的哀悼。凯特在工作室中全身心地投入雕刻耶稣雕像的工作,用艺术创作支撑起崩溃的心灵,她的工作室无形之中扮演了一个心理学家的康复治疗室的作用。而且,和斯蒂芬一样,凯特的哀悼也超出了个人创伤的范围,和外部的世界紧密相连。我们注意到小说中凯特工作室的描写:

> 他(彼得)显然是被墙边的一排石膏像迷住了。不,不要看,她想说,它们还没有完成。它们是她在"9·11"之后开始的一个系列中的一部分。不是建立在本的摄影或者任何旁人的关于那个事件的作品之上,因为没有人曾经到过现场拍摄过她那充满想象力的作品:控制着满是乘客的飞机然后将其撞向大楼的年轻人。他们在那里,瘦弱的,残暴的,准备好了去杀戮或是死亡……他们当然让她非常恐惧。(DV,65-66)

这些"9·11"恐怖分子的雕塑具有明显的象征意义。对"9·11"的艺术再现表明凯特也和斯蒂芬一样在艺术的创作中反思暴力频仍的当代社会,哀悼暴力事件所带来的伤害,并且试图抚平突发的灾难所带来的心理影响。而且,对于凯特来说,在雕塑作品中表征暴力事件和哀悼暴力所致的创伤本身除了是对于艺术的追求,原本也就和她与丈夫的个人经历紧密相连——本生前从事战场摄影,目击过无数的暴力和苦难,后来又遭受暴力的伤害而死亡,而凯特本人也由此成为暴力的间接受害者——对于凯特来说,只有将对失去亲人的哀悼①和作为暴力受害者的哀悼结合起来,才有可能实现真正意义上的完全的创伤复原。

---

① 凯特在本去世之后为其雕刻了一尊半身的青铜雕像放置于起居室之中,这个雕像寄予了凯特对本深深的思念,也成为凯特对本的哀悼的一种方式。

除了"9·11"题材的雕塑外,在凯特的工作室中更引人注目的还有那尊为教堂雕刻的耶稣雕像,它"在这个观看的文化中呼唤着被注意"(Monteith,2005:290)。耶稣雕像原本是大众所熟知的形象,代表着救赎和仁爱。但是,巴尔克在小说中赋予了这尊耶稣雕像以全新的意义,它超出了通常的意义所指,成为暴力受害者的创伤记忆和人类的创伤历史的象征。凯特雕塑耶稣雕像的过程也因此具有了丰富的象征意义,代表了艺术家通过艺术哀悼个人创伤和时代创伤的过程。

小说中耶稣雕塑这个特殊意义的出现是彼得促成的。凯特经常感觉自己的工具被人挪动了位置,还"不时地在工作中看见彼得的手表现出奇怪的、不自觉的运动"(*DV*,108),凯特意识到彼得"变得着迷于这个过程,或许是着迷于这个雕塑,着迷于它的表征。他不再是那个不带个人感情色彩的、被动的助手了"(*DV*,106-107)。一个深夜凯特无意中发现的一个场景更令凯特不寒而栗:

> 彼得·温格雷夫站在那里,手电搁在他身后的椅子上。他的巨大的影子映在工作室的墙上,但是这个彼得是她从未见过的。她的脑海中拼命想着这个形象不对头在什么地方,就在那时候,她突然意识到他正穿着她的衣服,甚至戴着她那顶有御寒耳罩的皮帽。那顶帽子是她在工作室异常寒冷时候才会戴的。他看起来很可笑——也非常恐怖……
>
> 他看起来疯了。他看起来完完全全、彻彻底底地精神错乱了。他正在毁了他的耶稣。
>
> 但是,片刻之后,一直纠缠在她脑海边缘的某个东西一下子清楚了。那个声音有问题。她竭力去听。他的脚在地板上摩擦着,一块石膏在他的重量之下咔嗒一声折断了,然后又是木槌在凿子上的轻敲声。但是没有撞击、震动和凿子进入石膏时候的嘎吱声。他是在模仿。假扮成她。在他自己的脑海中,或许他已经变成她了。(*DV*,178)

彼得深夜潜入凯特的工作室,假扮凯特的身份模仿着她平时里雕刻的动作①。深夜里的这一幕使凯特无比震惊和恐惧。这使凯特突然意识到彼得一直以来也在以某种诡异的方式实现着对耶稣雕像的表征。尽管彼得并未真正用刻刀和凿子对耶稣雕像进行雕塑,但是从实际的意义来说彼得和凯特一样也是这尊雕像的制造者——"他使得自己如此深地潜入了这个过程,她感到这个雕塑部分上说就是他的。她厌恶想到这些,但是就在里面,如同骨头深深地埋进肉里的,是他搭设的支架。雕刻是她的,但是形状是他的"(DV, 292)。

这一幕带给凯特的不仅是震惊,它突然之间改变了凯特看待自己作品的视角。目击这一幕之后,凯特很快意识到"这尊雕像不同了,尽管地上并没有新的石膏碎片,也没有她所记得的自己新产生的凿痕。如果它看起来有什么不同的话,那肯定是她观看他的方式改变了":

  (雕像的)肚子上有刮痕,有三处。不对,是四处不同的地方。她将手放进这些裂缝②。雕塑的胸部和脖子也有凿痕——它看起来像是得了一种皮肤病,或者黑死病,又像是只被野蛮地拔掉了毛的鸟儿。到处都是凹坑。慢慢地,凯特抬起头,看着雕像的头部。那颧骨像悬崖一样,嘴巴细薄而阴郁,嘴唇的两边都有深深的刻痕。那是受伤之后的淤青、割痕、肿胀……这就是历史上的耶稣。我们都知道历史上发生了什么:强权者竭尽所能掠夺,弱者无可奈何忍受,而死者绝对不会再复活。③(DV, 180)

那个夜晚之后,这尊耶稣雕像在凯特的眼中呈现出了迥异于其他耶稣雕像的一面,凯特观看视角的改变使雕塑突然具有了新的意义,"她雕刻了这个,不是彼得,但是想起昨天晚上,对她来说好像她在这个

---

① 埃里克早就发现彼得"有分不清人与人之间界限的问题"(DV, 188):"这个男人很强大,但是他似乎没有身份,总是将自己紧紧地附着在周围人身上以获取形状。任何打动他的人都会得到这种待遇。曾经,也不是很多年前,埃里克也曾经经历过。他亲眼看见彼得表现出他的行为方式,他的说话方式,甚至是他的宗教——尽管或许那是真心的。"(DV, 273)但是,出于对彼得的保护,埃里克一直都没有对外公布彼得的真实身份,也没有提醒凯特彼得的奇怪行为。在和凯特相识后彼得这种"附着在周围人身上以获取形状"的特点很快也表现了出来。

② 熟悉巴克尔的人看到凯特"将手放进这些裂缝"的描写或许会联想起在巴克尔幼年的时候常常把手插进外祖父腹部伤口中的情景。巴克尔的外祖父在一战中腹部被子弹击中,留下了一个深深的弹孔。

③ 此处的英文为"the strong take what they can, the weak endure what they must, and the dead emphatically do not rise"。

雕塑上发现的最让人不悦的每一个细节都是和他的模仿的动作完全一致"(DV, 181)。雕像处处都显露出了创伤的痕迹——"受伤之后的淤青、割痕、肿胀"。此时的耶稣已经明显地失去了通常的神性的能指,被还原为那个历史上的真实的耶稣,而这个耶稣自身也是暴力的千千万万的受害者中的一个——他就是那个曾经被迫害、被折磨并且在暴力的侵害之下最终惨死在十字架之上的普通人。在这个意义上,这尊耶稣雕像所表征的显然不再是无所不能的神灵,而是人类历史上的暴力和暴力导致的沉重创伤。或者,更进一步说,这尊耶稣雕塑即是象征了人类的创伤历史。这个历史从头至尾就不曾远离过暴力、伤害和无穷无尽的人为的灾难。就像作者巴克尔在一次采访中所说,"从二战结束后6500万人在战争中死去。而同时,被其他绵羊杀死的绵羊的数量却是零。那是每一个有智慧的人都会感兴趣的事情"(Naparstek, M08),人类的历史充斥着人为的灾难,充满了血腥屠杀和死亡,它是一个人类无法回避的真实存在,光明与黑暗、善良与邪恶的并置构成了真正的人类历史。

那个夜晚之后,尽管凯特辞掉了彼得,彼得却似乎持久地留在了凯特的工作室之内——"她(凯特)确实一直想起过他,有时候在那些白色的人形中感觉他的存在,他是黑色的一个,X光的阴影,无论你看了多少次,他都无法被计入"(DV, 292)。那些"白色的人形"就是凯特工作室墙角中的凯特所雕刻的"9·11"事件暴徒群像。凯特意识到彼得就是"黑色的一个,X光的阴影",他在那些人中间偷偷地隐藏着,制造着潜在的威胁,时时刻刻都会带来危险。①

随着耶稣雕像特殊意义的产生,凯特的工作室也显示出了别样的意味。"9·11"恐怖分子的群像和耶稣雕塑使这个小小的空间成为历史创伤的哀悼之所。而随着承认这种暴力和创伤历史的存在,创伤历史的哀悼得以逐渐完成,耶稣雕像也随之呈现出了创伤复原的意义:这尊雕塑临近完工时"看起来像是一条鱼,在干燥的地面上拍打着,嘴巴长大,在充满谋杀气味的空气中喘着气"(DV, 289);但是后来"它更像是开始孵化的蚕蛹了,裹尸衣开始剥落,露出新的皮肤"(DV, 289);继

---

① 关于彼得的这种危险性,有两个事件证明:一个是凯特后来隐约意识到那个她遭遇车祸的夜晚,在她的车窗上面露出脸却没有施救的很可能就是彼得;二是许多证据都指向那个后来攻击贾斯汀的蒙面抢劫者很可能也是彼得。

而雕塑在凯特眼中"像是一条鱼或者一个开始孵化的蛹的感觉还在,但是不再是主要的感觉了,现在他是一个男人了"(DV, 300);最终凯特感到"这里有了一个不再依赖于她的生命了"(DV, 301)。雕像的完工被描述为破茧成蝶的过程象征了人类从创伤和苦难中的重生。后来见到完工的耶稣雕塑的彼得问了这样一个问题:"他(耶稣)没有忘记任何事情,是吧?背叛、折磨、谋杀。它们其实都不重要。"(DV, 292)当彼得站在完工的雕塑之前,这个场面就仿佛是曾经的暴力加害者面对过去的记忆一样,并且这个曾经的加害者为受害者留存的记忆感到恐慌——这个时候,对于受害者而言,哀悼的过程已经完全结束了。

至此,和斯蒂芬一样,凯特经由艺术再现的过程完成了哀悼。而伴随着艺术家们创伤哀悼过程而来的是个人与历史的创伤获得疗愈的希望。布莱尼根曾提醒读者注意小说中吱嘎作响的碎片的描写——"踩在脚下吱嘎作响的泥灰和碎片也是一条主线,从纽约到了凯特的工作室,又到了贾斯汀梦里在咯吱作响的冰面行走",在他看来,小说中的碎片描写渲染了"9·11"之后世界的幻灭感(Brannigan, 2005b: 154)。当"9·11"事件发生之时,双子塔楼的倒塌带来的是建筑的粉碎,完整的建筑顷刻之间化作瓦砾和泥灰,伴随着这个建筑崩塌过程的是人们心灵的崩溃和伤害。然而,在笔者看来,《双重视角》恰恰是致力于颠覆这种幻灭和悲观的情绪。在自己的工作室之内,凯特完成了一个和"9·11"完全相反的过程,在"脚下吱嘎作响的泥灰和碎片"之上建构了新的雕塑,将石膏①化作了崭新的艺术作品。这个"9·11"的反情境象征了遭受暴力伤害之后信念的恢复和创伤的疗愈,也表达了小说对于艺术家通过艺术创作哀悼创伤并且引导人们走出历史创伤所寄予的渴望。

三、 与他人的联结:重生与超越

在赫尔曼看来,当经历了创伤的哀悼之后,创伤患者就进入了第三个阶段即重建联系感的阶段:"处理了创伤的过去后,创伤患者现在面对的任务是开创未来:她哀悼过被创伤毁坏的旧我,现在必须重建一个全新的自我;她的人际关系受到创伤的考验后,永远地改变了,现在必须发展新的人际关系;从前,给予生命意义的持久信念受到创伤的挑

---

① 巧合的是,在英语中泥灰和石膏是同一个词,即 plaster。

战,她必须寻找新信念。此乃复原第三阶段的任务,完成这些工作,即是创伤患者重生的时刻。"(赫尔曼,186)这个阶段如果概括起来的话,其核心便是创伤患者重建与他人和社会的联系。创伤的产生伴随着与他人关系的断裂,经历了难以承受的伤害的受害者无法继续从前的和他人以及世界的联系,而在对创伤进行回顾和哀悼之后,它们已经可以开始尝试着积极地去面对曾经断裂的与周围世界的联系——"在复原的第一阶段,创伤患者处理社会敌意的方式,主要是撤退到一个被保护的环境中;到第三阶段,创伤患者则希望积极主动地面对社会"(赫尔曼,190)。小说中的艺术家正是如此。当哀悼完成之后,他们又开始了"发展新的人际关系"和"积极主动地面对社会"的尝试。这个创伤复原第三阶段的过程与第一阶段相反,斯蒂芬和凯特开始从最初的离群索居状态中走出来,重建和他人与社会的联系。

当斯蒂芬和凯特处于创伤复原第一阶段的时候,疏离和孤立是他们生活的主要特征,连他们的住所都显示出孤立的特点:斯蒂芬在乡间居住的农舍是一座16世纪的古老房屋,远离其他的乡间住宅,即使是离哥哥罗伯特的房子也有相当的距离;凯特的房子伍德兰德山庄(Woodland House)更是一座有着几百年历史的与世隔绝的大宅,正如房屋的名字①所暗示的,"这栋房子隐藏在一片茂盛的灌木林后面,远离大路,从外面几乎看不到……它是孤立的"(DV, 114)。

与住宅的孤立特征相一致的是斯蒂芬和凯特刚刚遭受创伤时候的孤立和自我中心倾向:凯特"憎恨在自己工作的时候自己的工作室里面有别的人"(DV, 64),她"真的不在乎是不是有别的人在周围"(DV, 117);斯蒂芬在与贾斯汀的关系开始后很长时间里都一直将其视为自己疗治创伤的工具,他感叹"没什么比欲望更能使你感到生活是那么值得,即使那个特别吸引你的人是你完全不想继续下去的人"(DV, 62)。对斯蒂芬而言,与贾斯汀发生性关系仅仅是有益于自己创伤疗愈的方式,而爱情充其量不过是"额外的奖赏"(DV, 214)。为此斯蒂芬见到贾斯汀的父亲埃里克时也深感愧疚,"他曾经和埃里克的十几岁的女儿发生这种治疗性质的性关系,从这个性质来说埃里克是不会高兴的"(DV, 214)。凯特和斯蒂芬的种种行为方式均展现出创伤对其人际交往方式产生的严重后果,"受创者感到被完全放弃。全然的孤独,和被

---

① Woodland 在英文中原本就是"森林"和"丛林"的意思,暗示了这座房屋被深林环绕。

逐出那赖以生存的由人与神眷顾保护的系统之外。此后,疏离和隔绝的感觉扩散至每一种关系,从最亲密的家人到最抽象的社群与宗教教友。"(赫尔曼,48)

然而,随着哀悼过程的进行,斯蒂芬和凯特都渐渐地意识到孤立状态的可怕并且试图摆脱这种状态,比如斯蒂芬"开始发现这个农舍令人难以忍受的幽闭恐惧症"(*DV*,140),他去纽卡斯尔的市中心散心,在内心中渴望"消融记忆那坚硬的棱角",并且"融入周围的生活"(*DV*,142)。赫尔曼在谈到复原第三阶段时特别指出,与他人联系的重建还常常伴随着一种自我的超越,即对他人的使命感的产生——"创伤患者可专心帮助其他有类似遭遇的人"(赫尔曼,198),他们"发现他们可以通过将自己的个人悲剧变为社会行动的基础从而转化其悲剧的意义。虽然没有补偿暴行的方式,但是可以超越它,使之成为他人的礼物"(Herman,1998:S147)。创伤患者这种对其他有类似经历的人的使命感也有可能升华为对社会的正义感,"创伤患者使命也可能采取追求正义的形式出现……她也意识到,使加害者对他的罪行负起应负的责任,不仅是为了她个人小我的福利,而且是为了整个社会的健康着想。她重新发现有关社会性正义的一项抽象原则:她与其他人的命运是息息相关的"(赫尔曼,199)。正如赫尔曼所说,斯蒂芬在主动地面对社会的过程中也同样发现了对他人的使命感和"对社会的正义感"。

最终促成斯蒂芬产生自我超越的是小说临近结尾时贾斯汀遭到入室抢劫者殴打险些丧命的突发事件。在冲下山坡去营救贾斯汀的一瞬间,斯蒂芬的内心突然产生了顿悟,就像赫尔曼所描述的那样,"受害者自认为早已失落的一些德行,如信心、正直和勇气,在经历无私的利他行为后觉醒"(赫尔曼,204—205),斯蒂芬与他人的正常的联系感得到了恢复:

> 那一刻,在冲下陡峭的山坡的那一刻,当他知道无论他怎样努力地跑也无法及时赶到那里的时候,这一刻比数月的自省使他更加明白了自己对贾斯汀的感情。在自己思想的深处他意识到**他生活的重心在重新发生变化,不是为了自己**①。你觉得自己在乎的是那个?别傻了。那个女孩。她才是真正重要的。

---

① 文中的黑体为本书作者自己标注。

可怜的贾斯汀。她度过了多么艰难的一年——和彼得分手,黄疸热,不能去剑桥的失望——现在又遇到了这个。但是她那么坚强。她熬过了难关。也改变了。改变的贾斯汀或许不再需要他了。(DV, 265)

这次事件促使斯蒂芬"生活的重心在重新发生变化",这种变化本质上就是从自我中心走向对他人的关怀,从自私走向利他。正是因为这一关键性的转变,才促成了斯蒂芬真正意义上的创伤复原,并同时走向了自我超越,认识到了对他人的使命。"付出和奉献是创伤患者使命的精髓所在,但只有真正实践的人才会了解,如此做其实是为了帮助自己愈合创伤。在照顾其他人的时候,创伤患者感受到自己被认可、被爱和被关心。"(赫尔曼,199)当斯蒂芬以自我为中心、视贾斯汀为自己创伤复原的工具的时候,斯蒂芬并没有感到真正的快乐,而是对贾斯汀和其父亲感到内疚和羞愧,但是当斯蒂芬开始为贾斯汀付出的时候,当他突然意识到"她才是真正重要的"而不是以自我为中心的时候,斯蒂芬终于恢复了享受爱情的能力,同时也从曾经被爱情背叛的阴影中走出,"与恋人和家庭,她现在要发展的是更亲密的关系"(赫尔曼,195)。不仅如此,当斯蒂芬奋力冲下山坡去解救贾斯汀的时候,他也终于从那个萨拉热窝女孩带给他的恐惧中走出,从无数萦绕在他心头的暴行的阴影中走出:

一路跑下山的时候,他的脑海中像闪光灯一样——那么多被强奸和折磨的女孩——他无须想象就能知道贾斯汀可能会发生什么。如果发现她像个破碎的玩具娃娃一样躺在楼梯的下面,裙子被堆在腰以上的地方,眼睛瞪着,他也不会感到惊讶。多年积聚的愤怒汇集到他瞄准窃贼的后脑勺打出的那一拳上,他就是想杀人。(DV, 250)

利他的行为使斯蒂芬摆脱了创伤,促成了斯蒂芬的超越。其实,当谈到和他人的联结对于创伤疗愈的意义的时候,不只是这次事件,斯蒂芬和凯特进行艺术创作的过程本身其实也倾注了对他人和他者的情感,这对于他们的创伤康复也具有重要意义。肖恩·麦克尼佛指出艺术为身体和灵魂提供疗愈的本质其实也是在于它开启了创作者和他人的联结:"艺术作为药不会限制艺术和人与人之间的交往。聚焦于'他者'赋予了世界灵魂,绘画即是被赋予了灵魂的物体或者人,它们引导、观察并且陪伴着他们的创作者和其周围的人。绘画的药效就是由这种'他者性'建立起来的。"(McNiff, 1)和艺术作品的对话以及艺术本身对于世界的再现也已经将创作者和艺术表征的世界相连接起来,"和图像的对话是一种扩大自我的单一视角的方法"(McNiff, 2)。

此外,需要补充说明的是,《双重视角》不仅指出了利他的思想对于创伤复原的意义,还通过小说中的其他人物从反面展现了忽视和否认他人存在带来的危险。比如,彼得的暴力行为就与对他人移情的缺失有关,彼得"觉得自己有移情的特殊力量,其实他当然是没有的,他所做的就是将自己的情感倾注在别人身上,然后同情自己"(DV, 191)。彼得善于模仿他人的行为,但是他这样做的目的本身是"同情自己",通过窃取不同人的身份以一种极端的方式进行着自我实现,这种对他人移情的缺失导致了彼得在与人相处的过程中对他人构成了潜在危险。彼得所写的小说也同样因为对他人移情的缺失而"不断地陷入对它们所试图分析的攻击性行为的同情",同情加害者,"没有道德中心"(DV, 164)。

罗伯特的儿子亚当(Adam)也是无法对他人产生移情的例证。10岁的亚当①患有"阿斯伯格综合征"(Asperger's)(DV, 83),这种病"本质上说是一种将其他人视作人的障碍"(DV, 83),在阿斯伯格综合征患者看来他人"和树之间没有任何根本的不同,因为他们不能领会这样一个事实——别人有着自己的内心生活,他们或许有着和你不同的想法——所以他们无法改变自己的视角,从他人的角度看待问题"(DV, 83-84)。亚当十分孤僻,"几乎总是一个人"(DV, 75),他对其他人极为冷漠,完全沉浸在自己的世界里,解剖和收集动物尸体是他最大的爱好,在斯蒂芬眼中他未来可能会成为"连环杀手"(DV, 45)。

除了彼得和亚当,牧师埃里克也存在类似的问题。尽管埃里克"帮助过大量释放的罪犯、受虐待的妻子和吸毒者,甚至将自己的房子的一部分给他们住,他是个好人"(DV, 10),但是埃里克在这样做的过程中

---

① 这个年龄和彼得犯杀人罪的年龄惊人地巧合。

常常忽视他人的感受①,甚至将周围的人数次置于生命受到威胁的境地,比如埃里克将彼得介绍给凯特时完全没有告知她彼得过去的经历,而收容罪犯住进自己房子时的不谨慎也导致了女儿贾斯汀差点丧命。正如凯特所说,"埃里克总是把自己想成一个好人。那使得他听起来自以为是又可怕,尽管他并非这样的人,但是他确实在善恶的争斗之中总是认为自己永远都是处在正确的一方"(*DV*, 283),埃里克过分的自我中心反而将其推向了善良的反面②。

由此,《双重视角》强调了与他人联结的重要性:关怀他人、同情他者可以将暴力的受害者最终从创伤的泥沼中解救出来;而相反的是,忽视他人和自我中心往往正是暴力的源头。更进一步讲,"从他人的角度看待问题"的利他思想是医治个人创伤的良方,也是医治时代创伤的良药。

在《双重视角》的开头,凯特被教堂屋顶的绿叶人(the Green Man)雕像所吸引:"她专注于装饰着屋顶的绿叶人的雕像,那是什么样的脸啊:野蛮的、愤怒的、痛苦的、绝望的、诡秘的、凄凉的。她在本的葬礼上第一次见到它们,在那之后一直定期来观察它们……人们说,这是再生的象征。但是仅仅是因为他们没有看过。有些头像是那样消瘦,不比骷髅好到哪里去。其他的吐出叶子,哽住的嘴巴上面眼睛圆睁,惊慌失措。"(*DV*, 29)绿叶人雕像是欧洲建筑中常见的雕像,通常表现为"绿色植物从嘴巴、鼻子或者眼睛里面长出的面孔、长满叶子的面孔和被伪装成叶子的人类面孔"(Hayman, 5),它们同时融合了暴力的恐怖和再生的希望③,这和巴克尔试图通过《双重视角》展现的暴力与创伤复原的主题完全一致:无论是因为暴力而经受苦难的个人抑或是民族,暴力所留给他们的记忆都异常恐怖,就像绿叶人的脸表现出的那样,是无比

---

① 小说中暗示贾斯汀的生母也因同样的原因离开了埃里克。贾斯汀的生母多年前不辞而别,但是众所周知并"没有男人被卷入这个丑闻"(*DV*, 26)。

② 与埃里克极端自我中心的性格相映衬的是其住所的描写。埃里克的住所被描写为"一座高大的、狭长的、乔治王朝时代的房子"(*DV*, 94),"像是乔治王朝时期的空旷且风声嗖嗖的陵墓"(*DV*, 94),而且"被大树遮挡得严严实实"(*DV*, 94)。

③ 埃里克跟凯特解释过,绿叶人雕塑起源于战争的暴力,它们"本来就是头颅的祭仪的一部分……凯尔特人那时候把他们敌人的头割下来,在他们的嘴巴里面塞满绿叶"(*DV*, 30)。但是,这个起源于暴力的雕塑后来却具有了再生的象征意义。绿叶人雕塑作为欧洲建筑中常见的雕塑,现在通常都被阐释为"重生的象征","代表了每年春季生命复苏万物再生的新轮回"。参见 https://en.m.wikipedia.org/wiki/Green_Man。

"野蛮的、愤怒的、痛苦的、绝望的、诡秘的、凄凉的";然而,又像绿叶人形象从表现战争中的头颅祭仪发展到今天具有了苦难后重生的象征意义一样,千百年来,人们从未放弃过在苦难中重生的愿望和对和平生活的美好向往。

《双重视角》也寄予了这样的理想。通过展现艺术家为主体的人群创伤复原的过程,小说表达了对那些因暴力而受苦的人们走出创伤的祝愿,同时小说也暗示了艺术表征者不仅自己要走出创伤,同时也肩负着通过艺术创作引领人们哀悼创伤并且走出创伤的责任。在此之上,小说还指明了走出创伤实现再生的最好途径——对他人的爱和关怀。

小说的结尾充满了美好和温馨的场面。斯蒂芬和贾斯汀踏上了去巴尼斯(the Farnes)的旅程。他们在途中路过边界小镇(border country),那正是本生前回到乡村度假经常去的地方:

> 斯蒂芬发现自己穿越的一片山村景色使他想起了本的照片。边界小镇。那就是为何本如此热爱并且痴迷地拍摄它们的原因。斯蒂芬想着,是因为他从报道的战争之中一次又一次地回到这里。这里是几个世纪以来每一片草叶都曾经被人们为之战斗过的地方,但是现在喊叫声和叫嚷声、剑劈在盾牌上发出的铿锵的碰撞声早已归于沉寂,只留下那洒满了一望无际的草场的阳光,和那在天空中啁啾的麻鹬。现在他终于体会了本对这个地方的牵挂。他自己也开始爱上了这里。(DV, 282)

这个英格兰和苏格兰接壤处的小镇历史上频繁发生争斗和战争,"这里是几个世纪以来每一片草叶都曾经被为之战斗过的地方",然而从创伤经历中解脱出来的斯蒂芬看见的再也不是暴力和血腥的过去,所有的历史早已随着时光远走,留下的只有和平美好的景象,"一望无际的草场的阳光,和那在天空中啁啾的麻鹬",在斯蒂芬心中沉淀下来的只有对和平的渴望和热爱。那个一直纠缠于斯蒂芬脑海的被害女孩现在也失去了她的力量,斯蒂芬从前经常看见的重影消失了,"月光照亮了她(贾斯汀)的眼白。有一瞬间他看见了那个萨拉热窝的电梯井里的女孩,但是她不再有强大的力量了。床上的这个时刻将她驱逐了,或许不是永远,但是会足够长久"(DV, 302)。

与此同时,凯特又一次面对本的雕塑时也明白了"最好是把他留在他们去诺森伯兰郡的第一个礼拜时候的记忆里"(DV,301)。她又一次回想起在奇灵厄姆的教堂角落里不经意发现的格雷爵士和格雷夫人的坟墓,但是此刻充盈在她心中的不是哀伤,而是无比的平静——"他们躺在他们的坟墓之中,那样平静,五百年的动荡没有打扰他们分毫"(DV,301)。需要指出的是,这里提及的奇灵厄姆(Chillingham)其实也影射着一段暴力的历史。诺森伯兰郡的奇灵厄姆地处英格兰和苏格兰的交界处,历史上也是充满了血腥的边界纷争的地方,奇灵厄姆教堂所在的奇灵厄姆城堡如今吸引游客的原因之一就是城堡内展示了处置苏格兰俘虏的酷刑刑具。这个城堡还因为闹鬼而闻名,人们相信这个城堡中到处都游荡着哀号的鬼魂①。小说中数次提及边界小镇和奇灵厄姆城堡,暗示了历史上英格兰和苏格兰的边界纷争和暴力屠杀,也藉此隐喻了历史上类似的纷争和血腥杀戮。此刻,凯特回忆这段历史时表现出的平静也暗示了历史创伤的安度。

小说结尾,斯蒂芬和贾斯汀渡海到了岛上,大雾散去,他们开始在海边嬉戏,比赛用石头打水花,斯蒂芬指着自己消失在远处的石头问贾斯汀:"它就在那里,你看见了吗?"(DV,307)这最后的收尾显然是象征性的。斯蒂芬希望贾斯汀看见什么呢?或许,就像是到了小说最后才散去的大雾②所暗示的那样,斯蒂芬或许是在提示贾斯汀,也是在提示读者:前方的那个充满希望的未来,你们看见了吗?

本章小结

《双重视角》整本小说围绕暴力和其导致的创伤记忆的艺术再现与表征的问题展开,探讨了艺术和艺术家所肩负的责任:一方面,艺术具有表征他者的绝对责任,只有通过对他者苦难的再现和揭露,才能唤起大众的良心,使人类正视自己的残暴。对艺术家来说,尽管这个表征的

---

① 参见维基百科对奇灵厄姆的介绍,网址是 https://en.wikipedia.org/wiki/Chillingham_Castle。

② 整本小说中充满了雾和雪的描写,布莱尼根曾指出,"布满灰尘的城市形象也被小说中其他的形象所呼应:雪,雾,凯特工作室的白色,厚重的海上的大雾"(Brannigan,2005b:154),结合创伤与复原的主题,我们可以将雪和雾的笼罩理解为创伤的象征,而小说结尾大雾的散去可以视为创伤的解脱。

过程充满着矛盾和挣扎,但是最终如果艺术家将目击暴行的痛苦升华为表征暴力与创伤的艺术,就可以实现对他者的应答,并可以将自己对他者的责任扩大到更广大的艺术受众之中去。而另一方面,通过再现艺术家为主体的人群创伤复原的过程巴克尔也暗示了艺术除了表征创伤,同时也肩负着引领人们哀悼创伤并且走出创伤的责任,即使是展现暴力与创伤的艺术,其目的也不是带给人们绝望和悲观,而是指引人们走向希望和未来。巴克尔还指出,对他人的关怀和爱是人类最终走出创伤的最好途径。相反的是,自我中心和对他人的冷漠正是暴力的源头。

至此,我们不难发现,《双重视角》所探讨的艺术表征责任的两个方面都同时指向了两个关键词——他人与他者。对他人的关怀和对遭遇苦难的他者的同情不仅是艺术再现的核心伦理要求,也是我们日常生活之中最核心的伦理标准。最终,无论是医治我们自己的心灵创伤,还是医治我们时代的创伤,抑或是医治历史留给我们的苦难,都在于我们如何正视与他人和他者的关系。倘若人们都能够走出自我中心的泥沼,能够站在他人的立场、从他人的角度思考问题,甚至将生活的重心转移到对他人的关怀之上,那么这不仅可以有益于遭遇创伤的人们哀悼并最终走出创伤,而且也能够遏制暴力的源头,避免暴力的产生,我们的生活也必然会越来越和谐而美好。

结论 当代"戈雅":为他者的痛苦勇敢言说

本书以巴克尔小说中的创伤记忆主题为研究视角,结合创伤理论,研究了这些作品所具有的共同主题,同时还深入探讨了它们所关照的创伤记忆主题的不同层面。我们发现,作家在小说中对不同时代和不同人群的创伤记忆进行了多维度的展现,在创伤记忆与历史、创伤记忆的延迟与代际传递、创伤记忆与创伤疗愈、创伤记忆与艺术再现等问题上都有深入地探讨,并且随着小说创作的延续作家对创伤记忆主题的探讨还呈现出某种连续性:"再生三部曲"着重表现了一战时期创伤记忆的被压抑;《另一个视界》继而又探讨历史上曾经被压抑的创伤在当代的重返和代际传递的可能;而如果说这些前期的作品着重于表现创伤的展演,它们之后的《越界》则表现了巴克尔对走出创伤的可能性的思考,但是《越界》中的丹尼由于种种原因在创伤疗愈的尝试中遭遇失败;在《越界》之后,《双重视角》继续探讨走出创伤的可能,小说中的人物在艺术创作中哀悼创伤并最终走出了创伤的阴霾,小说以此暗示了艺术实现创伤疗愈的功能。《双重视角》还体现了巴克尔作品的重心向艺术与视觉媒体的转移,"从《双重视角》之后,巴克尔对视觉艺术兴趣日增"(Moseley,2014:131),在这本小说之后巴克尔创作的新的战争三部曲里的主人公也都是艺术家。

尽管本书选取的六本小说只是巴克尔文学画轴的一部分,但通过它们我们已经可以管窥巴克尔创作风格的大致面貌。我们发现,三十多年来,巴克尔在小说中书写创伤记忆,用自己的文本建构了一个充满创伤的世界:在这六部作品之前,巴克尔刻画了《联合街》里生活在20世纪70年代英格兰东北部的饱受贫穷和暴力之苦的七位工人阶级女性、《毁了你的房子》里被连环杀手跟踪追杀的妓女以及《丽莎的英格兰》里讲述自己近一个世纪的人生苦难的丽莎;在这六部作品之后,在新的战争三部曲(《生活课》《托比的房间》和《正午》)中,巴克尔又刻画了斯莱德美术学院的师生们在一战和二战之中所面临的迷茫和心灵的挣扎……无论读哪一本巴克尔的小说,我们都会进入一个令人无法平静的世界。

如果说创伤是巴克尔小说无可否认的关键词,那么暴力则是其另一个关键词,巴克尔笔下的创伤几乎都是暴力的产物。斯蒂文森发现巴克尔小说"似乎贯穿的是暴力的主题——根深蒂固的暴力,以及在犯罪暴力、家庭暴力和公共暴力之间的联系"(Stevenson, 184)。罗林森则更加肯定地表示"整体看来,巴克尔的小说就像是一个持久不变的展现暴力的项目"(Rawlinson, 125)。巴克尔笔下的暴力形形色色,上至来自国家和机构的暴力、战争的暴力、恐怖主义的暴力,下至家庭中的暴力和个人的暴力都有所体现。打开巴克尔的小说如同展开一幅幅我们前文所提到的戈雅的版画,它们透露出的气息都同样凝重而压抑,"巴克尔的每一部小说里都包含着这样的形象——透过皮肤清晰可见的头骨,被折磨的尖叫的嘴或者张大的惊恐的眼睛"(Brannigan, 2005b: 1)。而与戈雅的绘画比较起来,小说的艺术形式在心理表现上更具优势,戈雅的作品通过表现暴力下残缺的面孔和扭曲的身体给人强烈的视觉冲击,而巴克尔的作品不仅表现了暴力下身体的残损,还淋漓尽致地表现出了暴力下的心理创伤:"再生三部曲"中从战场回来的士兵和军官和国内的和平主义者受到精神上的压制,这种精神创伤远远超过身体的伤害;《另一个世界》中老兵乔迪的创伤记忆至死都无法消除,连他的后代尼克和朋友海伦都受到他的创伤的间接影响;《越界》中的丹尼可以说是一个"暴力的孩子",来自童年期的持续心理伤害导致了他无法挽回的道德扭曲和价值观改变;《双重视角》中的人物在亲历和目击世界上诸多的暴力事件之后精神崩溃……各种创伤记忆都通过巴克尔的书写被定格在作品之中。

谈到暴力这个话题,随着20世纪的两次世界大战离我们越来越遥远,许多当代学者不免开始抱有乐观主义的态度。斯坦福大学教授詹姆斯·希恩(James Sheehan)在《暴力的衰落》(*Where Have All the Soldiers Gone?: The Transformation of Modern Europe*)中提出,"欧洲在1945年后产生了整体性的安全感……它们成为平民国家,即仍有战争实力却无法从战争中获得任何利益的国家。结果是暴力被侵蚀（eclipse）①：其重要性下降，而且从人们的视线中消失，被其他东西遮蔽——那就是国家刺激经济增长、提供社会福利、确保公民个人生活的需要"（希恩，7）。类似的还有斯蒂芬·平克（Steven Pinker）在《人性中的善良天使：暴力为什么会减少》（*The Better Angles of Our Nature: Why Violence Has Declined*）中所下的结论——"回顾过去，世界上各个层面的暴力几乎呈现一致的下降趋势"（平克，3）。对于这个话题，巴克尔显然没有如此的乐观。几十年来，巴克尔在自己的小说世界中一直不遗余力地揭露战争、犯罪、恐怖主义和屠杀带给人类的噩梦，探寻它们发生的根源，并试图寻找出路。

正因为如此，巴克尔的作品和戈雅的作品一样，过分阴暗的色调经常使读者感到阴郁，甚至是不寒而栗。其实，就像弗洛伊德提出的"快乐原则"一样，不仅是个人，人类作为一个整体对自己不堪的一面也同样是避之唯恐不及的，"对残酷暴行的认知会周期性地成为公众议题，但从来不会持续太久。否认、压抑和解离反应不止发生在个人身上，也发生在整体社会的层次上"（赫尔曼，X），人们不愿意看见甚至也不愿意承认生活中另一面的存在。然而，巴克尔的小说却像是一把锋利的匕首，偏偏将一切丑陋无情地剖开示与读者。那些我们在生活中不愿意直面或者是刻意躲开的黑暗和痛苦就那样鲜活地跃然纸上。

在巴克尔毫不留情地展现暴力与创伤的过程中，他者的苦难在巴克尔的文本中也得到了最大限度地表现。巴克尔多年来的创作一直以处于社会边缘的他者为中心。布莱尼根曾经指出巴克尔作品关注对象的转移，认为从"再生三部曲"开始巴克尔逐渐将重心从工人阶级转移到了知识分子身上："在文学生涯中，巴克尔逐渐地将注意力转移到中产阶级知识分子身上，特别是去关注那些从事'改造'任务或是使人们的行为符合社会建构要求的职业的人。这和她早期的作品角色塑造的侧重点形成鲜明对比。在《联合街》中，中产阶级只是远远地审视，或者整体缺失，他们和占据了整本小说的工人阶级故事相离甚远……可是逐渐地，巴克尔使得社会工作者和心理学家这样的角色越来越成为她的小说的中心。"（Brannigan，2005b：140）布莱尼根所言完全属实，

---

① 《暴力的衰落》的翻译者在翻译本的注释中注明，eclipse 的原意是"日食"，引申义为"声誉、权势的丧失"，指暴力失去了过去的地位，同时被经济需要遮蔽，就如太阳被月亮遮蔽。

但是他只是看到了巴克尔表面的变化，却没有深究其变化形式下的实质。尽管巴克尔从"再生三部曲"之后改变了叙述故事的角度，常常是透过知识分子的视角来展开故事，但是她所关注的焦点却一直并非是知识分子本身，而是通过知识分子身份的人物去观察和思考社会中居于边缘的他者群体的处境，这一点几乎在她所有的作品中都不曾改变过。"再生三部曲"之前以工人阶级为主要人物的四部小说自不必说，从"再生三部曲"之后一直到《双重视角》，乃至到了新的战争三部曲，这些小说里面尽管主要人物越来越多地变为中产阶级知识分子，可是巴克尔显然并非像英国当代的学院派作家 A. S. 拜厄特、戴维·洛奇（David Lodge，1935 - ）和马尔科姆·布雷德伯里（Malcolm Bradbury，1932 - 2000）等人那样专注于表现知识分子本身。即使是作品中以知识分子作为中心人物，巴克尔的最终目的也是通过他们来思考深处灾难之中的他者，巴克尔的立场和同情的对象其实自始至终没有偏离过处于社会边缘的人群：战争中的士兵和平民、同性恋者、殖民地的土著、退伍老兵、参战者家庭中的间接受害者、社会中的赤贫阶层、恐怖主义和各种暴力的受害者……理解这一点，对阅读和欣赏巴克尔作品极为重要。

《当代英国左翼小说》的作者基斯·布克曾因巴克尔创作初期的工人阶级小说而将巴克尔划为左翼作家（Booker，44 - 50）。其实，巴克尔的创作一直带有左翼作家的倾向。即使巴克尔的后期作品越来越喜爱表现知识分子，但是她的创作风格依然与其他作家有着显著的不同，对他者痛苦的持续关注和对弱者坚定的同情是巴克尔创作的鲜明特色。

正是在表现他者创伤和痛苦的过程中，巴克尔展现出了自己独特的艺术观：再现他者的苦难是艺术必须承担的责任，缺乏对他者苦难的再现，就无法激起人们对他者受苦的移情。就像亚历山大论述文化创伤理论时所说，"通过否认他人受苦的事实，人们不仅消解了对其受苦的责任，而且经常将他们自己受苦的责任投射于他人之上"（Alexander，2004：1）为了心怀大爱，就要首先体会他人的痛苦；为了向往美，就更加需要展现丑陋得可怖。因此，巴克尔的作品中极少能够看到对现实世界诗意的和美化的描述，正如希瑟·伍德所说，"巴克尔对去美化性的描述充满热情，她不会'用诗歌的语言写作'，在十格的标尺之上她不会仅仅使用其中的三格。更确切地说，她坚持去直面人类经历和人类特征的极端情况。"(Wood,205)读巴克尔的作品或许是让人心惊胆寒的,重温惊悚的场景,体验他人的苦难,这必然是一个让人痛苦的过程,但是正是这颤栗和痛苦的体验激起了我们对他者的同情,激发了我们向善的欲望和对和平美好生活的无比向往。

因此,巴克尔对艺术的功能寄予深切的希望。就像巴克尔在采访中曾经说过的那样,"如果是完全的绝望你是不可能创作的,那就是为什么作家对这个世界不应该给出完全绝望的回应的重要原因。绝望或许是一种正常的反应,但是用来描述作家或者艺术家写诗歌或者画画时候的状态确实是不真实的。如果你在创作,你肯定就心怀希望。"(Monteith,2004:34)在巴克尔看来,不论看起来多么绝望的作品,其中都渗透着艺术家的希望,寄予了艺术家希望改变现实的理想。因此,艺术表现痛苦绝不是为了激发绝望的情感,而是将希望与改变的愿望寄予其中,特别是寄希望于作品的受众,在这个意义上艺术就是人类走出暴力和创伤的希望所在。巴克尔自己的作品就是这样,尽管充满了暴力与创伤,但是它们用强大的力量吸引我们去正视无论是个人层面还是民族层面的未能解决的创伤,并且让我们意识到:一个能够正视自己创伤的人,是有希望走出痛苦和阴霾的人;一个真正能正视自己的创伤历史的民族,也才是有希望的民族。

聚焦于他者的创伤与苦难也凸显了巴克尔的道德观。就像那些"被折磨的尖叫的嘴或者张大的惊恐的眼睛"的象征意象所表明的,巴克尔的作品充满了对他者的悲悯情怀。通过再现他者的困境并且为他者的痛苦勇敢言说,巴克尔在作品中发出了"排斥暴力"和"减少痛苦"的呼唤,将降低暴力和减少痛苦视为一种道德追求,并且力图让排斥暴力和减少苦难成为大众道德感性与道德关怀的注意焦点。她的作品督促人们去看清人类的苦难,并承担自己的责任,而不只是作为旁观者冷眼旁观他人的受苦。巴克尔让我们认识到,他人的苦难归根到底也是我们自己的苦难。他人的困境,若我们熟视无睹,则总有一天,也会成为我们自己的困境。这一切都体现了巴克尔的社会责任感和作为一个知识分子的良心。无论在创作风格、创作理念还是道德观念上,巴克尔都可以当之无愧地被称为英国当代文学界的"戈雅"。

参 考 文 献

一、英文文献

Alexander, Jeffrey C. et al. "On the Social Construction of Moral Universals: The 'Holocaust' from War Crime to Trauma Drama". *The Meanings of Social Life: A Cultural Sociology*. New York: Oxford University Press, 2003: 27 – 84.

—. "Watergate as Democratic Ritual". *The Meanings of Social Life: A Cultural Sociology*. New York: Oxford University Press, 2003: 155 – 178.

—. *Cultural Trauma and Collective Identity*. Berkeley, Los Angeles and London: University of California Press, 2004.

—. *Trauma: A Social Theory*. Malden: Polity Press, 2012.

Anderson, Elizabeth. *Excavating the Remains of Empire: War and Postimperial Trauma in the 20th Century Novel*. Diss. Durham: University of New Hampshire, 2002.

Banita, Georgiana. "The Internationalization of Conscience: Representing Ethics in Pat Barker's *Double Vision*". *ZAA*, 58.1 (2010): 55 – 70.

Barker, Pat. *Union Street*. London: Virago, 1982.

—. *Blow Your House Down*. London: Virago, 1984.

—. *The Century's Daughter*. London: Virago, 1986. (Reissued as *Liza's England* in 1996)

—. *The Man Who Wasn't There*. London: Virago, 1989.

—. *Regeneration*. London: Penguin Books Ltd, 1991.

—. *The Eye in the Door*. London: Penguin Books Ltd, 1993.

—. *The Ghost Road*. London: Penguin Books Ltd, 1995.

—. *Another World*. London: Penguin Books Ltd, 1998.

—. *Border Crossing*. London： Penguin Books Ltd，2002.

—. *Double Vision*. London： Penguin Books Ltd，2003.

—. *Life Class*. London： Penguin Books Ltd，2008.

—. *Toby's Room*. London： Penguin Books Ltd，2012.

—. *Noonday*. London： Penguin Books Ltd，2015.

Battersby，Eileen. "A Roll Call of Causalities". *The Irish Times*，23 September，1993：10.

—. "Read, Remember and Celebrate". *The Irish Times*，9 November，1995：15.

Becker，Alida. "Old War Wounds： An Interview". *New York Times Book Review*，16 May，1999：23.

Bernhard，Waldenfels. "Levinas and the Face of the Other". *Cambridge Companion to Levinas*. Cambridge： Cambridge University Press，2002.

Bentham，Jeremy. *The Works of Jeremy Bentham (Vol 4)*. Ed. John Bowring. New York： Russell and Russell，1962.

Blackburn，Julia. *Old Man Goya*. London： Jonathan Cape，2002.

Bluestone，Harvey. "Border Crossing". *Psychiatric Services*，54（December 2003）：1655–1656.

Booker，Keith. *The Modern British Novel of the Left*. West Port and London： Greenwood Press，1998.

Brannigan，John. "Pat Barker's Regeneration Trilogy： History and the Hauntological Imagination". *Contemporary British Fiction*. Ed. Richard J. Lane，Rod Mengham and Philip Tew. Cambridge：Polity Press，2003：13–26.

—. "An Interview with Pat Barker". *Contemperary Literature*，46.3（2005）：366–392.

—. *Pat Barker*. Manchester and New York： Manchester University Press，2005.

Brooke，Allen. "A Family Album". *New Criterion*，17.9（1999）：74.

Brooks，Peter. *Troubling Confessions: Speaking Guilt in Law and Literature*. Chicago： University of Chicago Press，2001.

—. "Confessional Narrative". *Routledge Encyclopedia of Narrative Theory*. Eds. David Herman et al. New York： Routledge，2005.

Byatt，A.S. *On Histories and Stories: Selected Essays*. Cambridge and

Massachusetts: Harvard University Press, 2001.

Carroll, Lewis. *Alice's Adventures in Wonderland and through the Looking-Glass*. London: Book Club Associates, 1974.

Caruth, Cathy. *Trauma Explorations in Memory*. Baltimore and London: Johns Hopkins University Press, 1995.

—. *Unclaimed Experience: Trauma, Narrative, and History*. Baltimore and London: Johns Hopkins University Press, 1996.

Crow, Thomas. "The Tensions of Enlightenment: Goya". *Nineteenth Century Art: A Critical History*. Ed. Stephen Eisenman. New York: Thames and Hudson, 2011: 78–97.

Eason, Edward. *Temporalizing the Great War: Wartime in Twentieth-Century American and British Literature*. Diss. Riverside: University of California, 2015.

Falcus, Sarah. "Unsettling Aging in Three Novels by Pat Barker". *Aging and Society*, 0.8 (2012): 1382–1398.

Freud Sigmund. *Moses and Monotheism*. Trans. Katherine Jones. New York: Vintage, 1939.

—. "The Aetiology of Hysteria". *Standard Edition of the Complete Psychological Works of Sigmund Freud*. London: Hogarth, 1962.

—. "Beyond the Pleasure Principle". *On Metapsychology: The Theory of Psychoanalysis*. Ed. Angela Richards. Trans. James Strachey. 1920. Penguin Freud Library 11. London and New York: Penguin, 1984. 269–338.

Furguson, Rebecca. "History, Memory and Language in Toni Morrison's *Beloved*". *Feminist Criticism: Theory and Practice*. Ed. Susan Sellers. Toronto: U of Toronto P, 1991: 109–128.

Gamble, Sarah. "North-East Gothic: Surveying Gender in Pat Barker's Fiction". *Gothic Studies*, 9.2 (2003): 71–82.

Garland, Caroline and Pat Barker. "Conversation between Pat Barker and Caroline Garland". *Psychology and Psychotherapy: Theory, Research and Practice*, 77 (2004): 185–199.

Gildersleeve, Jessica. "Regarding Violence in Pat Barker's *Double Vision*". *Peer English*, 4 (2009): 32–46.

Gleick, Elizabeth. "*Another World* by Pat Barker". *Time*, 153.22 (June

1999): 82.

Graff, E. J. "Time's Bombs". *The Women's Review Of Books*, XVI. 12 (September 1999): 5–6.

Grant, Claire. *Crime and Punishment in Contemporary Culture*. Abingdon and New York: Routledge, 2007.

Groot, Jerome. *The Historical Novel*. Abingdon and New York: Routledge, 2010.

Haider, Amna. "Pat Barker's Liminal Figures of War Trauma: Mr. Hyde, Antiprosopon and the Cryptophore". *War, Literature and the Arts: An International Journal of the Humanities*, 25. 1 (2013): 1–18.

Harris, Greg. "Compulsory Masculinity, Britain, and the Great War: The Literary-Historical Work of Pat Barker". *Critique*, 39. 4 (1998): 290–304.

Hartman, Geoffrey. *Holocaust Remembrance: The Shape of Memory*. Cambridge: Blackwell Ltd, 1994.

Hayman, Richard. *The Green Man*. Oxford and New York: Shire Publications, 2014.

Head, Dominic. *The Cambridge Introduction to Modern British Fiction, 1950–2000*. Cambridge: Cambridge University Press, 2002.

Heller, Karen. "*Another World* by Pat Barker". *Philadelphia Inquirer*, May 19, 1999:278.

Henke, Suzette. *Shattered Subjects: Trauma and Testimony in Women's Life-Writing*. New York: St. Martin's Press, 1998.

Hensher, Philip. "Getting Better All the Time". *The Guardian*, 26 November, 1993: S4.

Herman, Judith. "Adult Memories of Childhood Trauma: A Naturalistic Clinical Study". *Journal of Traumatic Stress*, 10. 4 (1997): 557–571.

—. "Recovery from Psychological Trauma". *Psychiatry and Clinical Neuroscience*, 52 (1998): S145–S150.

Herndl, Diane. "Invalid Masculinity: Silence, Hospitals, and Anesthesia". *The Hemingway Review*, 21. 1 (Fall 2001): 38–52.

Hirsch, Marianne. *Family Frames: Photography, Narrative, and Postmemory*. Cambridge, Massachusetts and London: Harvard University Press, 1997.

—. *The Generation of Postmemory*. New York: Columbia University Press, 2012.

Hoffman, Eva. *After Such Knowledge: Memory, History, and the Legacy of the Holocaust*. New York: Public Affairs, 2004.

Hunt, Nigel C. *Memory, War and Trauma*. Cambridge: Cambridge University Press, 2010.

James, David. *As/A-Level English Literature: The Ghost Road Student Text Guide*. London: Philip Allan Updates, 2009.

James, Henry. "The New York Preface". *Literature and Psychoanalysis*. Ed. Shoshana Felman. Baltimore and London: Johns Hopkins University Press, 1982: 185.

Johnson, David. *The Popular and the Canonical: Debating Twentieth-Century Literature 1940 – 2000*. Abingdon: Routledge, 2005.

Kauffmann, Krista. "'One Cannot Look at This'/ 'I Saw It': Pat Barker's *Double Vision* and the Ethics of Visuality". *Studies in the Novel*, 44.1 (2012): 80 – 99.

Kitzmann, Andreas, Conny Mithander and John Sundholm. *Memory Work: The Theory and Practice of Memory*. Frankfurt and Main: Peter Lang International Academic Publishers, 2005.

Knutsen, Karen P. *Reciprocal Haunting: Pat Barker's Regeneration Trilogy*. Münster: Waxmann Verlag GmbH, 2010.

Koethler, Marcy. *On the Outside Looking In: Confessional Discourse in the Contemporary British Novel*. Diss. Regina: University of Regina, 2005.

Korte, Barbara. "Touched by the Pain of Others: War Correspondents in Contemporary Fiction: Michael Ignatieff, *Charlie Johnson in the Flames* and Pat Barker, *Double Vision*". *English Studies*, 88.2 (2007): 183 – 194.

LaCapra, Dominick. *Representing the Holocaust: History, Theory, Trauma*. Ithaca: Cornell University Press, 1996.

—. *History and Memory after Auschwitz*. Ithaca: Cornell University Press, 1998.

—. *Writing History, Writing Trauma*. Baltimore and London: The Johns Hopkins University Press, 2001.

Laub, Dori. "Bearing Witness or the Vicissituds of Listening". *Testimony: Crises of Witnessing in Literature, Psychoanalysis, and History*. Eds. Shoshana Felman and Dori Laub. New York: Routledge, 1992: 62 – 67.

Lanone, Catherine. "Scattering the Seed of Abraham: The Motif of Sacrifice in Pat Barker's *Regeneration* and *The Ghost Road*". *Literature and Theology*, 13.3 (September 1999): 259 – 268.

Levinas, Emmanuel. *Otherwise than Being or Beyond Essence*. Trans. Alphonso Lingis. Pittsburge: Duquesne University Press, 1998.

—. *Totality an Infinity: An Essay on Exteriority*. Trans. Alphonso Lingis. Pittsburge: Duquesne University Press, 1969.

Lewis, C. Day. *The Collected Poems of Wilfred Owen*. London: Chatto & Windus Ltd, 1963.

Leys, Ruth. "Traumatic Cures: Shell Shock, Janet and the Question of Memory". *Tense Past: Cultural Essays in Trauma and Memory*. Eds. Paul Antze and Michael Lambek. London: Routledge, 1996: 103 – 45.

—. *Trauma: A Genealogy*. Chicago and London: The University of Chicago Press, 2000.

Lili, Wang. *A History of 20th-Century British Literature*. Jinan: Shandong University Press, 2001.

McCullin, Don. *Unreasonable Behaviour: An Autobiography*. London: Vintage, 2002.

McNiff, Shaun. *Art as Medicine: Creating a Therapy of the Imagination*. Boston and London: Shambhala Publications, 1992.

Miner, Valerie. "Rendering Truth". *The Women's Review of Books*, XXI.10 (2004): 14 – 15.

Mithander, Conny, John Sundholm and Maria Holmgren Troy. *Collective Traumas: Memories of War and Conflict in 20th Century-Europe*. Bruxelles: Peter Lang International Academic Publishers, 2007.

Monteith, Sharon. *Pat Barker*. Tavistock: Northcote House, 2002.

—. "Pat Barker". *Contemporary British & Irish Fiction: An Introduction through Interview*. Eds. Sharon Monteith, Jenny Newman, and Pat Wheeler. London: Arnold, 2004. 19 – 35.

Monteith, Sharon and Nahem Yousaf. "Double Vision: Regenetative or Traumatized Pastoral?" *Critical Perspectives on Pat Barker*. Eds. Sharon Monteith, Margaretta Jolly, Nahem Yousaf and Ronald Paul. Columbia: University of South Carolina Press, 2005: 283 – 299.

Morrison, Blake. "War Stories". *New Yorker* 22 January, 1996: 78 – 82.
Moseley, Merritt. "Barker's Booker". *Sewanee Review*, 104.3 (1996): 436 – 444.
—. *The Fiction of Pat Barker*. Basingstoke: Palgrave Macmillan, 2014.
Nandy, Ashis. *The Intimate Enemy: Loss and Recovery of Self under Colonialism*. Oxford: Oxford University Press, 1983.
Naparstek, Ben. "Apocalypse Glimpsed". *Courier Mail*, October 18, 2003: M08.
Nixon, Rob. "An Interview with Pat Barker." *Contemporary Literature*, 45.1 (2004): 1 – 21.
Onega, Susana, and Jean-Michel Ganteau. *Ethics and Trauma in Contemporary British Fiction*. Amsterdam and New York: Rodopi B. V., 2011.
Perry, Donna. "Going Home Again: An Interview with Pat Barker". *Literary Review*, 34.2 (1991): 235 – 244.
—. "Pat Barker". *Backtalk: Women Writers Speak Out*. New Brunswick: Rutgers University Press, 1993: 43 – 61.
Pountney, Christine. "The 1993 Slaying of an English Toddler by 10-Year-Old Boys Fuels Booker Prize-winning Pat Barker's Latest". *Toronto Star*, May 6, 2001: BK03.
Pratt, Mary Louise. *Imperial Eyes: Travel Writing and Transculturation*. London and New York: Routledge, 2008.
Prince, Tracy J. *Culture Wars in British Literature: Multiculturalism and National Identity*. Jefferson and London: McFarland Publisher, 2012.
Rappaport, Laury. "Focusing-Oriented Art Therapy: Working with Trauma". *Person-Centered and Experiential Psychotherapies*, 9.2(2010): 128 – 142.
Rawlinson, Mark. *Pat Barker*. Basingstoke: Palgrave Macmillan, 2010.
Rennison, Nick. *Contemporary British Novelists*. London: Routledge, 2005.
Rod, Candice. "A Stomach for War". *The Independent*, 12 September, 1993: 28.
Robson, Kathryn. "Curative Fictions: The 'Narrative Cure' in Judith Herman's *Trauma and Recovery* and Chantal Chawaf's *Le Manteau Noir*". *Culrural Values*, 5.1(2001): 115 – 130.
Ross, Sarah. "Regeneration, Redemption, Resurrection: Pat Barker and the

Problem of Evil". *The Contemporary British Novel since 1980*. Eds. James Acheson and Sarah Ross. New York: Palgrave Macmillan, 2005: 131 – 141.

Rowbotham, Sheila. *Friends of Alice Wheeldon*. London: Pluto Press Ltd, 1986.

Sadock, Benjamin, and Virginia Sadock. *Kaplan and Sadock's Comprehensive Textbook of Psychiatry*. Baltimore: Lippincott Williams and Wilkins, 2005.

Shaddock, Jennifer. "Dreams of Melanesia: Masculinity and the Exorcism of War in Pat Barker's *The Ghost Road*". *Modern Ficton Studies*, 52. 3 (2006): 656 – 673.

Shildrick, Margrit, and Jane Price. *Vital Signs: Feminist Reconfigurations of the Bio/Logical Body*. Edinburgh: Edinburgh University Press, 1998.

Showalter, Elaine. *The Female Malady: Women, Madness and English Culture, 1830 – 1980*. Trans. Chen Xiaolan and Yang Jianfeng. Lanzhou: Lanzhou University Press, 1998.

Smethurst, Toby, and Stef Craps. "Phantasms of War and Empire in Pat Barker's *The Ghost Road*". *Ariel: A Review of International English Litetature*, 44. 2 (2014): 141 – 167.

Smith, Amanda. "Interview with Pat Barker". *Publishers Weekly*, 21 September, 1984: 98 – 99.

Spiegel, David et al. "Dissociative Disorders in DSM-5". *Depression and Anxiety*, 28 (2011): E17 – E45.

Spivak, Gayatri C. "Acting Bits/Identity Talk". *Identities*. Eds. Kwame Anthony Appiah and Henry Louis Gates. Chicago: University of Chicago Press, 1995: 147 – 180.

Stevenson, Sheryl. "The Uncanny Case of Dr. Rivers and Mr. Prior". *Critical Perspectives on Pat Barker*. Eds. Sharon Monteith, Margaretta Jolly, Nahem Yousaf and Ronald Paul. Columbia: University of South Carolina Press, 2005:219 – 232.

—. "With the Listener in Mind". *Critical Perspectives on Pat Barker*. Eds. Sharon Monteith, Margaretta Jolly, Nahem Yousaf and Ronald Paul. Columbia: University of South Carolina Press, 2005: 175 – 184.

Tomlinson, Janis A. *Goya*. New Haven and London: Yale University Press, 2002.

Troy, Maria. "The Novelist as an Agent of Collective Rememberance". *Collective Traumas: Memories of War and Conflict in 20th Century Europe*. Eds. Conny Mithander, John Sundholm and Maria Holmgren Troy. Bruxelles: Peter Lang International Academic Publishers, 2007: 47 – 79.

Trumpener, Katie. "Memories Carved in Granite: Great War Memorials and Everyday Life". *PMLA*, 115.2 (2000): 1096 – 1103.

Van Der Kork, Bessel A. and Onno Van Der Hart. "The Intrusive Past: The Flexibility of Memory and the Engraving of Trauma". *Trauma Explorations in Memory*. Eds. Cathy Caruth. Baltimore and London: Johns Hopkins University Press, 1995: 158 – 182.

Wallace, Diane. *The Woman's Historical Novel: British Women's Writers, 1900 – 2000*. Basingstoke and New York: Palgrave Macmillan, 2005.

Waterman, David. *Le miroir de la société, La violence institutionnelle chez Anthony Burgess, Doris Lessing et Pat Barker*. Ravenna: Longo Angelo, 2003.

—. *Pat Barker and the Mediation of Social Reality*. New York: Cambria Press, 2009.

Westman, Karin. *Pat Barker's Regeneration: A Reader's Guide*. New York: Continuum, 2001.

Wheeler, Pat. *Re-reading Pat Barker*. Newcastle upon Tyne: Cambridge Scholars Publishing, 2011.

Whitehead, Anne. "The Past as Revenant: Trauma and Haunting in Pat Barker's *Another World*". *Studies in Contemporary Fiction*, 45:2 (2004): 129 – 146.

Williams, David. *Media, Memory, and the First World War*. Montreal and Kingston: McGill-Queen's University Press, 2009.

Winter, Jay. *Remembering War: The Great War between Memory and History in the Twentieth Century*. New Haven and New York: Yale University Press, 2006.

Winter, Jay, and Antoine Prost. *The Great War in History: Debates and Controversies, 1914 to the Present*. Cambridge: Cambridge University Press, 2005.

Wood, Heather. "Threading Some Beads". *Psychology and Psychotherapy:*

Theory, Research and Practice, 77 (2004): 201 – 205.

Young, James. *The Art of Memory: Holocaust Memorials in History*. Munich and New York: Prestel Publishing, 1994.

二、 中文文献

艾莱恩·肖瓦尔特. 妇女·疯狂·英国文化(1830 – 1980). 陈晓兰、杨剑锋译. 兰州:兰州大学出版社,1998.

安妮·怀特海德. 创伤小说. 李敏译. 开封:河南大学出版社,2011.

保罗·利科. 过去之谜. 綦甲福、李春秋译. 济南:山东大学出版社,2009.

比尔·科瓦齐,汤姆·罗森斯蒂尔. 新闻的十大基本原则新闻:从业者须知和公众的期待. 刘海龙、连晓东译. 北京:北京大学出版社,2014.

陈茂林.《联合街》:英国工人阶级女性生活的一面镜子. 外国语文,2014 年第 6 期,第 7—13 页.

陈士涵. 人格改造论(上册). 上海:学林出版社,2012.

黄淑骋,龚佩华. 人类学理论方法研究. 广州:广东高等教育出版社,2004.

金鉴. 监狱学总论. 北京:法律出版社,1997.

李锋. 从全景式监狱结构看《一九八四》中的心理操控. 外国文学,2008 年第 6 期,第 67—71 页.

李应志. 认知暴力. 国外理论动态,2006 年第 9 期,第 60—61 页.

李哲. 殖民主义与人类学的发展. 学术探讨,2014 年 8 月(下),第 259 页.

刘胡敏. 试论巴克《再生》三部曲对"创伤压力综合征"的描写. 华南师范大学学报,2008 年第 2 期,第 70—75.

——. 创伤和"边缘性人格障碍"的艺术表现——帕特·巴克后期小说文本解读. 湖南师范大学社会科学学报,2009 年第 5 期,第 110—113 页.

——. 论《另一个世界》里战争创伤的代际传递,华南师范大学学报,2017 年第 3 期,第 156—160 页.

刘建梅. 帕特·巴克战争小说研究. 南开大学博士学位论文,2014.

刘文荣. 当代英国小说史. 上海:文汇出版社,2010.

罗旋. "看"的回响:《骑马出走的女人》中的殖民话语解读. 外国文学评论,2015 年第 1 期,第 130—143 页.

米歇尔·福柯. 规训与惩罚. 刘北成、杨远婴译. 北京:生活·读书·新知三联书店,2015.

帕特·巴克尔. 穿越看不见的界限. 张琰译. 台北:台湾天培出版社,2002.

——. 重生. 宋瑛堂译. 台北：台湾时报文化出版社, 2014.

潘华琼. 非洲人类学研究：希望与困难并存. 西亚非洲, 2000年第3期, 第47—51.

乔伊斯·卡罗尔·欧茨. 直言不讳：观点和评论. 徐颖果译. 武汉：长江文艺出版社, 2006.

瞿世镜, 任一鸣. 当代英国小说史. 上海：上海译文出版社, 2008.

斯蒂芬·平克. 人性中的善良天使：暴力为什么会减少. 安雯译. 北京：中信出版社, 2015.

苏琴. 小说叙事风格的传译——《重生》（节选）翻译报告. 广东外语外贸大学硕士学位论文, 2014.

苏珊·桑塔格. 关于他人的痛苦. 黄灿然译. 上海：上海译文出版社, 2006.

——. 论摄影. 黄灿然译. 上海：上海译文出版社, 2014.

孙小玲. 从绝对自我到绝对他者：胡塞尔与列维纳斯哲学中的主体际性问题. 上海：上海人民出版社, 2009.

陶家俊. 创伤. 外国文学, 2011年第4期, 第117—125页.

王剑华. 对《鬼途》中二元对立现象的反思. 浙江大学硕士学位论文, 2010.

王丽丽. 二十世纪英国文学史. 济南：山东大学出版社, 2006.

王欣. 创伤、记忆和历史：美国南方创伤小说研究. 成都：四川大学出版社, 2013.

徐蕾. 当代英国历史小说与"腹语术"——兼评 A. S. 拜厄特《论历史与故事》. 当代外国文学, 2016年第3期, 第66—73.

杨金才. 当代英国小说研究的若干命题. 当代外国文学, 2008年第3期, 第64—73.

姚振军, 王卉. 重生三部曲. 中"承认"的伦理. 外国文学 2016年第4期, 第135—142.

岳静雅. 帕特·巴克《重生三部曲》中的创伤与疗治. 东北师范大学硕士学位论文, 2017.

岳梁. 对他者责任就是善：列维纳斯的公平正义论. 中国矿业大学学报, 2014年第2期, 第127—131.

詹姆斯·希恩. 暴力的衰落. 黄公夏译. 郑州：大象出版社, 2011.

赵冬梅. 心理创伤的理论与研究. 广州：暨南大学出版社, 2011.

朱迪思·赫尔曼. 创伤与复原. 施宏达、陈文琪译. 北京：机械工业出版社, 2015.

朱彦.历史的"凝结"之处——解读帕特·巴克尔的小说《另一个世界》.国外文学,2016 年第 4 期,第 108—116.

三、 网络文献

http://en.wikipedia.org/wiki/Granta#Granta_Best_of_Young_British_Novelists

https://en.wikipedia.org/wiki/Judith_Lewis_Herman

http://mini.eastday.com/a/161211220219390.html

https://en.wikipedia.org/wiki/Thiepval_Memorial

https://en.wikipedia.org/wiki/Terminator_2:_Judgment_Day

https://en.wikipedia.org/wiki/Jorvik_Viking_Centre

https://en.wikipedia.org/wiki/Murder_of_James_Bulger

https://en.wikipedia.org/wiki/Don_McCullin

https://en.wikipedia.org/wiki/Art

http://www.gasl.org/refbib/Goya__Guerra.pdf

https://en.wikipedia.org/wiki/Francisco_Goya

https://en.m.wikipedia.org/wiki/Green_Man

https://en.wikipedia.org/wiki/Chillingham_Castle

https://en.wikipedia.org/wiki/Fugue_state

http://news.bbc.co.uk/2/hi/uk_news/8168691.stm

后 记

这本专著在我博士论文的基础上完善而成。回忆起来,尽管写作过程充满无数艰辛与焦虑,读博的六年却成为我人生中最值得怀念的时光。这段岁月给了我最大限度的历练,煎熬之中我慢慢变得成熟理性,也初步具备了独立思考和进行学术价值评判的能力,这些收获都是那样弥足珍贵。在这里,我要衷心感谢所有在这段岁月中与我同行和给过我帮助的师长、同窗、亲人和好友,感谢他们无私的帮助和关怀。

我首先要感谢的是我的恩师朱新福教授和他的夫人苏芳老师。一路艰辛走来,我仿佛从来就没有停止过自我怀疑。感谢我的恩师,他从来就没有对我失去信心,宅心仁厚的导师以他一贯的宽容抚平我的毛躁,激发我的自信。因为他的抬爱,我得以圆了自己的博士梦;因为他的宽容,我得以在博士阶段继续了我一直深爱的英国文学方向;因为他的鼓励,我终究没有半途而废;因为他孜孜不倦地悉心指导和关怀,才有了我今天的进步。这所有的一切岂是一句感谢就可以穷尽的呢?而我的师母苏芳老师也一直关心和鼓励我,无论是在学业上还是生活上她都给我和孩子许多的关怀,她温暖的话语是那样地使人如沐春风,感动于心。

我还要将感激之情献给苏州大学外国语学院治学严谨的老师们。感谢王腊宝教授,十几年来他一直在默默地关心和督促着我的成长,王老师对学术的绝对严谨使我树立了正确的学术态度,他的鼓励成为我不断前进的动力。还记得考博时因为完全忽略了孩子,结果孩子生病在家休学半年,内疚和痛苦使我几近崩溃,在我绝望的时候王老师说的一番话给了我勇气和温暖,他说孩子就像一棵小树,在成长的过程中他们一定会纠正自己朝着正确的方向去成长,孩子克服这一切的能力是你无法想象的!这点点滴滴的鼓励和关怀让我衷心感激。我也要感谢我的良师益友宋艳芳教授,我整个的读博岁月都没有离开过她的帮助,无论何时我发去论文请她修改的时候,她总是用批注一丝不苟地批改返回来。更可贵的是,她不光是我的良师,更是我的益友,生活上给我点点滴滴的帮助,心情惆怅时听我诉苦,开心快乐时与我一同畅谈,遇见这样的一个朋友,怎能不说是人生大幸!无论是治学还是人品,宋姐姐都永远是我的指路灯塔,指引着我奋力前行。

我还要特别感谢江苏省教育厅。没有省教育厅"江苏政府留学奖学金"的大力支持,我不可能有机会去英国进修和领略英国文化,也不可能圆自己的剑桥梦,踏入以前做梦都不可及的剑桥校园,更不可能那么顺利地搜集到完成本书所需要的大部分珍贵资料。省教育厅基金项目的支持也给了我很大的支持和鼓励。在专著付梓之时,我要在此向省教育厅深深致谢。

我感谢剑桥大学。每每会怀着感恩之情想起剑桥,想起旖旎的校园、醉人的剑河和剑河边长发的杨柳,可是这一切与剑桥人勤勉的治学精神相比一并黯然失色。剑桥大学图书馆永远是我魂牵梦萦的地方,那教堂般庄严与肃穆的氛围,每个人走路时尽可能轻到无声、借书时放低到比耳语还要低的作风,使人一进去立马就会融入那种安静和神圣,一种作为读书人的骄傲和美好一瞬间油然而生。回忆起来,剑桥给予我的那种文学研究资料几乎无所不能及的满足感,那种有幸在从前只在书上见到名字的大师课堂上聆听的幸福感,还有图书馆工作人员竭尽所能帮助我搜集资料所给我的感动,都是那样让人难忘!还记得刚到剑桥,对搜索资料还不是很熟悉,有一次我把自己需要的书单给英文系图书馆的一位工作人员看,希望得到她的帮助,她让我把书单留给她一份,当时我并没有多想,谁知道下午再去的时候我惊奇地发现她居然已经在我所列的书单后面写满了书籍所在的具体图书馆和标识号,我当时感激得说不出话来,而最让人感动的是她那时是一个即将生产的怀孕的母亲!虽然现在已经几年过去了,但是对于剑桥大学图书馆和英文系图书馆工作人员曾经给我的帮助我永远也不会忘记。他们给予我的不光是感动,还有一种尽职尽责、全力以赴的精神。我还要感谢在剑桥访学时有幸结识的朋友们:葛拥华老师自己也有博士论文的压力在身,然而我回国后需要他帮助的时候,他在百忙之中去剑桥图书馆帮我扫描资料;我的好友萨拉,她在我回国之后替我去参加了巴克尔的见面会,并且用录音笔将演讲的过程全程录音;还有好友夏金,她万里迢迢将录音笔带回中国……感谢所有这些朋友,祝福他们永远幸福快乐。

我还要衷心感谢《当代外国文学》。2010年因为《当代外国文学》的厚爱，我发表了平生第一篇核心论文，当时那种幸福的感觉我至今都难以忘怀。感谢《当代外国文学》，是它给了我自信和继续读书的动力，成为我命运的一个巨大的转折点。《当代外国文学》的主编杨金才老师关于英国当代历史小说的两篇高屋建瓴的论文也给我指引了博士论文选题的方向，激发了我对英国当代历史小说的强烈的学术兴趣。正是从关注巴克尔的历史小说开始我逐渐确定了博士论文的选题。

我感谢我的家人。这本专著饱含着我的家人的付出和牺牲，对于所有的亲人过去的岁月都成为我无比亏欠的记忆。在这本书的写作过程中，曾经整整六年我没有回过父母的家，本来应该我回家探望的春节和暑假却变成了年迈的母亲艰苦跋涉来替我照顾家庭，而可怜的父亲好几个春节都是在老家徐州一个人度过的。对于父母，所有这一切岂是一句感谢就能言尽？每年暑假最酷暑难当或是寒假最严寒逼人的时候，母亲都会来到苏州，解决我的后顾之忧。我永远无法忘记那个火车站的场景，白发的母亲将一个大包和一个口袋系在一起背在肩上，手里还拿着两个包，远远地向我走过来，人群之中做了一辈子教师的母亲竟像是一个进城务工的老人，在那一刻内疚的痛苦是如此撕心裂肺……对母亲的亏欠使我感到自己是这个世界上最自私的人。我怎样才能报答母亲对我无私的付出？当年中学时候夜夜伴我苦读，考研时候每天夜里等在校门口接我回家，直到现在白发满头母亲还在为了支持我的事业辛苦受累，这三春之晖何以回报？！除了父母，我也要感谢一直在我背后全心全意支持我学业的先生杨林，这些年来他一直是忧虑我的忧虑，焦急着我的焦急，也快乐着我的快乐，因为他这些年的任劳任怨和辛苦付出我的专著才有了完成的可能。感谢这么多年来我们携手与共的岁月。我还要感谢我的儿子杨鸣睿，儿子的爱是我前进的风帆。记得晚上出去读书，儿子常常恋恋不舍地送我到大门口，大人一般叮嘱着："早点回来！"自从有了孩子，我才开始拥有完整的人生，有了无穷的奋斗的动力，也有了享受与他一起成长、一起进步的快乐。

我还要感谢许多同事和曾经的同窗好友。感谢黄芝老师在我的博士论文遇到瓶颈时给予我的热心帮助，他的建议常常使我挣扎许久的思路峰回路转，瞬间就有豁然开朗的感觉。特别感动的是黄老师在美国访学期间还帮我买到了巴克尔研究最新出版的专著从美国邮寄过来，让我感受到了雪中送炭的温暖。感谢黄洁、张慧荣、李震红、张祥亭、徐舒仪、林大江、赵诚、叶华、钟瑛等同窗好友温暖的友谊。在此衷心祝愿大家生活美满,事业有成。

我也感谢这些年来那些在苏大东校区通宵教室、东校区研究生阅览室、本部图书馆自修室以及本部通宵教室里曾经一起苦读过的学生们,我与他们虽然互不相识,但是他们共同营造的那种无与伦比的学习氛围激励着我向他们学习,督促着我的进步。梦想和奋斗使我们的人生轨迹在这里交集。感谢他们,这些美好而可爱的孩子们,是他们的勤奋激励我继续努力,是他们的坚持鼓舞着我的坚持。他们永远是比我努力的人。

想来,彷徨的时光,寂寞的岁月,却换成了今天长大的孩子、即将付梓的专著,这其实就是生命的意义,这也是人生最大的欣喜。就如同巴克尔的小说题目"再生"一样,过去的岁月也成为我人生旅途中一个个"再生"的过程。虽然如今的我仍然稚嫩,但无论如何我已是在沧桑中经历,在蹉跎中成长。后记的最后,再一次感谢我的导师朱新福教授对我的学术成长的鼓励和帮助,感谢我的单位苏州大学外国语学院多年来对我的学业和研究所提供的各种关心和支持,也感谢苏州大学出版社汤定军先生为此专著的最终出版所付出的各种辛劳。

朱　彦
2018 年 9 月于苏大本部